문자 최면

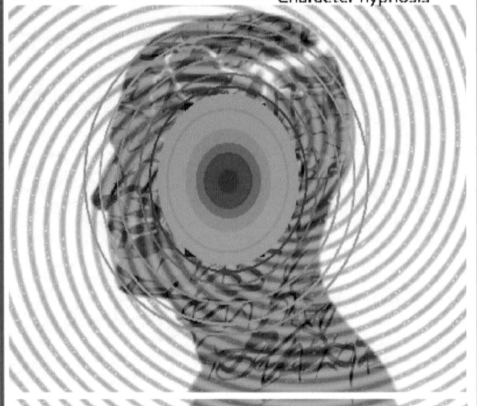

김국일 단편집

글: 김국일

편집 및 교정: 윤송빈

내지 그림: 김동규

목차

몰살 (沒殺)
잉여인간

우웩- 우웨엑- 지독한 냄새다! 아니다. 이것을 과연 냄새라고 할 수 있을까? 나의 모든 감각을 토막 내는 이 기체, 독가스에 노출된 내 몸은 타들어 간다.

우에웩- 우웩- 으으으… 헛구역질이 난다. 식도를 거스른 토사물, 당장 입으로 쏟아질 것 같다. 캐… 캑캑… 수… 숨을… 숨을 쉴 수 없다. 미칠 것 같다. 내, 내 몸을 구성하고 있는 모든 세포가 고통스럽다며 몸부림친다. 내 의지는 이 강력하고도 강력한 고통의 지시에 즉각적으로 반응하고 사지는 뒤틀린다. 머리를 흔든다. 소용없다. 나의 몸을 적신 독가스는 허우적대는 내 몸짓에 따라 사방팔방 튄다. 하지만 나의 이러한 발광은 아무런 도움이 되지 못한다. 오히려 더 괴롭기만 할 뿐….

내 옆에서 팔다리를 허우적거리며 몸을 비틀고 있는 아내가 보인다. 한계를 넘어선 고통과 불안감 그리고 당혹감이 죽음의 그림자와 뒤섞여 그녀의 목구멍에서 터진다. 내가 겪는 이 고통을 그녀 또한 느끼리라…. 그녀의 부어오른 배가 보인다. 흐흐흑… 여보… 뱃속의 아기야… 그리고 너무나도 사랑스러운 나의 아들….

으윽… 으아악! 극심한 통증이 나의 뇌를 꼬집는다. 잔혹하게 비튼다. 송곳이 뇌를 쑤신다. 가족을 걱정하도록 나를 허락지 않는다. 지금, 이 순간 내 존재는 너무나도 가볍고 나약하다. 맞다. 난 나 자신이 겪고 있는 고통만으로도 버겁다.

으으윽… 시뻘건 통의 독가스를 살포한 그들이 흐릿하게 보인다. 혐오의 눈으로 우리 가족을 내려다본다. 그들의 형체가 흐려진다. 아들의 살려달란 처절한 몸부림을 본 그들은 자비 대신 독가스를 뿌린다. 아이의 몸부림이 둔해졌다. 더는 움직이지 않는다. 분노가 치밀어야 하겠지만 나의 뇌는 그 기능을 잃었다. 조금도 움직일 수 없는 내 몸뚱이에 촉촉한 것들이 쏟아진다. 우리를 살해하기 위해선 지옥이라도 쫓아올 놈들… 고만해라 이놈들아! 고만! 고만해… 그로기인 내게, 쉴 새 없이, 독가스를 주입한다. 몸은 말을 듣지 않지만 입은 움직일 수 있다. 욕을 대신한 비명이 터진다. 그렇다. 난… 저주할 여유조차 없다. 어떠한 행위라도 나의 고통을 경감시킬 수만 있다면 무조건 따르리라….

형광등이 꺼졌나? 어둡다. 앞이 흐릿하다. 사물들이 사라진다. 천근만근 눈꺼풀이 무겁다. 끝인가? 다시 보인다. 안… 돼…, 안 돼- 안 돼! 정신을 차려야 해! 정신을! 정신을! 여기서 눈을 감으면 모든 것이 끝난다. 이렇게 허무하게 개죽음당하면 배고픔과 추위를 견디며 여기까지 도달한 의미가 없다. 그런데… 그런데… 이 위급한 순간에 잠이 찾아오는 것인가? 이 노곤함은? 설마… 벌써… 죽은 것인가? 그래서 나의 몸이 깃털인가? 나를 가득 메웠던 고통은 어디로 간 것일까? 이상하다. 모르겠다. 또다시 어지럽다.

아… 누… 눈… 눈이 보이질 않는다.

촉촉하고 부드러운 느낌… 지금 난 푸딩 위에 몸을 얹은 것일까? 물컹거리는 그곳으로 빨려든다. 곧 투명한 덩어리의 젤리가 내 눈으로 들어온다. 촉촉한 쿠션을 갖은 그것이 내 몸 전체를 돈다. 시원하다…, 아~ 그리고 마치 이… 이 생 아몬드의 냄새… 청산가리가 떠오른다.

믿을 수 없을 만큼 진하다. 두껍다. 그런 어둠이 찾아왔다. 세상 가장 검고 짙은 색, 그렇다! 칠흑의 암흑, 세상 끝의 암흑이 왔다. 하지만 평온한 검정이다? 감각인가? 그것이다.

고요함… 그것은 또 다른 공포다. 만약 숨이 붙어 있는 내 앞에 어둠만이 존재한다면? 무섭다. 그렇다면, 눈 뜨고 죽겠다던, 그래서 죽기 전 내 주변의 모습을 뇌에 담겠다던 나의 다짐은 어찌 되는가?

감각은 사라지고 더는 느낄 수 없다. 부인과 아들도 움직이지 않는다. 차라리 다행이다. 정말 다행이다….

하얀 천이 내 몸을 감싼다. 느슨해진 뇌엔 평온함이 깃든다. 몸이 딱딱하다.

-사건 발생 1시간 1분 1초 전-

춥다. 굽은 팔다리가 말을 듣지 않는다. 헐벗은 우리 가족에게 있어 겨울이란 고문과도 같다. 임신한 아내에게 너무나도 미안하다. 그녀와 눈을 마주치는 것조차 겁이 난다. 무슨 말을 어떻게 건네야 할지도 모르겠다. 그저 묵묵히 걷는다. 부인의 옆을 지키고 있는 아들… 추위에 부들부들 떨며 걷고 있는 아들에게 무어라 말해야 할지 모르겠다. 입이 두 개라도 할 말이 없다. 난 죄인이다. 못난 죄인이다.

그때를 생각하니 괴롭다. 내 일가친척 그리고 소중한 친구들은 모두 뿔뿔이 흩어졌다. 살기 위해서 어쩔 수 없었다. 명실공히 우린 이웃사촌이었다. 우린 공산주의와는 의미가 다른, 그렇다고 사회주의라고 말하기도 뭐한 어중간한 체제를 이루고 살았다. 단순히 내 생각만은 아닐 것이다. 그러한 체제 아래서는 모두가 한 형제가 될 수 있었다. 배고픔도 느낄 수 없었다. 배급·배식이란 말은 구세군의 냄비처럼 따뜻하기만 했다. 이러한 행복은 누구나 평등했기에 가능했다. 우리에게 있어 중개자란 각각의 노동자다. 권력자란 평등이라는 이 아름다운 말 앞에 존재치 않았다. 어쩜 비폭력 무정부 주위에 가깝다고 할 수 있다. 모두 다 같이 잘살자는 목표가 있었기 때문에 가능했다. 맞다. 우리의 삶을 보았다면 그리고 경험을 했다면 인정치 않을 수 없을 것이다. 그러나 지금은 그저 하나의 추억에 불과하다. 우리의 소중한 집은 먼지가 되어 사라졌다. 다시 돌아갈 수 없다. 이웃사촌이었던 그들도 죽지만 않았다면 나처럼 거리를 배회하며 살아갈 궁리를 하고 있을 것이다.

한밤의 폭음 그리고 시작된 철거작업. 튼튼하게만 보였던 철근은 엿가락처럼 휘었다. 시멘트 벽돌은 과자 부스러기처럼 부서져 사방으로 날았다. 순식간에 들이닥친 지진 해일처럼 우리의 몸과 마음을 정신없이 흔들고 잠식해나갔다. 혼비백산 도망치는 우리에게 물을 뿌렸던 그들의 비웃음이 떠오른다. 그 비소는 날카로운 부리를 갖은 괴물의 모습과 흡사했다. 그들의 헤게모니는 땅의 공간을 잠식하기 시작했다. 자신들과 다른 생활로 살아가는 우리의 모습을 본 그들의 눈빛이 떠오른다. 그곳은 혐오와 경멸로 가득했다. 그것이 아예 주름져 얼굴에 박혔다. 사나운 개가 으르렁거릴 때 생기는 코주름이 그들의 얼굴에서 보였다. 자격지심에 세상을 우러러봐야 했던 우리 가족은 도망치는 수밖에 살길이 없음을 본능적으로 알았다. 굉음을 내며 움직이는 거대한 건설 중장비 차에 치일 뻔도 했었다. 모였다가 흩어지는 '민방위 훈련'을 수시로 하지 않았다면 대형 참사를 막지 못했을 것이다. 헌법에 명시된 거주이전의 자유는 무참히 짓밟혔고 목숨을 건진 것만으로도 천만다행으로 생각하며 숨을 쉬어야만 했다. 간신히 지옥의 현장에서 도망친 우리 세 식구는 바람에 펄럭이는 현수막을 쳐다보기만 했다. 그렇다. 새 도시 건설이라는 핑계로 우린 정신없이 쫓겨났다. 며칠 버텨보겠다며 우물쭈물했다간 그곳이 우리의 무덤이 될 뻔했다. 탈출하지 못한 가구도 더러 있었을 것이다. 어쩌면 순식간에 쏟아진 콘크리트 더미에서 생을 마감했을지 모른다. 이 느닷없는 참사로 인해 알게 된 것이 하나 있다면, 일방적인 폭력 앞에 놓인 체제를 유지하기란 쉽지 않다는 것이다. 보라. 우리를 위한 피난소는 그 어디에도 없다. 이 사회는 격리라는 허울로, 비좁은 곳만을 요구하는 우리를, 쫓아내려고만 든다. 우생학의 그것처럼 상생은 없다. 물론 그들 나름의 이유는 있다. 우리의 생활환경이 그들에게 병을 전파할 염려가 있다는 것이다. 일종의 사회적 거리 두기라고 할까? 사실 먹고살기 빠듯한 삶에서 위생까지 챙기기란 쉽지가 않다. 아무튼 우린 어느 곳을 가나 환영받지 못한다. 자본의 부재는 양성 되먹임 현상처럼 공공의 적만을 생산한다. 심한 말로 이 사회를 살아가는 우리의 모습은 시체임에도 살아 움직이는 좀비라고나 할까? 자신들의 삶이 전적으로 옳다고 말하는 그들은 그렇게 우릴 대한다. 배고픔에 침 흘리는 사냥개를 동원해서라도 우리를 끝까지 추적하려 한다. 그들은 거리 곳곳에 화학무기를 비치하고 있다. 언제라도 그것을 우리의 몸에 조준할 준비를 한다. 그리고 우리가 일구어 놓은 체제를 완벽하게 없애려 한다. 단지 이념과 사상 그리고 문명이 다르다는 이유로 우린 숨고 도망쳐야만 하는 것이다. 옳다. 이것만은 확실하다. 우리와 같은 체제가 이 지구상에서 영원히 사라지기를 바란다는 것 말이다. 돌팔매로 인해 온몸이 부러지고 터져 죽은 동료를 목격한 적도 있었다. 비참했다. 참혹했던 그 모습… 아직도 눈에 선하다. 그들의 구타에서 구사일생으로 도망친 이의 말을 들어봤다. 무서웠다. 몸이 바들바들 떨렸고 쉬 잠들지 못했다. 물론 우리의 체제를 향해 돌만 던지는 사람들만 있다는 것은 아니다. 우리도 그것을 잘 안다. 그들 내부에도 '혁명가'가 있다. 그들은 우리의 복지를 생각한다. 함께 살아갈 기회를 주어야 한다고 외친다. 실제 그들이 제공하는 집에서 안전을 보장받으며 기거하고 있는 친구들도 있다. 그러므로 이 사회구성원 전부가 우릴 나쁜 쪽으로만 본다는 것은 아니다. 빨갱이는 없다. 흑백논리에 빠지면 선택된 것 이외의 것은 무조건 틀린 것이 되기 때문에 다양성의 결핍을 일으키게 된다. 이는 연쇄반응을 일으켜 아주 조그마한 차이에도 틀렸다고 말하게 만든다. 그것은 매우 위험한 발상이다.

"조금만 더 힘내."

부인과 아들의 손을 잡으며 말했다. 그들의 손도 나와 같다. 얼었다. 깊은숨을 들이켰다. 이것이 지금 내가 그들에게 해줄 수 있는 전부다. 하지만 내가 내뱉은 말 '조금'이란 단어의 정의가 모호하다. 분명 금방 다가올 시간을 뜻하는 것은 아니다. 그러므로 '더'라는 말과 '힘내'라는 단어만이 진실을 담고 있다. 끝을 알 수 없다는 전제하에 두 단어는 매우 고통스러운 것이다. 계속 걷지 않으면 안 된다는 은유적 표현이다. 이 말이 그들에게 도움으로 작용할지 어떨지는 모르겠다.

가는 눈을 뜨며 하늘을 쳐다봤다. 천장이 낮은 집의 구조상 몸을 낮추고 걷는데 익숙한 우리였기에 드높은 하늘이 무섭기만 하다. 광활한 저것이 무너져 내려 우리의 몸으로 쏟아질 것만 같다.

아- 어지럽다. 난 고개를 저었다. 저 하늘이 하나의 거대한 입으로 보였다. 진공청소기처럼 굉음을 내뱉고 주변을 덮쳐 게걸스럽게 빨아먹어 치울 것만 같다. 하얀 치아를 닮은 구름에 의해 분쇄된 나의 몸이 저 푸름 뒤에 숨어 꿈틀대는 위 속으로 들어가 파란 점액질과 버무려질지도 모른다. 만약 내 몸이 산산이 부서져 숨통이 끊기게 된다면… 정말 그렇게 된다면… 나의 고통은 사라지는 것일까? 내가 공포와 좌절을 느끼는 이유는 저 드넓은 바다를 닮은 저것이 그 끝을 알려주지 않아서일지도 모르겠다. 사회·인문·예술·과학 등 교육을 멀리한 채 오직 본능에 움직여온 결과 오물 등을 흘려보내는 하수구와 같은 비위생적인 환경에서도 살아갈 수 있는 나름의 면역력이 생겼다. 아니, 키웠다고 말해야 하나? 하지만 이렇듯 부지불식간에 거리에 내몰리게 되면 문제 해결 능력이 현저하게 떨어진다. 그것만은 인정할 수밖에 없다. 이 사회에 대한 부정과 멸시를 보내면서도 그들을 존경치 않을 수 없다. 정말이지 제대로 된 교육하나 받지 못한 내 아들이 불쌍하다. 눈물이 앞을 가린다.

아니…, 지금 내가 무슨 생각을 하는 것인가? 방금 뭐라고 떠벌렸는가? 교육? 지금 매우 급한 이 상황에, 이 위급한 상황에 교육을 말하고 있는 것인가? 어이가 없다. 문화의 초석이 되는 그것들도 결국 배가 채워져야만 가능하다. 배고픈 자들의 입에서 내뱉는 문화 그리고 예술이란 배부른 자들이 내뿜는 트림 소리보다도 못하다. 후회된다. 제대로 된 음식 하나 챙겨 나오질 못했다. 무엇이 됐든, 소화를 시킬 수만 있다면, 입 한가득 물고 나와야만 했다. 그리고 아내와 아들에게도 시켜야만 했다. 내가 왜 이런가? 지금 무슨 생각을 하는 것인가? 음식? 교육? 아무래도 난 정신 줄을 놓은 것 같다. 고생을 덜 한 것 같다. 콘크리트에 깔려 살려 달라 애원하는 그들의 모습을 보았다면 이렇게 한가한 생각을 했을까? 죽음의 그림자가 어른거리는 이 삭막한 거리에서 배우는 것과 먹는 것들을 생각하고 있으니 말이다. 하지만… 아무리 그렇다 하더라도 우리의 아름다운 체제만 계속 유지되었다면…. 지금은 현실을 직시하는 것이 옳다. 당장은 문화적 혜택보단 얼어붙은 몸뚱이를 녹일 곳이 절실히 필요하다.

아! 저기 두꺼운 오리털 파카를 입은 사람이 보인다. 따뜻해 보이는 저것… 나도 모르게 내 처와 아이를 봤다. 역시 부인의 시선도 나와 일치했다. 잠바에서 눈을 떼지 못하고 있다. 그 두툼한 잠바만으로는 부족했는지 그는 두 손 모아 따끈한 입김을 뿜으며 걷고 있다. 헐벗은 우리는 무슨 생각뿐이겠는가. 부러울 뿐이다. 입에서 뿜어져 나오는 하얀 입김…. "크큭" 그래, 난 내 말에 인상 쓰며 움직일 너희들의 얼굴 근육이 떠오르니 웃음이 나온다. 구역질하며 혐오하겠지만 난 너희가 방금 싼 똥의 열기에 내 언 손을 쬐고 싶다. 냄새를 풍기며 모락모락 피어오르는 열기에나마 몸을 녹이고 싶다. 할 수만 있다면 이불처럼 덮고 잘 수도 있다. 사랑하는 내 가족과 함께 말이다.

저건 환영인가? 그리고 이 소리는 환청인가? 하얀 연기를 내뿜는 굴뚝이 흐릿하게 보인다. 아니다. 확실하지 않다. 사실 보이는 것인지 아니면 내 뇌가 인공적으로 만들어낸 환영인지조차 잘 모르겠다. 석유를 빨아들이며 돌아가는 기름보일러의 모터 소리가 사방에서 들린다. 내 눈에 착시를 불어넣은 것의 정체가 궁금하다. 두 손으로 눈을 비비자 뿌옇던 사물이 선명해졌다. 하늘로 뻗어 올라가는 연기의 꼬리를 따랐다. 그것은 한 남자의 입에서부터였다. 굴뚝 연기의 정체는 바로 담배였다. 그의 입에서 뿜어져 흩어지고 있다. 담배 끝에 매달린 시뻘건 불씨를 보고 따뜻한 감각을 깨운다. 당장에라도 저 열기 안으로 뛰어들고 싶다. 화상만 입지 않는다면 그 속에서 뒹굴고 싶다. 나의 사랑하는 가족과 함께 말이다.

큰일이다. 추위 때문인지 아니면 면역 저하 때문인지 눈이 흐릿해지는 현상을 자꾸 겪는다. 두 손이 얼굴로 향하다 멈췄다. 눈에 자극을 줄 수도 있단 생각 때문이다. 어떠한 일이 있어도 눈만은 잃을 순 없다. 그렇다. 나의 마지막 숨이 붙어 있는 순간까지 나의 눈은 내 몸에서 떨어져 나가거나 그 기능을 잃어선 안 될 것이다. 난 절대 죽음의 순간에도 그리고 죽은 후에도 눈을 뜰 것이다. 그렇게 다짐하고 또 다짐한다. 반드시 내 뇌에 나의 마지막 장소를 각인시킬 것이다. 죽음이라… 후후후… 쓴웃음이 나온다. 필시 내가 쓰러진다 해도, 아니! 우리 가족 모두가 차가운 바닥에 쓰러진다 해도 누구 하나 거들떠보지 않을 것이다. 그리고 그들은 우리의 굳은 몸을 대형 쓰레기 봉지에 넣고선 소각장에 던져버릴 것이다. 저주의 말과 함께 말이다.

아… 흐려지는 시야 가운데 또 한 번의 신기루가 펼쳐진다. 공장 굴뚝 연기는 스멀스멀 하늘로 올라가며 춤을 추고 기름보일러 돌아가는 소리는 마을을 감싸며 따듯하게 해준다. 저것들은 포유류의 젖무덤 모양과도 같으며 자장가 소리와도 닮았다. 그것들을 어루만지며 잠들고 싶다.

"아빠, 추워요."

처음으로 아들이 말을 걸었다. 집이 부서져 미친 듯 도망 나온 후 처음으로 한 말이다. 불쌍한 내 아들… 체제의 붕괴와 함께 돌(돌멩이 또는 한 살이 된 아이)을 맞은 나의 불쌍한 아들…

"저기 서리가 덮인 차가 보이니?"

내 목소리 너머로 자동차를 뒤덮은 서리가 반짝이고 있었다.

"네."

아들의 힘없는 대답에 이어서 내가 말했다.

"방금 주차한 차라고 생각해봐. 그러므로 엔진은 아직도 뜨겁지. 손이 델 정도로 말이야."

상상은 하얀 서리를 거두고 아지랑이와 같은 열기를 뿜어냈다. 적어도 내 눈엔 그렇게 보였다.

"그리고 저기 멈춰있는 버스를 봐봐. 저들이 내뿜는 검은 매연을 생각해봐. 넌 그 열기 안에 있는 거야."

아들을 보며 말했다. 순간적으로 내뱉은 말에 검은 기체의 그것이 떠올랐다. 정말 난 아이와 시커먼 매연 속으로 뛰어들 수 있을까? 선택의 여지가 없다. 그렇다. 공기의 질은 중요치 않다. 얼어붙은 몸만 녹일 수 있다면 말이다. 아들도 그것을 상상했는지 한참을 버스 배기구를 봤다. 사랑스러운 아들이 내 말뜻을 알아들은 것 같다. 발걸음이 한결 가벼워 보인다. 상상이든 아니든 희망이라는 것은 언제나 에너지를 만든다. 그것이 언제 바닥날지도 모르면서….

"전기밥솥에서 내뿜는 하얀 김은 어때? 그리고…"

아차! 말을 끊었다. 실수다. 밥솥 이야기에 김이 모락모락 피는 하얀 쌀밥이 떠올랐다. 그것이 침을 고이게 했다. 배가 더욱 고프다. 아이는 빈 입을 오물거렸다. 어쩌면 상상이라는 것이 아이에게 밥을 먹이고 있는지도 모른다. 정말이지 배고픔 앞엔 희망의 목소리도 불평으로밖엔 들리지 않는다. 상상이라는 에너지는 꼬르륵거리는 배고픔의 소리를 더욱 잘 잡아낸다.

어른인 나도 이렇게나 배가 고픈데 작은 체구의 아들은 얼마나 심할까? 본능이 주변을 두리번거리게 했다. 역시나 먹을 것 하나 없다. 눈을 까뒤집고 봐도 입에 쑤셔 넣고 턱을 움직여 씹을 것이 하나 없다. 제발, 제발, 제발 행인들이여 과자 부스러기라도 흘려다오. 그것마저 아깝다면 술로 거북해진 속을 게워 바닥에 쏟아 내다오.

-사건 발생 38분 36초 전-

전봇대 아래 단단히 묶인 파란 쓰레기봉투가 있다. 저 안에 무엇이 있을까? 비닐 아래로 물이 흥건하다. 음식 찌꺼기가 있을 것만 같다. 고기를 먹었다면 뼈에 코딱지만 한 고기 한 점 정도는 붙어 있지 않을까? 생선이라면 대가리나 가시에 눈곱만큼 붙어 있을 것이다. 난 나도 모르게 입을 오물거렸다. 먹고 싶다는 욕망이 끓어올랐다. 역시 상상은 몸의 변화마저 일으킨다. 저 파란 쓰레기 비닐이 조금만 더 풀렸더라면, 그래서 악취라도 바람에 실려 내 코를 간질였다면 난 실성하여 비닐 안으로 뛰어들었을지 모른다. 적어도 한여름 들끓는 구더기들은 없을 터이니. 추운 날씨에 먹는 생각을 하니 떠오르는 물체가 있다. 냉장고!

믿을지 모르겠지만 내 총각 때의 일이다. 난 몇 날 며칠을 냉장고에 숨어서 지낸 적이 있었다. 어마어마하게 큰 냉장고였기에 먹을 것 또한 가지각색이었다. 이런 세상에! 그때를 회상하는 것만으로도 기분이 이렇게나 좋아지다니…. 난 아직도 그 맛을 잊을 수가 없다. 아~ 입에 군침이 돈다. 부드러운 초콜릿 케이크. 이보다 맛있고 아름답게 생긴 건 이 세상에 없다. 안타깝게도 나의 아들은 그것을 아직 맛보지 못했다. 하지만 곧 새집에 정착하게 된다면 냉장고 안의 그 맛을 느끼게 해 줄 것이다.

"여보…."

아내가 손을 뻗으며 말했다. 부인이 가리키는 곳을 봤다. 중국집 배달 오토바이가 달린다. 오토바이 뒤에 매달린 파란 통엔 어떤 음식이 들었을까? 냄새라도 한번 맡고 싶다. 저 오토바이를 따라간다면, 그래서 배달시킨 사람의 집을 알아낸다면, 그들이 빈 그릇을 수거하기 전 기회가 생길 것이다. 다 먹은 후 밖에다 내놓은 그릇이라도 좋다. 그곳에 붙어 있는 찌꺼기조차도 우리에겐 일용할 양식이다. 건더기 하나 남아있지 않더라도 상관없다. 따끈한 짬뽕 국물 한 모금이라도 남았다면 말이다. 아~ 상상만으로 벌써 몸이 따듯해진다.

오토바이가 싣고 가는 음식을 보지 않기 위해 그리고 배고픔을 잊기 위해 고개를 돌렸다. 그러자 쇠사슬에 묶여 있는 쓸쓸한 붕어빵 카트가 보였다. 너무 추워 장사를 포기한 것일까? 추위는 경제활동까지 얼어붙게 한다는 것을 새삼 느낀다. 다시 한번 우리의 체제가 얼마나 아름답고 평등한 것인지에 대해 쇠사슬에 묶인 저것이 대변해 준다. 습기와 비로 인해 조만간 부식될 카트와 쇠사슬 그리고 자물쇠를 보고 있자니 얼마 전 노점에서 먹었던 풀빵이 떠오른다. 아들은 그것을 입안 가득 넣고 우물거렸었지….

이 끝없는 배고픔과 음식에 대한 욕망은 언제 멈추려나. 먹는 상상이 아군인지 적군인지도 모르면서 갈등하고 있다. 사실 그렇다. 우리 식구가 잃은 것이라곤 집 하나다. 그것 말고 변한 것은 없다. 하지만 단지 그 하나의 이유가 우릴 죽음으로 몰았다. 배고픔 그리고 어디가 종착역인지도 모른 채 추위와 싸우며 우린 이렇게 걷고 또 걷고 있다. 발이 아프다.

이렇게 된 이상 난 중립에 서고 싶다. 체제의 속박에서 벗어나 자유라는 그 자체가 되고 싶다. 이 세상이 어떻게 돌아가던 나랑은 아무 상관 없다. 이념이니 사상이니 철학이니 하는 말 따위가 무슨 소용인가.

이런… 이러면 안 되는데… 눈에 이상 증세가 또 찾아왔다. 눈이 내리는 것처럼 하얀 물체가 하늘에서 수도 없이 떨어진다. 하지만 분명 눈은 아니다. 환영일 뿐.

으윽… 사물이 흐리게 보인다. 숨도 가쁘다. 죽음이 다가오는 것일까? 아니면 살기 위해 더 민감해지는 것일까? 느낀다. 더욱 강력히 느낀다. 내 피부가 살려 달라 아우성치는 소리. 머리에서 감각의 촉수가 살갗을 뚫고 뻗었다. 곤두선다. 낚싯대처럼 빳빳이 선다. 그것이 바람의 흐름을 느낀다. 시각장애인이 지팡이로 땅을 두들기며 걷듯 두 가닥의 그것이 이리저리 더듬으며 우리 가족을 이끈다. 이 길이 옳은 길인지 아닌지도 모른 채 정처 없이 우리를 이끌고 있다.

-사건 발생 14분 2초 전-

그림자다. 고개를 쳐들었다. 파란 하늘을 가로지르는 새들이다. 구름이 그들 위에 있는지 아니면 아래에 있는지 분간할 수 없다. 높이 뜬 그들이 물장구치듯 바람을 치며 날고 있다. 두 쌍의 저것이 그들을 산과 강 그리고 바다를 건너 새로운 세상으로 안내해 준다. 두꺼운 잠바에 입김을 뿜었던 그가 부러웠듯 날개를 지닌 저들도 내겐 부러움의 대상이다. 날개가 달린 자유로운 존재들은 집의 필요성을 크게 느끼지 못하는 것 같다. 말로만 거주이전의 자유를 지껄이는 인간들보다도 더욱 아름답고 눈부시다. 우리 가족에게도 쓸모가 있는 날개가 있었다면 이렇듯 차디찬 땅의 기운을 느끼며 기어가듯 거닐 필요는 없을 것이다. 그렇지, 그것만 있다면 배에 몰래 올라타 강과 바다를 건널 필요도 없을 것이고 콘크리트 집에 갇혀 사는 인간들을 불쌍해하며 측은한 눈으로 내려다보았을 것이다. 하지만 만약 이곳이 일 년 내내 여름만 있는 곳이었다면, 그래서 추위에 떨지 않아도 되었다면, 저들이 가진 날개가 부럽지 않았을지도 모른다. 자유라는 것도 제약이 없다면 따분해지니까.

양옆을 봤다. 없다. 부인과 아들이. 덜컥 겁이 났다. 깊은 생각에 잠긴 난 그들보다 한참 앞서서 걸은 것이다. 뒤를 돌았다. 부인과 아이는 가쁜 숨을 내쉬며 힘겹게 따라온다. 순간 가슴이 뭉클했다. 닭살이 돋았다. 죄책감이 들었고 동시에 아주 고마웠다. 변변치 못한 나를 믿고 따르는 그들을 보니 굳은 결심이 섰다. 힘을 내야겠다. 내가 살아 있어야만 그들도 살아갈 수 있다. 새로 정착할 곳에 내가 없다면 많은 혼란과 어려움을 겪을 것이 분명하다. 그래 마지막까지 죽을힘을 다해 운명과 싸워보자. 이를 악물었다. 아들을 봤다. 이상하다. 정말 이상하다. 오늘 보니 아이의 피부가 더욱 까맣다. 난 팔을 들어, 내 검은 피부를 봤다. 아이는 나와는 다르게 태어날 때부터 하얀 우윳빛이었다. 내 검은 피부와 내 처의 갈색 피부를 보았다면 저렇게 하얗고 고운 피부를 가진 아기가 태어난 것을 상상도 못 했을 것이다. 어쩜 아이의 피부 변화는 면역 이상이거나 시반 반응처럼 세포가 죽어 발생한 것인지도 모르겠다. 장시간 추위에 노출되었던 아이였으니 말이다. 불안하다.

"아빠."

아이가 하늘을 보며 말했다. 나도 봤다. 촉촉한 차가움이 내 몸을 감쌌다. 시원함보단 뜨끔함이 뒤통수를 후려쳤다. 싸라기눈은 분무기 입구를 통과한 미세한 물방울처럼 대지를 차갑게 적셨다. 헐벗은 우리 가족에게 있어 최악의 환경이 펼쳐졌다. 엎친 데 덮친 격으로 칼바람이 분다. 좁은 골목길을 할퀴고 지나갔다. 차가움의 결정체인 눈과 매서운 공기에 우리 식구는 순간 정신을 놓고 말았다.

"여보…"

쓰러진 나를 깨운 것은 아내였다. 그녀는 두려움에 부들부들 떨었다. 아들은 눈물을 닦으며 내 옆을 지켰다. 가족을 위해 최선을 다하겠다고 외친 지 몇 분 만에 쓰러지다니…

그녀의 표정은 고통으로 일그러졌다. 나도 모르게 그녀의 배를 봤다. 출산이 임박했다. 더는 그들을 고생시켜선 안 된다. 난 비틀거리며 일어섰다. 눈을 흐리게 하는 그 무엇을 손으로 닦았다. 아무래도 눈을 대신해서 감각이라는 두 갈래 안테나를 사용해야겠다. 시각장애인이 길을 찾듯 감각의 그것에 의지하고 몸을 맡기는 것이다. 속으로 다시 한번 다짐했다. 내가 죽음을 맞이하더라도 어린 내 아들과 나의 아내 그리고 그녀의 뱃속 아기들은 세상의 빛을 봐야 한다고. 다시 이를 악물었다. 시간이 없다. 최대한 가까운 곳에 가야 한다. 언 몸을 녹여야만 한다.

그래 저기 보이는 저곳이 좋겠다.

-사건 발생 6분 19초 전-

약하게나마 들리는 보일러 소리가 방 온도를 알려주는 것 같다. 일단 보일러만 돌아 간다면 어떻게든 버틸 수 있다. 밝은 빛이 쏟아져 나온다. 형광등이 켜져 있다는 것 은 집주인이 있다는 말이다. 그들을 떠올리자 가슴이 쿵쾅거렸다. 건물 내부로 발을 들이기 위해선 빈틈을 찾아야 한다. 집을 한 바퀴 돌았다. 예전 같으면 금방 돌 거리 다. 하지만 지금의 몸으론 벅차다. 철 대문과 땅 사이가 비교적 높다. 그 때문에 내 아들은 충분히 들어갈 수 있을 것이다. 내가 무슨 생각을 하고 있는지 모르는 아이는 아이가 날 쳐다봤다.

"네가 먼저 들어가. 엄마하고 아빠가 곧 따라 들어갈 거니까. 우리가 안 보인다고 너무 걱정하지 말고 알았지?"

내 얘기가 끝나기 무섭게 아들은 포복 자세를 취했고 문 아래로 기어들어 갔다. 곧 대문 너머로 사라졌다. 이제 남은 것은 처와 나 둘이다. 아니다. 뱃속 아기들도.

-사건 발생 4분 16초 전-

임신한 아내가 걱정되었지만, 벽을 타기로 했다. 숨을 몰아쉰 후 추위에 굳은 몸을 풀었다. 벽에 손을 댄 후 고개를 쳐들었다. 까마득하다. 살짝 열려있는 저 창까지만 도달한다면야 큰 무리 없이 들어갈 수 있을 것이다. 벽은 친절하게도 쩍쩍 갈라져 있 었다. 손가락을 쑤셔 넣기에 좋았다. 팔과 다리를 금 간 그곳에 밀어 넣었다. 한발 한 발 옮기며 올랐다. 식은땀이 흘렀다. 만감이 교차했다. 몸을 틀어 아래를 봤다. 부인 도 내 뒤를 착실히 따른다. 높게만 보였던 창문에 손이 닿았다. 뭐든 간절히 바라면 그대로 이루어진다고 하지 않았던가. 성취감의 전율이 등줄기를 타고 흘렀다. 아들도 지금쯤 집안 어딘가에 숨어 우리를 기다리고 있을 것이다. 간절히 기도드린다. 제발 집주인에게 발각되지 말라고.

"여보. 수고 많았어. 이젠 들어가는 일만 남았어."

아내를 다독거린 난 몸을 돌렸다. 열린 창으로 느껴지는 방안의 온기가 나를 미소 짓게 했다. 눈을 흐리게 했던 하얀 서리도 한줄기 온풍이 사라지게 했다. 난 머리를 창문 안으로 밀어 넣었다. 다행이다. 아무도 없다. 안도의 한숨이 터져 나온다.

"아빠, 여기에요."

아들이다. 우리를 본 아이가 기뻐 껑충껑충 뛰었다. 저러다 집주인에게 발각될까 봐 겁이 났다.

"힘들게 올라오지 마. 아빠하고 엄마가 내려갈 테니."

일단 남의 집에 들어온 이상 최대한 빨리 움직일 필요가 있다. 우리가 있는 곳으로 오려는 아이를 만류한 후 부인과 함께 움직였다. 방에 발을 들인지 수 분 만에 내 몸을 감쌌던 서리들이 모두 떨어졌다. 추위가 가시자 허기가 치밀었다. 신속히 부엌으로 달려가야 한다. 배를 채운 뒤엔 물때가 있는 욕실에서 목욕을 즐길 것이다. 불현듯 오늘이 이 집 주인의 생일이었으면 좋겠다는 생각이 들었다. 암, 그것을 다 먹을 리 없다. 다이어트를 신경 쓰는 주인이라면 그것을 남겨놓겠지. 맛있는 케이크는 우리 차지가 될 것이다. 냉장고에 있을 그것을 아들에게 꼭 맛보여 주고 싶다.

여자아이가 쓰는 방인지 인형들이 많다. 그리고 내가 싫어하는 향수 냄새가 난다. 곰팡이가 핀 벽지가 보이지 않아 실망했다. 따뜻한 건 좋지만 너무 건조하다. 습기가 없다. 가습기 하나 없다니… 그러나 나쁜 점이 있다면 좋은 점도 있기 마련이다. 이곳엔 거미줄이 없다. 아들이 거미에 물릴 걱정은 안 해도 되는 것이다.

"환경이 좋진 않지만 여기서 지내보도록 하자꾸나."

지금은 부서지고 먼지가 되어버린 옛집을 떠올리며 말했다. 습기 많고 곰팡이 포자가 떠다녔던 옛집이 너무나도 그립니다.

-사건 발생 3.2 초 전-

문 닫히는 소리가 들렸다. 우린 방에 갇혔다. 이곳을 점령하고 있는 그들과 함께 말이다. 정말이지 불길한 징조가 아닐 수 없다.

"쉿! 조용히."

옆에 있는 부인과 그들이 무서워 나에게 몸을 기댄 아들을 보며 말했다. 하지만 우리의 바람과는 다르게 그들의 목소리가 점점 더 크게 들렸다. 발걸음마저 우리 쪽으로 향했다. 젠장… 우리는 시체라도 된 것처럼 숨을 죽였다.

"엄마 불 끈다."
"어, 그래."
"꺅!"
'앗! 들켰다! 도… 도망가! 도망가!'
나와 가족들이 발을 뗀 순간 두 여자의 말이 들렸다.

-사건 발생 1초 전-

"왜, 왜 그러니?"
"벼… 벽에 바… 바… 바퀴벌레가 세 마리나 있어."

몰
살

(殺
處
分)

"이게 도대체 말이나 되는 소립니까? 우리가 만물의 영장이니 다른 생명을 무참히 죽여도 된다는 겁니까? 단지 상품 가치가 없어졌단 이유만으로 살아 숨 쉬는 생명을 땅에 묻어 살처분해도 된단 말입니까!"

종교 지도자가 말했다. 분노로 얼굴이 벌게졌다. 소들이 살려 달라 소리치는 생매장의 아비규환이 머리에서 떠나지 않았다. 굴착기가 파놓은 거대한 사각엔 수천 마리의 소가 울부짖었었다. 한 줌의 공기라도 폐에 더 넣기 위해 고개를 필사적으로 쳐들었었다. 그런 그들에게 모래가 산처럼 쏟아졌다. 삽시간에 침묵이 사각 안의 생명을 잠식시켰다. 참혹했던 그 모습에 소름 돋는 그였다.

"종교 지도자님, 소들은 치명적인 병에 걸렸습니다. 바이러스가 바람을 타고 온 전국을 누비고 있습니다. 더 큰 피해를 막기 위해서 살처분은 필수 불가결한 것입니다. 정부가 나서서 하는 일을 우리가 무슨 수로 막을 수 있겠습니까. 더욱이 그들은 옳은 일을 하고 있습니다. 썩은 사과 하나가 상자 안의 모든 사과를 썩게 만들듯이 병든 소 하나가 수천수만 마리의 소들을 죽게 할 것입니다. 예방하기 위해선 희생을 감수해야만 하는 것입니다."

참모가 침을 튀기면서 말했다. 불안해서인지 아니면 버릇인지 그는 손등 위에 손바닥을 얹고 또 그 손등 위에 손바닥을 얹는 행동을 반복했다.

"예방한다고요? 그렇게 해서 살아남은 소들은 어떻게 되는 겁니까? 살아남은 소들도 결국엔 사육되어 우리의 식탁에 오르겠지요. 먹히기 위해 살아야 하는 삶, 얼마나 비참한 것입니까? 더군다나 가치가 없어지면 살처분한다니 도대체 우리가 무슨 권리로 다른 생명을 생매장한다는 겁니까? 이런 식으로 쓰면 뱉고 달면 삼키는 살생을 지속한다면 큰 화를 면치 못할 것입니다. 생명 경시 풍조에만 우주가 노할 것입니다. 아무리 말 못 하는 짐승이라고는 하나 소들도 가족을 이루고 살고 있고 슬픔이 무엇인지 알고 있습니다. 도축장에 끌려가는 어미 소를 보고 눈물을 흘리는 아기 소를 보신 적 있지 않으십니까? 생명을 도구로만 사용하는 살처분을 우리가 막아야 합니다. 끔찍한 생매장만큼은 꼭 막아야 합니다. 지금, 이 순간에도 우리는 씻을 수 없는 죄를 짓고 있습니다. 종교란 우리 사람만을 위한 것이 아닙니다. 만약 그것을 우리 인간에게만 적용하여 다른 생명을 경시한다면 큰 화를 입게 될 것입니다. 우주가 노하고 천지 신이 분노하면 우리는 모두 지옥의 불구덩이에 빠지게 되고 맙니다. 우리의 교리가, 우리의 신이, 그렇게 가르쳤습니까? 만 생명을 자신의 목숨처럼 소중히 대하라 하지 않으셨습니까?"

종교 지도자가 열변을 토했다. 그리곤 고개를 쳐들어 연단을 봤다. 촛불이 켜진 그곳엔 팔이 여덟 개인 석상이 자비로운 눈으로 내려다보고 있었다. 그것의 팔에는 각각 빛, 공기, 물, 생명, 사랑, 희망, 미래 그리고 가족이라 쓰여 있었다.

-위이이잉 키기기긱-

도축장에서 전기톱 돌아가는 소리가 들렸다. 그것이 하늘로 솟았다 내려질 때면 피와 살 그리고 심지어는 뼈의 미세한 파편마저 사방으로 튀었다. 같은 동작을 몇 번 반복하면 하나의 몸뚱이였던 소는 여러 부분으로 토막 나버렸다. 물론 전기톱에 의해 토막이 나는 소들은 전부 죽은 소다. 살아 있는 소를 전기톱으로 자른다는 것은 노동 대비 생산성 저하를 초래했기 때문이다. 그 원인을 굳이 규명하고자 한다면 이렇다. 모든 살아 있는 다세포 생명은 죽기를 거부한다. 그들 소에게도 살고자 하는 본능이 내재하여 있다. 전기톱이 상처를 내면 발버둥 치고 방어한다. 이는 곧 생산성 악화로 이어져 잉여가치 창출을 줄어들게 만든다. 그래서 소는 전기톱을 든 자에게 넘겨지기 전 한 단계를 더 거쳐야 한다. 그것은 묵직한 해머를 든 사나이의 손을 거치는 것이다.

해머를 쥔 그가 그것을 높이 들었다. 소의 정수리를 노렸다. 힘주어 내려쳤다. 묵직한 해머는 그가 목표로 한 머리 중앙을 때렸다. 그때 발생한 충격과 압력이 소의 눈 그리고 그것과 연결된 시신경을 얼굴 밖으로 튀어 나가게 했다. 쿵- 소리를 내며 옆으로 쓰러졌다.

"아이고 힘들다."

두 손으로 허리를 두들긴 그가 말했다. 피에 절은 장갑으로 버튼을 누르자 쓰러진 소는 체인 기계 돌아가는 소리와 함께 다음 장소로 옮겨졌다.

"빨리! 빨리하라고!"

전기톱을 든 그가 마스크를 내리며 말했다. 그는 동료를 보기 위해 굳이 고개를 돌리지 않았다. 그것은 그의 미간이 너무나 넓어 양 눈이 귀 쪽으로 붙었기 때문이다. 그 모습은 마치 카멜레온의 그것과 흡사했다.

우비를 입고 있는 그의 몸에서 핏물이 뚝- 뚝- 뚝- 흘렀다. 이미 바닥을 적시며 흐른 핏물과 우비에서 흘러내린 그것이 합류하여 여러 갈래 붉은 액체 길을 만들었다.

"지금 일하는 거 안 보여? 손이 열 개라도 모자란다고!"

해머를 내려놓은 그가 말했다.

"그럼 내 두 손을 잘라 보태 줄까? 네가 늦게 보내주니까 멍하니 기다려야 하잖아! 시간이 없다고."

두 손을 흔든 그가 비아냥대며 말했다. 전기톱을 내려놓은 그는 담배에 불을 붙였다.

"그럼 자네가 이 무거운 해머를 소의 머리에 내려치지 그래. 내가 전기톱으로 소의 몸을 분리할게. 나도 힘들어 죽겠어. 한 번에 쓰러지지 않는 놈들도 꽤 있다고."

그가 말했다. 나무 상자에 올라서려다가 만 그는 땅에 주저앉았다. 팔로 다리를 주물렀다.

"알았어. 자네가 소를 이쪽으로 보내는 동안 난 쓸모없는 내장과 머리를 플라스틱 상자에 담겠네."

담배를 땅에 던진 그가 말했다. 그의 손을 떠나 바닥의 피와 닿은 담배는 치익- 짧은 외마디 비명을 지르며 꺼졌다. 리트머스종이처럼 피를 빨아들이는 담배를 보던 그가 다시 입을 열었다.

"서두르자고."

"자네 말이 맞아. 이놈들이 슈퍼 인플루엔잔지 뭔지에 다 쓰러지기 전에 유통하려면 시간이 없지. 납품기일 전에 처리해서 보내야 해."

몸을 일으킨 그가 말했다. 해머를 쥐었다.

-위이이이키키킹-

전기톱이 피를 털며 돌았다. 좀 전에 보낸 소의 몸에 전기톱이 날아들었다. 소의 사지가 순식간에 잘렸다. 전기톱을 멈춘 그가 손을 뻗었다. 천장 도르래와 연결되어 늘어진 쇠꼬챙이를 잡아당겼다. 드르륵- 거리며 내려오는 쇠사슬 소리가 요란했다. 낚싯바늘을 닮은 꼬챙이를 소 등에 꽂았다. 단추를 누르자 쇠사슬이 감기며 묵직한 소가, 아니, 고깃덩이가 위로 올라갔다. 어느 정도 오르자 도르래가 멈췄다. 전기톱이 다시 작동했다. 미친 듯 회전하는 그것이 밀도에 저항하며 무겁게 매달려 있는 그것의 배를 세로로 갈랐다. 그러자 몸 밖으로 물컹거리는 내장이 쏟아졌다. 땅으로 곤두박질친 피와 내장에서 스멀스멀 김이 피었다. 살이 꽤 붙은 몸통 그리고 다리와는 달리 그들에게 쓸모없는 내장과 장기는 때에 찌든 대형 플라스틱 상자에 들어갔다.

"이거 벌써 한 통이 다 차버렸어. 땅에 묻고 올 테니까 열심히 때리라고."

핏물을 흘리는 전기톱을 땅에 내려놓은 그가 말했다.

"알았어."

해머를 쥔 그가 대답했다.

"잠깐!"

머리 높이까지 들어 올렸던 해머를 내려놓은 그가 소리쳤다.

"왜?"

내장이 가득 든 카트를 밀다가 멈춘 그가 대답했다.

"주변을 잘 살피고 처리하라고. 들키면 끝장이야."

"걱정하지 마."

그의 대답과 함께 카트의 바퀴가 다시 굴렀다.

"남쪽 지역에 이어 동쪽까지 바람을 탄 슈퍼 인플루엔자가 급속도로 확산하고 있습니다. 이 여파로 많은 농가가 큰 피해를 보았습니다. '아이고~ 아이고~ 이를 우짜문 좋노~ 내가 고생고생해서 키운 손데~ 엉~ 엉~ 다 땅에 묻혀 불고 엉-엉-.' 농가들의 한숨이 더욱 깊어가고 있습니다."

"지금 이렇게 상황이 안 좋습니다."

리모컨으로 TV를 끈 참모가 종교 지도자를 보며 말했다.

"소들을 치료할 수 있는 약을 개발하는 동안 병든 소를 일정한 장소에 격리해 살리면 안 되는 겁니까? 꼭 땅을 파고 그곳에 살아 있는 소를 매몰시켜 생매장해야만 하는 겁니까?"

손등 위에 손바닥을 번갈아 얹는 참모를 보며 종교 지도자가 말했다.

"종교 지도자님, 아무리 설교도 좋고 생명 존중도 좋지만 그렇다고 고기를 먹는 사람들에게 그것을 중단하라고 하는 것도 무리가 아니겠습니까. 이 도시에 얼마나 많은 사람이 정육점을 운영하는지 아십니까? 우리 신도 중에도 꽤 많은 사람이 고기를 팔고 유통하는 일에 종사하고 있습니다. 종교 지도자님의 말대로라면 소비와 생산 그리고 유통의 균형이 깨지게 됩니다. 그와 관련된 많은 실업자가 우리를 비난할 것입니다. 종교 지도자님께서 계속해서 고집을 부리신다면 많은 문제가 발생할 것입니다. 우리 종교를 믿는 신도들이 등을 돌릴 것이 불 보듯 뻔합니다. 좀 전 뉴스에서도 보시지 않으셨습니까? 구제역이니, 조류인플루엔자니 그리고 슈퍼 인플루엔자니 해서 동물들이 힘 한번 쓰지 못하고 픽픽 쓰러져 죽는 것 말입니다. 농장을 운영하는 사람들의 시름이 더욱 깊어지고 있습니다."

참모는 손등 위에 손바닥을 얹는 손 겹치기를 하면서도 자신의 금테 안경을 만지고 뒤통수마저 긁는 민첩성을 보였다.

"그러니 더더욱 살처분은 안 된다는 것입니다. 우리 사람처럼 병에 걸리면 치료를 해주고 살릴 방법을 마련해야만 합니다. 역지사지로 **우리가 살처분을 당한다고 생각해 보십시오.** 이 얼마나 무섭고 치가 떨리는 일이겠습니까? 자신을 낳아준 엄마 아빠가 땅에 묻히는 것을 어린 생명이 본다면…"

종교 지도자는 어린 생명이란 말에 눈물을 흘렸다.

"그런 걱정은 안 하셔도 됩니다. 어차피 그 어린 것들도 땅에 다 같이 묻힐 테니까요. 흐흐흐."

마침내 손 겹치기를 멈춘 그가 미소를 띠며 말했다. 종교 지도자는 참모라는 사람의 얼굴을 보고 있자니 심한 혐오감을 느꼈다. 한숨을 쉰 그는 고개를 들어 자비의 석상을 쳐다봤다. 석상이 내민 여덟 개의 팔에는 빛, 공기, 물, 생명, 사랑, 희망, 미래, 가족이라는 글이 적혀있었다. 저것을 매일 같이 보고 기도하면서 왜 실천을 하지 않는지 그로서는 이해할 수 없었다. 종교 지도자는 지그시 눈을 감았다. 지루했는지 참모의 손 겹치기가 다시 시작됐다.

"참모님."

침묵 끝에 종교 지도자가 입을 열었다.

"네, 말씀하십시오. 종교 지도자님."

그가 웃으며 말했다. 치아보다도 훨씬 긴 그의 잇몸엔 붉어져 나온 파란 혈관이 얼기설기 가득했다.

"전 제 의지를 그리고 제 믿음을 접을 생각이 없습니다."

종교 지도자는 확고히 말했다. 손 겹치기를 하던 참모는 그것을 멈추곤 주먹을 불끈 쥐었다.

"저와 의견 충돌이 많을 것 같으니 이곳을 떠나 주셨으면 합니다. 이 건물의 소유자는 저이고 저에겐 종교 지도자의 깨끗한 마음을 보고 그가 머무를 수 있는 자인지 아닌지를 결정할 수 있는 권한이 있으니까 말입니다. 종교 지도자님은 약육강식의 자연법칙을 거스르려 하는 오류를 범할 뿐 아니라 적법한 예방 작업을 막아 소라는 동물을 이 지구상에서 멸종시키려 하고 있습니다. 이는 다시 말해 종교 지도자로서 자격이 없다는 것입니다."

"이 두 마리가 마지막이야!"

성인 소에 비해 작은 몸집을 한 그들을 보며 해머를 든 그가 말했다. 때에 찌든 나무상자에서 내려와 작업해도 될 것 같았다. 그리고 한 번에 둘을 해치울 수 있을 것만 같았다. 그가 해머를 땅에 톡톡 치자 쇠에 붙은 제법 굵은 살점이 스르륵 떨어졌다. 죽음이 무엇인지 모르는 남매 소는 서로 장난치며 놀기 바빴다.

약한 빛을 발산하는 천장의 전구가, 불쌍하다는 듯, 어린 두 생명체를 내려다보고 있었다.

역한 피 냄새와 살기를 내뿜는 그들의 모습에 겁먹을 만도 했지만, 오히려 순수한 아가 소들은 해머를 든 그에게 머리를 기댔다. 그가 자신들의 머리를 쓰다듬어 주기를 바랐다. 그런 소의 머리에 해머가 돌진했다. 그것이 두개골을 뚫고 머리에 박혀버렸다. 옆에 서 있던 아가 소는 비명을 지르는 오빠의 목소리를 듣고 놀랐다. 참혹하게 뚫린 머리에서 피가 쏟아졌다. 조각 난 머리뼈 사이로 삐져나온 뇌가 보였다. 오빠를 덮쳤던 그 검은 해머의 그림자가 곧 자신에게 덮칠 것을 예상한 소는 그제야 죽음의 냄새를 맡았다. 다리가 후들거렸다. 공포로 옴짝달싹할 수 없었다. 오줌을 지렸다. 심장이 얼어붙었다. 몸이 떨렸고 이가 딱딱 부딪쳤다. 다음 소를 처리하기 위해 그는 손에 힘을 줬다. 팔 핏줄이 붉어져 나왔다. 하지만 그것이 소의 머리에 깊이 박혀 쉽게 빠지지 않았다. 너무나 놀란 누이 소는 살고자 하는 본능의 말에 귀를 기울였다. 오빠를 해머에 빼앗긴 아가 소는 달리기 시작했다. 자신을 가둔 사각 울타리를 뛰어넘었다. 무작정 달렸다. 최대한 그들에게서 멀어지고자 했다.

"잡아!"

전기톱을 멈춘 그가 소를 보며 소리쳤다. 악의에 찬 그의 목소리가 도축장 안을 울렸다. 사지를 찢어 죽이려는 그의 서슬 퍼런 기운이 소에게도 전달됐다. 후들거리는 다리로 뛰던 아가 소는 자신 앞에 떡 하니 버티고 서 있는 문을 봤다. 멈칫했다. 뒤를 돌았다. 해머를 든 자와 전기톱을 든 자가 자신을 향해 달려오고 있었다. 당장에라도 저들이 들고 있는 물체가 자신의 머리를 강타할 것만 같았다. 심장이 방망이질 쳤다. 거리가 좁혀지자 전기톱의 굉음이 울려 퍼졌다. 다리에 힘을 준 소는 슬레이트 문을 향해 뛰었다. 머리로 그것을 있는 힘껏 받았다. 슬레이트 문은 탕- 소리를 내지르며 열렸다.

"내버려 둬!"

소를 쫓는 그에게 해머를 든 그가 소리쳤다. 전기톱 돌아가는 소리가 멈췄다.

"벌써 도망갔다고. 지금 그런 모습으로 돌아다니면, 동네 사람들에게 의심받을 거야. 당장 들어가자고!"

핏물과 소의 살점들로 범벅 된 그의 우비를 보며 그가 말했다.

"한 놈씩 처리했어야지. 네가 무슨 손이 열 개라도 되는 것처럼 행동하고 그래!."

소를 놓친 책임이 모두 네게 있다는 듯 그가 말했다.

"네가 자꾸 빨리빨리 하라고 난리를 치는 바람에 이렇게 된 거 아니야. 누군 놓치고 싶어서 놓친 줄 아나! 엉! 엉!"

얼굴이 시뻘게진 그가 말했다. 입에선 허연 거품이 그칠 줄 모르고 흘러나왔다. 화가 덜 풀렸는지 들고 있던 해머를 땅에 힘껏 팽개쳐버렸다. 숨이 더욱 거칠어졌다.

"이봐, 서로 싸울 때가 아니야. 지금 시국이 시끄러운 거 잘 알잖아.

주머니에 손을 넣으며 그가 말했다. 뒤적였다. 담뱃갑을 꺼냈다. 홀쭉히 비어있는 그것을 보자 화가 치밀었다. 주먹을 꾹 쥐었다.

"그동안 친구라서 말은 안 했지만 말이야. 설비에 투자하라는 내 말을 듣지 않고 엉뚱한 짓을 해서 애먹인 게 누구지?"

"참, 친구. 이제 그만하자고. 이번 기회를 놓치면 우린 망한다고."

구겨진 담뱃갑을 버리며 그가 말했다.

"그러니까 내 신경 작작 긁으라고."

땅에 누워 있는 해머를 주우며 그가 말했다.

"담배 좀 사와도 될까?"

"손보던 것마저 처리하고. 마무리 작업만 하면 끝나잖아."

해머를 든 그가 말했다. 둘은 무거운 발걸음을 도축장으로 끌었다. 힘없이 떨어져 나간 슬레이트 양철 문을 보자 인상이 써졌다.

눅눅한 피가 뒤덮인 전동 카트에 소를 옮긴 그가 버튼을 눌렀다. 그러자 머리에 큰 구멍이 난 소의 몸이 전기톱을 든 사람에게로 옮겨졌다. 아직 숨이 끊어지지 않았는지 도축장의 높은 천장을 보는 소였다. 뇌는 사물을 인지하지 못했지만, 눈은 보고 있었다. 곧 투명한 무언가가 눈에 가득 찼다. 눈물이었다. 소는 알 수 없는 이 죽음이 서러웠다. 다시 일어서서 누이를 보고 싶었다. 팔과 다리가 움찔거리며 움직였지만, 온몸을 뒤덮은 피의 양으로 봤을 때 곧 죽을 것이다. 소는 머리 밖으로 줄줄 흐르는 피의 흐름을 느꼈다. 추웠다. 이가 딱딱 부딪쳤다.

"야! 아직 살았나 봐."

전기톱을 작동시키려다가 그가 소리쳤다.

"그럴 리가 있나. 해머가 뇌까지 부숴버렸는데."

"이것 봐! 입을 움직이는데?"

"신경이 살아 있나 보지 뭐. 그 멋진 톱날로 단숨에 끝내버리라고."

해머를 쥔 친구의 격려와 함께 전기톱이 돌았다. 시끄러운 그것이 닿자 아가 소는 자신의 사지가 분리되는 것을 느꼈다. 살려고 움찔거렸지만 소용없는 몸짓이었다. 피가 물보라처럼 사방으로 퍼졌다. 그가 입은 우비에서 미세한 피와 살덩이가 모이고 모여 여러 갈래 핏물을 다시 흐르게 했다. 아가 소의 배에서 장기를 걷어낸 그는 마지막으로 목을 잘랐다. 대형 봉지를 벌리자 소의 머리가 한가득했다. 아가 소의 머리가 제일 위를 차지한다.

땅에 묻힌 소의 장기와 머리로 꼬물꼬물하며 움직이는 구더기들이 모였다. 그들은 소의 자양분을 흡수해 영양분을 취했고 덩치를 키웠다. 그들의 덩치만치 커져 나간 것은 사체에서 발산하는 썩은 냄새다. 그 냄새는 너무나도 역겹고 무지하게 강해 수십 킬로 밖에서도 바람을 탄 그것의 냄새를 맡을 수 있었다. 변태를 거쳐 파리로 된 그들은 영역을 더욱 확장했다. 그것이 하늘을 가릴 정도의 머릿수를 자랑하자 조사가 착수됐다. 수사관과 검역원은 누군가 고의로 벌레를 키우고 푸는 것은 아닌지 의심했다. 그들의 추적이 시작되고 얼마 지나지 않아 출처를 밝혀냈다. 도축장 뒷마당을 파본 그들은 수많은 소가 불법적으로 도축되었고 쓸모없는 부분만 땅에 매장된 것을 확인했다.

"이곳이 바로 병든 소들을 불법적으로 유통한 업체입니다. 이들은 인플루엔자 바이러스가 전국으로 확산하자 소들을 미리 도축하여 자신들의 거래 업체에 고기를 불법적으로 유통하다 결국 경찰과 검역소의 공조 수사로 발각되었습니다. 이미 많은 양의 고기가 시중에 유통된 것으로 드러나 피해는 더욱 커질 것으로 보고 있습니다."

 우리에서 도망친 아가 소는 무작정 산으로 뛰었다. 본능이 사람들 없는 깊은 산속에 숨으면 안전할 것이라고 알려주었다. 비참하게 죽음을 맞이한 오빠의 모습이 눈에서 잊히지 않았다. 해머를 맞고 삐져나온 뇌…, 피로 범벅이 된 얼굴과 몸…. 아가는 공포에 떨었다. 도축장으로부터 꽤 멀리 도망 왔지만, 그런데도 발걸음을 멈출 수 없었다. 그렇게라도 했다간 그들이 덥석 잡을 것만 같았다. 비틀거리며 한발 한발 내디뎠다. 근육이 경련을 일으켰다. 허벅지가 벌벌 떨렸다. 하지만 힘이 들어도 쉴 수가 없다. 만약 발을 멈췄다간 쥐도 새도 모르게 다가온 해머가 자신의 뒤통수를 내려칠 것만 같았기 때문이다. 어둑한 밤에 도망쳐 나왔던 아가 소는 산 너머 얼굴을 내비치는 해를 봤다. 환하게 웃고 따스함을 전해주는 해가 아름답다고 생각했다. 멀리 시선을 던지자 시원히 낙하하는 그것이 보였다. 폭포수의 물보라엔 무지개가 예쁘게 피어있었다. 산새들이 불러주는 노래도 아름답다. 졸졸 흐르는 물소리도 아름다웠다. 바람을 타고 떠 있는 잠자리, 보호색을 몸에 두르고 있는 풀벌레가 이 잎사귀에서 저 잎사귀로 뛰는 모습 그리고 나비가 팔랑거리며 나는 모습까지 눈에 담을 수 있는 세상의 모든 것이 아름다워 보였다. 이렇게 좋은 곳을 두고 그곳에 왜 갇혀 지내야 했는지 아가 소는 그 이유를 알 수 없었다.
 아가 소는 울었다. 힘겨워 비틀거리며 걸었고 원망했다. 사람들이 미웠다. 자신들의 생사를 거머쥔 그들이 싫었고 가족과 헤어지게 만든 그들이 싫었다. 코를 뚫어 그것으로 자신의 의지와 상관없이 움직이게 만드는 그들이 싫었고 자신들을 사고파는 그들이 싫었다. 그리고 이상한 짓을 하는 그들이 싫었다. 사람인 그들은 소가 아님에도 불구하고 마치 발정이 난 수소처럼 행동했다. 밤에 몰래 축사로 들어와 자신들이 오줌 싸는 곳에다 신체를 밀착시키곤 한참 동안 앞뒤로 움직이는 것을 봤다. 싫다는 표현은 고사하고 자신들의 대를 이을 자손의 목숨마저 그들에게 맡겨야만 한다. 소들의 세포 하나하나에는 만물의 영장 앞에선 절대로 복종해야만 한다는 명령어가 숨 쉰다. 비록 덩치는 사람들에 비해 컸지만, 본능에 저항하기는 쉽지 않았다. DNA에 박혀버린 두려움을 뛰어넘을 수는 없었다.

목마른 아가 소는 개울로 갔다. 개구리 몸 위로 그림자가 덮쳤다. 바닥에 납작 엎드린 그들에게 그것은 거대했다. 개구리가 사방으로 튀었다. 목을 숙여 개울물을 마신 소는 물에 비친 자신의 모습을 봤다. 찢어진 이마가 보였다. 슬레이트 문을 받을 때 생긴 상처다. 다른 곳은 다친 데가 있나 하여 고개를 돌린 아가 소는 자신의 다리에 두껍게 붙어있는 똥 딱지를 봤다. 도살장과 축사에서의 악몽을 잊고 새롭게 태어나고 싶었던 아가 소는 목을 축였던 그곳에 자신의 몸을 담갔다. 찢긴 이마 그리고 엉덩이부터 다리까지 이어진 똥 딱지를 흐르는 물이 씻겨주길 바랐다. 물속에 한참을 멍하니 있었다. 그런 소의 눈에 무언가가 어른거렸다. 거뭇하게 보이는 것이 물속에서 빠르게 움직였다. 태어나서 처음으로 헤엄치는 물고기를 본 아가 소였다. 신기하기만 했다. 어떻게 숨도 안 쉬고 물속에서 저렇게 오래 견디는지 신기할 따름이었다.

-따각.-

인기척에 놀라 움찔 귀를 움직인 아가 소는 고개를 돌려가며 주위를 봤다. 분명 나뭇가지를 밟는 소리가 들렸다. 갑자기 도축장의 해머가 떠올랐다. 오빠의 머리를 내려쳤던 사람의 얼굴이 떠올랐다. 심장이 마구 요동쳤다. 몸은 공포로 굳어버려 움직일 수 없었다. 소는 소리가 났던 수풀에서 눈을 떼지 못했다. 공포감에 눈물이 주르륵 흘렀다.

'걱정하지 마.'

나무 잎사귀와 풀을 해치고 나온 어린 소가 눈으로 말했다. 그 소는 자신과 나이가 비슷해 보였다. 시간이 조금 흐른 후, 아가 소는 경계의 끈을 놓았다.

'넌 어떻게 해서 이곳에 오게 된 거니?'

같은 소의 모습을 하고 있는 그에게 아가 소는 눈으로 물었다. 물에서 걸어 나온 아가 소는 그의 곁으로 다가갔다.

'사람들이 우리 가족은 물론이고 아저씨 아줌마들 그리고 내 친구들과 젖먹이 아가까지 모두 땅에 묻었어. 난 간신히 그곳에서 도망쳤어.'

어린 소의 눈에 눈물이 차올랐다. 큰 눈을 끔뻑이자 액체의 그것이 주르륵 흘렀다.

'난 도축장에서 도망쳤어. 사람들이 내 오빠를 죽였어.'

몸을 부르르 떤 아가 소는 큰 눈망울로 말했다.

"그럼 건강하세요. 종교 지도자님."

건물 출입구에서 참모가 말했다. 잘 가라며 족발을 들곤 흔들었다. 그는 종교를 대표하는 참모라면서 소가죽 재킷을 걸쳤다. 채식주의자인 종교 지도자를 놀리려는 의도가 다분했다.

"신도들을 잘 부탁드리겠습니다. 그럼 이만."

매스꺼움을 가까스로 참은 그는 땅에 내려놓았던 가방을 어깨에 걸쳤다. 종교 지도자는 족발을 들고 흔드는 그를 등지고 걷기 시작했다. 그의 걸음은 매우 느렸다. 가방 가득 무거운 짐이 한몫을 했다. 특히 팔 여덟 개의 석상은 무척 무겁다. 오래된 그것은 금 간 곳이 많았다. 이끼마저 보인다. 하지만 믿음이 두터운 종교 지도자는 아무리 그것이 무겁다고 할지라도 참모가 있는 곳에 놓고 떠날 수는 없었다. 여덟 개의 팔이 주는 의미를 이해하지 못하고 실천하지 못한다면 종교는 무의미했기 때문이다. 말뿐인 종교는 사상누각에 지나지 않는다고 그는 생각했다.

정들었던 곳을 떠나려니 시원함과 섭섭함이 동시에 몰려왔다. 그동안 자신의 설교를 듣고 참회의 눈물을 흘렸던 신도들 그리고 그들이 내밀었던 수많은 손이 생각났기 때문이다.

자연의 품에 안긴 두 소는 하루가 다르게 무럭무럭 자랐다. 커지는 몸과는 반대로 그들을 짓눌렀던 마음의 상처는 조금씩 줄었다. 그렇게 소리 없는 시간의 흐름을 타고 성인 소가 되었다. 산은 먹을 것과 잠잘 곳을 제공해 줌에도 아무런 조건이 없었다. 둘은 즐거운 나날을 보냈다. 사람이 곁에 없고 그들에 의해 간섭받지 않는다는 것이 이렇게 행복한 것인지 몰랐었다. 예전엔 시간 맞춰 먹이를 주는 그들이 고마웠다. 하지만 덩치가 커지고 살이 오르면 결국 도축장에서 비참한 최후를 맞게 되는 것이다.

즐겁게만 살아가던 그들에게 변화가 생겼다. 평화롭게 지내던 둘의 숨소리마저 줄어들게 만든 것이 있다. 다름 아닌 사람의 출현이다. 해머와 전기톱 그리고 집단 살육을 벌였던 그 생명체가 나타났다. 산에 오래 머물려는 듯 나무와 잎사귀를 이용해 작은 집을 만들기까지 했다. 소들은 불안에 떨었다. 비록 그의 손엔 해머나 전기톱 같은 무서운 물체가 보이지는 않으나 접근할 순 없었다. 사람의 다리에 얼굴을 비비다 해머를 맞은 오빠의 얼굴이 떠오른 암소는 이젠 남편이 된 수소에게 무섭다는 말을 눈으로 보냈다. 종교 지도자의 출현으로 인해 그들의 활동 영역도 아주 좁아졌다. 동굴 밖으로 나오는 일도 줄었다. 배가 너무 고파 견디기 힘들 때만 잠시 나와 먹이를 구했다. 행여 사람의 눈에 띌까 봐 도둑 발걸음으로 움직여야만 했다. 항시 사주 경계를 해야만 했다. 그러던 어느 날 그들은 공포의 존재인 사람이 식사하는 모습을 보게 되었다. 그가 먹는 것은 고깃덩이가 아닌 자신들이 먹는 것과 별반 다르지 않은 신선한 풀과 채소 그리고 과일이었다. 더욱이 바로 먹을 수 있는 머루나 산딸기 그리고 오미자 같은 열매뿐만 아니라 떡갈나무와 신갈나무 그리고 졸참나무에서 자라는 딱딱한 열매까지도 도구를 이용하여 맛있게 먹었다. 그 모습에 충격과 감명을 받은 두 소는 소리 없이 그를 관찰하기 시작했다. 일반 사람과는 달라 보였다. 그의 입에선 아름다운 소리가 흘러나왔다. 그것을 듣고 달콤한 잠에 빠진 적도 있었다. 그는 그 아름다운 노래를 혼자만 간직하는 것이 아닌 풀과 꽃 그리고 나무들에 들려주는가 하면 물과 돌 그리고 흙이나 태양까지도 들려줬다. 그리고 매일 밤 그는 고개를 숙여 기도했다. 특이하게 생긴 돌을 보고 기도하는 것으로 봐선 딱딱한 저것이 그에게 있어 꽤 귀중한 것으로 생각했다. 소들은 흥미로웠다. 좀 더 그에 대해 알고 싶었다. 하지만 예전의 그 피 튀기는 학살의 현장에서 구사일생으로 살아나온 경험을 한 그들로서는 아무리 아름다운 노래와 자신들처럼 채식하는 그라 할지라도 가까이할 수는 없

었다. 어쩜 그러한 그의 모습은 속임수일 수도 있단 생각이 들었다. 어딘가에 살아남
았을 소들을 찾기 위한 함정일지도 모른다고 생각했다. 그렇게 관찰과 의심 그리고
불안과 안정의 시간이 교차하며 흘렀다. 변화무쌍한 시간은 또 다른 소식을 몰고 왔
다. 암소는 임신하게 되어 배가 부어올랐고 엄마 소라는 이름을 얻게 됐다. 그러므로
수소는 아빠 소라는 이름을 얻게 된 것이다. 하지만 기쁜 탄생의 기대감보다는 걱정
이 그들에게 다가왔다. 불안은 암소의 배가 불어오는 것만큼 커졌다. 순수한 아기 소
는 아무것도 모를 것이 분명하다. 아기 소가 태어나 울기라도 한다면, 그렇게 된다면
산에 사는 사람에게 자신들의 위치가 노출될 것이 분명했기 때문이다. 최근엔 그가
산을 찾아온 사람들과 대화하는 것도 보았다. 그것은 자신들의 목숨과도 직결된 매우
우려할 만한 사항이었다. 그렇다고 그가 만났던 사람들의 손에 해머나 전기톱과 같은
살벌한 물체가 있었던 것은 아니다. 산을 찾은 모든 이는 종교 지도자를 따랐다. 돌
을 앞에 두고 절을 했으며 자신들을 달콤한 잠으로 이끌었던 아름다운 노래도 함께
불렀다. 하지만 이유를 막론하고 불과 도구를 다룰 줄 아는 사람들이 모인다는 것은
좋은 것이 아니다. 사람이 늘어난다는 것은 최고로 경계해야 할 일이다. 안심할 수
없었다. 그러나 소들의 의지만으로는 자연의 순화와 이치를 꺾을 수 없다. 아기 소는
태어났고 그들의 걱정대로 울기 시작했다. 매정한 동굴은 자신이 확성기나 되는 마냥
아기의 울음소리를 크게 울리게 했다. 엄마 아빠 소는 겁이 났다. 발을 동동 굴렀다.
젖을 물려도 보았고 혀로 아기의 몸을 핥아도 주었다. 그러나 아기는 부모 소의 바람
도 모르고 쉴 새 없이 울었다. 첫날은 무사히 지나갔다. 하지만 둘째 날은 달랐다. 동
굴 안으로 길쭉한 그림자 하나가 들어왔다.
"거기 누구 있나요?"
 허리가 굽은 종교 지도자가 말했다. 그의 목소리와 아기 소의 울음소리만이 동굴을
울릴 뿐이었다. 어두운 동굴 안으로 천천히 발을 디딘 그는 울음소리가 나는 방향으
로 향했다. 고드름처럼 천장에 매달린 종유석과 바닥에 깔린 뾰족한 돌을 피해 발을
옮기던 종교 지도자는 어떻게 해서 아기 소가 이 동굴에 있게 되었나 생각했다. 순간
아기 소의 부모가 주위에 있을지 모른다는 생각이 들었다. 긴장됐다.
"어이쿠."
 휘청거리며 엉덩방아를 찧은 종교 지도자는 땅을 짚고 일어났다. 바지를 털며 고개를
돌리자 자신을 밀친 두 소가 환한 입구로 달려 나가는 것이 보였다. 자신의 부모가
달아났다는 것을 아는지 모르는지 아기 소의 울음소리는 계속해서 들렸다. 마침내 그
의 몸이 홀로 남겨진 어린 생명 앞에 서게 됐다.
"걱정하지 마라."
 바위에 누워 울고 있는 아기 소를 안으며 그가 말했다.

"내…. 내가 널 동굴에서 발견한 지가 십 년이 훨씬 넘었구나."
 침대에 누운 종교 지도자가 말했다. 그의 동공은 힘을 잃었다. 풀린 눈은 초점을 맞
추는 것마저도 힘겨워했다. 그의 머릿속으로 아장아장 걷던 아기 소의 모습이 스쳐

지나갔다. 윗니 아랫니 두 개, 입에 침이 가득 고여 웃는 아기의 모습은 너무나도 귀여운 것이었다.

"돌아가시면 안 돼요. 으으 으응-."

아기에서 이제 청년이 된 소가 말했다. 숙녀라고 해도 좋을 만치 성숙했다. 그리고 부모 소와는 다르게 말을 할 줄 아는 청년 소였다. 물론 청년 소 혼자 그것을 터득한 것은 아니었다. 종교 지도자는 청년 소가 직립보행을 시작할 때부터 읽고 쓰는 법을 알려 주었을 뿐 아니라 말하는 방법도 가르쳐 주었었다.

"예쁘게 컸구나…. 내가 죽으면 네 친부모가 널 보러 이곳으로 올 거야. 지금도 어딘가에 숨어서 널 보고 있을 거란다. 나 때문에 애끓고 있다는 것도 잘 안다. 네 부모는 아직도 우리 사람을 두려워하고 있지…."

종교 지도자는 네 개의 팔을 힘없이 내밀며 말했다.

"안돼요…. 돌아가시면… 흑흐흑."

아기 소는 그의 팔을 잡아주며 울었다. 손을 들지 못한 나머지 네 개의 팔은 시커멓게 변해 괴사가 진행됐다. 곧 썩을 그것들은 종교 지도자를 내쫓은 참모의 손처럼 손등 위에 손바닥을 또 그 위에 손을 얹는 손 겹치기를 할 수 없으리라….

"울지 말아라. 슬퍼할 거 없다. 난 힘이 다했구나. 아가야, 죽음이란 단지 시작에 불과한 것이란다. 그러니 슬퍼할 필요가 없는 거야. 정말 다행으로 생각하는 것은 내가 종교 지도자로 사는 삶을 단 한 번도 후회해 본 적이 없다는 것이야."

그가 힘없이 말했다. 소는 종교 지도자의 손 네 개를 그의 가슴 위로 옮겨 놓았다. 그리곤 썩어가는 나머지 손 네 개도 그의 가슴에 포갰다. 종교 지도자의 코끝에서 가늘게 흘러나왔던 숨이 끊겼다. 그녀의 슬픔은 안중에도 없다는 듯이 죽음이 종교 지도자를 끌고 갔다. 청년으로 성장한 아기 소는 종교 지도자의 유언대로 그를 땅에 묻었다. 그리고 그의 모습을 닮은 팔 여덟 개 달린 석상을 무덤에 올려놓았다.

별이 초롱초롱 빛났다. 나뭇가지를 꺾어 그것으로 땅에 글을 쓰는 청년 소가 보였다.

"가 갸 거 겨 고 교 구 규 그 기 이렇게 읽는 거야."

청년 소가 엄마와 아빠 소를 보며 말했다. 하지만 그녀의 거듭된 가르침에도 불구하고 두 소는 읽거나 쓰지 못했다. 청년 소는 부모님이 글을 읽는 건 둘째 치고 말이라도 할 수 있었으면 좋겠다고 생각했다.

"엄마, 아빠 그거 알아요? 우리가 밟고 있는 이 땅은 지구라는 푸른 별이래. 그리고 팔이 여덟 개 달린 사람들이 우주라는 곳에서 이곳으로 이사 오기 수 세기 전엔 우리의 이름이 **소**가 아닌 **인간**이라고 불렸었대. 종교 지도자님이 내게 사진이라는 것도 보여 주셨어. 그곳엔 우리처럼 두 팔을 한 여자가 대형 횃불을 들고 서 있었고 십자가라는 곳에 팔을 벌리고 서 있는 소도 봤어. 그리고 앉아서 참선하고 있다는 부처라는 소까지. 팔이 두 개인 그들은 정말 우리의 모습과 너무나도 똑같았어. 머리카락 길이와 키 그리고 피부색만 **빼면** 말이야. 아 참! 더 놀라운 건 아주 먼 과거엔 우리

가 만물의 영장류였었대. 그래서 팔이 여덟 개인 그들처럼 덩치가 큰 가축도 기르고
했었대."

　과거 인간이라 불렸었던 그리고 현재 소라고 불리는 생명체가 흰머리를 한 부모 소
의 머리를 고운 두 손으로 쓰다듬으며 얘기했다. 하늘의 별은 초롱초롱 빛나며 그들
의 밤을 밝혀 주고 있었다.

　땅에 파묻힌 종교 지도자의 몸이 변하기 시작했다. 그의 여덟 개 팔은 썩어 뼈만 앙
상하게 남았다. 촉수같이 생긴 여덟 개의 가는 다리는 미생물의 먹이가 된 지 오래
다.

　산 밑 저 아래의 도축장에선 과거 인간이라 불렸었던 소들이 토막 나 고기라는 상품
으로 변해 거래되고 있었다.

몰살(沒殺) 강제 접종 Mandatory Vaccine

유엔 UN(760 United Nations Plaza Manhattan, New York City, New York 10017 United States)으로부터 약 666 마일 떨어진 곳에 조지아 가이드 스톤이 있다.(1031 Guide Stones Road, Elberton, GA 30635 USA)

다섯 개의 화강암 비석이 우뚝 섰다. 현대판 고인돌을 연상시킨다. 비바람에 쓰러질까 봐 돌들 위에 하나의 비석을 뉘었다. 누운 그것을 하늘에서 보면 붉은 피로 흥건하다. 달의 주기에 맞춰, 인류의 눈을 피한 사타니스트들이 인신 제사를 벌인 것이다. 피라미드(PYRAMID)가 그러하듯 호루스의 눈, 태양의 라(RA) 기운을 머금은 돌엔 저주파 에너지(Low Frequency Energy)가 스며있다. 여러 국가의 언어로 '몰살'의 정당성을 기술한 돌은 음산하다. 인구 감축(Depopulation)을 통한 자연보호라는 글귀가 인류의 분노를 다른 곳으로 돌렸다. 가이드 스톤이라 불린 돌에는 성경의 그것처럼 십계가 문신 되었다. 그 첫째가 자연을 위한 인구 감축이다.

1

자연과 조화를 이루기 위해 인류를 5억 이하로 유지하라.

5억을 제외한 인류의 피부에 주삿바늘이 꽂힌다. 어찌 보면 불가능해 보일 것 같은 이것이 현실로 일어나게 된 것은 단일정부(One World Government)의 DNA 채집을 인류가 응했기 때문이며 엑소좀exosome을 바이러스virus로 둔갑시켜 사회적 거리두기를 끌어내는데 그들 엘리트(EL- Lite)들이 성공했기 때문이다. 그 후 G20으로 뭉친 빅 브라더(Big Brother) 국가들이 세계를 상대했다. 소위 잘 나간다는 국가들의 사회 구조를 해부하면 이렇다. 극소수의 '지배계급'과 약간의 '중산층' 그리고 다수를 차지하는 '노예'로 나뉜다. 인구 감축이 최우선인 그들이 제일 먼저 손본 것은 1차 산업의 파괴다. 의식주의 자급자족을 다국적 기업에 의존하게 했다. 자연 파괴를 일삼으며 건설하는 도시 집중화는 선진국의 문턱에 들어서기 위한 통과의례라며 인류의 일자리를 빼앗고 4차 산업(인간의 노동이 인공지능 AI로 대체되는)과 섞어 고도화시킨다. 자본에 소외된 노동자 계급이 피라미드의 80%까지 차오른다. 그들의 코 묻은 돈은 세금으로 뜯겨 나가고 종교의 탈을 뒤집어쓴 이단들에게 맥없이 빼앗긴다. 영생을 말하며 인신 제사(세타의 경고)를 치르는 종교는 돈 이상의 것(영혼과 목숨)을 빼앗는다. 정부를 운영한다는 꼭두각시 정치인에게 IMF의 촉수가 꽂힌 대기업은 노동자계급으로부터 탈취한 돈을 로비로 이용한다. 독립기구라며 떠버리는 사법부의 검은 머리 외국인은 민초들의 삶을 송두리째 파괴하는 엉터리 판결을 남발한다. 그 고통을 견디지 못한 시민들이 해외로 이주하거나 출산을 포기 또는 자살로서 삶을 마감한다. 인구는 절벽을 넘어 증발 수준으로 추락한다. 언론은 사회 현상을 역으로 보도하며 시민들이 지속적인 노예의 삶을 살 수 있도록 유도한다. 골든타임을 놓치게 만든 선동의 대가 TV는 스포츠와 섹스 그리고 인간의 빛을 거두는 연예인들로 가득하다. 스크린의 화려한 혀는 감언이설로 노동에 지친 사람들의 정신을 빼놓는다. 다국적기업의 적당한 독극물(Soft Kill) 음식(GMO)을 먹은 사람들이 아프기 시작한다. 의료지식이 미약한 시민들을 대상으로 위험천만한 의료 행위(기니피그 실험)가 이어진다. 병원이 파업할 때 오히려 사망자 수가 줄어드는 일이 벌어진다. 이것이 소위 말하는 미 중앙은행이 들어선 선진국의 면모다. 이 모든 명령은 300인 위원회(The Round Table)의 뇌에서 시작된 것으로 단일정부를 위해선 필수 불가결이다. 이렇듯 선진국에서 공통으로 볼 수 있는 현상이 있다. 헤게모니화된 문화-

출산과 함께 날아드는 수많은 백신 - 학교는 의무교육이란 핑계로 오컬트를 숨긴 과학을 세뇌 - 노동은 등가 할 수 없는 종이 화폐로 그에 따른 인플레이션과 스태그플레이션을 유발 - 빚은 유대의 상술을 학습한 고이들의 잔치 - 은퇴 때에는 각종 화학물질에 오염된 몸으로 인한 끝없는 고통 - 죽음은 피라미드에 빛을 빼앗겨 태양에 영면함 - 출산 ∞

 -를 통해 표본 항체 검사를 했다. 결국, 단일정부는 개개인의 데이터를 움켜쥐었다. 유전자 지도를 통해 시민들의 면역을 파악한 그들은 더욱 박차를 가한다. 맞춤형 백신을 개발했다. 혈관을 뚫은 주삿바늘에서 백신의 물질-

알루미늄(Aluminum), 포름알데히드, 납, 금, 철, 규소, 아연, 크롬, 스테인리스 스틸, 텅스텐, 베타-프로피올락톤(Beta-Propiolactone), 항생제(Gentamicin Sulphate & Polymyxin B), 유전자 변형 효모(GMY), 유전자 변형을 일으킨 동물의 세포, 박테리아 및 바이러스 DNA, 글루타르알데히드(Glutaraldehyde), 라텍스 고무, 인간과 동물의 세포, 유산 태아 조직, 계면활성제, 증강제, 부동액, 수은(Mercury), MSG, 네오마이신 설페이트(Neomycin Sulphate), 페놀, 2-PE, 폴리소르베이트(Polysorbate 80 & 20), Tri(n) Butylphosphate... etc

 -이 퍼지자 심장 박동이 달라졌다. 5G극초단파를 소화하기 위해 거리 5미터 마다 핸드폰 기지국이 설치됐고 그곳에서 뿜은 방사선이 인체에 쌓인 중금속을 데웠다. 켐트레일(Chemtrail)로 인해 누적된 산화물들이 혈관을 타고 들어온 백신과 함께 칵테일 효과를 일으켰다.
 심장박동기도 소용없게 됐다. 낙태아의 숨결처럼 조용하기만 하다. 심장의 활동을 감지할 수 없는 그래프는 수평을 그린다.

 삐이이이-

초상화

화려한 백화점, 분주한 발걸음이 이어진다. 사람들 저마다의 손엔 고급 브랜드가 들렸다. 명품을 입거나 걸친 사람도 있고 쓰거나 끼고 있는 사람도 있다. 이름값을 소유하는 소비는 속옷이 닿는 피부에까지 뿌듯함을 준다. 물론 이러한 의식은 의복에만 국한되진 않는다. 바르는 것부터 먹는 것까지 어느 것 하나 빠지지 않는다. 백화점 물건들은 시즌에 맞는 합당한 가격을 제시한다. 그렇게 고객들로부터 돈을 거둬들인다. 그런데 여기! 이러한 소비를 즐기는 사람들과는 전혀 어울리지 않은 사람이 있다. 중세에서 타임머신을 타고 왔는지 보는 것만으로도 괴리감을 준다. 지금 그는 백화점 한편의 인도에 처량히 앉아 있다. 흙탕물에 담가놓은 걸레 같은 옷이 명품을 소장한 사람들을 돌아가게 만드는 충분한 이유일 것이다. 사방 뚫려있는 옷을 보자면 의복이라 부르기 뭐하다. 생긴 것만치나 냄새 또한 고약하다. 누군가가, 실수건 자의건, 곁에 다가간다면 뭔가 불경스러운 일을 당할 것만 같은 기분에 휩싸일 것이다.

"예쁘다. 오팔? 아니면?"

샤넬 선글라스를 쓴 여성이 친구의 손에 들린 보석을 보며 말했다. 그녀의 머릿결은 코팅되어 윤기가 흐른다.

"음, 오팔 맞아."

헤르메스 귀걸이를 한 여자가 대답했다. 찰랑거리는 귀걸이가 그녀의 하얀 얼굴을 생기 넘치게 했다.

"그런데 그거 손목에 차는 거니? 목걸이라 하기엔 너무 작아 보이는데?"

샤넬 선글라스의 위치를 눈에서 머리로 옮긴 여성이 말했다.

"아니, 백키 거야."

투명 포장지에 쌓인 개 목걸이를 보며 여자가 말했다.

"얼마?"

"못난 남자들 한 달 월급 정도."

"그런데, 우리 조금 옆으로 가서 얘기하면 안 될까?"

오팔 개 목걸이를 구경하던 여자의 눈에 걸인 여자가 들어왔다. 그녀의 모습을 보자 썩은 냄새가 밀어닥칠 것만 같았다. 피하고픈 바람을 알았는지 주차를 대행하는 발렛맨이 나타났다.

"고객님 감사합니다. 도어 서비스 도와드리겠습니다."

차에서 내린 발렛맨은 광택이 스민 중형 세단의 문을 잡고 그녀의 탑승을 도왔다. 얼마를 구매했느냐에 따라 서비스의 질은 달라진다. 명품을 많이 걸치면 걸칠수록 백화점 측에선 각종 편의를 제공한다. 주차까지도 말이다.

"야, 너도 빨리 가 알았지?"

차에 탄 그녀가 빠르게 말했다. 창을 올리기 무섭게 엑셀을 밟아 그곳을 빠져나갔다.

"잘…."

인사도 제대로 못 건넨 그녀는 백화점 입구를 빠져나가는 친구 차 후미 등만 봤다. 오팔 개 목걸이를 가방에 넣은 여자는 저 불결한 사람으로부터 멀어져야겠다고 생각했다. 다리를 움직이자 구두에선 또각- 또각- 소리가 났다. 곁눈질로 걸인을 본 여자는 걸음을 멈췄다. 자신의 집에서 편히 쉬는 개와 길에서 쭈그리고 있는 저 거지의 얼굴이 겹쳤다. 측은한 마음이 들었다. 돌아가신 어머니가 생각나는가 하면 주름 가득한 외할머니까지 생각났다. 몸을 돌린 여자는 지갑에서 지폐 한 장을 꺼냈다. 집게손으로 코를 막곤 노파에게 다가갔다.

"영길요."

여자는 코맹맹이로 걸인을 불렀다. 하지만 노파는 꼼짝 칠 않았다. 눈도 뜨지 않았다. 그런 거지를 본 여자는 걱정됐다. 혹시 죽은 것은 아닐까? 주위를 두리번거렸다. 그러나 도움을 청할만한 사람이 없다. 여전히 집게 손으로 코를 잡은 여자는 한 발짝 더 다가갔다. 다시 그녀를 불렀다.

"정길… 쟁가 뭐 등리려고….."

걸인의 얼굴을 본 여자는 놀랐다. 뒷걸음질 쳤다. 눈이 커졌고 입술이 떨렸다. 자신의 심장 뛰는 소리를 들을 수 있었다. 그것이 점점 빨라졌다. 온몸의 힘이 쭉 빠졌고 서늘한 공포를 느꼈다. 손에 작은 경련이 일었다. 자신도 모르게, 코를 쥔 손이 스르르 미끄러지듯 내려왔다. 코로 공기가 유통됐다. 하지만 아무 냄새도 맡을 수 없었다. 패닉이 그녀를 덮쳤고 얼을 빠트렸다. 그녀의 검지와 중지 사이에 있던 돈이 바닥으로 떨어졌다. 팔랑거리며 떨어진 지폐는 노파가 앉은 곳으로 소리 없이 착지했다. 노파는 계속해서 눈을 감고 있었기에 지금 벌어지는 상황을 모르는 듯했다.

이 알 수 없는 상황을 이해하기 위해선 우린 무엇보다도 꿈이라는 미시세계를 알아볼 필요가 있다. 그녀가 본 사람은 일반인이 아니다. 몸은 거지였으나 얼굴은 여왕이다. 지성과 미모 거기에 최고의 권력마저 쥔, 신과 동급인 신분이지 않던가. 그런 그녀가 백화점 한 귀퉁이에서 거지 옷을 입고 쭈그리고 앉아 있다.

한 줌의 바람이 불었다. 지폐는 저항하지 못하고 나부꼈다. 그리고 자신의 목적지가 어딘지 안다는 듯 거지 모습을 한 여왕 앞으로 더욱 다가갔다. 개 목걸이를 산 여자의 다리가 후들거렸다. 서 있기조차 힘들다. 그때 구세주처럼 발렛맨이 나타났다. 물론 그녀의 차를 몰고 말이다. 친구가 그러했듯 그녀 역시 엑셀을 힘껏 밟았다.

위에서도 잠시 말했지만 이런 기이한 현상을 -그러니까 여왕이 거지꼴로 백화점 앞에 앉아있는- 이해하기 위해선 여왕이 꾸었던 꿈을 들여다볼 필요가 있다. 그녀는 666일간 단 하루도 빠짐없이 같은 꿈을 반복해서 꾸었다. 모든 여성은 느낄 것이다. 눈가의 주름이 얼마나 무섭고 거부하고 싶은 것인지를 말이다. 구불구불한 이마 주름과 웃을 때 접히는 눈가의 주름 그리고 쭈글쭈글 입가의 주름은 자신을 혐오하게 만든다. 거울을 보기 겁나게 만든다. 그러니 지체 높으신 여왕이야 오죽했겠는가. 그런 그녀에게 있어 꿈은 걱정을 단번에 날려줄 달콤한 속삭임이었다. 생명력이 넘치는 젊음을 다시 선사하겠다는데야 누가 마다하겠는가. 물론 일반인이라면 개꿈이겠거니 하고 잊어버리거나 정신과를 찾아 진료를 받아보는 등 다른 행동을 보였겠지만, 하지만 이 믿을 수 없는 꿈을 꾼 사람은 다름 아닌 한 나라의 대표이자 모든 이들의 선망의 대상인 여왕님이시다.

"그게 사실인가요?"

정말 저 악마의 말을 믿어도 되는 건가? 어떻게 하지? 내 실수가 우리 가문에 해를 입히면 어떻게 하지?

"네, 눈을 뜨지 않은 채로 LIVE 백화점 한쪽 귀퉁이에서 거지 옷을 입고 앉아 있는 조건입죠. 단지 그뿐입죠."

"온 백성들이 날 순식간에 알아보게 되면 어떻게 하죠? 내 얼굴을 모르는 사람은 세상에 단 한 명도 없을 거예요."

"여왕님의 얼굴을 메운 것은 흉터보다 더 보기 혐오스러운 쪼골쪼골 한 주름살이라는 것을 알고 계시는지요? 하루하루 생명을 잃고 처지는 고귀하고도 고귀한 살결을 보고만 있으면 어쩌잔 말입니까? 만지면 보드라운 실크의 촉감을 되찾고 싶지 않으신지요. 젊은 시절의 그 탱글탱글한 피부로 말입니다. 여왕 폐하."

"아…."

거울 보기가 겁난다. 언젠간 나도 백발이 될 것이고 치아도 다 빠져 광대처럼 보일 것이야. 내 눈가의 주름과 입가의 주름은 할머니로 보이게 만들 게 분명해. 이 주름들이 더 깊어지게 되면 지울 수 없는 낙인이 될 거고 그러면 난 더는 사람들로부터 존경받을 수 없게 될 것이야. 이렇게 늙어가는 내 모습, 정말 혐오스럽다. 구역질 난다. 내 신분이 끝없이 추락하여 자유를 구속받는 노예가 되고 말 것 같아. 주름만 없어진다면 정말 저 악마의 말처럼 그렇게만 된다면 얼마나 좋을까? 무도회 때 모든 사람이 놀란 눈으로 내 젊음을 보겠지. 그리고 내 손등에 입 맞추기 위해 서로 다툴 거야. 맞아. 이 모습으론 살 수 없어. 이렇게 살 바에야 차라리 노예 조련사의 채찍을 맞는 게 더 낫겠어.

"단지 그건가요? 단지 LIVE 상점에 가만히 앉아 있기만 하면 된다는 것이. 그건 어렵지 않아요. 그건 할 수 있어요. 그렇게 하면 내 얼굴을 혐오스럽게 만드는 이 버러지 같은 주름도 흔적 없이 사라지는 건가요?"

"저 빛나는 태양보다 아름답고 고결하신 여왕 폐하! 오! 오! 여왕 폐하! 벌써 두 가지 조건을 잊어버리셨단 말입니까. 흙먼지가 묻어있는 누더기 거지 옷을 입는다는 것과 눈을 감고 하루를 기다려야 한다는 조건을 말입니다."

"혹시 날 골탕 먹이려 그러는 것이 아닌가요? 그러니까 속임수 같은 거 말이에요. 전 악마의 속삭임에 속아 넘어가 위험에 처한 사람의 얘기를 많이 들어왔어요. 당신은 심술궂고 선에 앙심이 많은 악마잖아요. 어떻게 당신을 믿을 수 있나요. 내 눈을 강제로 뜨게 한다든가 아니면 만백성 앞에서 날 골탕 먹이려는 것일 수도 있잖아요."

모든 것이 너무나도 쉽다. 그런 것에는 함정이 있기 마련이야. 새빨간 저놈을 봐. 오죽하면 머리에 뿔이 났겠나.

"오! 아름다우시며 만물의 거울이신 여왕 폐하시여! 제가 아무리 천하의 나쁜 악마라 할지라도 어찌 여왕 폐하의 의지 없이, 어찌 강제로 눈을 뜨게 한단 말입니까. 그런 일은 결코 있을 수 없습니다. 그리고 만백성은 여왕님의 노예에 불과할진대 무엇이 그토록 두려운 것입니까? 얼굴의 주름이라는 것은 저 축축한 땅을 어지럽게 헤집고 꿈틀꿈틀 기어 다니는 지렁이처럼 징그럽고 그것의 쭈글쭈글한 모양새는 마치 큰 죄악을 저질러 불에 달군 인두로 지진 듯하여 보는 이로 하여금 혐오감을 주옵니다. 그것은 분명 반감의 대상이 아니고 무엇이라 하겠습니까?"

"무례하군요. 제가 이 나라의 여왕이라는 것을 잊으신 건가요?"

"아……. 죄송합니다. 저의 무례를 용서해 주십시오. 여왕님, 전 그저… 그러니까 제 의견을 고결한 쪽으로 매듭지어 주셨으면….”

"안티테제군요, 악마님께 그런 말을 듣다니 말이에요.”

"그 말씀은, 그러니까 결정을 내리셨다는 거지요?"

"기쁘게 받아들이겠어요."

666일째 되는 밤 악마의 제안을 수락했다. 그녀가 아침에 눈을 떴을 땐 숲에 있는 자신을 발견하게 되었다. 옷도 거지 옷으로 바뀌어 있었다. 개울가에 비친 자신의 모습을 보곤 충격에 빠졌다. 머리는 헝클어져 있었고 얼굴엔 시커먼 때가 퍼져 있었다. 손으로 얼굴을 문대자 후드득 검은 것들이 떨어졌다. 몸에선 뜨듯한 곰팡이 포자 냄새가 났다. 이런 모습으로 걸어 다닐 수 없을 것 같았다. 모욕감을 느꼈다. 하지만 그것이 얼굴에 있는 주름살과는 비교되지 않았다. 그녀는 LIVE 상점을 향해 맨발로 걷기 시작했다. 신기한 것은 그녀가 약속 장소에 도착하여 앉기 전까지 모든 사물이 정지 상태였다는 것이다. 그래서 그녀는 거리를 활보하는 사람들이 마네킹 같다는 생각을 했다. 하지만 그녀가 백화점에 도착해 눈을 감음으로 인해 세상은 다시 움직였다. 여기까지가 여왕이 이곳 LIVE 백화점에 앉게 된 사연이다.

여왕은 시간이 빨리 흐르길 바랐다. 너무나도 간절히 바라고 또 바랐다. 시간을 흘려보내기 위해 속으로 노래도 불렀고 자신의 내면과도 대화를 나누었으며 환영의 거울로 주름살 없는 자신의 젊은 모습과도 대화를 나누었다. 일상으로 하루빨리 복귀하고 싶었던 그녀는 할 수만 있다면 시간이란 것을 사고 싶었다. 그것이 만질 수 있고 볼 수 있다면 그리고 돈을 주고 구매를 할 수 있는 물건이라면 얼마가 들던 어떤 희생을 치르고서라도 하루라는 시간을 사들여 쓰레기통에 곧바로 처박고 싶었다. 다시 그녀의 마음에 거울이 나타났다. 주름이 사라진 모습이 보였다. 젊음을 다시 찾을 수 있다는 생각에 기분이 좋았다. 숨을 깊이 들이쉬었다. 폐가 뻥 뚫려 이 지구상에 존재하는 모든 공기를 빨아들일 수 있을 것만 같았다. 그때였다. 기분 나쁜 냄새가 났다. 처음 맡아보는 냄새다. 그것이 그녀의 코를 자극했고 속을 뒤집어 놓았다. 악마의 장난이 발동했다고 생각한 그녀는 눈을 뜨면 안 된다며 속으로 외쳤다. 볼 수 없는 그녀였기에 시간의 진행을 피부로 감지했다. 그런 그녀에게 무언가가 들렸다. 그녀는 촉촉한 무언가가 자신의 얼굴에 닿는 것을 느꼈다. 툭, 툭, 한 방울 두 방울 그러다 후드둑- 땅을 때리는 빗소리가 고막을 간질였다. 보도블록에 내려앉은 먼지들이 비 폭격을 맞아 사방으로 흩어졌다. 여왕은 옅은 모래 냄새를 맡았다. 그녀는 악마가 본 격적으로 장난을 치기 시작했다고 생각했다.

'후후, 악마야 넌 내 눈을 뽑지 않는 이상 내 동공을 볼 수 없을 것이다. 내 기필코 어떤 대가를 치르고서라도 이 보기 흉한 주름을 없앨 것이니라.'

여왕의 결심은 당연했다. 그녀에겐 젊음을 되찾는 목적 이외에 포기할 수 없는 다른 이유가 있었다. 중간에 눈을 뜨게 되면 모든 것이 수포가 되는 것은 물론이거니와 거지 행색으로 왕궁까지 걸어야 했기 때문이다. 악마에게 농락당하고 백성에겐 웃음거리가 되는 것이다. 사람들의 추앙과 선망을 받는 여왕이 거지꼴을 하고 길거리를 배회했다는 소문이 퍼지기라도 하는 날에는 가문의 망신이다. 여왕은 두 눈을 더욱 지끈 감았다. 순간 눈가의 주름이 걱정됐다. 하지만 내일이면 새 생명으로 가득한 피부 세포를 얻게 된다는 것이 그녀를 안심시켰고 기분 좋게 만들었다. 순간의 괴로움 은 참을 만한 가치가 있다고 생각했다. 젊음만 되찾는다면, 정말 그렇게만 된다면, 모 든 백성이 자신의 이름을 소리 높여 부르며 궁전 앞에 꽃을 던지리라 생각했다.

'그래, 그들은 내 아름다움에 감탄하며 칭찬을 연발할 거야. 온종일 박수 소리가 성 안에서 떠나지 않겠지. 난 그 어떤 백작 부인들보다 신비한 존재로 남게 되겠지.'

몽상에 젖은 사이 빗물이 눈에 스몄다. 움찔했다. 실수로 눈을 뜰 뻔했다. 자신의 눈 꺼풀이 동공을 덮고 있다는 안도감이 깊은 한숨을 나오게 했다. 그녀는 눈을 깜빡일 수 없다는 것이, 이렇게나 힘들고 강한 의지가 필요한 것인지 오늘 처음 알게 되었 다.

얼마가 흘렀을까? 먹구름이 조각나 흩어지기 시작했다. 그러자 따뜻한 기운을 내뿜 는 햇볕이 나왔다. 박쥐와 야행성 동물을 뺀 모든 생명이 빛의 생기를 얻었다. 하지 만 여왕의 표정은 밝지가 않다. 해가 떠 있다는 것이 그래서 저녁이 아니란 것이 많 은 시간이 남았다는 것을 알렸기 때문이었다.

"이리 온, 백키!"

샤넬 가방에서 오팔 개 목걸이를 꺼낸 여자가 말했다. 개는 주인의 부름에 꼬리를 흔들며 뛰어갔다.

"아이고 우리 아기~, 엄마가 없는 동안 심심했지?"

개를 안은 여자가 말했다. 꼬리 반동에 여자의 몸이 약하게 흔들렸다.

"왈! 왈!"

개는 여자의 질문이 무엇인지 알겠다는 듯 응답했다.

"자, 가만."

여자는 오팔 목걸이를 개의 목에 채웠다. 개도 그것이 값진 것인지 아는 듯했다. 주 인 품에서 뛰어 내려와 고개를 쳐들곤 같은 자리를 뱅글뱅글 힘 있게 돌았다. 그런 백키를 사랑스러운 눈으로 본 여자가 말했다.

"아이고~ 그렇게 좋아? 엄마가 물건 보는 눈 어때? 좋지?"

"왈!"

어깨를 낮춰 바닥에 엎드린 개가 짖었다.

"아 참, 백키야, 잠깐만. 미안. 친구한테 전화해야 해서."

자신의 품에 안기려는 개를 저지한 여자가 주머니에서 핸드폰을 꺼냈다.

해는 자러 갔다. 그 자리를 거리의 가로등이 대신했다. 가로등 불빛에 이끌려 지속 충돌하는 나방 소리가 약하게나마 들렸다. 벌레들이야 불빛이 좋다고 난리지만 여왕은 부담스러웠다. 일정하게 비추는 빛은 시간의 흐름을 방해한다. 갑자기 온몸에 이가 기는 것처럼 가려웠다. 또다시 악마의 장난이 시작된 것인가 생각한 여왕은 마음을 더욱 단단히 했다. 귓속으로 벌레가 들어갔고 콧구멍 속으로도 들어갔다. 이를 악문 여왕은 가려움을 참았다. 이 또한 악마의 작전이라 생각했다. 그러자 또 다른 걱정과 의구심이 일었다. 정확히 언제 눈을 떠야 할지 악마에게서 듣지 못했기 때문이다. 그 때 왜 더 자세히 물어보지 못했는지 후회됐다.

'이거 어쩐다…. 가려움과 배고픔은 둘째 치고서라도 도대체 내일 몇 시에 눈을 떠야 하지? 아무래도 그 악마에게 속은 것 같아. 아무리 생각해도 뭔가 잘못된 거 같아…. 어쩜 악마가 장난쳐 하루를 일 년으로 늘려 놓는 건 아니겠지? 설마… 그럴 리 없을 거야. 만약 그렇게 할 것 같았으면 태양이 뿜는 기운을 내가 느끼지 못했을 리 없어. 지금은 분명 밤이고 내일이 되면 해가 뜰 거야. 아무리 악마라 할지라도 태양을 없앨 순 없지.'

여왕은 손을 들어 자신의 눈 주위를 더듬었다. 벌레가 만져졌다. 고개를 숙여 그것 들을 털었다. 여왕은 떨리는 손으로 얼굴 피부를 만졌다. 탄력 없이 축 처진 그것을 느꼈다. 자신을 추하게 만든 주름살. 그러자 유혹들은 순식간에 사라졌다. 더욱 힘을 주어 눈을 감았다.

"어, 넌 잘 들어갔니? 그래. 응. 내가 물건 보는 눈이 있잖아. 백키가 좋아하냐고? 당연하지. 말도 마. 좋아서 난리야. 아 참! 그건 그렇고, 너도 복권 하나 사보지 그러니."

어깨와 턱 사이에 핸드폰을 고정하고 통화하던 여자가 말했다. 발톱에 매니큐어를 칠하기 시작했다.

"너 아까 봤던 여자 알지? 뭐? 누구? 아니 버버리 매장에서 본 여자 말고. 있잖아. 왜. 그 저속한 옷을 입으신 분 말이야. 그래도 모르겠니? 이름을 말해 보라고?"

아침이 밝았다. 그녀의 피부는 따뜻한 기운을 주는 태양의 존재를 알아차렸다. 오늘 악마가 오지 않는다면 어떻게 되는가 하고 여왕은 생각했다. 어제보다 더 큰 후회가 몰려왔다. 악의로 똘똘 뭉친 악마가 만천하에 자신을 바보 거지로 만들어 놀린 것이다. 하지만 본인의 의지 없이 눈을 뜨게 하지 않겠던 악마의 약속이 떠올랐다. 조금만 더 견뎌 보자 생각했다. 만약 악마의 약속이 이행되어 젊음을 되찾게 되면 제일 먼저 앞을 보지 못하는 이들을 위해 신경을 써야겠다고 생각했다. 그들을 위해 궁전 파티를 열면 어떨까 하는 생각도 했다.

어제 내렸던 비 때문인지 땅은 젖어 있다. 여왕은 아무런 불평불만 없이 자리를 굳건히 지켰다. 물론 두 눈을 뜨지 않은 채로 말이다. 그런데 사실 그녀뿐만 아니라 자리를 지키고 있는 또 하나의 것이 있었다. 그것은 어제 개 목걸이를 산 여자가 떨어트린 지폐였다.

"여왕 폐하 수고 많으셨습니다. 드디어 해내셨습니다. 하루 동안 눈을 뜨지 않고 견뎌 내셨습니다."

악마가 말했다.

"그럼 이제 눈을 떠도 된다는 건가요?"

여왕은 조심스럽게 물었다. 악마의 들뜬 목소리가 못 미더웠기 때문이었다.

"오! 여왕 폐하! 여왕 폐하! 물론이고말고요. 이제 환희의 기쁨만 느끼시면 됩니다. 눈을 뜨면 주름살 하나 없이 젊어진 모습을 보게 될 것입니다. 만천하의 백성들은, 심지어 바다를 건너 저 드넓은 세계의 백성들까지도 주름 하나 없는 공주님의 젊음을 보고 탄성을 자아내게 될 것입니다. 이젠 늙어가는 모습으로 인해 더는 고통스러워하지 않으셔도 되는 것입니다."

악마의 말이 끝나기 무섭게 눈을 뜬 여왕이었다. 눈이 부셨다.

"네가 본 그 사람이 누군지 모르니까 그런 소릴 하는 거야. 얘, 얘, 그냥 거지면 내가 이렇게 흥분해서 전화했겠니?"

왼쪽 발톱 다섯 곳 모두에 매니큐어를 칠한 여자가 입으로 바람을 불었다.

"백키, 안 돼. 엄마 지금 매니큐어 칠하는 거 안 보여?"

"왈!"

여자의 말에 품에 안기려던 강아지가 바닥에 앉았다. 그리곤 혀를 내밀며 그녀를 쳐다봤다. 매니큐어 냄새가 독특했던지 촉촉한 코를 벌름거렸다.

"내가 보았던 그분은 17세기 여왕님이었다고. 뭐? 너 지금 뭐라고 물었니? 지금이 몇 세기냐고? 장난하니? 내가 바보니. 21세기도 모를까 봐. 그래 너나 나나 유령을 본 거야, 여왕님 유령."

눈부심에 얼굴을 찡그리던 그녀는 그것이 빛에 적응하자 인상을 펼 수 있었다. 태양을 가리기 위해 이마에 얹었던 손도 거두었다. 사물이 보였다. 너무나 낯선 광경이다. 눈을 씻고 봐도 마차는 없다. 대신 검은 바퀴가 달린 물체에 사람이 타고 내리는 것이 보였다. 길은 비포장도로가 아닌 검은색으로 색칠되어 있었다. 빛을 반사하는 전면 유리의 건물들도 처음이다. 모든 것이 신기하기만 했다. 여왕은 무언가에 이끌려 고개를 숙였다. 자신 앞 지폐가 보였다. 그 지폐엔 주름살 하나 없는 자신의 젊은 '초상화'가 있었다. 여왕은 미소를 띠었다.

"백키는 집에 두고 오지 그랬니?"

조수석에 앉은 여자가 말했다.

"백키가 밖에 나가고 싶다고 했단 말이야. 바깥 공기도 좀 쐐야 하고 운동도 좀 시켜 줘야 해. 관절염 걸리면 네가 책임질래?"

백미러에 눈길을 한 번 준 여자가 말했다.

"헛수고하는 거 아닌지 모르겠다. 그 유령이 아직 있을 리 없잖아. 만약 유령이 집에 따라오면 어떻게 하려 그러니?"

"여왕하고 같이 살면 좋지 뭐."

기어에 얹은 손을 거두어 자신의 허벅지에 올려놓은 강아지의 머리로 옮긴 여자가 말했다. 한두 방울 떨어지던 비는 갈증이 난다며 쏟아붓기 시작했다. 와이퍼는 유리창에 흘러내리는 빗물을 옆으로 쳐냈다.

"다 왔다. 챙겨왔겠지?"

백화점 앞 도로에 풋 브레이크를 밟고 비상등을 켠 여자가 말했다. 차 지붕을 때리는 빗줄기가 매서웠다.

"가방 안에 들어 있어. 우산은 날 줘 내가 펴게."

백키를 안은 여자로부터 우산을 받은 여자가 차 문을 열었다.

"우산 잘 씌워 백키 비 안 맞게."

오팔 목걸이를 한 강아지와 함께 차에서 내린 여자가 말했다. 개는 추운지 아니면 퍼붓는 비가 무서운지 오들오들 떨었다.

"그렇게 걱정되면 차에 둬."

한 손으로 가방에서 카메라를 꺼낸 여자가 말했다.

"안 돼. 백키도 여왕님을 보고 싶어 한단 말이야. 그치 백키야?"

"왈!"

비는 가미카제처럼 자신의 온몸을 투하했다. 자동차와 마찬가지로 우산에서도 큰 소리가 났다.

"야, 저기 맞지 않아? 봐 내가 없을 거라고 했잖아."

빗소리 때문에 목소리를 높인 여자가 말했다. 그녀는 여왕 유령이 앉았던 자리에 아무것도 보이지 않자 꺼냈던 카메라를 다시 가방에 넣었다. 유령을 사진에 담으려 한 것을 포기했다. 여자 둘과 개 한 마리가 차에 올랐다. 비상등이 꺼진 차는 라이트와 와이퍼에 각자의 몫을 할당하며 도로의 비를 밟고 나아갔다.

고급 대리석으로 만든 비석 아래엔 빗물이 스몄다. 여왕의 시신이 누운 곳이다. 수세기 전의 고귀한 흰 드레스는 세월의 무게에 헐고 낡아 심한 악취마저 풍겼다. 두 눈을 잃은 하얀 백골은 아직도 주름살을 걱정하며 꿈을 꾸고 있다.

날이 밝았다. 태양을 가린 하얀 구름은 땅 위를 적신 액체를 받아줄 기미가 보이지 않았다. 보도의 움푹 파인 곳에 물이 고여 있다. 그곳에 비친 LIVE 백화점의 간판은 반대로 투영되어 EVIL(악마)로 보였다.

LIVE-EVIL

식인종(食人種)

"정말 미안해. 하지만 먹지 않으면 살 수 없어. 내 배를 보라고. 뱃가죽이 등에 달라붙었잖아. 몇 주째 빗물로 연명하고 있다고. 생각해봐! 떨어져 나간 살을 다시 붙일 순 없어! 사방이 바다야. 병원이 있을 리 없지. 여긴 고립된 죽음의 섬이라고. 미안… 배고파 말할 힘도 없어."

침을 삼켰다. 침이 닿자 목이 갈라질 듯 쓰렸다. 구덩이에 빠진 원주민이 내 말을 알아듣든가 말든가는 중요치 않다. 사실 누군가가 내 이야기를 들어 준다는 것만으로도 감사하고 기쁘다. 더욱이 그는 내 생명의 은인이 됐다. 결과적으론 말이다. 그렇지! 그렇고말고. 신도 산타클로스도 이보다 더 자비로운 선물을 할 수 없다. 자신의 살을 잘라 굶주린 내게 던져주지 않았는가. 떨어져 나간 살덩이가 팔딱팔딱 뛴다. 아직도 신경이 살아 있다. 그것이 몸부림칠 때마다 모래가 사방으로 튄다. 신선하게 움직이는 것을 보니 식욕이 끓는다. 팔뚝으로 입을 닦았다. 나도 모르게 흐른 침이 턱을 적셨다. 정말이지 배고픈 개처럼 음식을 앞에 두고 안절부절못한다. 물고기나 새를 잡게 되면 불에 구우려 만든 나무 꼬챙이를 집었다. 마디가 꽤 굵은 나뭇가지로 만든 것이다.

"아플 거야."

덜덜 떠는 살덩어리를 집으며 말했다. 그것의 속으로 뾰족이 간 꼬치를 밀어 넣었다. 뇌와의 연결고리가 끊겼음에도 불구하고 고통을 느끼는 듯하다. 더욱 몸부림친다. 그 모습에 내 마음도 아프다. 살려고 발버둥 치는 저 모습… 하지만 가망이 없다. 잘려나간 살덩이다. 뉴런을 통해 뇌와 수신을 못 한다. 맞다. 그렇다. 고깃덩이다. 다시 입 한가득 고인 침을 삼켰다. 목구멍이 쓰라렸다. 눈꺼풀이 떨렸다. 배에선 꼬르륵거리는 소리로 아우성친다. 더는 망설일 수 없다. 씹어야 한다!

활활 타는 불에 살덩이를 댔다. 피부가 불의 공격을 적절히 방어한다. 하지만 그게 얼마나 가겠나. 치지직- 기름을 쏟은 살덩이가 발악한다. 아직도 살려고 한다. 근육이 처량히 움직인다. 그 모습은 마치 추운 겨울 성냥을 파는 소녀 같다. 그러나 나의 육체는 양심과 연결된 모든 통로를 닫았다. 손에 더욱 힘을 주었다. 살덩이가 불 속에 떨어지면 안 된다.

"가만있어! 발버둥 쳐도 소용없다고!"

손에 힘주는 것만으로도 지친다. 경련이 인다. 어쩜 힘을 줬다는 건 나만의 착각일지 모른다. 결국, 잃을 것 없는 살덩이가 승리했다. 바동대는 그것이 나의 손에서 벗어나 땅에 떨어졌다. 불행 중 다행이다. 모래가 아닌 돌 위로 떨어졌다. 팔에 경련은 멈출 기미가 없다. 손을 쥐락펴락했다. 양어깨를 번갈아 주물렀다. 조금만 참으면 고기를 먹을 수 있다는 생각에 인내했다.

"이런…."

발버둥 치다 돌에서 구른 그것이 모래로 떨어졌다. 손바닥으로 털어 내야 할 모래 알갱이를 생각하니 인상이 쓰인다. 입에서 씹힐 모래를 떠올리자 화가 났다. 여유가 없다. 그냥 생고기라도 먹을까? 입안 가득 고였던 침이 목울대를 타고 내려갔다. 앞선 침들이 윤활유 작용을 했는지 목 쓰라림이 줄었다. 입을 오물거리며 상상의 고기를 씹는다. 빨리 구워야 해.

"얌! 얌!"

혀로 입술을 적셨다. 침을 아무리 삼키고 삼켜도 끝없이 고인다. 무슨 말을 내뱉든 그것이 사방으로 튄다. 문화를 누리는 공동체에서 나의 이런 모습을 봤다간 외면할 것이다. 하지만 여긴 무인도다. 내가 무슨 짓을 저지르든 아무도 신경 쓰지 않는다. 아니다. 차라리 욕을 먹더라도 신경을 써주는 사람이 있으면 좋겠다. 아무튼 섬에 갇힌 내 신분으로 문화인 흉내를 낸다는 것 자체가 정신 나간 짓이다. 땅을 파서 꿈틀거리는 지렁이라도 먹어야 할 판이다. 남의 눈치를 볼 여유는 없다.

저항이 줄어든 그것을 붙잡았다. 나무 꼬챙이에 다시 꽂았다. 불에 댔다. 지쳤는지 움직임이 줄었다. 곧 하얀 연기가 피었고 고기 냄새가 퍼졌다. 그래… 바로 이것이야! 섬에 갇히기 전 씹었던 고기 맛이 떠올랐다. 육식의 즐거움이 입에서 퍼졌다. 잘 익은 살덩이를 입 한가득 넣고 씹을 때면 고기에 밴 육즙이 흘러나와 혀를 적시고 그것을 삼키면 부드럽게 넘어가는 다져진 고기를 느낄 수 있었지. 급하다. 난 주머니에서 작은 은박지를 꺼냈다. 안엔 바닷물을 증발시켜 만든 소금이 있다. 물고기나 새를 잡으면 사용하려 했다.

"날 뭐라 나무라지는 마. 네가 나에게 덤비지만 않았어도 이런 일은 없었을 거야. 그리고 난 널 건드린 적이 없어. 솔직히 네가 그 안에 갇혔으니 하는 말이지만, 난 걷기는커녕 일어설 힘도 남아 있지 않아. 나 자신도 놀랐지. 느닷없는 너의 공격을 본능적으로 방어했기에. 아무튼, 넌 자발적으로 너의 살을 잘라, 내게 던져 준 거야."

구덩이 안의 그를 보며 말했다. 물론 그가 그곳에 빠지게 된 것은 나의 의도가 아니었다. 몸싸움을 벌이던 중 실수로 빠진 것이다. 하지만 그를 꺼내줄 생각은 없다. 이곳은 강자만이 살아남을 수 있다. 조금이라도 더 유리한 위치에 있는 자만이 생명을 유지한다. 남의 처지를 생각할 할 여유는 없다. 만약 화기를 소유한 자가 나와 같은 공격을 당했다면 총을 발사했을 것이다. 칼을 지닌 자가 나와 같은 일을 당했다면 무조건 휘둘렀을 것이다. 난 정당방위다.

그런데… 저 원주민도 배가 고픈가? 침을 흘리고 있다. 자신의 살 타는 냄새를 맡고는 혀로 입술을 훔친다. 입맛을 다신다. 정말 믿을 수 없다. 보통 사람이라면 자신의 잘려나간 살을 보고 울고불고 난리를 칠 것이다. 저 원주민도 정신이 잘못된 것이 분명하다. 뇌가 바이러스나 기생충에 감염되었을 것이다. 하기야 나처럼 문명의 혜택을 받으며 전문의에게 정신과 치료를 받을 수 없었을 테니. 어쩌면 저 원주민도 식인을 일삼을지 모르겠다. 같은 부족을 또는 나처럼 표류한 여행객을 잡아먹는 식인종 말이다. 그의 얼굴만 놓고 본다면 식인종이라 해도 전혀 이상치 않다. 난 태어나서 저렇게 기괴하게 생긴 사람은 처음 본다. 정말이지 우주 공상과학영화에서나 나올법하다. 하긴 태어날 때 타조 발로 태어나는 바도마족도 있다. 그런데, 혹시 무슨 병이라도 걸린 것은 아닐까? 저 우둘투둘한 피부는 심각한 나병 환자를 떠올리게 한다. 그의 생김새는 식욕을 가시게 한다. 아무리 배가 고파 죽는다고 하여도 날고기는 절대 먹을 수 없을 것 같다. 이 활활 타오르는 신성한 불이 살균해줄 것이다. 아무튼 생김새야 선조를 따른다고 하지만 저 우중충한 피부색은 무엇이란 말인가? 태양에 의해 피부가 손상된 것일까? 아니면 보호색인가? 자신의 몸에 무서운 바이러스가 숨어있다는 것을 포식자에게 알리기 위해 피부가 저리 변이된 것은 아닐까? 자연선택설처럼. 그런데 얼굴에 박아 넣은 저 뾰족한 나뭇조각이 괴물을 떠올리게 한다. 아… 무섭다. 저 노란 동공은 황달에 걸린 듯하다. 뾰족한 치아는 드라큘라를 떠올리게 하고. 그나마 눈코입이 붙어 있을 때 제대로 붙어 있어 사람이라는 것을 알아차릴 수 있다. 그래! 이상하게 생겼으면 어떠냐. 난 정말이지 행복하다. 비록 갑작스러운 공격을 당해 당황했지만 그래도 기뻤다. 나처럼 숨 쉬며 살아 움직이는 인간을 만났다는 것에 대해서 말이다. 비록 언어를 구사하지는 못하지만, 최소한 내가 하는 얘기는 들어준다. 누군가와 소통을 시도하는 것만으로도 위안이 된다. 그래도 말을 할 줄 알았다면 얼마나 좋을까. 그는 아무런 소리도 내지 않는다. 아니다. 차라리 아무 말도 하지 않는 게 더 나을 수 있다. 그의 울부짖음이 내 내면에 잠들어 있는 양심을 흔들어 깨우면 안 되기 때문이다. 절대 그런 일이 있어선 안 된다. 어떻게 얻은 고깃덩이인가. 씹고 삼키기는 일만 남았다. 좌절하고 싶지 않다.

불과 적정거리를 유지하며 살덩이를 굽다가 고개를 쳐들었다. 나무를 봤다. 그것이 보인다. 이 섬에 표류한 첫날부터 뾰족한 돌을 이용하여 나무에 상처를 냈다. 머문 날짜를 알기 위해서다. 한 달은 착실히 새겼다. 그러나 시간이 가면 갈수록 표시하기가 두려웠고 겁났다. 언제까지 이 섬에 갇혀 있어야 할지 모르기 때문에 서른 개를 채우고 관뒀다.

"냠냠냠."

나도 모르게 입을 오물거렸다. 상상의 고기를 씹었다. 숨을 쉬자 고기 냄새가 온몸에 퍼졌다. 노릇하게 익은 것을 보자니 침이 고였다. 두툼하다. 여러 번 베어 먹을 수 있을 것 같다. 행복하다.

"으~ 짜다."

은박지의 소금을 손가락으로 찍어 먹었다. 물집과 수포 그리고 불어 터진 입술에 소금이 닿자 무척 따가웠다. 하지만 더는 기다릴 수 없었다. 생각 같아선 소금이니 뭐니 다 잊고 싶다. 당장에라도 저것을 입에 넣고 씹고 싶다. 하지만 난 확실한 것이 좋다. 인내할 수 있다. 그렇지. 인내할 것이다. 원주민의 몸에 어떤 바이러스가 기생할지 모른다. 한 걸음조차 움직이기 힘든 내 몸에 병균을 끌어들일 순 없다. 고기가 타더라도 확실하게 소독하자. 조금 후면 내 입에 고기가 들어온다. 지방은 불에 달구어져 지글지글해서 기름을 쏟았다. 허연 김을 피우는 꼬치를 코에 댔다. 고기 냄새로도 사람을 이렇게나 흥분시킬 수 있다니 처음 알게 됐다. 그 어떤 유명 브랜드의 향수보다도 좋다. 그런데 쉽지 않다. 고기가 코에서 머문다. 입으로 내려가지지 않는다. 마음 같아선 단숨에 물어뜯고 싶다. 삼키고 싶다. 하지만 그것이 마음에 걸렸다. 사람이다. 사람 고기다. 아직 내게 이성이라는 것이 남았나? 양심이라는 것과 힘겨운 싸움을 한다. 안다. 내 몸은 고기를 간절히 원한다. 또다시 침이 꿀꺽거리며 넘어갔다. 그 소리가 내 몸 구석구석을 자극했다. 씹힌 고깃덩이가 목구멍을 지나 배로 갈 것이 떠올랐다. 곧 살고자 하는 본능에 따랐다. 망설이는 나 자신이 바보 같았다. 그 것을 입에 넣었다. 혓바닥이 뜨거움에 발버둥 쳤다. 하지만 그런 사소한 통증이야 아 무 문제가 되지 않는다. 사랑하는 여인과 달콤한 키스를 나누듯 두 눈을 감았다. 혀 로 살덩이를 굴리고 즙을 빨았다. 눈꺼풀이 덜덜덜 떨렸다. 아… 턱 근육의 움직임… 기분 좋다. 혀로 고기를 굴리며 씹는 이 맛! 행복하다. 오늘은 신이 주신 최고의 날이 다. 고기의 향이 입에서 감돈다. 뇌에서 감돈다. 씹는 즐거움의 물결이다. 태어나 먹 어본 음식 중 이보다 맛있었던 건 없었다. 고기의 기름과 함께 입 밖으로 흘러나온 침이 입 주위를 적셨다. 축축하게 젖은 턱수염을 팔뚝으로 쓸었다.

  오! 와우! 이… 이 맛…. 정말 아름답다. 세상 그 어떠한 훌륭한 화가가 그린 그림보 다 내 입안에서 씹히는 고깃덩어리의 모양이 더욱 아름다울 것이다. 우아할 것이다. 소리는 또 어떤가? 잘근잘근 씹히는 이 소리… 세상 그 어떤 훌륭한 작곡가도 이것을 따라 할 수 없다. 난 지금 예술을 보고 듣고 먹고 침과 함께 마시고 있다. 나의 혀가 신나 춤을 춘다. 급하게 씹다 혀를 몇 번 깨물었지만 그래도 즐겁다. 이제 마른 침만 삼켰던 목구멍이 즐거워할 차례. 어금니로 다진 그것을 꿀꺽 삼켰다. 목구멍을 지나 점점 아래로 내려가는 생명의 덩어리가 느껴진다. 아! 기다릴 수 없다. 난 최대한 크 게 벌린 입으로 살덩이를 물어뜯었다. 질겅질겅 씹히는 이 맛! 어금니로 씹는 이 맛 을 예전엔 왜 몰랐을까. 채식주의자들은 정말 불쌍하다. 평생, 이 맛을 볼 수 없다니 말이다. 도대체 얼마 만에 먹어 보는 맛인가. 눈물이 두 뺨을 타고 흐른다. 단지 고기 의 맛 때문만은 아니다. 난 잘 알고 있다. 먹는다는 것! 삼킨다는 것! 씹는다는 것! 형언할 수 없는 감동이다. 몇 날 며칠을 굶어본 사람이라면 이 기쁨을 알리라… 이 행복감… 무엇으로 이 기쁜 감정을 표현할 수 있단 말인가. 그저 감탄사를 연발하고 엄지손가락을 치켜들며 최고라고 떠드는 수밖에 없다. 난 입에 든 그것을 꿀꺽 삼킴 과 동시에 주머니에 손을 찔렀다. 그러자 그것이 만져진다. 토막 난 밧줄이다. 욕지거 리와 함께 땅바닥에 팽개쳤다. 시체처럼 싸늘한 그것을 보니 몸이 떨린다. 밧줄의 끝 은 참혹하다. 배고픔을 달래기 위해 난 그것을 씹고 또 씹었다. 밧줄의 즙을 꿀꺽꿀 꺽 삼키며 배고픔을 달랬다. 이빨은 밧줄을 씹으라고 있는 것이 아니다. 이처럼 눈물 이 날 정도로 맛있는 고기를 씹으라고 있는 것이다. 오랜만에 움직여서인지 턱 근육 이 경련을 일으켰다. 얼얼했다. 난 깊은숨을 들이쉬었다. 씹기를 잠시 멈추고 검은 바 다를 봤다. 무섭다. 어떻게 된 영문인지 모르겠다. 이곳엔 동물은 고사하고 흔한 풀벌 레 한 마리 보이지 않는다. 끈질긴 생명력과 번식력을 자랑하는 쥐도 땅에 사는 두더 지도 하다못해 날다 지쳐 잠시 들린 새 한 마리도 찾아볼 수 없다. 잡초 그리고 썩은 코코넛 네댓 개가 야자수 나무에 힘없이 매달려 있는 게 전부다. 죽음의 섬인 것만은 틀림없다. 만약 지옥이 이러하다면 충분한 두려움이 될 것이다. 이런… 어쩌지? 사람 고기를 먹었으니 난 죽어서 지옥에 가게 되는 것일까. 아… 생각만으로도 무섭고 소 름 끼친다. 하지만 그 살덩어리는 내 몸에 이미 흡수됐다. 돌이킬 수 없다. 그것을 다 시 입 밖으로 게워낸다고 한들 무슨 소용이 있겠는가.
  "흐흐흑."

슬픔의 눈물이 난다. 소매로 눈물을 훔쳤다. 떨리는 입으로 고기를 다시 씹는다. 나의 머리와 양심은 휴전 없는 전쟁을 치른다. 아무리 배가 고프다 할지라도 사람고기를 입에 넣을 줄 몰랐다. 잡식성 인간이기에 배가 고프면 무엇이든 다 먹을 수 있다. 하지만 사람이 사람을 먹는다는 건 있을 수 없다. 시궁창의 쥐도 똥 위를 기어 다니는 바퀴벌레도 배고픔 앞엔 맛있는 음식으로밖에 보이지 않지만, 인육은 다르다. 배고픔… 그것은 인간의 오감을 교란함은 물론 사고력과 판단력의 전달 체계를 빼앗아 자기 것으로 흡수하고 결국 영혼의 영역마저 침범해 모든 죄악을 합리화시켜버린다. 그런데… 나의 이 괴로움은 정당한가? 원주민을 인간으로 분류해도 되나? 다시 살점을 뜯었다. 턱이 얼얼했지만, 마음은 편했다. 고기를 뺏어 먹을 누군가가 없다는 것도 마음에 여유를 줬다. 하지만 두려움과 죄책감이 밀물과 썰물처럼 또다시 밀려들었다가 곧 사라졌다. 느긋하게 사람 고기를 먹고 있는 나 자신이 무섭게 느껴졌다. 원주민도 나와 같은 DNA 구조다. 단지 문명의 혜택을 받지 못했을 뿐이다.

"음~ 맛있다. 맛있어!"

죄책감과 본능은 다른 극에 존재하는 것 같다. 고기 맛에 나도 모르게 탄성을 내지른다. 금수의 고기가 아닌 인육이지만 그를 볼 것 같으면 원숭이와 별반 다를 것이 없다. 중요한 것은 원인에 관한 결과가 모호하다. 생각해보자. 난 그의 살을 노리지 않았다. 정말이다. 난 그에게 아무런 짓도 하지 않았다. 그가 자신 스스로 자신의 살을 잘라 나에게 던져 줬다. 내가 잘못한 게 뭐란 말인가? 없다!

"미안해. 하지만 네 살덩이를 가만히 내버려 둔다면 섞어버린다고. 그렇게 되면 파리와 같은 해충이나 개미와 같은 벌레에게 네 살을 먹이게 되는 꼴이야. 아 참! 이 지옥의 섬엔 해충마저 없지. 하지만 숨이 끊긴 시체를 분해하는 미생물은 있을 거야. 그보단 지능을 지닌 내가 먹는 편이 훨씬 낫지 않아? 안 그래?"

대답이 없다. 없을 수밖에 없다. 그는 원주민이다. 나와는 다른 문화에서 자랐다. 언어가 없다. 아님 벙어리 일 수도 있다. 어쩜 원숭이나 침팬지처럼 간단한 소리만 낼 수 있을 것이다. 오랜 기간 이 섬에 갇혔기에 변했을지도 모른다. 그런데 갑자기 밀어닥치는 이 불안감? 심란하다. 나도 결국 저 원주민처럼 되는 것일까? 도대체 언제까지 이곳에 갇혀 있어야 하는가? 만약 끝끝내 구출되지 못한다면! 정말 믿고 싶지 않은 그런 끔찍한 일이 발생하게 된다면! 내 모습도 저 원주민처럼 흉하게 변하는 것일까?

"난 너처럼 되진 않을 거야!"

꼬치에 붙은 마지막 한 점을 입에 밀어 넣고 소리쳤다. 마지막이라는 것이 너무도 아쉽다. 살덩이와 함께한 묵직했던 나무 꼬챙이는 가볍다. 혹시 그가 자신의 살을 더 잘라 던져주지는 않을까 하여 내려다봤다. 그는 고개를 처박고는 조용하다. 만약 출혈로 인해 죽게 된다면 난 더 큰 나무 꼬챙이를 찾을 것이다. 저 몸집이면 얼마나 오랫동안 먹을 수 있을까? 순간 고개를 흔들었다. 무섭다. 사람고기를 어떻게 요리해 먹을까 생각하다니. 난 식인종이 된 것일까? 이런… 정말이지 난 멍청하다. 아니면 미친 것일까? 사람고기를 먹어놓고선 식인종인지 아닌지를 묻고 있다.

"오늘은 정말 고마웠어! 하지만 말이야. 난 자네를 그곳에서 꺼내줄 생각이 일절 없다네."

난 원주민에게 손을 흔들며 말했다. 그는 내가 무슨 말을 하든 신경 쓰지 않았다. 그런 그가 움직였다. 엎드린 자세로 모래를 판다.

"그만둬! 여기서 탈출하려고? 네 동료를 불러 모으려 그러는 거지! 그런 다음에 내가 너의 살덩이를 잘라먹었다는 거짓말을 할 테고 말이야. 그래, 내 그들 앞에 어떤 일이 있었는지 솔직히 말하지, 내가 했다고 말이야. 왜냐면 난 거짓말을 못 하는 성격이거든. 물론 난 너의 살덩이를 먹었어. 하지만 넌 알고 있잖아. 내가 너의 살덩어리를 잘라낸 것이 아니라는 것을 말이야. 보라고 이 빈 두 손을! 난 칼도 없어. 만약 여기가 번잡한 도시 한복판이었다면 그래서 형사나 검시관이 있었다면 금세 범인을 밝힐 수 있었을 거야. 암, 물어보나 마나지. 내가 한 짓이라곤 버려진 살덩어리를 불에 구워 먹은 것밖엔 없다고. 정육점에서 산 고기를 집에서 먹은 것과 별반 다르지 않아. 잘못이 있다면 배고픈 나에게 넌 너의 살을 집어 던지고 도망쳤다는 것이지. 그러다 모랫구멍에 빠졌고 말이야. 그런데 그거 아나? 아무도 네 말은 믿지 않을 거야. 이곳에 사는 원주민들 빼곤 세상 사람 그 누구도 네 말을 믿지 않을 거야. 넌 말을 할 줄도 모르고 생김새도 정상적인 인간 같지가 않아. 물론 그들은 너의 상처를 치료해 주겠지. 하지만 문명에 적응할 수 없단 것을 알아차릴 것이고 결국, 널 다시 이 섬에 데려다줄 거야. 그렇게 되면 아무도 너의 잘려나간 살덩어리엔 관심을 두지 않겠지. 너란 존재를 잊어버리겠지. 어때? 내 말이 맞지 않아? 자! 봐!"

난 입을 크게 벌리고 혓바닥을 내밀었다. 그의 살덩어리가 내 목구멍으로 넘어간 것을 확인시켰다. 그는 땅 파기를 멈췄다. 고개를 쳐들었다. 화가 난 눈으로 날 쳐다봤다. 한참을 째려봤다. 그런 분노 표출이 아무런 소용도 없다는 것을 알았는지 그는 곧 고개를 숙였다. 괴로운 모습이 역력하다. 그러나 때는 늦었다. 난 살덩이를 먹었다. 그것은 내 위에서 분해되고 있다. 다음은 장으로 옮겨질 것이고 소화되어 똥 덩어리로 세상에 나올 것이다.

"잘 자라고. 그렇게 춥진 않을 거야. 아무리 땅을 파도 소용이 없다는 것을 내일이면 알겠지. 혹시 하중이라는 단어를 들어 본 적은 있어? 없다고? 그럼 더 쉬운 단어를 말해보지. 높이는 어때? 무게는? 시멘트는 알아? 철근과 토목공사는? 만약 네가 그런 것을 조금이라도 공부했었다면 지금과 같은 무모한 짓은 하지 않을 거야."

머리를 땅에 처박고 죽은 듯 있는 그에게 소리쳤다. 그는 내 말이 틀렸다는 것을 증명하고 싶은 듯 보였다. 다시 땅을 파기 시작했다. 난 알고 있다. 그가 내 말을 알아들을 수 없다는 것을 말이다. 하지만 이렇게 정신없이 떠들어 대는 것은 어쩜 나 자신을 위한 것인지도 모른다. 미치지 않기 위해서 말이다. 이 섬에 혼자가 아니라는 것을 나 자신에게 말하고 있다. 사실 이런 곳에서 원주민을 만나게 될 줄은 상상도 못 했다. 사람이 적응할 수 없는 곳은 없는 것 같다. 열대지방부터 툰드라 지역까지 인간이 살지 못하는 곳은 없다. 하기야 공기도 없는 우주에 나가 활동하는 마당에 이 좁은 지구 땅덩어리 발 못 붙일 곳도 없겠지.

누웠다. 홀쭉 들어간 배를 만졌다. 고기를 먹었음에도 갈비뼈는 여전히 앙상하다. 얼얼한 턱을 만지고 있으니 아까 씹었던 고기가 떠올랐다. 배고파졌다. 손가락을 적신 기름을 빨았다. 원주민이 죽었으면 좋겠다는 생각이 들었다. 그렇게 되면 충분히 배를 불릴 고기가 생길 것 같았다. 얼마면 죽을까? 일주일? 한 달? 한 달은 아니다. 저 잘려나간 상처론 오랜 시간 버티기 힘들 것이다. 차라리 자살한다면 어떨까? 아… 어김없이 그것이 찾아왔다. 양심의 가책을 느낀다. 마음은 혼란스러웠지만 반대로 잠은 편하게 잘 수 있을 것 같다. 그의 탈출이 걱정된다. 하지만 지쳐버린 내게 있어 달콤한 꿈은 고통을 잊게 해주는 고마운 친구다.

"승객 여러분! 진정하십시오! 좀 전의 폭발음과 배의 흔들림은 암초에 부딪혀 생긴 것입니다. 불행히도 배에 구멍이 났습니다. 아무래도 이 배를 포기해야 할 것 같습니다. 하지만 걱정하지 마십시오. 비상 보트를 내리겠습니다. 밖은 비바람이 심하고 높은 파도를 동반하고 있습니다. 하지만 승객 여러분이 협조만 해주신다면 아무 어려움 없이 이 난관을 헤쳐나갈 수 있을 것입니다. 여성 승객분들과 아이들 먼저 구명조끼를 입은 후 보트에 오를 것이니 천천히 갑판으로 나와 주십시오."

선장이 유선 무전기를 잡고 말했다. 그의 말이 배 안에 설치된 여러 스피커에서 터져 나왔다. 곧이어 사람들의 발 구르는 소리가 배 안을 가득 메웠다.

"선장님! 보트를 내릴 수 없게 됐습니다."

조타실로 뛰어든 승무원이 선장에게 말했다. 땀과 비가 그의 전신을 뒤덮었다.

"그깟 비바람은 무시하라고 하지 않았나!"

선장이 신경질적으로 말했다.

"그게 아닙니다. 파도가 너무 높아 보트를 내리는 것조차 불가능합니다. 이미 내렸던 보트는 전부 뒤집혔고 파도에 휩쓸려 사라져 버렸습니다."

흘러내리는 땀을 손바닥으로 훔친 승무원이 말했다.

"음…."

선장의 미간에 깊은 주름이 생겼다. 그는 하얀 모자를 벗었다. 흐르는 땀을 손등으로 닦았다.

"여기는 아무나 들어오시는 곳이 아닙니다."

승무원이 조타실로 들어오려는 승객을 저지하며 말했다.

"죄송합니다. 들으려고 한 건 아닌데… 밖에서 들어보니 파도가 높아 보트도 내릴 수 없고 배는 계속 가라앉고… 그럼 우린 전부 죽는 건가요?"

손톱을 물어뜯으며 그가 말했다. 남자의 눈은 불안정하게 흔들렸고 고개는 사방을 훑었다.

"진정하십시오. 최선을 다해 배를 수리하고…"

-크그그긍-

승무원이 말을 맺기도 전에 또 다른 충격이 배에 전해졌다. 더욱 기울었다. 사람들의 몸이 일순간 한쪽으로 쏠렸다.

"으악! 배… 배가 침몰한다! 나 좀, 나 좀 살려줘!"

손톱을 물어뜯던 승객이 미친 듯이 날뛰었다. 마치 간질환자 같아 보였다. 선장과 승무원은 그런 그의 얼굴에서 눈을 뗄 수 없었다.

"진정하십시오!"

승무원이 그의 팔을 잡고 소리쳤다.

"난 살아야 해! 살아야 한다고!"

승무원의 팔을 뿌리친 그가 밖으로 뛰쳐나가며 소리쳤다. 흥분한 그를 붙잡으려는 승무원을 저지한 선장이 입을 열었다.

"내버려 둬. 저 사람은 환자야."

"환자라니요?"

"승객 리스트에서 저 사람의 파일을 봤지. 자폐증을 앓고 있어. 잘못했다간 서로 다친다고."

"아….".

축 늘어진 코코넛 잎사귀 사이로 햇볕이 파고들었다. 눈을 비빈 난 힘없이 몸을 일으켰다. 햇볕을 반사하는 하얀 백사장 때문에 눈을 뜨기가 쉽지 않았다. 빛에 적응하기 위해 몇 차례 눈을 깜빡였다. 어제 먹었던 고기 덕분인지 일어나는데 어지러움은 없었다. 하얀 백사장이었기에 어제의 흔적은 더욱 선명했다. 둥그렇게 모은 돌멩이엔 거먼 그름이 뒤덮었다. 아… 입에 침이 고인다. 침… 그리고 쑤시는 턱 근육…, 원주민이 떠올랐다.

"이런… 어디로 갔지?"

사라졌다. 주변을 봤지만, 그의 모습은 찾을 수 없다. 모래에 발자국 하나가 없다. 하늘로 사라진 것일까? 고개를 들자 어지러웠다. 눈을 감았다. 어지러움이 가셔 눈을 다시 떴다. 주변을 살폈다. 살덩어리를 구워 먹었을 때 사용했던 꼬챙이만이 모래 위에 누워있다. 먹고 싶다. 침이 고인다. 하지만 그가 없다. 이렇게 되면 위험에 처하게 된 건 나다. 자신의 동료를 불러 모아 나에게 복수하러 올 수 있다. 나와 똑같이 그들도 내 살덩어리를 먹으면 어떻게 하지? 난 어느 부분을 내주어야 하나? 만약 엉덩이 살을 준다면 뭐라고 할까? 쓸데없는 상상이겠지? 뻔하다. 불안하다. 손톱을 물어뜯었다. 살아야 한다! 살아서 이곳을 빠져나가야 한다.

"으아아아! 살아야 해!"

목이 터져라 소리쳤다. 바다에 뛰어들었다. 첨벙거리는 소리 후 무릎까지 닿는 시원함을 느꼈다. 멀리 시선을 던졌다. 배 한 척 없다.

의사를 만나고 싶다. 그들이라면 나에게 희망과 안정을 찾아줄 수 있다. 내가 이곳에서 얼마를 더 버틸 수 있을지 모르겠다. 그래도 현재가 중요하다. 난 살아 있다. 거대한 파도가 구멍 난 배 안의 그들을 집어삼켰을 것이다. 모두 그렇게 바다의 물거품으로 사라졌겠지. 선장도 승무원도 그리고 승객들 모두 다… 그런데 왜 나만 이 섬에 갇혔지? 물에 떠밀려온 시체 하나 보이지 않는 것으로 봐선 배가 어느 정도 움직이다

침몰했을 가능성이 크다. 결과적으론 이 죽음의 섬에 갇히게 되었지만, 그날 바다에 뛰어든 것은 정말 잘한 것 같다.

물으로 올라온 난 다시 야자수 나무를 찾았다. 백사장에 눈길을 던졌다. 돌멩이를 주워 SOS란 큰 글자를 만들었다. 저것을 처음 만들 때만 하더라도 누군가가 보고 금방 구출해 줄 것으로 생각했다. 하지만 저것이 달에서도 보인다는 만리장성의 크기를 하고 있지 않은 한바다에서 바늘을 찾는 것과 별반 다르지 않을 것이다.

"먹고 싶다. 먹고 싶어."

나도 모르게 웅얼거렸다. 평생 고기만 먹고 살라고 해도 살 수 있을 것 같다. 잠깐! 그렇다면 그들 원주민은 어디서 식량을 공급받는 것일까? 이 고립된 섬엔 아무것도 없다. 혹시 풀을 먹고 사는 것은 아닐까? 아니면 물고기를 잡는 특별한 기술이 있을 수도 있다. 원주민이 작은 몸집을 하기는 했지만, 살집이 있었다. 분명 나처럼 배고픔과 사투를 벌이지 않았을 것이다. 그들에게 잘못했다 사과할까? 나도 이 섬에서 그들과 함께 적응하며 살아갈 수 있을까? 그렇게 된다면 그들로부터 여러 기술을 배울 수 있을 것이다. 생존기술 말이다. 이곳에서 결혼하게 되면 어쩌지? 근데 내 신부가 원주민 딸이면 어떻게 하나? 피부만큼은 아버질 닮지 말아야 하는데. 과연 난 아이를 몇이나 낳을까? 끝없는 의문과 답변이 꼬리를 물었다. 이러한 연속 질문의 좋은 점은 시간을 보내기가 좋다는 것이다. 상상력도 큰 힘이 된다. 시간 싸움이란 결국 시간의 흐름을 잘 느끼지 못하는 사람의 승리로 끝나게 경우가 많다.

-뿌앙!-

귀가 움찔거렸다. 환청인가?

-뿌웅!-

이 소리는? 코코넛 나무에 등을 기댄 난 눈을 비볐다. 손바닥을 펴 눈썹에 대곤 수평선에 초점을 뒀다. 앗! 저건 뭐지? 저 검은 물체! 배 아닌가? 배다! 배다! 배다!

"여기요! 여기에 사람이 있다오!"

벌떡 일어났다. 웃통을 벗고 손발을 흔들며 미친 듯 소리쳤다. 힘이 어디서 나왔는지 모른다. 난 펄쩍펄쩍 뛰고 있다.

"흐흐흑… 고마워."

점 같았던 배의 모습이 점점 커진다. 눈에서 눈물이 흘렀다. 주저앉았다. 정신을 차리기 힘들었다. 몸이 말을 듣지 않는다. 모든 기운이 일순간 빠진다. 어제 사람 고기를 먹지 않았다면 분명 일어설 수 없었을 것이다. 눈꺼풀이 감긴다. 잠을 이길 수 없다.

눈을 떴다. 발이 보인다. 여긴 어딘가? 침대에 비스듬히 누웠다. 팔에 링거 바늘이 꽂힌 것이 보인다.

"아! 일어나셨군요? 그동안 고생 많으셨어요."

여자가 말했다. 난 그녀를 뚫어져라 봤다. 사람과 같이 있다는 것이 믿기지 않는다.

"아… 미안해요. 사람을 너무 오랜만에 봐서…."

난 첫인사를 사과로 대신했다. 붉어진 그녀의 얼굴을 보고서야 나의 행동에 뭔가 잘못된 것이 있단 것을 알아차렸다.

"아까 잠꼬대를 심하게 하시던데, 이젠 괜찮아요. 안심하세요."

하얀 간호복을 입은 여자가 말했다. 그녀의 고운 피부가 무언가를 떠올리게 했다. 어젯밤 보았던 그 원주민의 피부가 떠올랐다. 흑과 백처럼 대조된다.

"미안하지만 배가 고파서…."

홀쭉한 배를 쓸어내리며 말했다.

"네. 일어나시면 드리려고 소고기 수프를 준비했습니다. 뜨거울 수 있으니 천천히 식혀서 드세요."

그녀가 테이블을 덮은 천을 거뒀다. 연노란색의 그것이 나왔다. 난 수프를 접시 체 들고 마셨다.

"수저가 있는데…."

그녀는 수프를 입에 붓는 날 보며 말했다. 하지만 내겐 그럴 여유가 없다. 빵을 이용해 그릇에 남은 수프를 깨끗이 닦아 먹었다.

"좀 더 없나요?"

팔뚝으로 입을 훔치며 말했다. 턱수염에 흥건히 묻은 그것이 느껴졌다.

"잠시만 기다리세요."

손수건을 내게 건넨 여자가 말했다. 그리곤 내선 전화기를 들어 어딘가에 걸었다. 아마도 식당일 것이다.

잠시 기다리라는 그녀의 말을 듣고 알게 된 사실이 하나 있다. 그것은 내가 잠시란 단어를 무척 싫어하게 됐다는 것이다. 반대로 곧바로 즉시 당장과 같은 단어를 좋아하게 됐다. 잠시라는 말은 언뜻 들으면 희망을 주는 듯하다. 하지만 약속된 것은 하나 없다. 그러므로 더욱 조바심이 난다. 그리고 망연자실 기다릴 내 모습을 지켜봐야만 한다.

"최대한 빨리 부탁해요. 그리고 씹어 먹을 수 있는 고기…"

그녀가 건넨 손수건으로 입을 닦던 난 무의식적으로 내뱉은 고기란 말에 가슴이 뜨끔거렸다. 손수건으로 입을 꾹 눌렀다.

"아! 아닙니다. 전 채식을 주로 합니다."

고기 이야기에 온몸이 뜨겁다. 화끈거린다. 그들이 알아차려선 안 된다. 이 배에 타고 있는 그 누구도 내가 어제 사람고기를 먹었다는 것을 알면 안 된다. 행동과 언행 모두 조심해야 한다. 정신 차리자. 난 우리에 갇힌 동물처럼 구경거리가 될 수 없다. 사람고기를 먹은 식인종 이야기가 떠돌게 되면 모든 사람이 날 멀리할 것이다. 어쩌면 가족마저도… 후회된다. 왜 참지 못했을까? 하루만 더 참았더라면… 하기야 그 누가 알았겠는가. 이렇게 느닷없이 구조될 줄 말이다.

"정말 다행이에요. 만약 그 선장님 말을 듣지 않고 섬을 그냥 지나쳤다간 큰일 날 뻔했어요."

여자가 말했다. 하지만 나와의 거리를 두고 있다.

"정말 고마운 선장님이시군요. 생명의 은인입니다."

난 곁눈질로 간호사를 봤다. 그녀는 겁을 먹고 있다. 내가 자신을 잡아먹을까 겁내는 것이다.

"선생님이 타셨던 배는 안타깝게도 가라앉고 말았어요. 다행히 선장님이 구조 신호를 보내 인근에 주둔하고 있던 해군의 도움으로 아무 사고 없이 구출될 수 있었고요."

여자가 말했다.

"그렇군요."

난 힘없이 대답했다. 다친 사람 하나 없이 모두 무사히 구조되었다는 그녀의 말이 날 가슴 아프게 했다. 다른 사람들처럼 기다리지 않고 바다로 뛰어들었던 나 자신을 책망했다.

"그런데, 두 달 동안 어떻게 견디신 거예요? 선생님이 계셨던 그 섬은 죽음의 섬이란 이름이 붙었을 정도로 생명체가 살기 힘든 환경을 하고 있다던데…."

"그… 그게. 밧줄을 씹으며 간신히 버텼지요."

주머니에 손을 넣었다. 하지만 배고픔을 잊으려 씹었었던 밧줄이 없다. 그것이 있었다면 먹지 않고 버텼다는 증거가 되었을 텐데… 너무 아쉽다.

"아무리 그래도 그렇지 두 달 동안 버텼다는 것이 믿기지 않는데요?"

"…."

믿기지 않는다면서 왜 묻는 건가? 주위를 봤다. 누군가 이 장면을 촬영하고 있을 것이다. 그렇지 않고서야 저 여자가 나에게 유도신문을 할 이유가 없지 않은가. 난 저 여자가 내뱉는 질문들을 수많은 취재진에게 들을 것이 분명하다. 난 그에 대해 논리적으로 설명해야 한다. 어떻게 두 달이라는 시간을 죽음의 섬에서 견딜 수 있었는지를 말이다. 어쩜 그들은 내 변을 검사하여 내가 사람 고기를 먹었다는 것을 발견해낼지도 모른다. 거짓말 탐지기를 동원할 수도 있고 또 형사나 과학자들을 보내 역학조사를 취할지도 모른다. 하지만 저 섬에서 어떤 일이 있었는지 그들이 알 리 없다. 그 원주민과 나와 있었던 일들 말이다. 그런데도 날 희대의 악마로 그리며 인육을 먹은 식인종으로 그릴 것이다. 더욱더 자극적이고 엽기적인 기사로 나의 모습을 사이코패스처럼 그려낼 것이다. 그렇게 된다면 우리 가족과 내 친구들 하다못해 날 진료 하였던 정신과 의사마저 날 멀리하고 주변인들에게 더욱 과장되고 거짓된 말로 나에 관한 이야기를 퍼트릴 것이다.

두렵다….

맞다! 구덩이에 그 원주민이 없었다는 것은 다른 곳으로 갔다는 말이지 않은가! 구출되지 않았다면 그 상처를 하고선 오래 살 수 없을 것이다.

"저…, 혹시 섬에서 나 이외에 또 구출된 사람이 있나요?"

심호흡 크게 하고 떨리는 마음을 진정시키며 그녀에게 물었다.

"사람 말이에요. 사람."

다시 물었다.

"아니요. 하지만…"

여자가 망설인다.

"그럼 저 말고 구출된 이가 또 있다는…."

제발…, 아니라고 말해 줘. 제발, 제발, 제발….

"네. 있어요. 지금 다른 객실에서 쉬고 있습니다."

처음 말과는 다르지 않은가? 처음 구출된 사람이 있냐는 내 질문에 저 여자는 분명 아니라고 대답했다. 그래놓곤 곧이어 있다고 대답한다. 저 태도는 과연 어떻게 설명해야 할까? 아! 이제 알겠다. 여기 어딘가에 우리의 대화를 녹음하는 녹음기나 카메라가 숨겨져 있을 것이다. 아까 날 유도신문을 할 때부터 알아봤어야 했다. 이로써 난 사람을 잡아먹은 식인종이 되고 말았다. 이런 신분으로 어떻게 가족에게 돌아갈 수 있단 말인가? 비밀을 알고 있는 저 여자를 죽인다고 하더라도 이 배엔 수십 명의 사람이 있다. 어린아이부터 건강한 체격의 남자까지 나 혼자선 그들을 상대하기 버겁다. 아니, 상대 자체가 안 되겠지. 지금 내 몰골을 본다면 저 여자 하나도 처치하지 못할 것이다. 원주민을 비롯해 이 배에 탄 그들이 다 죽지 않는 한 난 식인종이 될 수밖에 없는 처지다. 사람이 사람을 먹었다는 뉴스가 대서특필 될 것이고 이러한 뉴스는 나 자신은 물론이고 내 가족을 위험에 처하게 할 것이다. 분명 신문과 잡지 그리고 인터넷에 사람을 뜯어먹은 식인종이란 타이틀로 내 얼굴이 떠돌 것이다.

"손톱을 물어뜯는 버릇이 있으신가 봐요?"

"네가 뭐 상관이야! 이 더러운 년! 알면서도 시치미 뚝 떼는 이 더러운…"

난 주삿바늘을 뽑으며 일어났다. 이런 내 행동에 뒷걸음질 친 여자는 기어이 넘어졌다. 보라 저 나약한 모습을! 식인종의 움직임 하나에 저렇게나 무서워 벌벌 떠는 약한 인간들의 모습을 말이다. 난 사람고기를 먹는 순간 인간이기를 포기한 것이다.

"자… 잘못했어요."

여자가 울면서 말했다.

"뭘 잘못했다는 거지?"

"…"

넘어진 여자는 아무 말도 하지 못했다. 그렇지 답할 수 없겠지. 왜냐면 넌 위에서 시키는 대로 했을 뿐이니까.

"잘 있어."

난 결단해야 한다.

"어디 가시는 거예요…"

넘어진 여자가 문밖으로 향하는 날 쳐다보며 말했다.

"어제 일은 내 잘못이 아니야! 누구라도 그렇게 했을 거야! 난 식인종이 아니란 말이야!"

난 철썩이는 푸른 그곳으로 힘차게 뛰었고 몸을 던졌다. 아… 이젠 두려움에 떨지 않아도 된다.

부두에 모인 한 무리의 사람들. 카메라를 든 기자들은 두 달간 죽음의 섬에서 살아나온 사람의 기사를 쓰기 위해 배를 기다리고 있다. 어떤 기자는 무료함을 달래보고자 카메라의 기능을 살폈다. 또 어떤 기자는 여자 친구에게 문자 메시지를 보냈다. 반면 카메라 각도와 영웅의 얼굴이 잘 찍힐 장소를 물색하는 기자도 있다.

배가 부두에 도달하자 기자들의 플래시가 경쟁적으로 터진다.

"잠시요."

카메라 플래시를 터트리는 기자들 사이를 뚫는 하얀 의상의 선장이 말했다. 배에서 내리는 사람들을 살피던 선장이 한 여성을 발견했다. 하얀 간호복을 입은 여성에게 다가간 선장은 자신의 모자를 벗어 인사를 건넸다.

"무전으로 무인도에 대해 수색해 볼 것을 요청한 사람이 바로 접니다."

선장은 한 차례 더 목례를 건넸다.

"네. 안녕하세요. 저희 선장님께 말씀 많이 들었습니다."

여자가 힘없이 대답했다.

"그런데, 그분은…"

선장이 물었다.

"그게…."

여자가 망설였다.

"저쪽에 서 있는 분들이 그분의 가족입니다만."

선장은 기자들 뒤편에 서 있는 사람을 가리키며 말했다.

"그게… 모르겠어요. 그분이 왜 바다에 뛰어드셨는지를…."

힘없이 말한 간호사는 흐느꼈다. 그의 비명소리가 아직도 들리는 듯했다. 상어 지느러미를 본 사람들은 쉽게 나서지 않았다. 파란 바다에 시뻘건 피가 퍼진 것이 떠오르자 온몸에 소름이 돋았다.

"뛰어내렸다니… 그게 무슨 말씀이죠? 설마, 배에서?"

놀란 선장이 물었다.

"소고기 수프를 정신없이 드시고는 더 드시고 싶다고 하셔서 음식을 주문해 놓았는데…."

좀처럼 진정되지 않은 여자는 말을 잇지 못했다. 그런 그녀에게 선장은 손수건을 내밀었다.

"그 승객이 자폐증 환자라는 것은 알고 있었나요?"

선장이 물었다. 손수건으로 눈물을 닦던 여자의 입이 열렸다.

"아니요. 전혀…, 전 그분이 섬에 오래 갇혀 있어서 성격에 문제가 생겼을 거라 짐작은 했죠. 그래서 말할 때 약간의 거리를 두어 심리적 안정을 취하게 하려 했어요."

"성격의 문제라면… 그리고 안정을 찾아주려 했다는 게 무슨 뜻인지 말해줄 수 있습니까?"

선장은 몇 달간 제대로 먹지도 못했을 그의 모습을 떠올리며 물었다.

"글쎄요… 어디서부터 설명해 드려야 할지 모르겠어요. 다만 그분이 잠꼬대로 계속해서 자신은 식인종이 아니라는 말을 되풀이해서 하시는 바람에 제가 겁을 먹은 것일 수도 있고요."

"식인종이라고요?"

고개를 갸웃거리던 선장이 말했다.

"잘못 들으셨을 리 없겠고…. 혹시 다른 말은 없었습니까? 질문이라든지."

그가 바다에 뛰어들었다는 것이 믿기지 않는 듯 선장이 물었다. 죽음의 섬에서 극적으로 구출됐음에도 불구하고 또다시 바다에 뛰어들다니 그로서는 이해가 되지 않았다.

"그분과 많은 얘기를 나눈 것은 아니에요. 자기 말고 섬에서 구출된 다른 사람은 없냐고 물으시기에 없다고 대답한 게 다예요."

"그런데 뛰어내렸단 말입니까?"

"네."

선장의 질문에 짧게 대답한 여자는 숙였던 고개를 들었다. 그리곤 그에게 손수건을 돌려줬다.

"아, 아니요! 전 그때 잠시 머뭇거렸어요. 왜냐면 섬에서 구출한 도마뱀 이름이 생각나지 않거든요."

"도마뱀?"

"네. 승객 중 한 분이 키우는 애완 도마뱀이에요. 갑판에서 같이 산책을 하다 도마뱀이 바다로 뛰어드는 바람에 잃어버리셨다지 뭐예요. 왕도마뱀이라 징그럽게 컸죠."

말을 멈춘 여자가 고개를 돌려 배를 쳐다봤다.

"그것이 사람은 아니라 처음엔 아니라고 대답을 했던 거예요. 그런데 구출된 것은 맞으니 다시 말을 번복한 거고요. 설마 제 대답으로 인해 그분이 자살하신 건 아니겠죠?"

여자가 말했다.

"혹시 그 왕도마뱀을 볼 수 있을까요?"

선장이 말했다. 그녀는 고개를 돌려 배에서 내리는 승객들을 쳐다봤다. 그리곤 검은 천으로 가린 큰 상자를 손수레에 실어 끄는 사람을 손으로 가리켰다.

"저 상자 안에 있는 것 같은데요?"

그녀에게 고맙다며 목례를 한 선장은 그녀가 지목한 사람에게 성큼성큼 다가갔다.

"저, 실례지만 잠시 상자 안을 봐도 되겠습니까?"

선장이 말했다.

"왜…, 그러시죠?"

고개를 갸웃거린 남자가 말했다.

"아주 크고 멋있는 왕도마뱀이 있다는 소문이 있어서 한번 보고 싶어서 그럽니다만."

미소를 지은 선장이 말했다.

"그야 뭐 어렵지 않죠. 사실 며칠 전 이 녀석을 잃어버린 줄 알고 얼마나 걱정을 했는지 모릅니다."

선장의 칭찬에 신이 난 그가 천을 걷었다. 그러자 혀를 날름거리는 큰 몸집의 도마
뱀이 나타났다.

"무섭군요. 저에게 덤벼들려는 모습이."

입 벌린 도마뱀이 선장에게 달려들었다. 그 충격에 상자가 흔들렸다.

"공격하려고 그러는 게 아니에요. 애완용이라 사람을 잘 따라서 그렇습니다. 처음 보
는 사람들은 오해를 하곤 혼비백산 도망가기 일쑤죠. 이 친구가 좋다고 달려드는 것
도 모른 채 말입니다."

"그런데 도마뱀 꼬리가…."

선장은 왕도마뱀의 꼬리를 가리키며 말했다.

"파충류 습성 아닙니까. 위험을 느끼면 자신의 꼬리를 자르고 도망가는."

세상에서 가장 재미없는 소설

타자기 위 핏기 없는 두 손이 보인다.

어떻게 설명할 수 있을까? 어떻게 이야기를 시작해야 하지? 무엇부터 써야 하나. 어떤 표현을 사용해야 좋을지 모르겠다. 낯선 이에게 쓰는 편지의 첫 구절만큼 어색하다. 결말을 어떻게 정할지도 막막하고. 상상력을 동원할까? 아냐. 논픽션이니 속이면 안 되지. 그래 일단 제목이라도 정하자. 어떤 소설가는 소설 제목에 맞춰 이야기를 만들어간다던데 나도 그렇게 여백 위를 잉크로 묻혀 나가면 되는 거야. 손이 움직이지 않는 것이 제일 큰 걱정이야. 내 이야기는 너무나도 재미없거든. 비루하지. 누가 이런 이야기를 들어줄까? 한숨이 나와. 고개를 들었다. 거울에 비친 내 얼굴. 푸른 청춘의 빛은 남아있지 않다. 강산이 한 번 더 변하면 곧 칠순. 연애 경험은 없어. 애틋한 사랑 이야기 따윈 없지. 아무리 생각하고 떠올려 봐도 재밌게 쓸 만한 게 없어. 외계인에 납치당한 후 극적으로 도망친다든지 도플갱어를 목격하고 충격에 빠진다든지 하다못해 유명 연예인이나 스포츠 스타나 대통령을 만나 본 적도 없지. 밖을 본다. 고요. 사막과도 같은 척박한 이곳이 내 터전이다. 바람에 톨-톨- 굴러가는 마른 나무 덩굴이 활기의 전부다. 어렴풋이 기억나. 붉은 화염이 하늘로 치솟는 광경을 봤지. 마치 거대한 용이 내뿜는 불같았어. 분명해. 상상이 아니야. 온 피부로 열기를 느꼈으니까. 뜨거웠지. 살이 타는 줄 알았어. 비록 순식간이었지만 그때의 당혹감은 잊을 수가 없어. 아~ 이렇게 과거만 떠올리다간 이야기는 시작도 못하겠군. 날 요리사라 소개할까? 아니지. 편의점 알바가 닭꼬치를 판다고 요리사는 아니잖아. 난 간식을 만들어. 내 가게에 오는 손님에게 핫도그와 음료를 팔지. 음료는 콜라뿐. 이 개조한 캠핑카가 나의 집이고 내 가게야. 이웃? 없어. 사막 같은 이곳에 이웃이 있을 리 없잖아? 나 홀로 지키고 있어. 가끔 날 찾는 이가 있기는 해. 식재료를 납품하는 사람과 순찰차를 몰고 오는 그. 납품업자는 물건만 내려주고 가지만 경찰관은 달라. 말벗이 되어주지. 뉴욕 대도시 경찰관이라면 커피에 도넛이겠지만 여기선 그림의 떡이야. 내 매출의 절반가량을 책임지는 그는 푸른 제복이 잘 어울리는 경찰관 밥이야. 눌러쓴 카우보이모자가 일품이지. 그와 알게 된 지는 20년 정도. 그가 순경일 때부터 봤으니까. 현재는 경위야. 그에게 진 빚이 많아. 그의 도움이 없었다면 장사를 지속할 수 없었을 거야. 지금은 찾기 힘들지만 과거엔 달랐어. 약 20~30년 전만 해도 폭주족은 흔했지. 무서운 놈들이야. 내가 여자였기에 화를 피한 것 같기도 해. 젊은 혈기에 치기 어린 남자였다면 큰 화를 당했을지 몰라. 오토바이가 몰려다니면 가게 문을 걸어 잠갔지. 그리고 침대에 누워 이불을 뒤집어썼어. 떨렸지. 혼자라는 말은 나약함을 가늠할 수 있는 가장 좋은 단어야. 나 혼자 핫도그를 굽고 있다는 것을 그들도 알아. 사실 내게도 무기가 있어. 증조할아버지가 물려주신 낡은 장총. 그것으로 인디언을 쐈다고 하더군. 지금은 먼지를 뒤집어쓰고 선반 위에 걸렸어. 총알이 발사될지는 모르겠어. 쏴 본 적이 없으니 알 도리가 있나. 그저 부적 같은 의미로 걸어 놓은 거야. 실탄도 없어. 설령 있다 해도 방아쇠를 당길 수 없어. 총소리가 폭주족을 자극할 수도 있으니. 때로 몰려다니는 폭주족들에게 총을 들이 대봤자 벌집이 되는 건 나겠지. 생각만 해도 소름 돋아. 난 문신한 사람을 좋아하지 않아. 특히 해골. 손님도 마찬가지야. 가끔 해골 문신을 한 손님이 와. 그럴 때면 재료가 떨어졌다는 핑계를 대지. 휑한 해골 눈에서 타오르는 불덩이. 생각만으로도 혐오스러워. 폭주족은 검은색 할리데이비슨을 타고 다녔지. 차로 치자면 중형 세단 정도는 될 거야. 내 얘길 들어 보면 기가 찰 거야. 푼돈에 불과한 핫도그 값을 계산하지 않을 때도 있었으니. 비싸단 말도 들어 봤고 맛없단 말도 들었었지. 얄밉더군. 여기가 고급 레스토랑에라도 되는 줄 아나 봐. 그들은 불법적인 일과 연루되어 있지. 아마 마약과 무기 매매도 할 거야. 그런 일에는 언제나 큰돈이 오가. 경찰관 밥이 온 뒤 상황은 많이 변했어. 몇몇은 마약 혐의로 잡혀갔고 몇몇은 갱단 싸움에 휘말려 목숨을 잃었다고 해. 뭐 내 두 눈으로 목격한 것은 아니지만 밥이 말해줘서 알았어. 사실 밥 이전에도 경찰관은 여럿 있었지. 하나같이 사막 같은 이곳이 지겹다며 금세 떠나버렸어. 떠나면 두 번 다시 오지 않지. 발령받은 지 하루 만에 관둔 경찰관도 있었지. 열사병 때문이라나? 그런 것을 보면 나나 밥은 보통 사람은 아니야. 태양이 이글거리면 시원한 사이다로 목을 축이지. 별이 빛나는 밤엔 사색에 젖고 침대에 누우면 부엉이 울음소리가 들리지. 난 이런 날들이 전혀 지겹지 않아. 외롭지도 않고. 모래먼지를 일으켰다 사라지는 바람도 좋고, 선인장을 기어오르는 도마뱀을 보는 것도 좋아. 핫도그 냄새를 맡은 코요테가 기웃거리는 모습도 재밌어. 한 번은 쓰레기통 뒤지는 녀석에게 빗자루를 던진 적이 있었지. 꼬리를 말며 도망가는 녀석의 모습이 너무나도 우스웠어. 바퀴 달린 내 가게는 녹색 식물처럼 광합성을 해. 그래서 따뜻하게 데워진 차 지붕에 빨래를 말려. 사실 난 목욕을 물수건으로 해결하고 있어. 옷을 입은 채로 말이야. 벗지 않고 샤워하는 사람은 세상에 나밖에 없을걸. 손님이 몇 명 없지만 가끔 느닷없을 때가 있지. 사막을 닮은 이곳은 물이 귀해. 마치 수분을 잃어가는 내 몸과 닮았지. 물이 없다는 것은 공기가 없다는 것과 별반 다르지 않아. 하지만 물이 보기 싫을 때도 있어. 우기 같은 때 말이야. 빗소리가 세상을 뒤덮으면 난 책을 봐. 하도 읽어 낡고 손때 묻은. 그렇지만 읽을 때마다 여전히 새로워. 그리고 자주는 아니지만 방송을 보기도 하지. 나와 같이 늙어가는 TV 화면은 선명하지 않지만 내가 제일 좋아하는 프로그램은 나오지. 그건 바로 내가 30년 동안이나 보아온 낱말 맞추기 게임이야. 서당 개 3년이면 풍월을 읊는다잖아. 이젠 나도 단어 첫 글자만 나와도 답이 될 만한 것들을 줄줄대지. 그땐 손님도 귀찮아. 이곳은 하루 평균 20-30대의 차가 지나쳐. 시간당 한 대꼴로 볼 수도 있어. 물론 하루 종일 차 한 대 지나치지 않을 때도 있고. 다행인 것은 여길 지나치는 차들 중 내 가게에 들러 핫도그를 사는 사람이 무려 50%나 된다는 거야. 우기 땐 0%. 그러니 평균을 내면 25%. 손님이 한 명도 오지 않는 우기 땐 하루 종일 차 지붕 위로 쏟아지는 그 소리를 들어. 비가 많이 오면 위성안테나도 작동되지 않아. 할 게 뭐 있겠어. 일찍 침대에 누워. 잠을 청하려 뒤척이지. 잔다는 게 쉽지 않아. 빗소리를 들으며 멍하니 사색하지. 그래도 잠이 안 오면 책을 꺼내. 침침한 하늘이 쏟아내는 빛의 도움을 받아 소설을 읽어. '오만과 편견'은 읽을 때마다 새롭게 다가오지. 수십 번은 읽은 것 같아. 나도 제인 오스틴처럼 숨 막히는 사랑을 해 봤다면 어땠을까? 내가 기록하는 두 가지는 일기와 가계부야. 내 가계부는 매우 단순하지. 핫도그, 콜라 오직 두 개의 단어와 숫자들이 차지할 뿐이지. 도시 편의점에서 파는 가격의 두 배를 받고 있어. 가격에 대해 불만이 있다면 백사장의 모래와 다이아몬드를 비교하면 알기 쉽지. 희소성의 가치. 구하기 힘든 것은 비싸. 난 핫도그 하나에 5불 정도 받아. 음료수는 더욱 비싸게 받고. 내가 '5불씩이나'라는 표현 대신 '5불 정도'라고 말한 것은 당연해. 전혀 비싸지 않기 때문이야. 더 많이 받을까 하는 생각도 들어. 특히 물류를 배송하는 곳에서 웃돈을 요구할 땐 더욱. 최근엔 비용 절감을 위해 직접 시장에 가기도 했어. 내가 가게를 비운 사이 손님이 오진 않았을까 하는 조바심이 들기도 했지. 머리가 좋은 사람이라면 하루에 얼마 정도 버는지 대충 계산이 나올 거야. 혼자 살기엔 그리 나쁘지 않은 벌이야. 미안하지만 이곳이 어딘지는 말해 줄 수 없어. 위에서 말했잖아. 여긴 흙먼지를 날리는 황무지를 닮았다고. 그리고 외로운 아스팔트가 깔려 있어. 오해하지 마. 경쟁자가 두려워 그런 것이 아니야. 난 이곳에서 무려 40년을 넘게 있었어. 그 누가 온다 해도 날 이기긴 힘들 거야. 인내는 내 삶의 일부가 되어버렸으니까. 굳이 내 위치를 밝히지 않는 건 프라이버시 때문이 아니야. 이제 그에 대한 말을 꺼내야겠어. 사실 몇 달 전 한 남자가 왔었어. 그 남자의 방문 후 내 모든 것이 변해버렸어. 물론 내 생활까지 변했단 것은 아니야. 난 여전히 핫도그를 팔고 있고 앞으로도 팔 거니까. 간절했던 그의 모습이 떠올라. 내게 일자리를 달라고 애원했지. 그런데 직업이란 게 그만한 보수가 있어야 하는 것 아니겠어? 문제는 그것뿐만이 아니었지. 나 혼자 눕기에도 벅찬 이곳에 그의 공간은 없어. 화장실 문제도 그렇고. 하지만 그는 포기하지 않았어. 인건비는 걱정할 것 없다면서 인생 경험을 하고 싶다고 했지. 잠은 텐트에서 자겠다고 했어. 청년의 눈빛의 순수했고 간절했지. 그런데 그는 보름 후 사라졌어. 그가 떠나는 꿈을 꿨어. 아니 상상이라 해야 하나? 꿈은 통증을 느끼지 못하지만 난 느꼈어. 화염과 함께 불타오른 청년은 한 줌의 재가 되었지. 그의 텐트도 기름 묻은 휴지처럼 타버렸지. 해골 문신은 고사하고 작은 하트 모양 문신도 없던 그가 그렇게 사라졌어. 그가 떠난 뒤 많은 것이 변해버렸어. 주변을 보면 다이너마이트를 군데군데 터트린 것 같아. 화산 분화구를 닮은 것이 수십 개나 생겼지. 내 차엔 구멍이 숭숭 뚫렸고 녹슬었지. 차를 조금 세게 눌렀다가는 큰 구멍이 뚫리고 말 거야. 지붕을 볼 때면 화가 치밀어. 세상 소식을 전해주는 TV가 죽었어. 위성 안테나가 부러졌고 타버렸어. 번개나 레이저 공격을 받은 모습이야. 이렇게나 빨리 부식되다니 도무지 이해할 수 없어. 그 재미난 낱말 맞추기 프로그램을 안테나 고치기 전까진 볼 수 없게 돼 버렸어. 아! 손님이다. 점처럼 작다. 만약 저 차의 속도가 70킬로라면 5분 후 도착하겠지. 모래 먼지 날리는 모양으로 봐선 SUV. 이곳에서 생활하다 보면 지나치는 차가 어떤 모델인지 맞히는 습관이 생기지. 장사와 관련된 예측 역시 오랜 습관이 되었지. 핫도그를 먹기 위해 멈출지 아닐지 그리고 콜라를 살지 안 살지 등. 확률은 50 대 50. 속력을 줄이고 있다. 손님이다! 브레이크 소리와 함께 먼지가 차를 앞질렀다. 4분 만에 도착. 선팅 된 창문이 내려가고 남자의 얼굴이 나타난다. 아줌마! 그의 말이 끝나기 무섭게 네! 짧은 대답을 미소와 함께 보냈다. 외딴곳의 음식은 신뢰가 중요한 법. 조수석에 앉은 아가씨의 금발이 태양빛에 눈부시게 빛난다. 선글라스를 쓰고 있지만... 20대 초반 같다. 핫도그 얼마예요? 5불이라우. 그의 빠른 질문에 나 또한 재빨리 손가락 다섯 개를 펴며 대답했다. 갈색 머리 남자는 조수석을 봤다. 비싸다고 이야기하는 것일까? 얼마를 더 가야 음식 파는 곳이 다시 나올 것인지를 말하고 있을 지도 모른다. 두 개 주세요-! 그리고 콜라 두 개요. 선불입니다. 오토바이 폭주족들이 가르쳐준 교훈이다. 계산을 하지 않고 도망간다 해도 선불을 받지 않은 장사꾼에게도 그 책임이 있다는 것을 배웠다. 차에서 내려 다가오는 그의 팔에 해골 문신은 없었다. 가게를 죽 둘러본 후 여기요-! 그가 20불을 건넸다. 준비해놓은 거스름돈은 필요 없어도 되겠군. 일회용 비닐장갑을 낀 내 손을 그가 보길 바랬다. 신뢰가 중요한 것이 거리 음식이다. 청결상태를 확인할 길이 없으니 말이다. 온장고에서 쏘시지를 꺼내들고 빵 위에 재빨리 얹었다. 오른손에 두 개의 통을 쥐고 눌렀다. 빨간 케첩과 노란 머스터드가 적당히 잘 어우러졌다. 여기 있다우. 종이에 싼 핫도그를 건네자 수고하세요. 인사하며 그가 받았다. 고맙수. 차에 올라타 그녀에게 건네는 그의 모습이 보였다. 그리고 그는 턱 끝으로 내 가게 쪽을 가리켰다. 필시 낡은 가게를 험담하고 있으리라. 그들의 차바퀴가 굴러가자 그들에 대한 나의 관심도 멀어졌다. 엔진 소리가 사라지면서 그들을 따르는 내 시선도 사그라들었다. 지금쯤 그 차 안에서 선글라스를 쓴 조수석의 금발은 그에게 핫도그를 먹여 주고 있을 것이다. 몸을 돌린 나는 거실을 지나 침대로 향했다. 아! 없다! 증조할아버지가 물려주신 총. 작동 여부는 아직도 확인하지 못했지만 내게 총은 부적과도 같은 것! 무기가 있다는 사실만으로 안정감을 느낀다. 내가 사는 이 나라의 좋은 점 중 하나가 바로 총기 소지의 자유다. 나 같은 여자가 인적이 드문 외딴곳에서 장사를 하려면 총이 있어야 한다. 이곳은 황량한 곳이며 또한 탈옥수들이 숨어들기 좋은 곳이기 때문이다. 굶주린 짐승들이 핫도그 냄새에 미쳐 달려들지도 모르는 일. 그러고 보니 가게에서 그 젊은 총각이 사라진 후 총도 함께 없어졌다. 내가 무게를 두는 한 가지 가능성이 있다. 폭주족과 그 젊은 총각이 싸웠을 지도 모를 일이다. 밖에 둥그렇게 파인 땅은 다이너마이트에 의해 생긴 폭발 자국일 수도 있다. 숭숭 뚫린 총알구멍은 갱들이 내뿜은 총알이다. 어쩜 폭주족이 아닐 수 있다. 다른 갱단과 총싸움을 벌였을지도 모른다. 착실히 살아보고자 조직을 나온 그에게 그들이 보복 가했을지도 모른다. 불쌍한 그 젊은 총각은 갱들에게 끌려가 저 드넓은 대지의 한 귀퉁이에 묻혔을지 모른다. 어쩜 나의 이 불길한 추측이 맞을지도 모르겠다. 도대체 그를 어디로 끌고 간 것은 아닐까? 만약 내 생각이 맞는다면 그 청년은 나를 대신해서 희생당한 것일 수도 있다. 경찰관 밥이라면 뭔가를 알 것이다. 물어봐야겠다. 그는 베테랑 형사다. 분명 많은 도움이 될 것이다. 그 청년의 이름은 크리스다. 물론 본명인지는 알 수 없다. 나이는 27세라 했지만 이 또한 알 수 없다. 한 대의 차가 눈에 들어온다. 캠핑카 같다. 초심과 분침이 흐르면 흐를수록 나의 생각이 맞았다는 것을 알려 줬다. 차는 8분이 지나서야 내 가게를 지나쳤다. 흙먼지가 차의 뒤를 따르다 옅어졌다. 캠핑카 같은 경운 멈추지 않는다. 40년간 일하면서 멈춘 것이 딱 두 번. 한 번은 타이어 공기 주입기가 있느냐고 묻기 위해서고 또 한 번은 전화를 빌려 쓰고자 들린 것이다. 그들은 휴가를 즐기기 위해 나선 사람들이다. 먹을 것 하나 장만치 않고 떠날 리 없다. 내게 팁을 내밀었던 유일한 손님은 내가 결코 잊을 수 없는 손님이다. 지금껏 내게 팁을 준 이는 그가 유일하다. 수고하라면서 50불을 줬었다. 그의 손목에서 번쩍이던 롤렉스를 기억한다. 그가 타고 온 차는 벤츠였다. 감히 폭주족 따위가 범접할 수 없는 그런 사람이었으리라. 만약에 그를 이곳에서 다시 만나게 된다면 반드시 핫도그와 음료를 양껏 대접하리라. 그런데 이 초조함은 무엇일까? 아! 그렇지. 밥을 기다리고 있었구나. 휴가를 갔나? 빨리 보고 싶다. 그간 나에게 일어났던 일들을 모두 털어놓고 싶다. 과학 수사대와 함께 나타난다면 얼마나 좋을까? 차에 구멍이 몇 개나 있는지 세어 볼까? 밖에 나서니 눈이 부셨다. 녹슨 가게를 보자니 한숨이 나온다. 하나, 둘, 셋… 소리 내며 그것을 셌다. 스물네 개다. 다행히 구멍을 통해 내부를 볼 수 없다. 하늘을 봤다. 푸르다. 비가 올 기미는 없다. 비가 대각으로 내리지 않는 이상 차로 들어오진 않을 것이다. 바람이 불면 좋겠다. 내 우울함을 데리고 갔으면 좋겠다. 세찬 바람은 빗줄기의 방향을 바꿀 것이다. 창에서 흐르는 빗물은 마치 슬피 우는 여인의 눈물 같다. 한숨이 절로 나온다. 왜일까? 차를 고치는 일이 귀찮아서 일까? 무료함과 따분함 그리고 신경질이 나는 이 감정은 무엇인가. 내 기분은 아무 상관없다는 듯 개똥벌레가 물구나무 서기 하며 소똥을 굴리고 있다. 예전에 나는 놈을 놀리려 발을 구른 적이 있었다. 그러면 녀석은 몸을 뒤집어 죽은 척 연기를 했었다. 밤이 되면 빛을 뿜으며 날아다니는 반딧불을 볼 수 있다. 지금은 분명 낮인데… 그렇다면 저 빛은? 몇 주 전부터 보이는 저 반짝이는 물체는 무엇일까? 내가 이곳을 비운 며칠 사이에 자동차 사고가 있었단 걸까? 차의 파편이 언덕에 뿌려졌고 미처 치우지 못한 그것이 빛을 반사해 내 신경을 건드리는 것일까? 바람이 흙먼지를 일으킨다. 뿌연 먼지가 돌며 아스팔트에 눕는다. 이파리 하나 없는 어린 초목이 저항한다. 비가 올 때면 저 나무를 보곤 했다. 물을 흠뻑 먹고 파란 싹을 키울까? 하지만 화로의 땔감처럼 생기라곤 하나 없는 모습으로 아직 살아 있다니 놀라운 일이다. 죽은 채로 살아가는 나무 같다. 한층 거칠어진 바람이 모래의 머리채를 쥐고 흔든다. 얼른 들어가 창문을 닫아야겠다. 모래 알갱이가 들어간 핫도그를 손님에게 내밀 수는 없는 일. 때린다. 저항한다. 부딪치고 퍼진다. 그리고 흐른다. 후드득. 똑똑똑. 총알구멍과는 상관없이 천장에서 물이 새고 있다. 밑에 작은 받침을 받쳐 두었다. 저곳에 물이 꽉 찰 때까지 얼마의 시간을 벌 수 있을 것이다. 번쩍이더니 곧 천둥소리가 들렸다. 비가 멈추지 않고 계속된다면 이 가게는 배로 변할 것이다. 그리고 흘러갈 것…

 타자기 위 핏기 없는 두 손이 보인다.

 노란색 전신 방진 슈트를 입은 두 명의 군인이 캠핑카에 들어섰다. 그들의 손에는 방사능 측정기가 들렸다. 높음 경고음이 적막을 깨뜨린다.
"좀비 같군."

군인이 말했다. 화생방 마스크 때문에 목소리는 선명치 않다.

"타자를 치려고 했던 것 같은데."

피폭으로 살이 녹은 노파를 본 그가 말했다. 소통에 방해가 된다고 생각한 그는 시끄러운 경고음의 그것을 껐다. 두리번거리던 그가 냉장고를 발견하곤 열었다. 안은 소시지를 감싼 푸른 곰팡이의 차지다. 콜라를 집었다. 캔 표면을 덮은 곰팡이를 닦아냈다.

"여긴 건질게 별로 없어. 다음 장소로."

콜라 몇 개를 가방에 담은 그가 말했다.

"가자고."

머뭇거리는 동료에게 다시 소리쳤다.

"알았어! 측정기 다시 켜."

두 손으로 방독면을 고쳐 쓴 그가 말했다.

세상에서 가장 재미없는 소설. 육신에서 혼이 빠지는 순간 현재는 사라지고 만다. 과거와 미래만 남는다. 이것이 생명의 현재만이 가장 다채로운 이유이다.

최

면

의

각

인

(刻

印)

"숫자가 줄어들수록 당신의 몸은 조금씩 가벼워집니다. 그리고 깊은 잠에 빠져듭니다. 정신이 혼미해집니다. 하지만 영혼은 다릅니다. 더욱 맑아집니다. 자, 숨을 깊게 들이쉬고 내쉽니다. 집중하십시오. 다섯부터 숫자를 거꾸로 세겠습니다. 다섯, 넷, 셋, 둘, 하나… 잠든 당신을 내려다봅니다."

빌딩 옥상에 배를 깔았다. 얼마나 더 이 자세를 유지해야 할지 모르겠다. 총에 붙은 조준경이 빛에 반사되어 반짝이지 않는다면 눈에 띄지 않을 것이다. 난 회색 도시에 걸맞은 군복을 입었다. 그런데 보호색이라니… 어쩜 이 말은 저격수에겐 어울리지 않는다. 그것은 포식자로부터 자신을 보호하고자 위장술을 펼치는 생명체가 아니기에 그렇다. 반대다. 난 날카로운 송곳니를 적의 급소에 꽂는 킬러다. 회색 군복 바지에 숨은 위스키 통을 만졌다. 꼴깍 침이 넘어간다. 하지만 마실 수 없다. 미션에 성공하기 전까지는 말이다.

몸을 나른하게 만드는 오후의 햇볕이 바닥을 데웠다. 식곤증이 몰려온다. 알 품는 닭의 기분이 이럴까? 콧잔등에 송골송골 맺힌 땀을 손등으로 닦았다. 몰려오는 잠을 깨기 위해 머리를 흔든다. 손은 다시 총으로. 검지는 총의 방아쇠에. 이제야 정신이 든다. 난 이 손가락의 위치가 무엇을 뜻하는지 잘 안다. 혼동은 금물이다. 한 인간의 생명이 나에게 달렸다. 총에 매단 사진을 다시금 확인한다. 평범한 동네 아저씨다. 과연 이 사진 속 주인공은 어떠한 악행을 저질렀을까? 무엇이 그토록 이자를 죽이고 싶게 만든 것일까? 단서는 없다. 나의 뇌를 최면술사에게 저당 잡혔기에 기억이 짧다. 과거를 되찾기만 한다면 알 수 있을 것이다. 저자가 죽어야만 하는 이유를 말이다. 목표물이 쓰러져 미션이 완성되면 의뢰인을 만날 생각이다. 잃어버린 내 기억을 되찾을 것이다.

"당신은 복수할 만반의 준비가 되어 있습니다. 기억을 끄집어내십시오. 그 분노를…. 그는 당신의 어머니를 욕보이고 잔인하게 죽였습니다. 너무나도 참혹합니다. 눈 뜨고 볼 수 없을 정돕니다. 불행히도 빌딩 밖으로 몸을 내민 그는 당신의 아버지입니다. 이는 당신을 아프고 슬프게 할 것입니다. 그리고 추억이라는 것이 망설임을 만들 것입니다. 그래서는 문제가 해결되지 않습니다. 끝없는 질문과 미로에서 빠져나와야만 합니다. 그것을 위해 당신의 기억 일부를 지우겠습니다. 잊지 마십시오. 일말의 죄책감도 가질 필요가 없다는 것을. 총알이 발사되면 개미를 한 마리 밟은 것입니다. 사진 속 남자가 망원경에 확대돼 나타나면 방아쇠를 당깁니다."

나왔다. 빌딩 밖의 녀석을 본다. 망원경으로 보자 더욱 확실하다. 목표물의 손에 지팡이가 있다. 지팡이…, 그것은 약자들이 지니고 다니는 물건 아닌가. 자신의 몸 하나 가누지 못해 나무 막대기에 의지하고 있다. 그런 약자에게 난 총을 겨눈다. 지팡이만 빼앗아도 무기력해지는 인간이다. 그런 자에게 사자도 쓰러트릴 수 있는 이 막강한 화기를 겨누고 있다. 심장이 두근거린다. 아... 잘못 봤을 수도 있다. 한 번 더 확인하자. 목표물의 얼굴 그리고 사진을 번갈아 봤다. 같다. 이런… 아무리 봐도 동일 인물. 느닷없이 날 흔드는 이 기분. 사진 속의 남성이 입은 옷과 지금 그가 걸친 옷은 똑같다. 안쓰럽다. 날 망설이게 만드는 것은 지팡이뿐만이 아니다. 그의 얼굴도 한몫을 한다. 아무리 봐도 악인의 냄새가 없다. 아니다! 어쩜 그것이야말로 진정한 악마의 모습일지 모른다. 평범하다는 것은 변장술이 뛰어나단 뜻이다. 상대로 하여금 방어치 못하게 만드는 것이다. 투명 인간처럼 남들 눈에 띄지 않는 그 모습이야말로 사람들을 속이기에 적합하다. 겉으로 보이는 나약한 모습과 실제는 다르다. 합리적 사고를 하려 애쓰는 중에도 내 몸은 계속해서 떨렸다. 심장의 두근거림이 줄지 않는다. 양심? 약육강식의 본능을 따르는 포식 동물은 약한 먹잇감일수록 더욱 난폭해진다. 힘들이지 않고 배를 채울 수 있다는 안도감과 저항하는 먹잇감으로부터 상처 하나 입지 않고 배를 불릴 수 있다는 생각이 포악함을 튀어나오게 한 것이다. 만족감은 배가 되고 만다. 반면 법과 질서 그리고 도덕을 학습한 인간은 다르다. 약자의 위치가 어려운 먹잇감 된다. 틀림없다 또다시 의구심이 든다. 의뢰인이 누군지가 궁금하다. 그러나 어떤 경우에도 목표물을 동정해선 안 될 일이다. 개미 한 마리 짓밟는다고 생각하자. 검지에 힘이 들어간다. 일은 착수됐다.

"당신, 당신은 당신의 소중한 부인을 끝없이 고문하였습니다. 성적 학대를 가했고 많은 시간을 폭행하였으며 결국 권총으로 목숨을 빼앗았습니다. 그것도 모자라 범행을 숨기기 위해 사체를 훼손하고 유기했습니다. 그것이 당신에게 커다란 죄책감을 안겨주었습니다. 시간이 갈수록 당신은 말로 형언할 수 없는 공포에 휩싸입니다. 이제 회개할 시간입니다. 당신은 지정받은 날 지정받은 빌딩을 나설 것이고 그곳에서 하나의 방문을 맞이할 것입니다. 한 줄기 빛은 당신을 고통에서 해방해주고 천국의 문을 열어줄 것입니다. 그에게 감사의 인사를 보내십시오."

조준경의 십자 표시를 향해 총알은 떠났다. 부디 날 원망하지 말아 주십시오. 대신 당신을 위해 의문을 풀어 드리겠습니다. 반드시 의뢰인을 찾아가 당신을 죽여야만 했던 이유를 물어보겠습니다. 물론 이러한 행동은 킬러 강령에 어긋납니다. 하지만 선한 인상의 당신을 위해 이번만큼은 그 규율을 깨겠습니다. 당신의 무덤에서 표적이 된 이유를 말해드리겠습니다.

"질문 있습니다."

"얼마든지요."

"해외에 송금은 한 번 하는 것이 맞나요? 아니면 두 번 세 번 하고 만 원 받는 건가요?"

"네, 단 한 번입니다. 송금이 확인되면 여러분들의 통장에 만 원을 입금해 드리겠습니다. 여기 오신 모든 분도 해외에 송금하는 아르바이트생입니다. 걸리는 시간은 단 오 분, 어때요? 단 몇 분에 만 원. 아르바이트 치고는 꽤 괜찮지 않나요? 간단합니다. 제가 지금 지급할 돈, 만 구천 불을 여기 이 은행 계좌에 입금하면 돼요. 참! 신분증은 잊지 않으셨죠?"

"여권도 되나요?"

"네, 운전면허증도 됩니다. 신분을 확인할 수 있는 무엇이든 가능합니다. 그리고 여러분과 같이 동행할 사람이 있습니다. 저는 여러분을 믿지 않습니다. 여러분이 어떻게 되던 저랑 상관도 없으니까요. 송금만 확인하면 됩니다. 계산만 정확하면 됩니다. 저기 검은 양복을 입은 남자분들을 따라가십시오. 입금 확인 후 저분들이 돈을 나눠 드릴 것입니다."

남자는 쓰러졌다. 머리에서 쏟은 피가 바닥을 물들였다. 망원경에서 눈을 떼자 쓰러진 남자가 개미만 하다. 지팡이는 보이지도 않는다. 손이 떨린다. 목표물을 향해 총을 쏠 때보다 쓰러진 그의 모습이 더 공포다. 심장이 요동친다. 양심… 죄책감… 죽기 전날 쳐다본 남자의 눈빛. 살려 달라 애원한 것인가? 아니다. 그럴 리 없다. 그럴 것 같았으면 피했을 것이다. 죽음을 맞이할 리 없다. 그는 내 위치를 알고 있었다. 아니다. 착각일 것이다. 세상에 죽음을 두려워하지 않는 생명체는 없다. 아무튼, 최대한 빨리 이곳에서 멀어지자. 살인이니까. 내 기억을 깨워줄 그를 만나야 한다. 그러기 위해선 먼저 그곳을 방문해야 한다. 주머니에 손을 넣었다. 명함이 만져진다.

"죄송한데 그런 사람은 없는데요."

"이곳이 PC방으로 바뀐 지 며칠이나 됐죠?"

"일주일 정도요. 영업은 어제부터 했고요."

"이 명함 한 번 봐주십시오."

"신기하네요. 최면술사 이름이 최면술이라니. 최면술이라…."

"어떻게 만날 수 있는 방법이 없을까요? 전화를 걸어도 없는 번호라고…."

"아! 혹시… 성함이 당신 씨 아닌가요? 당신!"

"어떻게 제 이름을…"

"사무실을 옮기기 전 소포를 맡기셨어요. 잠시만요. 여기 사진도 붙어 있는데. 어떤가요? 본인 맞으시죠? 당신!"

"어? 제 얼굴이 맞네요."

"다시 오신다 하시더니 오셨네요. 그분이 전해 드리라고 하셨었죠."

최면술사가 남긴 상자엔 사진첩과 함께 편지가 한 통 있었다. 편지 봉투를 찢고 종이를 꺼냈다.

최대한 가까운 전철역의 즉석 사진관 안으로 들어갈 것, 그리고 그곳에서 사진첩을 볼 것

행동으로 옮겼다. 주문을 따라야만 그를 볼 수 있을 것 같았다. 지하철 역사 안에 있는 즉석 사진 부스에 들어갔다. 의자의 높이를 돌려서 맞추는 그곳에 상자가 있었다. 열어보니 사진첩이 나왔다. 펼치자 나의 어린 시절 모습이 담겨 있다. 젊은 시절의 아버지도 계시다. 목마를 태운 아버지의 모습, 소풍에서 김밥을 내 입에 넣어 주셨던 아버지, 물가에서 수박을 함께 먹었던 모습 그리고 졸업식 날 나의 어깨에 손을 얹어 주신 다정한 아버지의 모습…. 아버지와 함께했던 순간들이 눈에 선하다. 아버지가 너무도 보고 싶다. 그리움도 잠시. 사진첩을 넘길 때마다 가슴이 서늘해진다. 한기를 느낀다. 그것은 아버지의 모습이 누군가를 닮아가서다. 부정하고 싶다. 지팡이를 짚고 빌딩 밖으로 나왔던 그 중년의 신사. 그 눈빛… 초점 없이 나를 쳐다봤던 그 눈빛…. 사진첩이 중반부를 넘자 젊은 아버지의 모습은 사라졌다. 사진첩을 덮었다. 더는 넘길 수 없다. 하지만 시간은 해결사가 아니다. 다시 사진첩의 중간을 잡아 폈다. 그것을 넘기면 넘길수록 주름진 모습과 머리숱이 주는 모습이 빌딩 밖으로 나왔던 그의 모습과 닮는다. 그리고 드디어 사진첩의 마지막 장이다. 지팡이의 모습이 보인다. 이는 최면술사로부터 받았던 사진과 똑같다. 저격 총에 걸어 놓았던 그 사진….

난 경찰서로 향했다.

"오늘 오전 10시 50분경 머리에 총을 맞고 쓰러진 32살 오 모 양을 남편 최 모 씨가 발견해 경찰에 신고했습니다. 경찰에 따르면 숨진 오 씨는 남편이 운영 중이던 최면 사무소에서 총을 든 괴한으로부터…"

왜 저입니까? 제가 무슨 죄를 저질렀기에 이런 참혹한 짓을 저에게 시키신 것입니까? 전 아버지를 죽인 살인범이 되고야 말았습니다. 사진첩을 넘길 때마다 아버님이 너무나도 그리웠습니다. 죽도록 보고 싶었습니다. 전… 숨을 쉴 수 없습니다. 죄책감에 온몸이 따끔거리고 심장이 멎을 것 같습니다. 아버님! 자수하겠습니다. 제 몸을 가두고 반성하겠습니다. 죗값을 치르겠습니다.

"자넨 죄가 없다고 하는데도 왜 자꾸 처벌해 달라고 하는 거야?"

"여보세요. 형사님! 전 존속살인을 했습니다. 패륜아란 말이요. 전 저를 낳아주고 길러주신 아버지를 저격용 총으로 쏴 살해했다고요."

"그만하고 이걸 봐! 이 종이를 말이야! 이건 자네 아버지의 자필 유서야. 여기 최면술사를 고용했다고 쓴 게 보이지 않나? 여기 말이야. 여기! 그러니까 잘못이 있다면 최면술사에게 있는 거야. 죗값을 치러야 할 사람은 당신이 아니고 그란 말이지."

"하지만 총을 겨눈 건 저라고요. 제가 방아쇠를 당기지만 않았더라도 아버진, 아버진 돌아가시지 않았어요."

"허허. 젊은 사람이 이렇게 말귀를 못 알아듣다니…. 모든 정황이 말해주고 있잖아. 자네 아버지가 자네에게 최면을 걸어 죽음에 이른 거야. 그것을 다시 말하자면 자네의 의도가 아니란 말이지. 이런 경우 자네를 처벌할 수 없어. 다시 한번 말하지만 처벌을 받을 자는 그 최면술사란 말이야."

사람을 죽이고도 처벌을 받을 수 없다니 숨이 막힌다. 답답하다. 법이라는 것이, 정의라는 것이 존재하는 것일까? 지팡이에 의지해 서 계셨던 아버지….

난 발걸음을 재촉했다. 다시 그곳을 찾았다. 아무도 지하철 역사 내의 즉석 사진관을 이용하고 있지 않았다.

사진첩엔 마지막 지령이 있었다. 그것은 보관함으로 가란 것이었다. 난 메모와 함께 있던 키를 들고 물류 보관함으로 갔다. 수십 개의 보관함에 숫자가 붙었다. 내가 갖고 있는 키엔 번호가 없다. 하나하나 꽂았다. 마침내 키가 돌았다. 내 예상대로다. 그곳에 든 건 차갑게 누워있는 권총 한 자루다. 탄창을 뽑아 확인했다. 한 발의 총알이 있다. 난 한 발의 총알이 주는 의미를 안다. 그것은 정확도를 요구한다. 실수 없이 단 한 방에 끝내야 한다. 확실한 방법은 심장을 쏘거나 정수리를 쏘는 것이다.

"자, 여기 그리고 여기 사인하세요. 앞으로 여덟 번 더 사인하셔야 합니다. 생명보험 상속인 란에도 사인하시고요. 그런데 사모님 손이 참 고우시다."

내 머리에 구멍이 하나 생겼다. 바람이 머문다. 시원하다. 그런데 이 시원한 느낌이 두 군데에서 감지된다. 총알은 하나지만 구멍 개수는 두 개다. 총알이 들어가면서 생긴 자리 하나와 나가면서 만든 자리 하나. 심장은 더는 뛰지 않는다. 그래서 싸늘하게 식는 내 몸을 피부가 아닌 에너지로 안다. 이승에 볼일이 남은 영혼은 다음 계단을 거부한 채 육체와 숨 쉬는 영혼들의 공간에서 떠돈다. 아이러니하다. 8차원의 영혼 세계를 볼 수 있는 방법이 2차원의 문자를 통해서라니 말이다. 상상할 수 없는가? 그렇다면 영혼에 대해서 얘기해 보겠다. 육신에 붙은 영혼은 인간 피부 껍데기에 갇혔다. 때문에 물질계의 제약을 받는다. 이는 우주에 나가려는 모습을 그려봄으로써 극명하다. 당신이 공간을 차지하고 있는 육체를 지니고 지구 밖으로 나가려 한다면 시간과 비용 그리고 과학의 도움이 필요할 것이다. 하지만 영혼은 다르다. 순식간에 은 하계를 돌 수도 있다. 물론 인간이 상상하는 우주와는 다른 공간이다. 육신을 갖고선 절대 궁창을 알 수 없다. 당신은 생각해본 적 있는가? 유령들이 머무는 곳 말이다. 어쩜 공기보다 가벼운 존재에 의미를 부여하는 것이 가치 있는 것일까 하고 생각할 것이다. 그들이 머무는 장소를 기억할 필요는? 만약 영혼에 밀도나 무게가 존재한다면 현재까지 육신을 떠난 그것이 지구를 가득 메우고 있지 않을까? 이것은 마치 생명의 나무를 보는 것과 같다. 땅에 떨어진 나뭇잎은 자양분이 되어 나무에 흡수된다. 영혼이 육체를 떠나야만 생명의 순환에 필수인 산소를 공급받게 되는 것이다. 그렇게 햇볕은 당신들의 피부에 멜라닌 색소를 활성화시킨다.

공항의 카펫을 밟는 저자가 최면술사다. 나와 아버지를 의도된 시나리오로 죽였다. 내가 아직 숨을 쉴 수 있다면 그래서 근육을 움직여 몸의 방향과 속도를 조절할 수 있다면 당장 뛰어가 놈의 목을 부러뜨렸을 것이다. 하지만 서두를 필요는 없다. 누구나 결국엔 육신을 잃는 법. 그래서 과거와 미래에 집착치 않는다.

"잘 잤어? 나 곧 비행기 타. 응, 로비야. 그래. 커피 한잔하고 비행기 탈게. 조금만 기다려."

녀석의 핸드폰에서 흘러나온 여성의 목소리가 느껴진다. 이 사건을 계획하고 동참한 공범이다. 생명 보험금을 나누어 행복한 삶을 살려 하는 욕망의 에너지가 공간에 퍼진다.

놈이 전화를 끊었다. 녀석은 비행기 탑승구를 확인하기 위해 티켓을 본다. 이어 손목시계를 봤다. 빛을 발산한다. 우리의 목숨을 빼앗아 구입한 피아제 시계다. 물론 더정확히 말하자면 그가 살해한 부인의 생명 값이 저 시계에 포함되었다. TV에 나왔던 피해자 오 씨는 녀석의 부인이다. 최면에 걸린 아버진 자신의 부인을 살해했다고 믿었다. 그래서 킬러를 고용한 것이다. 일단 뇌가 무방비 상태로 최면에 걸리게 되면 육체는 꼭두각시 인형이다. 아무리 불합리한 일이라고 할지라도 지시자의 명령을 따라 움직이게 된다. 결국 최면술사의 죗값을 우리 가족이 대신 치른 셈이다.

"여기 아메리카노 한 잔이요."

놈은 전화 속 여성과의 약속대로 움직였다. 커피숍에 들렸고 한 잔의 커피를 시켰다. 커피 한 잔과 총알 한 발 그리고 사진첩의 마지막 한 장. 하나라고 하는 것엔 일종의 암시가 숨었다. 외롭다는 느낌이 숨었다. 그리고 시간이 충분치 않다는 것도 숨었다. 결정적으로 중요한 것은 실수를 용납하지 않는다는 의미를 둔다. 그래서 피라미드가 시작된다. 피라미드는 사각 돌이 하나씩 쌓이면서 건설된다. 피라미드에서 PI 파이는 3.14로 그 합이 8이다. 알파벳 8번째에 위치한 H는 알파벳 I가 누운 모습이다. 육체에 영혼이 빠지면 심장도 멈추기 때문에 빛은 사각 큐브에 갇힌다. 그리고 RA가 이것을 거둔다. 세타의 경고 911은 인간의 빛을 태양에 영면케 하는 모양새다. 세타는 9고 8번째에 위치했기 때문에 정확한 산술이다.

"자기, 정말 할 수 있어? 부인이 임신 중인데 말이야. 하나에서 둘이 되는 거잖아."
"바보 같은 소리 하지 마. 당신이 날 위해 포기한 게 더 많아. 지난 2년 동안 계획은 아직까지 들키지 않고 잘 진행되고 있어. 조금만 더 참으면 돼. 보고 싶다. 빨리 와."

커피를 홀짝거리던 녀석이 몸을 일으켰다. 초조한 녀석의 마음을 느낀다. 곧 그의 발걸음이 면세점을 방문할 것이다. 여행용 가방이 그림자처럼 붙는다. 저 안에 든 물건이 궁금하다. 어떤 단서가 있을까? 아버지와 날 최면으로 살해한 이유가 있을 것이다. 결정적 증거들이 저 안에 보관되어 있을 것이다. 난 가방에 들어갔다. 어둠 따윈 장애가 되지 않는다. 빛이 없어도 된다. 8차원의 세계에서 움직이는 나를 고작 2차원의 세계, 그러니까 종이에 갇힌 문자들이 보여주고 있다. 정말 놀랍다.

가방의 지퍼가 열렸다. 빛이 든다. 곧 면세점의 물건이 자리를 잡는다. 내 이름과 아버지의 이름을 찾았다. 종이에 갇힌 문자 중 제일 큰 글씨는 생명보험이다. 더욱 확실해졌다. 녀석이 PC방 주인에게 맡긴 사진첩은 암시를 걸어 놓은 또 다른 최면이었다. 아버지를 살해하고 죄책감에 휩싸인 내가 자살할 것을 계산에 넣은 것이다. 그리고 나와 아버지를 치료했다던 2년이란 시간은 사실 더 깊은 최면상태로 빠트린 것이다. 보험 약관에 명시된 자살 조항을 준수하기 위해서라도 시간 끌기는 필요했다. 2년 후에 자살을 하면 보험금을 탈 수 있다는 것을 노렸다. 경찰에 자수한 내가 자살치 않고 감옥에 갇힌다면 사망보험금을 받는데 문제가 생길 것이다. 해서 아버지의 유언장을 경찰에게 공개함으로써 내가 풀려날 수 있게 했다. 치밀한 계획 살인이다. 그것을 알기에 그는 지금 도망치고 있다. 좀 더 과거로 떠나자. 어머니를 잃고 우울증을 앓고 있던 나와 아버진 지금으로부터 2년 전 최면술사에게 심리 치료를 받았다. 아버지가 들었던 생명 보험금을 탐낸 그였다. 그는 범행을 주도면밀하게 계획했다. 사진첩에도 많은 의미를 두었다. 그것을 넘기면 피해자와 점점 닮아가는 아버지의 모습도 의도된 것이다. 그리고 권총 안에 든 단 한 발의 총알은 명령의 방아쇠가 되었다, 자살 암시다. 여기까지가 현재 밝혀진 사건의 전말이다. 그런데 보험금의 수령자 이름이 권인순이다. 그녀는 누구란 말인가?

선물로 비좁아진 그의 가방에서 조사를 하는 동안 녀석은 일등석 비행기에 올랐다. 자리를 잡은 녀석이 신문을 펼친다. 자신과 관련된 기사는 없는지 그의 눈이 빠르게 찾고 있다. 내가 그를 내려다보고 있는지 모른다. 편안한 마음으로 인쇄된 문자들을 인식한다. 우리 가족을 유린한 놈의 천재적인 기술에 손뼉을 친다. 최소한 살인하는 순간만큼은 일말의 죄책감도 느끼지 못한 나였다. 난 감사해야 하는 것 아닌가? 사진첩을 보기 전 내 기억이라는 것은 모두 조작됐다. 혹시 당신도 가끔 의도되지 않은 행동을 하는 자신을 본 적 있지 않은가? 아니면 당신이 관찰자라 생각하고 사물을 보고 있을 때 누군가가 나를 보고 있다는 시선을 느낀 적은 없는가?

"출국금지 조치가 너무 늦은 게 아니었으면 좋겠어."

"한 가족을 최면으로 몰살시키다니 정말 무서운 놈이야. 이런 걸 보면 귀신이 있는 게 분명해. 그렇지 않고서야 어떻게 그런 짓을…."

"난 그 여자가 더 무서워. 으으으… 소름 돋아."

"그러게. 어떻게 보면 최면술사도 그녀에게 조종당한 것일 수도 있어. 아 참, 그런데 피의자 이름이 최면술사 권인순이라고 했나?"

들린다. 녀석의 입을 통해 울린 공기의 진동. "당신은 빚을 갚아야 합니다. 죗값을 목숨으로 구제받는 겁니다. 그것을 스나이퍼가 도와줍니다. 여기 유언장에 사인을 하십시오."

잠든 최면술사다. 예전엔 놈이 나의 의식을 잠식했다. 이젠 내가 그의 몸으로 들어갈 차례다. 정확히 말하면 놈의 뇌 흐름을 본다. 난 공기보다 가벼운 영혼의 무게에 대해서 말한 적이 있다. 그렇다면 꿈의 무게는 어떤가? 인간이 믿고 의지하며 사용하는 과학도 손을 뻗을 수 없는 영역이 있다. 꿈처럼 취급되는 우리 영혼의 모습은 활자로 피어나기도 하고 공기를 울리는 소리로 나타나기도 한다. 하나같이 육체를 가진 인간은 귀신을 봤다거나 괴현상을 겪었다고 한다. 하지만 우리가 머무는 장소와 인간의 영역 주파수가 잠시 동안 통한 순간일 뿐이다. 소리를 울리기 위해 육체가 하는 운동은 입으로 산소를 마시고 폐에 담아두었던 공기를 다시 목구멍으로 밀며 입 밖으로 이산화탄소와 함께 음을 내뱉는 것이다. 세부적으로 말하자면 그곳엔 움직이는 혀와 목젖이 있을 것이고 그리고 침과 입 냄새 입자가 공기를 떠도는 모습이다. 이러한 소리 파동을 감지하는 고막을 생각하면 매우 간단한 작업처럼 보인다.

녀석의 욕망은 너무나도 강했다. 발가벗은 두 육체의 반복된 움직임이 신음 소리와 함께 섞여 흐른다. 알바를 고용해 일 인당 2만 불이 밑도는 금액을 스위스 은행에 송금시켰다. 돈 세탁의 그녀는 누구인가? 알바들에게 만 원씩 건네는 그녀의 손이 보인다. 생명보험 판매사가 아름답다고 말한 그녀의 손을 봤다. 갑자기 내 머리를 어루만져 주었던 따뜻했던 손이 떠오른다. 그 손은 또한 최면술사의 욕구를 해소시켜 주는 데 사용된다. 꿈속에서마저 최면술사를 흥분시키는 그녀가 누군지 궁금하다.

"델타항공 지금 막 공항에 착륙했습니다. 밖의 온도는 25도, 25도입니다. 현재 시각

오전 11시 42분입니다. 밖엔 약간의 비가 내리고 있습니다. 우리 델타항공을 이용해주신 승객 여러분께 진심으로 감사드립니다. 다음에 또 만나길 기대하면서 이만 물러가겠습니다. 즐거운 비행이 되셨기를 바랍니다. 안녕히 가십시오."

비행기가 목적지에 도착했다. 날개로 공기를 탄 그것이 땅에 착지하자마자 커다란 바퀴에 몸을 의지한다. 꿈에서 욕동을 채우던 녀석이 일어났다. 꿈의 그것을 곧 현실로 만들려 한다. 자신의 옆 여행용 가방을 쥔다. 수화물이 없다. 그것을 기다릴 필요도 없다.

"여기야!"

최면술사는 오랫동안 보지 못한 애인을 부르듯 소리쳤다. 그의 입을 떠난 소리가 공기를 울렸다. 밝게 웃은 그가 손을 흔들었다. 선글라스를 쓴 여자의 고막이 떨렸다.

갑자기 숨이 막힌다. 머리가 어지럽다. 무언가 잘못됐다. 내 머리를 만져 주었던 그 손…. 병아리 때부터 닭이 될 때까지 모이를 주며 보살펴주었던 손이 어느 날 목을 비틀면 이러한 기분이 들까? 배신감보단 당혹감이 당혹감보단 좌절감이 좌절감보단 언제나 똑같이 모이만 줄 손이라 믿었던 나 자신이 더욱 저주스럽다.

혹시, 당신! 벌써 그 사진첩을 잊은 건 아니겠지? 내가 최면술사에게 건네받았던 묵직한 사진첩의 그것처럼 그녀도 먼지를 풀풀 내는 내 오랜 기억을 순식간에 더듬는다. 어머니.

"여보. 고생 많았어."

여자가 말했다. 최면술사의 볼에 키스를 건넨 그녀는 내 어머니 권인순이었다.

면도를 깔끔히 마친 30대 중반의 남성이 서류를 챙긴다. 이어 두툼한 A4용지가 그의 가방에 들어간다. 핸드폰과 교통카드를 자신의 그림자처럼 챙긴 그가 집을 나선다.

아침햇살은 바람을 따뜻하게 데웠고 그의 발걸음을 가볍게 만들었다. 얼굴엔 미소가 번졌다. 차에 몸을 얹은 그가 빈자리를 찾아 앉았다. 가방을 조심스레 자신의 허벅지에 올렸다. 창밖을 보던 그가 가방을 열었다. 그곳에 손을 넣었다. MP3를 들으려 이어폰을 꺼내던 그의 손이 멈췄다. 묵직한 종이를 쥐었다. 시나리오라 적힌 종이엔 **최면의 각인**이란 글자가 박혀있다. 오타와 문장의 오류는 없는지 검토하기 위해 그는 한 장씩 넘겼다.

이 종이 위 숨을 쉬는 글 그리고 이를 읽는 여러분은 믿고 싶지 않을 것이다. 본인이 최면에 **빠졌다**는 것을 말이다. 그래서 무의식적으로 글에 숨은 영혼의 모습을 보앉을 것이다. 당신이라는 글이 나올 때 마나 영혼 또는 귀신이라 불리는 그가 당신을 들여다봤다. 그래서 암시된 단어(스나이퍼-저격수-망원경-확대-보호색-최면-나-착수-자수-지팡이-약자-의지-목표물-두근거림-동정-아버지-의뢰인-추억-보험-송금-계좌-신분증-돈 세탁-한 자루-한 발-한 통-한 잔-사진첩의 마지막 장-구멍 하나-개미 한 마리-단서-고운 손-손목시계-사인-악인-영혼-유령-귀신-혼-밀도-존재-저항-근육-방향-속도-비행기-우주-비용-꿈-현실-환상-각인-열쇠-비밀-발견-죄인-지하철 즉석 사진관-사진첩-최면술사-이름-의도-관찰자-소름-흥분-어미니-권인순-시나리오-당신-하나)가 나올 때마다 반응했다. 당신의 모습을 보았다. 구경꾼인 당신을 난 구경 하고 있었다.

 이제 느껴지는가? 당신의 신체에 변화를 준 내 존재를. 영혼에 어떠한 형태가 있다고 믿었던 당신의 눈동자가 떨린다.

"육체가 없는 영혼의 자유로움. 심지어 나처럼 글에 붙어살 수도 있지. 당신의 동공이 나를 보듯."

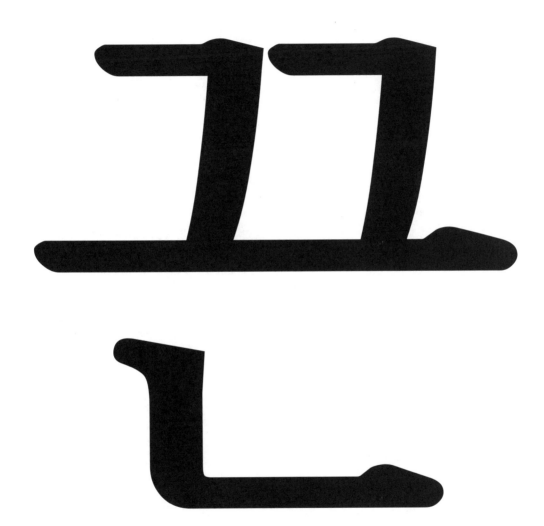

말하지 않고는 대화할 수 없다고 생각하나요?

눈이 없으면 볼 수 없다고 생각하시나요?

여러분

여기, 하늘 아래 끈으로 소통하는 이들이 있습니다.

프롤로그

-끼익-

아스팔트가 타이어를 갉아먹는 소리가 들렸다. 인도를 지나던 사람들이 소리 난 쪽을 봤다. 비싼 외제차에 시선을 두는 것보다 그 밑에 깔려 있는 사람을 보는 것이 더 흥미로운지 그들의 눈은 아스팔트 위 꺼지는 생명체에 고정된다. 행인이라는 이름에서 증인이라는 이름으로 쓰일 사람들이다.

차들의 공간 대로변, 중앙을 가리키는 노란 선을 붉은 피가 덮친다. 운전자는 밖으로 나오지 않은 채 누군가와 통화 중이다. 그는 자신의 감각을 무시한다. 차에 받혀 핸들로 전해진 그 충격을 부정한다. 그는 여러 이름을 가졌다. 집에서는 민규로 방송에서는 스타 혁진으로 불리며 지금은 운전자란 이름에서 피의자란 이름으로 불릴 차례다.

차 밑에 식어가는 심장이 있다. 그는 가족이 지어준 이름 병두 말고 사회가 지어준 이름이 하나 더 있다. '장애우' 곧 피해자라는 이름도 갖게 될 것이고 그다음엔 시체라는 이름이 기다리고 있을지 모른다.

병두는 힘겹게 손을 들었다. 어금니를 문다. 주먹을 움켜쥔다. 자신의 일터와 보금자리를 되찾기 위한 몸짓이다. 하지만 더는 보이지 않는다. 자신의 모든 것 호떡 카트가 없다. 한 무리의 철거반원들 또한 보이지 않는다.

태양의 이글거림을 먹은 아스팔트는 자신의 냄새를 토한다. 병두는 냄새에 의해 자신이 아스팔트와 꽤 가까이 있다 생각했다. 정신 차리기가 힘들다. 팔 드는 것이 힘들다. 스르륵 내려왔다. 그의 손목엔 끈이 감겨있다. 팔목을 칭칭 감은 그것이 다른 팔목을 찾는 듯 보인다. 마치 플러그와 콘센트처럼 연결을 갈망한다.

"겅영수우…"

기적이다. 그의 목구멍이 울렸다. 입 밖으로 소리라는 것이 나왔다. 그것도 경수의 이름과 비슷하다. 병두는 귀머거리이며 벙어리이다. 그런 그의 목에서 소리라는 것이 울렸다. 놀랍다. 그러나 사회는 다르다. 정확하지 못한 발음은 무시당한다. 실수에는 엄격했고 기다려 주지도 않았다. 하지만 경수를 부른 그 목소리는 병두에게 있어 매우 정확했다. 생의 첫 소리며 마지막이 된다.

경수를 부른 그의 눈에 넓은 운동장이 펼쳐진다. 그는 그곳에서 경수를 만났고 함께 뛰었다. 아지랑이가 피는 아스팔트지만 피를 흘린 병두의 몸은 떨렸다. 그의 입가에 미소가 번졌다. 그가 의지하던 시야도 점점 흐려진다. 사물이 뿌옇다. 병두는 더는 눈에 의존치 않는다. 마음과 머리는 저장해 놓은 기억들을 펼친다. 맑은 5월의 기억으로 경수를 본다.

"고맙습니다."

경수가 말했다.

"……"

선글라스를 고쳐 쓴 경수는 자신을 부축해 준 누군가에게 인사를 건넸다. 하지만 답변은 들을 수 없었다.

"네? 벙어리요?"

경수가 말했다. 그를 부축해 준 병두는 경수의 손바닥에 자신의 검지를 이용하여 벙어리라고 썼다. 그리곤 볼 수 없는 경수를 위해 그의 옷을 털어 주었다.

"네…"

잠시의 침묵.

"저는 보다시피 장님입니다. 그래서 자주 넘어져요."

이어지는 기분 좋은 촉감이 경수의 손바닥으로 흐른다. 그 **감촉은 말보다도 더 많은 것을 함축한다.**

"아…, 운동장은 자주 오냐고요?"

경수가 물었다. 대답이 없다.

"네, 전 모험가가 되는 게 꿈이었거든요. 그런데 그 꿈을 펼치기엔 세상이 너무 위험해서… 이렇게 운동장에서 모험을 하고 있답니다."

그가 벙어리란 사실이 기억난 그는 아차 싶었다. 다시 조심스레 입을 연다.

"혹시 그거 아세요? 장님들이 보는 세상 말이에요. 운동장을 가득 메우고 있는 모래 위를 걷고 있으면 전 사막을 봐요. 그리고 축구 골대의 그물을 만지면 바닷가의 어부들을 떠올리고 철봉을 만질 땐 밀림에 사는 원숭이를 만난답니다. 제가 본 것들을 사람들한테 말하면 모두들 틀렸다며 웃어요. 우습지요?"

병두는 두 눈으로 경수의 입 모양을 통해 **듣고 있다.** 귀머거리며 동시에 벙어리인 병두는 경수가 무엇을 얘기하는지 눈으로 듣는다. 환한 웃음이 병두의 얼굴에 퍼진다. 그도 경수만큼 많은 것을 들을 수 있기 때문이다.

"같이 걸을까요?"

당연히 대답은 없다. 경수는 손바닥을 내밀었다. 그리고 말을 더 많이 해야겠다고 생각했다. 비록 **자신의 말을 본** 병두가 대답하지 못하더라도.

둘은 넓은 운동장을 시계방향으로 걸었다. 모래에 얇은 발자국이 묻었다. 미풍이 모래를 투명하게 실어 나른다. 조용한 나무들은 산들바람에 잎을 흔든다.

누군가가 곁에 있다는 것만으로 좋았다. 함께 걷고 있다는 것만으로도, 경수는 눈을 얻은 듯했고 병두는 귀를 얻은 것만 같았다.

침묵을 깰 수 있는 단 한 사람이 입을 열었다.

"정말 이상해요. 저는 볼 수 없으니 들어야 하는데… 그러니까…"

경수는 말을 멈췄다. 발걸음이 느려지고 그의 손바닥에서 글씨가 나온다.

"답… 답… 하… 지 않… 나요? 답답하지 않냐고 쓰신 건가요?"

경수가 물었다. 실수다. 답변을 기다리니 말이다. 그가 벙어리라는 것을 금세 잊는다.

"아뇨, 전혀요."

고개를 흔든 그는 발걸음을 멈췄다. 입술을 가볍게 문 그는 병두가 서 있는 방향을 가늠하며 말했다.

"저랑... 달리기 한번 해보지 않으실래요?"

손바닥을 병두에게 내민 경수. 곧 병두의 검지가 그의 손바닥 위에서 움직인다.

"물론이지요."

물론이란 그의 답변으로 봐선 뛰는 것이 괜찮겠냐고 물었을 것이다.

둘은 백 미터 육상 달리기 선수들 같은 폼을 잡았다. 그들은 총소리 없이도 달리기 시작할 것이고 결승점이 어딘지 모른 채 달릴 것이다.

1. 암흑

더는 어두워질 수 없는 밤. 경수는 빈 소주 병이 나뒹구는 방에서 무릎을 가슴팍에 모았다. 병두의 죽음을 전해 들은 그는 **그 순간 눈을 잃었다.**

하늘에 달은 검은 구름 뒤에 숨어 떨었다. 낮과 밤이 따로 없는 그에게 오늘 밤만큼은 너무나도 어두웠고 음침했다. **장님인 그에게도 말이다.**

하모니카를 만지작거리던 그는 차가운 메탈의 느낌이 싫었다. 그래서 서늘한 방바닥에 내려놨다. 자신과 평생을 같이 해온 것을 땅에 아무렇지도 않게 놓다니 그 자신도 이상한 기분이었다. 아마도 그가 그러한 행동을 한 것은 메탈의 차가움이 이 지독한 밤을 닮았다고 느꼈기 때문일 것이다. 이제 하모니카를 대신해 그의 손에 들리게 될 그것이 그의 몸을 차갑게 만들 것이다. 하모니카의 메탈처럼 말이다. 차가움은 병수를 앗아갔지만 경수에게 있어선 그를 만나게 해줄 기회다. 손을 더듬거려가며 약의 위치를 찾았다. 빈 소주 병들이 밀쳐져 굴렀다. 그리고 끝내 그것이 그의 손에 잡혔다. 검은 비닐 안의 알약을 만져지자 서러움이 밀려왔다. 어머니의 죽음을 듣고 흘렸었던 눈물이라는 것이 선글라스 밖으로 살며시 나왔다. 조금 있자 그의 광대뼈를 타고 흘렀다. 눈물 닦을 시간마저 아까운 듯 그는 비닐 안 수면제를 꺼냈다. 입에 털어 넣었다. 꽤 많은 양이다. 한꺼번에 삼키니 목이 막혔다. 물 대신 소주를 집어 들어 입안에 들이부었다. 그의 손을 떠난 소주 병은 나뒹굴어 빛 잃은 하모니카 옆에 멈췄다.

"병두…"

목구멍으로 넘어간 다량의 수면제에 그는 뇌를 유린당했다. 환청이 들리고 이어서 손바닥이 간지러웠다. 이런 감각들은 병두를 더욱 보고 싶게 만들었다.

감촉으로밖에 만날 수 없었던 존재 병두. 그가 그에게 있어 특별한 존재였던 건 그와의 만남에선 전화와 같은 문명의 이기가 없었기 때문이다. 그를 만나는 조건은 단 하나다. **심장의 거침없는 펌프질** 그것이면 충분했다. 그러나 멈추고 말았다. 자신의 손바닥 위에서 눈이 되어주던 그가 죽었다.

"거…짓…말…이 었…지?"

병두가 아스팔트에 쓰러져 그와의 첫 만남을 그렸듯 경수도 그와의 첫 만남 속으로 들어갔다.

"하아-하아-하아-"

경수는 전력 질주로 달려 본 것이 처음이다. 거친 숨이 그칠 줄 모른다.

"누가 이겼어요?"

숨을 고른 경수가 말했다. 그의 손바닥이 병두에 의해 들린다.

"네? 정말요? 제가 이겼다고요?"

경수는 믿기지 않았다. 사실 앞을 보지 못하는 경수는 대각선으로 뛰었다. 그런 그가 넘어질까 봐 병두가 뒤에서 뛴 것이다.

"목마른데 수돗가 갈까요?"

얼굴에 송골송골 맺힌 땀을 손등으로 훔친 경수가 말했다.

-쏴아아아-

시원한 물줄기가 수돗물 냄새와 함께 쏟아졌다. 선글라스를 벗어 바지 주머니에 넣은 경수는 세수를 했다.

"일하러 가셔야 한다고요?"

그의 손바닥을 찾아 글을 쓴 병두다.

"저기… 언제 다시 볼 수 있을까요?"

경수는 그와 헤어진다는 것이 무척 아쉬웠다. 단지 그가 자신과 같은 장애가 있기 때문이 아니다. 그와 같이 있으면 **더 많은 것을 볼 수** 있기 때문이다.

"저기, 가시기 전에 드리고 싶은 게 있어요."

병두는 경수가 자신을 벙어리로만 아는 줄 생각했다. 그래서 그는 귀머거리라는 글을 쓰려고 그의 손을 잡았다. 그 순간 경수의 입이 열렸다.

"알고 있어요. 들을 수 없다는 것. 하지만 듣는 것을 보여 드리고 싶어요."

경수는 자신의 바지에서 하모니카를 꺼냈다. 연주했다. 그의 입술이 하모니카의 반짝이는 쇠에서 움직이자 병두의 귀가 움찔거렸다. 소리가 들리는 것은 아니었지만 듣는다는 것이 어떤 것인지 알 것 같아서였다.

"전 하모니카를 어려서부터 불었어요. 이 하모니카는 저랑 13년을 같이 했답니다."

연주를 마친 그가 말했다. 병두의 손이 경수의 손바닥을 찾았다.

"물론이죠. 다음에도 들려 드릴게요. 좋아하셨다니 다행입니다."

학교 정문으로 나온 둘은 다음을 약속하며 멀어졌다.

2. 들을 수 없는 소리

"아저씨 호떡은 참 맛있어요."

대답을 기대하지 않는 사람이 말했다. 병두는 그런 그에게 수화를 했다.

"몰라요. 하지만 고맙다고 하신 거죠?"

그가 말했고 병두는 손짓을 멈췄다. 대신 환하게 웃는다. 병두는 지하철 역사 앞에서 호떡을 판다. 유동인구가 많다. 회사가 즐비한 곳에 둥지를 텄다. 지금 그가 소유한 마차는 그의 젊음과 맞바꾼 것이다. 성실하고 부지런한 그의 성격이 단골손님을 늘렸다.

"수고하세요."

손님은 두 개의 호떡을 먹곤 발걸음을 옮겼다. 오백 원짜리 동전이 그의 손바닥에 들어왔다. 손님의 뒷모습에 고개 숙여 인사하는 병두다.

돈 통으로 사용하는 둥그런 분유통에 탁 소리를 내며 500원짜리 두 개가 들어갔다. 수북하다. 동전 사이로 구겨진 지폐도 조금 보였다.

"아저씨!"

깊은 생각에 잠긴 병두는 누군가가 자신 앞에서 손을 흔드는 것을 보고 놀랐다. 들을 수 없기 때문일까? **때때로 생각에 깊이 잠긴다.**

"호떡 하나 주세요."

여자가 말했다.

"괜찮으세요?"

넋을 잃고 있는 병두를 본 여성이 물었다. 병두는 머쓱한 웃음을 지었다. 기분 변화를 수화로 설명하기란 불가능하다. 그의 손이 바쁘게 움직인다. 기름이 지글지글한 철판에 호떡을 얹었다. 자글거리는 호떡 위로 운동장이 펼쳐졌다. 그의 얼굴도 떠올랐다. 들을 수 없어 눈으로 본 소리를 떠올린다. 그는 경수가 하모니카 부는 모습을 잊을 수 없었다. 경수의 입술이 하모니카 위를 지날 때마다 경수는 고막이 떨리는 느낌을 알 것만 같았다.

"아저씨 하나 더 먹을게요."

들을 수 없는 그에게 여자가 말했다. 눈치로 주문을 알아차린 그의 손이 다시 반죽통으로 사라졌다. 노란 설탕을 감싼 하얀 반죽을 철판에 눕힌다. 하얀 반죽을 누를 준비는 이미 되어 있다. 둥근 것이 어느새 손에 쥐어져 있었다. 하모니카 메탈의 느낌도 저와 같을까? 내일 낮 운동장에서 그와 다시 마주쳤으면 좋겠다는 생각이 든다.

"엄마, 오늘 좋은 친구를 만났어요."

순혜의 다리를 주무르며 그가 말했다.

"잘했구나. 어디에 사는 친구니?"

얼굴에 핏기가 사라진 그녀가 말했다.

"아직 몰라요. 내일 또 보기로 했어요. 물어볼게요."

그의 입가에 미소가 퍼진다. 그를 다시 볼 수 있다니 행복하다.

"지팡이는 왜?"

"집 앞이잖아요."

"이제 그만해. 쉬어."

굳은 다리를 힘겹게 접은 그녀가 말했다.

"아니에요."

다리를 다시 편 그가 말했다. 경수는 어머니의 다리를 주무르는 것이 최고의 효도라고 생각했다. 그의 마음 한편엔 늘 어머니가 있다. 미안한 마음으로 가득하다. 자신과 동창이었던 친구들은 이미 사회의 일꾼으로 변했다. 개중엔 사장님 소리 들어가며 회사를 꾸리는 친구도 있었다. 그런 소식을 들을 때면 그는 나약함을 느꼈다. 자신이 기저귀를 찬 아기 같다 생각했다. 다른 사람이 항상 곁에서 돌봐야 하는 아기 말이다.

"엄마, 미안해요."

그의 입에서 제일 많이 나온 단어다. 엄마와 미안해요.

"아니다."

힘겹게 몸을 일으킨 순혜는 그의 머리를 쓸었다. 대조된다. 검은 머릿결을 한 그와 흰머리의 그녀가.

"이제 그만."

경수의 손을 잡은 그녀가 말했다. 순혜 또한 미안한 마음이 가득하다. 아이가 앞을 보지 못하는 것이 자신의 잘못인 것 같아서다.

"하모니카 좀 들을까?"

어머니의 말에 그는 하모니카를 꺼냈다. 고향 생각이 하모니카에서 흘렀다. 그녀가 경수에게 연주를 부탁한 것은 자신의 다리를 주무르는 그가 힘들까여서다. 수없이 흐른 눈물길이 하모니카를 부는 소리에 묻혀 그녀의 주름진 얼굴에서 흘렀다.

여름방학이다. 학생이 없는 학교는 조용하다.

"올까?"

걱정됐다.

"누구…"

병두의 손가락이 경수의 손바닥에서 움직인다.

"많이 기다리진 않았어요."

병두는 할 말이 많았다. 그래서 경수의 손을 꼭 잡았다. 마치 어린아이처럼.

"네? 같이 모험을요?"

모험이라는 말보다 **같이라는 말이 그를 놀라게 했다.** 그래서 그는 자신이 지팡이를 집에 놓고 왔다는 것도 잊었다.

"저야 괜찮은데…. 장님하고 같이 다니는 게 쉽지 않거든요."

병두는 그의 팔을 끌었다. 둘은 정문으로 향했다.

3. 초대

"야, 쟤네 좀 봐."

어린 행인 몇몇이 수군댔다. 경수는 귀를 통해 그리고 병두는 눈을 통해 알아차렸다. 자신들이 남과 다르게 걷고 있다는 것을 말이다.

둘의 손에서 힘이 빠졌다.

"제가 장님인지 몰라서 그래요. 지팡이도 없으니."

병두가 그의 손바닥에 글을 쓴다.

"네? 버스요? 아니요. 버스는 한 번도….""

모험을 하겠다고 나선 그의 포부는 버스라는 단어 앞에 쪼그라들었다. 전철이라는 것은 타 본 적이 있었다. 어머니의 도움을 받아서 말이다.

버스가 둘 앞에 섰다. 병두는 경수를 부축했다. 세 개밖에 없는 계단이었지만 힘겹게 올랐다.

"아저씨! 버스비요?"

버스 기사가 소리쳤다.

"저기…."

경수가 병두에게 손짓했다. 화난 버스 기사의 얼굴을 보고서야 요금을 내지 않았단 것을 안 병두였다.

버스를 처음 탄 경수는 치익- 거리며 문 열리는 소리가 신기했다. 버스 모양을 상상했다.

-이번 정류장은 명동 명동입니다. 다음 정차하실 역은 남대문 남대문 시장입니다-

경수는 병두의 손바닥을 찾았다. 그리고 안내양이 예쁘냐고 물었다.

"네? 기계요?"

경수의 얼굴이 붉어졌다. 버스를 탄 내내 안내양은 어떤 얼굴일까 상상한 자신이 바보 같다 생각했다.

경수의 귀가 바쁘다. 텅텅 빈 학교 운동장에선 들을 수 없는 소리들로 가득했다. 명동 거리는 다른 세상이었다.

"사람들이 많나 봐요?"

경수의 질문엔 답하지 않은 그였다. 병두는 발걸음을 재촉했다.

"무슨 일이?"

경수는 자신의 손목에 무언가가 감기는 것을 느꼈다. 탄력이 있다.

"고무줄?"

남자끼리 손을 잡고 걷는 것을 이상히 여기는 사람들 때문에 고무줄을 샀다. 고무줄이 있었기에 그들은 **손을 놓아도 떨어지지 않을 수 있었다.**

둘의 발걸음은 가벼웠다. 손을 잡을 때보다 더 자연스럽다. 사람들의 시선을 병두는 무시했다.

"정말 내가 경험했던 모험 중 오늘이 최고였어요. 지팡이도 없이 이렇게 먼 거리를 오다니."

경수는 신났다.

"잠시요."

팔을 흔들며 걷던 병두는 손목의 탄력을 느꼈다. 멈췄다.

명동 한복판 하모니카를 들고 서 있는 경수. 그는 사람들이 어지러이 스치는 그곳에서 하모니카를 불었다.

경수의 귀로 박수소리가 들렸다.

버스라는 것을 한 번 더 타고 경수가 안내양이라 생각했던 기계의 목소리를 들은 후 둘은 내렸다.

"초대요?"

그의 피부는 저녁을 가리켰다. 망설여졌다.

"네, 무슨 일하시는지 궁금해요."

"아저씨, 또 왔어요."

서울에서 자취를 하는 그녀. 회사가 끝날 때면 병두가 파는 호떡을 사 먹곤 한다. 날은 더웠지만 꿀이 흐르는 호떡이 그녀를 끌었다.

"아저씨 친구분도 계시네요?"

호떡을 먹고 있는 경수를 본 여자가 물었다. 병두는 수화를 시작했다.

"친구는 아니고……"

그는 말할 수 없는 병두를 위해 입을 열었다. 망설였다. 어떻게 자신을 소개해야 할지 몰랐기 때문이다.

"제가 궁금한 게 있는데 호떡 사장님 이름이 아세요? 계속 호떡 사장님이라 부르기가 그래서요."

여자가 말했다.

"네?"

그는 당황했다. 생각해 보니 이름도 모르는 이와 버스도 타고 명동도 갔으며 그가 일하는 곳까지 온 것이다.

"시골에서 올라왔거든요. 그리고 이 호떡 가게를 들른 지도 벌써 일 년이 다 돼 가는데 아직 사장님 이름조차 몰라서요. 사실 우리 부모님보다 아저씨를 더 많이 보거든요."

그녀의 손에 호떡을 쥐여준 병두가 경수의 손을 잡았다.

"이름이 최병두라고 하네요."

여자는 경수가 자신의 얼굴이 아닌 저 너머를 바라보며 말하고 있다는 것을 눈치챘다. 그리고 경수도 장애가 있다는 것을 금방 알아차렸다.

4. 슈퍼스타

"야! 벗어! 끝까지 가는 거야!"

술에 취한 혁진이 소리쳤다. 단란 주점 종업원에게 옷을 벗으라 명령했다. 그녀가 걸친 것은 팬티가 전부다.

"오빠… 제발."

팬티에 손가락을 걸친 여자가 망설였다. 그가 내린 명령이 이행되지 않자 분위기가 무거워졌다.

"에이 쌍!"

그가 주먹을 휘둘렀다. 둔탁한 소리와 함께 여자는 쓰러졌다. 테이블에 있던 양주병과 맥주병이 와르르 쏟아졌다.

"술집 년 주제에!"

화가 풀리지 않은 그가 테이블 붙잡았다. 엎으려 했다.

"흐흐흑…."

암흑의 룸. 눈물을 훔친 그녀의 손이 팬티를 쥔다.

"아, 형님. 참으세요. 제가 또 다른 이쁜이로 금방 올릴게요. 하하하."

룸에 뛰어든 웨이터가 말했다. 하얀 와이셔츠에 검은 조끼를 입은 웨이터가 굽실거렸다. 틈을 탄 단란 주점 실장이 팬티만 걸친 여자를 끌고 나왔다.

"저 새낀 술만 취하면 개야 개."

룸에서 나온 실장이 악담을 했다. 눈이 멍든 여자를 달랬다.

"저번에 결근한 거 잊어. 나온 걸로 쳐줄게. 자, 이거."

실장은 입고 있던 겉옷을 벗어 여자에게 건넸다.

반들거리는 대리석으로 장식한 단란 주점. 홀을 지나는 남자들의 음흉한 눈이 그녀의 속살을 훑었다. 그중 하나는 혀를 날름거리며 입맛을 다셨다.

"저 새끼들 음주사고로 뒈질 거야."

흐느껴 우는 그녀의 어깨를 다독거린 실장이 웨이터에게 윙크를 보냈다.

"형님, 제가 대리운전 부르겠습니다."

짱구란 명찰을 단 웨이터가 말했다.

"야 이~ 씨발아. 이 개야. 이거나 먹고 떨어져, 엉!"

수표 여러 장을 웨이터 얼굴에 던진 혁진이 말했다. 웨이터는 사방으로 흩어진 돈을 줍기 바빴다.

"조심, 아~ 조심하십쇼."

또 다른 웨이터가 혁진을 부축하며 말했다. 실외 주차장에 도착하자 웨이터는 자신의 주머니에서 혁진의 키를 꺼냈다.

"여기 있습니다."

배철수란 명찰의 웨이터가 말했다.

"그래."

차 키를 받은 그가 주머니를 뒤졌다. 빈 지갑을 확인한 그가 카드를 내밀었다.

"적당히 긁어. 알았지?"

검지와 중지 사이에 황금색 카드를 낀 채 말했다.

"네!"

90도로 인사한 웨이터는 가게로 뛰어 들어갔다.

"씨발."

차 키가 쉽사리 꽂히지 않자 욕이 나왔다. 술이 깰 때까지 차 안에서 자려 했다. 불현듯 내일 있을 촬영이 생각났고 이어 외워야 할 대본이 떠올랐다.

-부릉~-

슈퍼카 엔진이 무섭게 울었다. 엑셀에 발이 저절로 올라갈 정도로 유혹적인 소리다. 밟으면 어디든지 금방 도착할 것만 같았다. 총알처럼 발사되듯 차가 출발했다. 엔진이 시키는 대로였다.

새벽의 도로는 확실히 한산했다. 지붕에 등을 단 택시 몇 대만 있을 뿐이었다. 술기운이 속도에 불을 붙이는 듯하다. 혁진은 속도감을 잊은 듯 더욱 세게 밟았다.

-웅우우웅-

"다행히 크게 다친 덴 없구나."

다리에 흰색 깁스를 한 아들을 보며 그가 말했다.

"음주운전했다고 사방 떠들어 댈 텐데..."

"전화위복이라고 하잖아. 이번 교통사고로 군 면제 힘 좀 쓰마."

"뭣 하러 그래. 미국 시민권 따면 되는데."

손이 여러 차례 입으로 오르던 그는 말했다. 신경질이 났다.

"담배 좀 사 와."

그가 아버지에게 말했다.

5. 굳은 몸

"엄마! 엄마!"

대문을 열며 엄마를 찾은 그였다. 기척이 없다. 이상한 기분이 들었다. 늦은 시간이다. 정말 이상하다. 그녀는 단 한 번도 외박을 한 적이 없다. 아들 걱정 때문이다. 주위 사람들은 늘 그녀에게 아들 때문에 고생한다 말했다. 아들 때문에 재혼도 못한고 있다고 그녀의 아들을 탓하는 사람도 있었다.

"엄마! 화장실에 있어?"

더듬거리며 화장실을 찾아낸 그가 노크를 했다. 아무런 소리도 없다. 집중하며 천천히 고개를 돌렸다. 작은 소리조차 나지 않자 그는 거실로 갔다. 거실 역시 초침 소리만 들릴 뿐이었다. 엄마가 슈퍼에 갔을 거란 생각이 들었다. 안방으로 들어가 밥상을 확인해 보니 텅 비어 있다. 그는 당황스러웠다.

경수는 엄마에게 소식을 전하고 싶었다. 3일 뒤 있을 마라톤 대회 때문이다. 시민 마라톤 대회 현수막을 보고 병두가 손바닥으로 경수에게 알려준 것이다. 그에겐 모험을 넘어선 도전이다. '앞이 안 보이는데 어떻게 뛰려고 하니'라고 말할 그녀의 질문에 대답할 거리를 미리 생각해 두었다. 고무줄은 탄력이 좋기 때문에 방향을 가늠하는데 애로가 있고 잘 끊어져 버렸다. 그러나 줄은 다르다. 둘이 손목에 끈을 매고 운동장을 뛰다가 알아낸 유일한 문제는 경수가 빨리 지친다는 것뿐이었다.

"얼굴빛이 안 좋아 보인다고요?"

병두는 그의 손바닥을 찾았고 그의 얼굴빛을 건넸다.

"사실…"

병두의 손이 움직인다.

"아니요. 자신이 없어서 그런 게 아니에요."

병두는 마라톤이 힘들 것 같냐고 물었다.

"어머니가 어제 집에 들어오시지 않으셨어요."

힘내라는 그의 터치가 경수의 손바닥에 맴돈다.

"고마워요."

경수가 말했다. 서로의 손목에 끈을 묶은 둘은 운동장을 뛰었다. 줄의 팽팽함에 신경을 집중하며 경수가 약간 앞선 병두를 따랐다.

"하아- 하아- 하아-"

숨이 거칠어진 경수의 입가에 허연 침이 고였다. 달리기 경험은 손에 꼽을 정도다. 그의 심장이 무리를 한 것인지 경수의 속도가 현저히 줄었다.

"몇 바퀴죠?"

-짝짝짝-

병두가 손바닥을 세 번 쳤다.

"천천히 걷다가 다시 뛰어요."

걸으면서 병두는 경수의 얼굴을 살폈다. 어두웠다.
"정말 요리를 잘 하세요?"
어제 굶어서인지 경수의 입에 금세 침이 고였다.
"저희 집은 여기서 엄청 가까운데…"
경수는 순혜에게 자신의 친구를 소개하고 싶었다.

"엄마! 엄마, 친구 데리고 왔어요?"
어제와 마찬가지로 조용하다.
-턱-
병두의 손에 들린 비닐이 땅으로 곤두박질쳤다. 슈퍼에서 산 물건들이 쏟아졌다.
"넘어지셨나요?"
경수가 손바닥을 내밀지만 병두는 그의 손을 거부한다. 쓰기를 거부했다.
"뭐죠?"
이상했다. 무언가가 잘못되었다는 것을 느꼈다.
"어디 있어요? 어디요? 어디? 엄마!"
무릎을 꿇은 그가 땅바닥을 더듬거렸다. 그녀의 위치를 찾는다.
"서… 설마?"
그는 어머니의 다리를 주물렀던 곳으로 향했다.
"엄마!"
그녀의 몸은 굳었다. 평소 다리를 주무르면서 '몸이 많이 굳었다고' 했던 자신의 혼 잣말이 떠올랐다.
지금은 심장마저 굳어버렸을 그녀의 빳빳한 몸을 그는 연신 주물러댔다.

6. 마라톤

바람이 경수의 머리칼을 떨게 했다. 그의 손에 어머니가 들렸다. 어머니는 순백색 재가 되어 있다. 작은 함에 든 그녀를 위해 다리를 주무를 수 없게 됐다. 어머니의 얼굴 한 번 보지 못한 자신을 원망하던 경수는 그녀가 들려준 동화 같은 얘기를 떠올렸다.

'너는 엄마를 만나기 위해 강을 건너 왔단다. 그리고 눈이 없는 강에게 네 눈을 주고 엄마를 만난 거야.'

그는 자신의 눈을 만나게 해주려 한다. 그래서 어머니를 모시고 강에 왔다. 그는 그녀가 자신의 눈을 이곳에서 만나길 원했다. 그녀의 가슴을 그토록 후벼 팠을 보아도 보지 못하는 두 눈.

그의 손에서 하얀 그녀의 먼지들이 바람을 타고 강에 내려앉는다. 그녀는 더는 고통스럽지 않으리라. 아들의 눈에 대한 죄책감에서도, 자신의 굳어 오는 몸에서도 모두 벗어났다. 이젠 다리를 주무르는 아들에게 미안한 감정도 이 세상의 것이 아니다.

"엄마! 하모니카 불어 드릴게요."

경수는 하모니카를 꺼내 연주했다. 순백색 그녀는 이제 서서히 투명해지고 있었다. 앞 못 보는 아들의 눈앞에서 사라지고 있었다. 그렇게 소리 없이 멀어진다.

병두는 어머니를 떠나보내는 그의 모습을 보며 소리 나지 않는 입으로 울었다. 경수와 자신의 처지가 같다는 생각이 들었다. 고아로 태어나 부모님의 얼굴조차 모르는 자신과 시각장애 때문에 부모 얼굴을 본 적이 없었던 그, 둘 중 누가 더 나은 처지는 아닌 것 같았다.

"가죠."

손바닥으로 눈물을 훔친 경수가 말했다. 병두의 침묵은 어디냐는 질문이다.

"운동장이요. 이틀 후면 대회잖아요. 우승해서 어머닐 기쁘게 해드릴 거예요."

경수는 두 주먹을 불끈 쥐었다.

황토색 모래 위를 끈으로 연결하여 뛰는 두 개의 심장이 있다.

경수는 다리를 교차할 때마다 어머니의 음성이 떠올랐다. 내 착한 아들아 하는 그녀의 목소리가 그의 머릿속에서 울렸다. 어머니를 떠올리며 뛰던 그는 끈으로 전달되는 뜻을 이해할 수 있게 되었다. 끈은 병두의 팔 움직임과 속도 그리고 커브를 틀 때마다 그것을 경수의 팔에 그대로 전달했다. 마치 병두가 자신의 손바닥에 글을 써 내려가는 듯하다.

둘은 수돗가로 발을 옮겼다.

-쏴아아아-

병두는 급하게 씻었다. 비가 오나 눈이 오나 단 하루도 호떡 굽는 일을 쉬지 않았던 그이다. 매 순간 어둑어둑해지고 있는 하늘만큼 그의 마음은 조급해졌다.

"같이 가요."

경수가 말했다. 끈이 팽팽해졌다.

"호떡 하나 먹을까요?"
혁진의 매니저가 물었다.
"야! 내가 불량식품 먹지 말라고 몇 번 말했냐. 응?"
운전석 뒤에 앉은 그가 말했다. 깁스 한 다리를 조수석 자리에 얹고는 밖을 봤다. 횡단보도를 건너는 사람들 너머 호떡을 먹는 사람들이 보였다.
"왜? 너 배고파?"
혁진이 물었다.
"아뇨. 괜찮아요."
자신보다 어린 그가 반말하자 기분이 상했다. 하루 이틀 겪는 일이 아니기에 미소를 지을 수 있었다. 며칠 전 벌어졌던 음주 교통사고가 그의 스트레스를 풀어 주었다.
"야, 저 새끼 봐라? 뭐 저렇게 분주하게 손짓을 해. 저거 벙어리 아니야? 야, 라이터."
담배를 입에 문 그가 말했다.
"그런가 본데요."
라이터를 켠 매니저가 몸을 틀며 말했다.
"핫핫핫. 옆에 서 있는 저 새낀 또 뭐야? 밤중에 선글라스를 끼고. 병신들 육갑하는군."
창문을 내려 검지로 담뱃재를 턴 그가 말했다. 그의 악담과 함께 차는 앞으로 나아갔다.

"아니에요. 손님한테 팔아야지 제가 다 먹으면 어떻게 해요."
병두는 그의 손에 호떡을 쥐여줬다. 경수는 마지못해 받았다.
호떡을 씹던 경수는 꽤 많은 사람들이 지나다닌다는 것을 느꼈다. 한 입 한 입 베어 물다 보니 그의 손엔 호떡을 감싼 종이만 남았다.
"답례로 하모니카 연주할까요?"
경수가 말했다. 병두의 손가락이 동그라미를 그렸다.
하얀 휴지가 경수의 입술을 방문한 후 하모니카가 울기 시작했다. 경수는 하모니카와 함께 울고 있다. 지금쯤 강 어딘가에서 자신의 눈을 만날 엄마를 그리며 운다.
"야~ 하모니카 소리 좋네요."
전철에서 걸어 나온 중년의 사나이가 하모니카 소리에 이끌려 호떡집에 들어갔다. 경수의 하모니카는 처진 어깨를 한 사람들의 발걸음을 움직일 만큼 호소력이 있었다. 병두는 그가 하모니카 부는 모습 볼 새도 없이 호떡을 만들기 바쁘다.

가슴에 번호를 단 사람들이 흰 선에 줄지어 있다. 대부분 반바지 차림이다. 병두와 경수가 눈에 띈다. 청바지를 입고 출전한 선수는 오직 둘뿐. 여전히 두 팔목에 끈이 묶여 있다.

-탕!-

총성이 울렸다. 우르르 쏟아져 나가는 사람들을 본 병두가 뛰기 시작했다. **이제 둘은 더는 둘이 아니다. 끈은 하나의 몸 안으로 흐르는 신경과도 같게 되었다.** 끈은 언어이자 시각과 방향이다.

7. 집 잃은 달팽이

중간쯤 위치했던 둘은 이제 끝으로 밀렸다. 중도에 포기한 사람들도 몇몇 보았으나 많지 않아 보인다.

끝으로 밀려나면 밀려날수록 경수의 심장은 터질 듯했다. 거친 숨소리를 들을 수 없는 병두는 페이스를 유지했다.

"핫-"

다리가 풀린 경수가 넘어졌다. 끈이 팽팽하게 당겨지며 앞의 병두까지 넘어졌다.

"미… 미안해요."

숨을 헐떡이며 경수가 말했다. 연습할 땐 한 번도 넘어지지 않았던 그가 하필 시합 날 넘어지다니... 너무나 속상했다. 병두에게뿐만 아니라 하늘에서라도 보고 계실 어머니에게까지 미안한 마음이 들었다.

병두는 경수를 일으켰다. 계속 뛸 수 있겠냐고 묻듯 그 자리에 서 있었다.

"속력을 조금만 줄여 줘요."

그들은 걷다시피 뛰었다. 마라톤을 한다던 무리들은 시야에서 사라졌다. 하지만 그들의 심장이 쉼 없이 뛰듯, 그들의 다리도 멈추지 않았다.

그들이 뛰었던 아스팔트는 다시 자동차들의 차지가 되었다. 굴러가는 첨단 문명 앞에서 걸림돌은 무참히 제거된다. 둘은 더는 아스팔트에서 뛸 수 없다. 이런 자신들의 처지를 본 병두는 어린 시절이 떠올랐다. 아스팔트 위를 기어가던 달팽이를 차가 뭉개고 간 기억 말이다.

"그래야 할 것 같아요."

포기하자는 그의 말에 동의하는 경수다. 후들거리는 다리는 당장이라도 주저 앉을 것 같았다. 심장도 더는은 못 견디겠다는 듯 요동쳤다.

"미안하다고요?"

고개를 좌우로 흔든 경수다.

"저 때문이잖아요. 완주 못했잖아요."

그 말을 끝으로 침묵이 이어졌다. 둘 사이의 끈은 경수의 집으로 안내한다.

"하모니카 아저씨는 오늘 안 오셔요?"

단골이라 자부하는 여자가 말했다. 병두는 두 팔을 가슴까지 올리며 뛰는 흉내를 냈다.

"어디 갔다고요?"

마라톤 설명을 포기한 병두는 고개를 끄덕였다.

"하모니카 참 잘 부르셨…"

호떡을 먹고 있는 그녀를 거칠게 밀치며 한 무리의 사람이 들어왔다.

"아저씨!"

검은 옷으로 통일한 사람이 병두를 불렀다. 오른팔에 찬 완장엔 '단속'이라고 쓰여 있었다.

"여기서 장사하시면 안 돼요."

병두가 수화를 했다. 단속원을 본 그녀는 호떡 먹기를 멈추곤 그곳을 떠났다.

"내일까지 비우세요."

그들의 마지막 말이었다. 단속반은 다른 곳도 차례차례 들렸다. 기둥이 없어 언제 쓰러질지 모르는 길 위의 허약한 집들을 말이다.

어제 무리를 해서 뛰었는지 온몸이 쑤셨다. 운동장까지 어떻게 나왔는지 신기할 따름이다. 만약 어제 병두와 함께 그가 일하는 곳에 갔더라면 분명 아침에 일어나지 못했을 것이다. 끝내 그를 일으켜 세운 것은 끈이었다. 아직도 그의 손목엔 끈의 느낌이 남았다. 자신을 컨트롤해 준 끈은 아직 할 얘기가 더 남았다는 듯이 그의 팔목에 느낌을 전한다. **비록 없어도 말이다.**

"이쯤인 거 같은데…"

버드나무 아래 벤치에 앉았다. 하모니카를 꺼낸다. 그의 입술이 하모니카 위를 움직인다. 그는 호떡을 열심히 굽고 있을 그가 들어주길 바랐다.

"저리 비키라니까!"

호떡 카트를 막고 선 병두를 밀치며 단속원이 소리쳤다. 감정이 없는 절단기가 카트를 에워싼 쇠사슬을 끊었다.

"손짓 발짓 좀 고만해!"

철거반원이 소리쳤다. 당황한 병두는 물속에서 허우적대는 사람 같았다. 몸동작이 점점 커졌다. 뻐끔거리는 입이 물속에서 소리치는 것 같았다.

수화는 사회의 공용어가 아니다. **결코 안전한 끈이 될 수 없다.** 그것은 단순히 무시된다.

병두가 저항하자 폭력의 언어가 대신한다. 이것은 때론 법보다 공정했다. 병두의 얼굴엔 피가 흘렀다. 결국 그의 유일한 소통 수단인 몸마저도 주저앉는다.

"진짜 벙어리 인가 봐. 맞고도 소리 한번 못 지르잖아."

주저앉은 그를 본 단속원이 말했다. 그의 몸은 호떡 카트만이라도 돌려 달라고 절규하고 있었다. 단속원에게 끌려갈 카트는 분쇄기로 들어갈 것이다. 먹여주고 길러준 혈육 같은 존재를 이대로 빼앗길 순 없었다.

"가자."

정신을 차린 그가 고개를 들었을 때 저 멀리 사라지는 자신의 보금자리가 보였다. 처량한 호떡 카트는 단속원들의 손에 뜨려 가고 있었다. 호떡을 구워내고 사람들을 즐겁게 했던 카트는 갈기갈기 찢겨 분쇄되고 말 것이다. 아스팔트 위에 달팽이가 뭉개짓듯이…

-끼이익-

경수의 피부에 밤이 스며들었다. 여름이라는 걸 감안하면 꽤나 늦은 시각일 듯하다. 병두는 끝내 운동장에 오지 않았다. 당연히 **끈도 없다. 그는 생각했다.** 자신처럼 어젯밤 푹 자질 못했으니 그럴 만하다고 말이다. 더욱이 오늘도 일을 나가야 할 그이지 않던가.

그의 발걸음은 끈을 만나러 간다. 온몸이 쑤셨지만 그를 멈추게 할 순 없다. 요 사이 며칠은 병두의 도움이 있었기에 지팡이에 의지 않고 돌아다녔다. 하지만 오늘만큼은 도움이 간절하다. 깊은숨을 들이쉰 그가 몸을 일으켰다.

"아저씨! 여기 호떡 가게 어디로 갔나요?"

"몰라요."

"아저씨! 여기 3번 출구가 맞나요?"

"네."

"그럼 주위에 호떡 가게는요?"

"없어요."

경수는 당황했다. 시각장애인 막대를 이리저리 쳐 봐도 빈 공터다. 더듬거리며 어머니를 찾았던 그때의 기분이 스멀스멀 피어올랐다.

"혹시…"

그는 자신이 부는 하모니카 소리를 듣고 병두가 와주길 바랐다. 하모니카를 쉴 새 없이 불었다. 부르고 또 불렀다. 입술이 부르텄다. 사람들의 발자국 소리조차 사라졌다.

그의 피부를 아침 공기가 깨우고 있었다. 한가하던 찻길이 분주한 차 소리로 가득하다. 발자국 소리가 다시 붐빈다.

"어? 아저씨!"

여자가 말했다.

"누구시죠?"

경수가 부르튼 입술로 말했다.

"아저씨 이름 물어봤던 사람 기억하세요?"

둘 사이 잠시의 침묵이 흘렀다.

"네! 그런데 호떡 가게는요?"

터진 입술에서 흘러내린 피 맛을 느낀 경수가 물었다.

"없어졌어요. 그리고 저도 방금 신문 보고 알았는데요. 탤런트가 운전하는 차에 치여 숨지셨대요."

8. 꿈과 끈

'이제 깨어나셨군요.'

하얀 가운을 입은 의사가 경수에게 말했다.

'제가 얼마나 누워있었죠?'

그는 주위를 봤다.

'얼마 안 됐습니다.'

의사의 손목에 끈이 보였다.

'누가 절 이곳에 데리고 왔나요?'

의사는 손으로 경수의 손목에 감겨 있는 끈을 가리켰다.

'그랬군요.'

침대에서 몸을 일으킨 그는 자신의 손목에 감겨있던 끈이 스르르 풀리는 것을 봤다. 그리고 뻗는 곳으로 향했다. 지팡이와 코를 누르던 선글라스도 없다.

끈은 그를 강으로 안내한다.

'어머니.'

그의 목소리가 떨렸다. 어머니를 볼 수 있다니 꿈만 같다.

'내 착한 아들아…'

어디선가 나타난 그녀는 아들의 머리를 쓰다듬었다. 거칠었던 그녀의 손은 어디로 간 걸까? 보드랍기만 하다.

'어머니 제 눈을 만나셨군요.'

그는 자신의 손목을 감고 있는 끈을 그녀에게 전했다. 멀리라도 가는 날이면 끈은 또다시 팽팽해질 것이다. 그렇게 알려올 것이다. **더는 멀어지면 안 된다고.**

'이젠 걱정하지 마세요.'

어머니와 만난 그가 환하게 웃었다. 그의 미소는 말한다. 지금의 그녀는 더는 굳은 몸속의 그녀가 아니란 것을.

번잡한 도시 한복판. 그곳에서 그는 하모니카를 꺼내 들었다. 그의 연주는 병두의 목소리처럼 눈에 보인다.

사람들은 그의 손목에서 뻗어나간 끈을 말없이 통과한다. 마치 다시 볼 사이가 아닌 것처럼. 하지만 그의 하모니카 연주는 계속된다.

황금빛 태양의 물감을 받은 운동장의 모래는 노랗다. 마치 추수를 기다리는 벼 같다. 그곳엔 출발하라는 총소리도, 도착지를 알리는 표식도 없다. 끈으로 소통했던 두 사나이만이 있다.

"자, 뛰어 볼까요?"

끝내지 못했던 마라톤 경주를 떠올리며 **그가 말했다.**

"좋아요."

그가 **대답했다.** 그들은 보이지 않는 끈으로 연결하곤 운동장을 뛴다.

좋은 악마

힘이 속도에 비례한다면 속도감은 넓이에 반비례하는 것일까? 느리다. 창을 통해 내다본 밖의 모습은 단순하다. 느리게 흘러가는 구름과 하나의 동그란 태양이 전부다. 비즈니스석은 이용해보지 못했다. 어쩜 이코노미석의 불편한 자리로 인해 시간이 더욱 길게 느껴질 수도 있다. 사실 비행기에 오르기 전부터 고생할 것 같다는 생각이 들었다. 한국에서 호주까지 한 번에 가는 비행기는 없다. 경유해야 한다. 일본에서 7시간을 기다렸다가 갈아타야 한다. 비행기 티켓 하나로 두 나라를 방문할 수 있다는 것에 위안을 삼지만 그래도 7시간은 짜증 난다. 긴 기다림 끝에 찾아오는 건 또 다른 비행기에 오르는 것이다. 그리고 또 이 좁디좁은 이코노미석에 앉아야 한다. 닭장 같은 이곳에 몸을 구기고 있자니 힘들다. 내 앞에 앉은 사람이 의자를 뒤로 젖혔다. 갑갑하다. 얼굴에 주름이 펴지질 않는다. 일단 호주 아발론 공항에 도착하기만 한다면 기분이 한결 나아질 것 같다. 공항에 마중 나와 있을 그녀를 생각하니 벌써부터 설렌다. 호주는 처음이지만 그래도 불구하고 그곳엔 지선이 있기에 두렵지가 않다. 그녀와 미팅 포인트란 장소에서 만나기로 했다. 수화물을 찾은 후 출구 쪽으로 걸어 나오면 만남의 장소가 있다고 알려줬다. 그녀가 언제든지 다시 꺼낼 말은 뻔하다. 하느님 믿고 천국 기리는 말이다. 그녀는 독실한 기독교 신자다. 그녀에게 있어 예수님을 믿는다는 것은 행복을 넘어선 기쁨이다. 불신자나 타 종교인은 그녀의 적다.

현재 그녀는 캠시라는 곳에서 작은 학원을 운영한다. 뉴사우스 월즈 대학을 졸업했다는 자랑을 늘어놓았는데 한국으로 치면 스카이 정도 되는 것 같다.

"치킨과 샐러드 아니면 생선과 쌀밥 어느 것으로 하시겠습니까?"

메뉴판을 펼친 스튜어디스가 물었다.

"생선과 밥이오."

내 말이 끝나기 무섭게 식판에 담긴 그것이 나왔다. 스튜어디스는 내 옆에 앉은 백인에게도 똑같은 질문을 했다. 그는 나와는 다른 메뉴인 치킨 샐러드를 시켰다. 덩치가 나의 두 배다. 다시 말해 더욱 갑갑함을 느낄 것이다. 사람들을 구겨 넣는 지옥철이 떠올랐다. 그에게 음식이 잘 전달되도록 몸을 의자 등받이에 밀착했다. 내 행동에 감동했는지 백인은 땡큐라 말하며 엄지손가락을 보여 줬다. 그의 목에 금목걸이 십자가가 보였다.

"이거 선물."

내 목에 십자가 목걸이를 걸며 지선이 말했다. 그녀의 긴 머리에서 향긋한 샴푸 냄새가 났다.

"나 교회 안 나가는데… 그땐 네가 너무 심각하게 부탁해서 몇 번 나간 거고."

선물 받는데서 이런 얘기를 하자니 미안한 마음이 들었다. 가지런한 하얀 치아를 보였던 그녀의 입이 움직이기 시작했다.

"바보, 교회를 안 가더라도 십자가를 몸에 지니고 있으면 하나님이 널 도와주셔. 다시 말해 네 믿음이 중요하다는 뜻이야."

해맑게 웃으며 말하는 그녀를 거절할 수 없었다.

"고마워."

그녀가 걸어준 십자가를 만지작거려보니 십자가에 못 박힌 예수님의 모습이 손끝에서 느껴진다.

"십자가가 무엇으로 만들어졌는지는 중요하지 않아. 은이니 금이니 따지며 십자가의 값어치를 따지는 건 잘못된 생각이야. 난 내가 너의 목에 걸어준 십자가가 비록 쇠붙이라 할지라도 그건 예수님이 우리를 위해 희생하신 것을 잊지 않겠다는 증표야. 그래서 소재가 아닌 표식이 중요한 거야. 넌 불교의 문양을 보면 뭐가 떠오르니?"

"글쎄?"

머리를 긁적이며 말했다.

"히틀러 국기랑 똑같잖아. 전범일 뿐만 아니라 인류의 적이었던 히틀러가 얼마나 많은 유태인을 죽였는지 아니? 하느님의 아들을 죽였으니 지옥에 가야 마땅해."

내 목에 십자가를 건 뒤부터 그녀는 쉬지 않고 말했다. 그녀의 말에 나는 재빨리 끼어들었다.

"그건 그렇고…, 난 집에선 이 목걸이를 못할 것 같아. 부모님 두 분 다 절에 다니시거든. 십자가 목걸이를 하고있는 모습을 보신다면 좋아하시지 않을 것 같아. 목걸이는 너 만날 때만 할게. 솔직하게 미리 말해두는 거야."

그녀의 시선을 피하며 겨우 말을 끝냈다.

"너희 부모님도 성경을 읽으셔야 하는데. 그곳엔 구원의 손길이 있어. 우리가 학교에서 공부하는 것들보다 더 많은 지식과 자비로운 지혜의 뜻이 성경에 있거든. 아직 늦진 않으셨어. 지금부터라도 교회에 나가시면 돼. 나쁜 짓을 한 사람이라도 하나님을 믿고 따르면 나중에 하느님의 나라로 갈 수 있어. 부모님께 교회에 나오시라고 말해봐. 너는 부모님이 지옥에 가시도록 내버려 둘 거야?"

내 손을 잡으며 그녀가 말했다.

"그런데 오늘 할 이야기 있다고 부른 거 아니었어?"

난 손을 빼며 말했다. 끊임없이 일방적으로 떠드는 그녀와의 대화가 불편해졌다. 어떻게든 화제를 바꿔야겠다는 생각이 들 때쯤.

"동길아."

교복 치마를 끌어내린 그녀가 말했다.

"음."

"약속하나 해줄 수 있어?"

"뭘?"

"우리 계속 친구로 지내는 거. 비록 멀리 떨어져 있다고 하더라도."

"당연하지. 우리가 알고 지낸 지도 벌써 7년이 다 됐다. 그런데 무슨 일이야?"

내 목에 걸린 십자가에서 시선을 떼지 못하는 그녀가 말했다.

"다음 주 우리 가족 모두 호주로 이민 가."

"와~ 좋겠다. 캥거루도 보겠네."

"주스는 무엇으로 하시겠습니까? 오렌지와 애플이 있습니다."

식사가 끝나자 카트에 음료수를 싣고 온 스튜어디스가 말했다.

"사과주스요."

내 말에 플라스틱 컵에 사과주스를 따른 스튜어디스는 내 옆의 백인을 보며 영어로 같은 질문을 했다. 곧바로 백인이 대답한다.

"오렌지 주스 플리즈."

내가 생선을 시키자, 자기는 치킨을 시킨다. 내가 사과 주스를 시키니까 이번엔 오렌지 주스를 시키네. 동양인의 선택을 믿어선 안 된다는 뜻일까? 호주라는 나라는 백인들이 많을텐데... 인종차별을 겪지 않는지 모르겠다. 피부색으로 인한 차별은 어느 나라에나 아직 남아 있다고 하던데.

"잘 가. 건강해라."

난 손을 내밀어 악수를 청했다.

"너도 건강하고. 이거 선물이야. 꼭 읽어봐."

악수를 하기 위해 손을 내민 나에게 그녀는 악수 대신 성경책을 내밀었다.

"고마워. 호주 가면 캥거루랑 같이 사진 찍어서 보내는 것 잊지 마. 그리고 한국 나오면 꼭 미리 전화 줘. 공항에 마중 나갈게."

그녀는 바퀴 달린 소형 캐리어를 끌며 출입구 앞에 서 있는 가족들 품으로 걸어갔다.

인터넷도 안 잡히는 이런 곳에서 일곱 시간이나 버텨야 한다니 한숨이 절로 나온다. 옆에 앉았던 백인의 목적지도 호주인가 보다. 뚱뚱한 몸을 이끌고 공항 안을 어슬렁거린다. 기내에서 식사를 했기에 식당은 눈에 들어오지 않았다. 난 모찌 파는 가게에 들렀다. 내가 먹기 위해서가 아니라 지선의 어머니에게 선물하기 위해서다.

"이꾸라 데쓰까?

가격표가 붙어 있었지만 다시 한번 물었다. 스스로를 리스닝 테스트를 해보고 싶었다. 나는 영문학을 전공했지만 일본어에도 관심이 많았다. 내 질문에 속사포로 말을 쏟는 점원이었다. 아무 말 없이 달러를 내밀었다. 손바닥을 흔든 점원은 내게 "료가이 료가이"라고 말했다. 일본어를 사용한 것이 후회스럽다. 근처 환전소에서 돈을 바꿔 제값을 치렀다.

"김동길 씨!"

"네, 누구세요."

지금 이 시간에 누구지?

"우체국에서 왔습니다. 외국에서 우편물이 왔네요."

"잠시만요."

외국이란 말에 지선의 얼굴이 떠올랐다. 눈에서 멀어지면 마음에서도 멀어진다고 했던가, 대학 낙방 후에 줄곧 공부에만 몰두해 왔다. 그녀의 존재는 잠시 잊은 채.
"여기 사인해 주세요."
집배원이 전자 단말기를 내밀며 말했다.
"감사합니다. 수고하세요."
사인을 하고 인사를 건넨 난, 소포를 든 채 방으로 향했다. 상자 안엔 편지 한 장과 영어로 된 성경책이 들어 있었다.

to. 동길

기도의 힘을 믿으라고 했던 내 말 기억나니? 너도 좋은 대학에 다니고 있겠지? 난 호주 명문대 New South Walls에 합격했어. 처음엔 영어 때문에 고생했는데 영어로 된 성경책으로 공부했더니 실력이 금세 향상되더라고. 대학 합격 통지서를 받자마자 부모님께 보여 드렸지. 다들 기뻐하셨고. 여기는 한국과는 달라. 대학을 졸업하는 일이 쉽지 않아. 공부를 열심히 해야만 해. 대학 등록금이 만만치 않은 것은 한국과 같단다. 그래서 아르바이트를 하고 있어. 그래서 호주로 유학 온 아이들 공부를 가르쳐 주는 아르바이트를 하고 있어. 수입이 꽤 짭짤해서 좋아. 이럴 땐 좋은 대학에 붙었다는 게 큰 도움이 되네.
너무 내 얘기만 하는 것 같아. 요즘 한국 날씨는 어떠니? 여긴 자외선이 강해서 주근깨가 생겨. 난 항상 선크림을 챙긴단다. 너무 건조해서 안약도 눈에 넣고 있어. 가끔 고향 생각에 위성 TV로 한국 방송을 보기도 하는데 왜 그렇게 사건사고가 많은지 너무 걱정되더라. 내가 보낸 성경책으로 영어 공부하길 바라. 꼭 해. 반드시 네게 큰 도움이 될 거야. 그 모습을 하나님도 보시고 도와주실 거야. 너희 부모님은 교회에 나가시게 됐는지 궁금하다? 우리 아버지는 열심히 교회에 나가셔. 우리 아버지도 예전에 불교 신자였는데 내가 전도했어. 하나님의 어린 양이 하나 더 늘었지. 내가 아버지를 위해서 얼마나 기도를 했는지 몰라. 아빠 없는 세상을 상상할 수 없을 정도로 난 아빠를 사랑해. 너무 내 얘기만 한 건지 모르겠다. 항상 건강하고 언제 한 번 호주로 놀러 와. 보고 싶다.

ps. 캥거루랑 같이 찍은 사진은 다음번에 보낼게.

"이거 얼마죠?"
아까 모찌를 살 때 혼이 났던 경험을 떠올리며 떳떳하게 한국어로 말했다.
"강고꾸진 데스까?"

- 120 -

라고 묻는 여자 점원의 귀에 열 개도 넘는 귀걸이가 걸려있었다.

"네."

한류를 떠올리니 더 당당해지는 기분이었다.

"한국 돈으로 오만 원입니다."

손가락 다섯 개를 펴며 여자가 말했다.

"오! 한국말 잘하시네요."

"한국 연예인 좋습니다."

활짝 웃은 점원의 입을 보니 치아보다 잇몸이 더 길게 나왔다.

"여긴 한국 돈도 받나 보네요."

"네, 사장님이 한국 분이십니다."

그녀는 자신의 미소에 자신감이 있었는지 여전히 웃으며 입술을 다물지 않았다. 난 원치않게 그녀의 길고 진한 분홍색 잇몸을 계속 봐야만 했다.

-크그ㄱㄱ궁-

사람들의 비명 소리가 퍼졌다. 땅이 심하게 흔들렸다. 천장의 판넬이 떨어졌다. 지진이 많은 나라다. 그 잇몸 미소의 점원은 재빨리 가판대 아래로 몸을 숨겼다. 나는 당황했지만 난 두 손을 깍지 껴서 뒤통수를 가리는 걸 잊지 않았다.

"동길아…."

내 이름을 부르며 슬프게 우는 지선의 목소리가 들렸다. 수화기를 귀에 더욱 밀착했다. 그녀의 흐느낌이 생생하다.

"무슨 일 있니?"

대답 대신 돌아오는 또다시 숨죽여 우는소리뿐이다. 군 제대 후 처음 통화를 하는 것이니 3년 만인 듯하다.

"울지 말고 천천히 얘기해봐."

그녀가 측은했지만 타일렀다. 오랜 시간 말을 잇지 못하는 그녀를 보며 별의별 생각이 다 들었다. 분명 좋은 일은 아닌 거 같다.

"우리 아버지 돌아가셨어. 흐흐흑…, 아버질 위해 기도할 거야. 오늘부터 100일 기도를 할 거야. 밥도 안 먹고 물만 마시면서 하나님께 천국의 문을 열어 달라고 기도 할 거야."

그녀가 흐느끼며 말했다.

"Seat belt, Please!"

백인 스튜어디스가 안전벨트를 하라는 제스처를 취하며 말을 걸었다.

"ok."

벨트를 채우며 답했다. 이코노미석의 저주는 또다시 시작되고 있었다. 좁게 앉은 채로 잠까지 자야 한다. 다리가 저리고 몇 번을 고쳐 앉아도 편치 않다. 나리타공항의 지진 때문에 한 시간을 더 기다려야 서야 이륙했다. 비행기를 타기 위해 대시한 시간만 무려 여덟 시간이다.

 고개를 들어 안을 둘러보니 한국에서 일본으로 가는 비행기와는 분위기와 사뭇 다르다. 대부분 백인이다. 피부색이 다른 사람들과 있는 것이 좀 어색하다. 하물며 호주에서 정착해 사는 일은 어떤 기분일까? 그녀가 당차게 느껴졌다. 하기야 호주에도 한국 사람들이 많이 있을 것이다. 무엇보다 그녀에겐 든든한 하나님이 있지 않은가. 사실 종교에 의지하는 것만큼 든든한 일은 없어 보인다. 난 무교다. 불교에 가까운 무교다. 우리 부모님은 내가 대학에 떨어지자 간절한 마음으로 일 년 동안 하루도 빠짐없이 절에 가셨다. 부처님 오신 날엔 내 이름으로 백 개의 등을 단 적도 있다. 부모님은 내게 종교를 강요하지 않으셨다. 다행히도 나는 헌법에 명시된 종교의 자유를 편하게 얻었다. 그런 내가 지선의 강요에 못 이겨 교회에 몇 번 나간 적이 있었다. 오래전 일이지만 그녀는 믿음이라는 걸 강조했고, 난 그것이 잘 느껴지지 않았던 것이 기억난다. 매일 기도를 하면 하느님이 내려온다는 그녀의 말을 따라서 기도해 봤지만 난 하느님을 보진 못했다. 내가 완전히 믿지 않아서인지 모르겠지만 신을 믿는다고 모두 천국에 가는 것 같아 보이진 않았다. 만약 그것이 사실이라면 그건 더는 종교가 아니겠지.
"진리가 되겠지."

"여기야!"
 가방에서 잠바를 꺼내 걸친 내게 한 여자가 손을 흔들었고 나는 그녀에게 다가갔다. 그런데 내가 알던 그녀의 얼굴이 아니었다. 마치 백인 혼혈처럼 보였다.
"누구신지..."
 카트를 멈추고 다시 한번 살펴보지만. 모르는 사람이다. 노란색 머리에 높은 콧대까지 분명 외국인 같은데 한국말을 했다.
"나야 나."
"설마, 지선이?"
 날 기다릴 사람이 지선이 말고 또 있을까 하는 생각이 들자 그녀의 과거 얼굴이 살짝 오버랩 되었다. 놀라울 정도로 많이 변한 얼굴이다. 물론 우리 사이에 오랜 시간이 흘렀지만 못 알아볼 정도일 줄은 예상하지 못했다. 바뀐 모습이 실망스럽다. 난 여자들 미적 기준을 이해하기 힘들 어려울 때가 있다.
"지선아 대체 네 얼굴 어떻게 된 거야?"
 포옹에 앞서 질문이 튀어나오자 난 곧 미안한 마음 들었다. 무슨 말로 만회할 수 있을까 생각할 새도 없이 그녀가 받아쳤다.
"그런 거 묻지 말고."
 백인 사회에 살기 위해 자신의 모습을 바꾼 것 같다. 예전 지선의 사랑스러움이 온데간데없다. 동양인 피부에 백인 콧대를 가진 여인이 되어 있었다. 그 귀엽던 눈매는 어떻게 수술을 한 건지 지선의 눈동자조차 낯설 지경이다.
"배고프겠다. 밥 먹으러 갈래?"

내가 미는 카트를 함께 밀며 그녀가 말을 이어갔다.

"아니, 비행기에서 많이 먹었어."

한 손으로 배를 치며 말했다. 밖은 제법 쌀쌀했다.

"아 참, 네가 경유한 나리타공항에서 지진이 발생했다고 하던데 다치지 않았니? 많이 걱정했었어."

내 몸을 살피며 그녀가 물었다.

"멀쩡해."

"하나님께 감사해야 해."

이제부터 그녀의 긴 설교가 시작될 것을 직감하고는 짧게 답했다.

"알았어."

"배 안 고프면 커피 마실래?"

"좋아."

우리는 공항 주창으로 가서 그녀의 트렁크에 나의 짐을 옮겨 실었다. 카트를 옮겨놓고 차에 타자마자 향기로운 냄새가 진동했다. 뒷좌석으로 눈을 돌리니 싱싱한 꽃다발이 보였다. 조금 있으면 그녀의 아버지가 누워계신 곳에 놓여 있으리라.

차 시동을 거는 그녀에게 일본 공항에서 산 목걸이를 건네며 말했다.

"너 주려고 샀어."

그녀를 기쁘게 해주고 싶어 준비해온 나의 선물, 십자가 모양의 목걸이를 컵홀더에 넣으며 그녀가 상기된 목소리로 물었다.

"너 이제 하나님 믿는 거지?"

"으…응, 그게… 아직은 무교야."

어렵게 끝까지 대답했다. 실망한 표정도 낯설게 변해버린 얼굴의 그녀는 후진기어에 이어 전진 기어를 넣고 주차장을 빠져나갔다.

"이 음악 한 번 들어볼래? 잇 이즈 웰이란 노래야. 마음이 편해질 거야."

그녀는 볼륨을 높였고 난 영어 찬송가를 들으며 창밖을 보았다. 호주의 집은 클래식함이 느껴진다. 서부 영화에서 본 듯한 건물도 눈에 들어온다. 최신 빌딩과 섞여 있는 모습이 마치 타임머신을 타고 가는 듯한 착각에 빠질 때쯤 그녀를 다시 돌아봤다.

"지선아. 너 지금 울고 있는 거니?"

당황하며 물었다. 난 얼른 볼륨을 줄였고 그녀는 손등으로 눈물을 훔쳤다.

"아빠가 너무 보고 싶어. 지선아 하고 내 이름을 부르는 아빠 목소리를 다시 한번만 들을 순 없을까? 딱 한 번만… 아빠가 목마 태워주던 어린 시절 그때로 돌아가 아빠가 공주님, 뭐가 보이십니까? 하고 묻는다면 아빠하고 행복하게 사는 미래가 보여요. 라고 말할 거야."

아버지를 회상하며 눈시울을 적시는 그녀 앞에서 난 어떤 위로의 말도 할 수 없었다. 가족을 잃은 슬픔이 어떤 느낌인지 알 것 같았다. 부모님을 두 번 다시 볼 수 없게 된다면 나 역시 정말 슬플 것이다. 그녀에게 있어 아버지는 하느님 같았으리라.

"예전에 공항에서 너희 아버님을 봤었어. 키도 크시고 굉장히 미남이셨던 게 기억나.

네가 아버지 닮아서 예쁜 것 같아."

"너희 부모님은 어떠셔?"

티슈로 눈물을 거의 닦은 그녀가 물었다.

"응, 두 분 다 건강하셔."

"잘해드려. 난 매일같이 기도해. 부디 아버지가 천국에서 행복하시라고 말이야. 천국엔 슬픔 따윈 없어. 너희 부모님도 하나님을 믿으면 천국에 가실 거야. 내가 기도할게."

잇 이즈 웰이 끝나고 이어지는 음악도 역시 찬송가였다. 중형차의 넓은 좌석에 편안히 앉아서 음악을 듣고 있지만, 왠지 마음 한구석이 불편했다. 난 잠바 지퍼를 조금 내렸고 그녀는 히터를 켰다. 갑자기 졸음이 쏟아졌다. 스르륵 눈이 감기려 한다. 찬송가가 자장가로 들리는 와중에.

"동길아. 다 왔어!"

"어?"

나도 모르게 눈을 떴다. 깜빡 잠이 들었나 보다. 커피숍 앞에 주차한 그녀는 자신의 숄더백을 챙겨 내렸다.

커피숍 안은 사람들로 북적거렸다.

"이 커피를 마시는 돈의 일부가 전쟁에 쓰인다고 들었는데."

난 별 모양과 R이 나란히 그려진 머그컵 로고를 보여주었다.

"이스라엘은 하나님의 땅이야. 그리고 하나님은 유대 혈통이고. 팔레스타인들은 원래의 땅 주인인 이스라엘인들에게 가자 지구를 넘겨 줘야 해. 전쟁은 그들 팔레스타인들이 먼저 시작한 거야. 자살 폭탄 테러 듣기만 해도 끔찍하지 않니? 그들은 하느님에게 저항하는 자들이야."

그녀는 늘 확신하며 말했다. 세상에 모든 일을 성경을 기준으로 판단하고 말했다. 천국에 갈 사람은 정해졌다는 것이 그녀의 확고한 생각이다.

"그게 밀이야... 지선아."

그녀와 언쟁하기는 싫어서 말을 멈췄다. 나는 그녀가 잘 못 알고 있는 부분을 바로잡고 싶었다. 팔레스타인 사람들이 이천 년 넘는 시간을 지낸 곳인데, 성경에 이스라엘 땅이란 글이 적혀있다는 이유만으로 그들을 내쫓을 순 없는 노릇이다. 그리고 예수님을 죽인 자는 유대인인데 왜 그녀는 모르는 것일까... 나는 속으로만 생각하다가 화제를 돌렸다.

"지선이 넌 요즘 잘 지내는 거지?"

"응, 애들 가르치면서 잘 지내고 있어. 밤에는 기도하고."

그녀는 말을 마치고 내 목 주변을 살피는 눈치다. 고등학교 때 내게 선물로 준 목걸이를 아직 내가 하고 있는지 궁금했던 모양이다.

"어머니는 어떠셔?"

지퍼를 목까지 채우며 내가 말을 돌렸다.

"골프 치는 재미에 푹 빠져 계셔 그래도 주말엔 나와 함께 교회에 나가셔. 내 생각엔 아직 믿음이 부족하셔서 걱정이야. 난 진심으로 기도하는 사람의 기를 느낄 수 있는데 엄마는 아직 믿음이 부족해 보여."

"다행이다. 너도 잘 지내고 어머니도 잘 지내니까."

난 그녀의 감정 변화가 빠른 것을 느꼈다. 아무래도

"정말 고마워. 누가 이렇게 멀리까지 와주겠니. 사실 오늘은 아빠를 만나러 갈 거야. 뒷좌석에 있는 꽃다발 봤지?"

"응."

"오늘 아빠에게 찾아가 자장가를 불러 드릴 거야. 넌 기억하니? 네가 아기였을 적 부모님이 불러주신 자장가 노래 말이야."

"글쎄... 넌 기억이 나는 거야?"

"난 아빠 목소리가 아직 생각나. 자장자장 우리 아기 잘도 잔다 우리 아기. 자장자장 잘도 잔다."

그녀는 흐느끼며 노래를 불렀다. 붉어진 콧등으로 또다시 눈물이 흘러내렸다. 사실 난 천국이나 지옥이란 곳이 존재하는지 모르겠지만 아버지를 위해 백일동안 물만 마시고 기도한 그녀의 기운이 아버지에게 전달되어 꼭 좋은 곳으로 가셨으면 하는 생각을 했다.

"난 아빠와 늘 함께 할 줄 알지. 이렇게 빨리 돌아가실 줄은 몰랐어. 내가 캠시에 처음 학원을 열었을 때 울 아빠가 사준 선물이 뭔지 아니?"

"글…쎄?"

"책상, 의자, 칠판까지 모두 꾸며 주셨어. 그리고 볼보도 사주셨지."

"부럽다. 난 아직 뚜벅인데. 장롱면허야. 운전도 서툴고."

커피는 거의 다 식었다. 살짝만 더 마시면 바닥이 드러날 것 같다.

"나가자."

손목시계를 본 그녀가 말했다. 우린 그녀의 아버지가 누워계신 곳으로 향했다.

"굉장하다. 이곳이 전부 무덤이란 말이야?"

거대한 면적을 자랑하는 묘지를 보며 말했다.

"응. 저 뒤쪽으로 가면 더 많이 있어."

그녀가 말했다. 차를 한쪽에 세운 그녀는 뒷좌석에서 꽃다발을 꺼내 들었다.

"너까지 뭘 그런 걸 다 사 오니."

방금 전 묘지 입구 꽃 가게에 들러 사온 꽃을 보며 지선이 말했다.

"묘지가 여의도 보다 더 넓은 것 같아."

그녀는 헷갈리는 듯 이곳저곳을 들여다봤다.

"이상하다? 이쯤인 것 같은데…, 앗! 저기다!"

그녀는 비석이 세워진 무덤을 가리켰다. 비석 가운데 붉은 십자가가 그려져 있었다.

"아빠, 한국에서 친구가 왔어요."

그녀가 꽃을 놓으며 말했다.

"안녕하세요! 아버님. 서울에서 온 지선이 친구 김동길입니다."

허리 숙여 인사한 드리고 내 꽃도 올려놓았다. 무르팍 옆 옷깃을 잡고 두 손을 머리 쪽으로 올리는 순간.

"꺅! 안 돼!"

그녀가 비명을 질렀다. 절을 하려던 찰나 깜짝 놀란 나는 중심을 잃고 넘어졌다.

"왜 그래?"

엉덩이를 털고 일어나는 내게 그녀가 소리쳤다.

"절하면 안 돼!"

아직 멍했다. 십자가 목걸이를 쥐고 있는 그녀의 손을 보자 정신이 들었다. 우상숭배를 금기시하는 그녀다. 하나님 외에 두 신을 섬길 수 없고 그래서 제사도 지내지 않는다던 그녀의 말이 떠올랐다.

그녀는 슬픈 눈으로 날 봤다. 슬프지만 얼음처럼 차가웠으며 날카롭고 매서운 눈빛이었다.

"그래도 네 아버지잖아..."

"아니, 악마야."

LIVED-DEVIL

비계 가리개

"계속할 거야?"

"뭐?"

"누드모델."

"당연하지. 수입 좋잖아."

"수입? 단지 그거 때문이야?"

"돈이 없는데 어떡해? 이것도 엄연히 돈을 버는 경제 활동이라고."

"다른 일도 많잖아."

"어떤?"

"가령 예를 들면 레스토랑이나 옷 가게 또,"

"싫어! 난 이일이 좋은 걸."

"난 관둘 거야."

"오빠."

"왜."

"갑자기 왜 그래? 그동안 우리 잘 해왔잖아."

"난 싫어."

"왜?"

"말하기도 부끄럽고 입 밖으로 꺼내기가 역겨워."

"그렇다면 더더욱 들어봐야겠어. 역겹다니 갑자기 그게 무슨 말이야?"

"물론 너도 알아야겠지. 내가 왜 이러는지 말이야."

"그럼 어서 말해! 왜 그렇게 흥분하는 건데?"

"너의 벗은 모습을 보는 남자들의 시선이 싫어! 네 몸은 나만 보고 싶어. 난 너의 남자니까."

"그럼 오빠 몸을 다른 여자들이 보는 것은 괜찮고?"

"난 남자잖아 그리고 넌 여자야."

"오빠 우린 누드모델이야. 이건 예술이라고. 그리고 사람들이 우리 몸을 더듬는 것도 아니잖아. 단지 눈으로만 보고 그림을 그리는 건데…."

"그렇다면 예술과 외설의 차이점을 말해봐! 뭐가 다른지! 똑같이 옷 벗고 보여주는 행위가 어떻게 다른지 설명할 수 있냐고?"

"오빠, 갑자기 왜 그래? 무섭게..."

"네 벗은 모습을 떠올리며 자위할 남자들을 떠올려 봤어? 샤워를 하면서 발기된 성기를 만지며 두 눈을 감고 널 떠올리겠지. 이래도 넌 정말 아무렇지 않아? 네 모습을 떠올리며 욕구를 채워 넣는 그들의 모습을 상상해 보란 말이야. 어때? 이걸 예술이라 해야 하나?"

"남자들이 모두 그런 생각을 하는지 오빠가 어떻게 알아? 그리고 예술을 끔찍이도 사랑하는 사람들이 있어. 숨 쉬는 것조차 잊은 듯 예술작품 완성에만 몰입하는 예술 가들에게 우리 같은 누드모델은 절실한 존재라고!"

"그래봤자 인간은 다 거기서 거기야. 남자란 여자의 벗은 모습을 보면 흥분하기 마련이고, 그 욕정으로 단단해진 물건을 쥐게 되지. 결국엔 속에서 끓어오르는 액체를 몸 밖으로 끄집어내려 별의별 상상을 다 하게 돼 있어. 뜨거워진 그것을 쥐고 흔드는 욕동의 노예가 되고 만다고!"

"그럼 오빠 무슨 일할 건데? 햄버거 굽기? 대리운전? 포장마차? 아까 말 한대로 레스토랑에서 서빙이라도 진짜 할 거야?"

"그게 뭐든지 누드모델만 빼곤 다 할 수 있어. 그 어떤 일도 누드모델보단 깨끗할 거야."

"깨끗해?"

"아… 아."

"그럼 무슨 뜻이야? 우리가 그리고 내가 더럽단 뜻이야?"

"그… 그건 내가 잘못 말했어. 좀 더 떳떳하단 뜻이었어."

"그래 알았어. 이 일 관두고 무슨 일을 할 건지 구체적으로 말해봐. 지금 말장난하는 건 아니지?"

"뭘 해도 누드모델보단 나을 거라고 했잖아. 특히 넌 반드시 그만둬야 해."

"싫어."

"왜 싫어?"

"난 이 일이 좋아. 누드모델이 좋다고!"

"당장 관둬."

"싫어. 싫어. 싫어."

"더러운…."

"뭐?"

"아니…."

"다시 말해봐! 다시 말해보라고."

"그게…"

"지금 나보고 또다시 더럽다고 하는 거야?"

"으‥ 응. 더러워."

"오빠가 어떻게 내게 그런 말을 할 수 있어? 내가 누드모델을 한다는 이유만으로 그런 소릴 들어야 하는 거야?"

"내가 말했잖아. 남자들은 다…."

"왜? 내가 솔직히 말해볼까?"

"뭘?"

"오빠 열등감 때문에 그런 것 아니야? 맞지? 발기가 되고 섹스를 할 수 있는 남자들이 부러워서 그런 거잖아!"

"무슨 소리야! 갑자기 여기서 발기 얘긴 왜 꺼내!"

"허- 한 대 치겠다."

"남의 약점을 드러내니까 기분 좋니?"

"아니. 반대야. 나도 아파."

"내 것은 단단해지지 않아. 그래, 난 성 불구자라고. 네 속으로 들어가 허리를 움직이며 널 만족시켜 줄 수 없지. 아기를 가질 수도 없고. 자, 이제 속 시원해?! 더 말해봐! 더. 내 약점을 다 말해보라고!"

"약점이라니... 오빠. 난 플라토닉한 사랑도 있다고 믿어. 마음에서 오는 사랑만으로도 육체가 느끼는 것 이상을 느낄 수 있다고 생각해."

"그만해. 그리고 오해하지 마! 난 단지 내가 사랑하는 여자 몸을 다른 사람들이, 특히 늘 성에 탐닉하는 남자들이 보는 게 싫을 뿐이야."

"오빠 한 번만 다시 생각해봐. 우리 그동안 잘 해왔잖아. 오빠도 이 일이 좋다고 했고 행복하다고 했던 거 기억 안 나? 응? 갑자기 왜 이러는 거야?"

"너도 남자의 심정을 느껴봐야 이해할 수 있을 거야. 이건 소유욕도 아니고 욕심도 아니야."

"조금도 이해 못 한다는 건 아니야. 나도 내 가슴과 음부를 응시하고는 손을 멈춘 채 얼굴이 붉어진 남자들을 볼 땐 얼굴이 화끈거리기도 해. 하지만 그건 뇌에서 일으키는 일시적인 반응이야. 본능일 뿐이라고. 사람도 동물이야."

"사회적 동물이지."

"사회적 동물 맞아. 그런데 결국엔 직립 보행 하는 영장류에 의해 문화와 사회는 변하게 돼. 시간의 흐름에 따라 우리의 가치 기준이 변하듯이. 난 성을 상품화하는 것이 아니야. 더욱이 비디오처럼 내 모습이 찍히는 것도 아니고. 더욱이 날 그리는 그 사람들과 내가 육체적으로 어떤 접촉을 갖는 것도 아니잖아. 단지 그들 눈에 잠시 머무는 상에 불과해."

"맞아."

"뭐가?"

"네 말이. 시간이 지나면 그들도 다 잊어버리겠지. 나이가 들면 어차피 썩어 없어질 몸. 그리고 남들한테 보인다는 게 그렇게 나쁜 것만은 아니겠지."

"그럼 없던 얘기로 하는 거야?"

"응."

"고마워. 이해해 줘서."

"내가 속이 좁았나 봐. 누드모델…. 그거… 계속하자."

'아- 내 마음과는 다르게 입에선 정반대의 소리가 흘러나온다. 하지만 난 그녀를 사랑한다. 이런 일로 헤어질 수 없다. 가슴 아프지만 말이다.'

"정말 고마워. 내 말 들어줘서. 난 오빠뿐이야. 날 소유할 수 있는 사람은 오직 오빠 하나야."

'오빠, 난 진심이야. 나에겐 오빠가 정말 중요해. 까짓것 내 벗은 몸 보라지. 뭐 그게 대수야? 오빠만이 날 만지고 가질 수 있는데, 안 그래?'

"휴~."

"한숨 쉬는 것 보니까. 아직 찝찝한 게 남아 있나 보구나? 그지?"

"그런 거 아니야."

"그럼?"

"그나저나 시간이 어떻게 됐지?"

"응, 아직. 화실에 가려면 시간이 남았어. 어디 갈까?"

"호수 가지 않을래? 호수."

"좋아."

"그런데 자기랑 이렇게 걷고 있으니까 좋다."

"나도."

"호수하면 떠오르는 것 없어?"

"글쎄? 백조의 호수?"

"아니."

"그럼….'"

"모르겠어?"

"응."

"정말?"

"응."

"이런 섭섭한데."

"말해줘."

"우리가 처음 만난 장소잖아."

"정말? 우리가 처음 호수에서 만났다고."

"응"

"아닌데…"

"그럼 어디야?"

"내 기억으론 우리 누드모델 할 때 처음 만났잖아. 안 그래? 오빠가 기억을 못 한다니 좀 섭섭한데."

"내 기억으론 호수에서 만나서 같이 누드모델 하기로 결정한 것으로 아는데. 네가 먼저 하고 있었고 내가 나중에 했잖아. 너 따라서."

"누구의 기억이 맞는 게 중요한 게 아니라 우리의 앞으로가 중요한 거잖아. 그러니까 우린 이제 싸우지 말자. 서로를 좀 더 이해해 주자."

"그래. 미래가 중요한 거지. 나도 네 입장에 다시 한번 생각해볼게."

'입장? 정말 껄끄러운 단어다.'

"그런데 호수가 아직 멀었나?"

'오빠가 다른 생각을 하게 만들어야 한다. 계속해서 누드모델 이야기했다간 또 싸우고 말 테니까.'

"다 왔어. 이 다리만 건너면 되니까."

'호수… 난 왜 호수를 찾은 걸까?'

"오빠. 저기 남녀 커플 봐봐."

"왜?"

"어딘가 이상해."

"아무렇지 않은데. 어디가 이상하다는 거야?"

"글쎄… 뭐라고 해야 하나. 정상적인 만남 같지가 않아."

"그래? 그럼 정상적인 만남은 뭐지?"

"그건…."

"오늘 우리 조금 이상한 것 같다. 마치 정신병에 걸린 사람처럼."

"그러게. 이 이상한 기분은 뭔지 나도 모르겠다. 호르몬 이상인가? 머리도 어지럽고 몸도 공중에 붕 뜬 것 같아."

"아! 저기."

"와~ 보인다. 호수야."

"물 위에 떠 있는 오리들 보이지?"

"음."

"평화롭게 물 위에 떠 있는 것처럼 보이지만 물 아래에 있는 발은 엄청 빠르게 구른다구."

"힘들겠다."

"뭐든지 익숙해지면 다 잘할 수 있는 거야."

"우리처럼?"

"응. 그런데 저기 벤치에 앉아 있는 커플한테 한 번 물어볼까?"

"뭘?"

"만약 여자 친구가 누드모델이 된다고 한다면 어떻게 할 건지."

"오빠. 진심이야?"

"뭐가?"

"좀 전에 한 말 말이야."

"물어보는 건데 어때?"

"그 얘기 끝내기로 했잖아."

"갑자기 궁금해져서. 저 남자의 대답이."

"저 남자가 뭐라고 하겠어. 맞아요. 전 제 여자 친구의 몸을 다른 남자들이 보면서 자위행위를 하는 것을 무지 즐겨요. 다른 남자들에게 내 여자 친구의 그곳을 더 자세히 보여주었으면 좋겠어요. 이렇게 얘기할 거 같아?"

"미안해. 내가 또 실수한 것 같아. 네 말이 맞아."

'미안하다는 말은 내 것이 아닌데…. 아무리 생각해도 그녀로부터 미안하단 말을 듣기는 힘들 것 같다.'

"오빠, 부탁이야. 이제 그만. 더는 그 얘기 듣기 싫어. 이렇게 부탁할게."

'오늘따라 오빠가 이상하다. 일부러 나와 싸우고 싶은 건가?'

"그런데 왜 이렇게 갑갑하지. 숨을 쉴 수가 없네."

"담배 피우지 마. 주머니에 다시 넣어."

"담배까지 뭐라고 하지 마라. 오늘 같은 날 담배는 약이야."

"피지 마. 건강에 해로워."

"야! 그렇다고 입에 문 걸 빼앗니. 헤헤, 여기 또 있다."

"나 간다."

"잠깐. 알았어. 담배 끌께."

"오늘 정말 우리 이상하게도 안 맞는다. 마치 다른 사람이 된 것 같아."

'호수에 온 게 잘못이다. 정신이 몽롱해진다. 고요하게만 보이는 호수의 물에 자꾸 빨려 들것만 같다.'

"그러게. 이런 적이 없었는데. 사실 예전엔 네가 누드모델 하는 것에 대한 부담이 전혀 없었어. 아니, 오히려 좋아했었지. 부끄러움이라던가, 다른 사람의 시선이라든가 아무튼 그 누구도 의식하지 않았고."

"그러니까. 앞으로 늙어서 누드모델 못할 때까지 계속하자고. 돈도 착실히 모으고 맛 있는 음식도 먹고 해외여행도 하고. 알았지?"

"응."

'또다시 마음과는 다른 목소리가 터져 나왔다. 젠장.'

"시간이 어떻게 됐지?"

"시간 참 빠르다. 갈 시간 됐다. 가자."

"이번엔 팔짱 끼고 걷자."

"넌 어때? 난 너랑 이렇게 거리를 걷고 있으니 마음이 편한데."

"나도. 그런데 난 꿈이라는 걸 꾸어본 적이 없어. 오빠는?"

"나도. 단 한 번도 없어. 마치 현실이 꿈인 것 같고 꿈이 현실인 것 같아."

"어쩜 우리가 이렇게 말하고 있는 것도 다 꿈은 아닐까? 왜 영화를 보면 많이 있잖 아."

"꿈은 아니야."

"그걸 어떻게 알아?"

"나는 생각한다 고로 존재한다. 몰라?"

"데카르트."

"그래. 우린 생각해. 그러니 존재하는 거지."

"꿈에서도 생각하잖아."

"하지만 꿈에선 의도할 수 없잖아. 시간도 현실처럼 흐르지 않을 거고 말이야. 정말 꿈이라면 내가 하늘을 날개 없이 날 수도 있고 또 순간 이동이 가능하겠지."

"그래. 꿈이라면 이런 소소한 일로 서로 싸우는 일도 없을 거고 말이야."

"자긴 누드 포즈 취하고 있을 때 밖을 본 적 있어? 창밖을 말이야."

"어…, 응."

"거리를 지나는 사람들 말고 눈에 들어오는 게 뭐가 있어?"

"건물들 그리고 도로의 차…, 아! 호수도 봤었어."

"나도 호수를 본 적 있지. 낚시하는 사람도 있었고 내 모습을 스케치하는 여성도 봤 어. 우연하게 눈이 마주치면 쑥스럽게 웃던 그녀의 눈을 잊을 수 없어."

"피-, 오빠 내 질투 유발 나게 하려고 그러는구나. 나도 있어. 내 가슴을 침 흘리며 그리는 남자들의 눈동자. 떨리는 손등."

"그만하자. 난 그런 뜻으로 말한 게 아니었어. 난…."

"뭐야? 오빠가 말하면 예술이고 내가 말하면 외설이란 얘기야?"

"아니, 그게 아니고."

"됐어. 또 시작이다. 우리 따로 걸어."

"팔짱까지 뺄 필요 없잖아."

"그래, 필요 없어."

"미안."

"팔 붙잡지 마."

"오늘 우리 왜 이러는 거지?"

"오빠. 나 먼저 들어가서 준비할게. 천천히 와. 화 안 났으니까 오해하지 말고."

"기다려! 같이 가."

"오빠! 길 몰라? 화실이 어딘지 모르냐고! 왜 그래. 왜 계속 잡고 그래."

"같이 가. 앞으론 그런 얘기 안 할게. 일절."

"내 말도 좀 인정을 해 달라는 거야. 오빠는 너무 자기 위주로 생각하는 경향이 있어. 오늘 한 행동도 봐봐. 누드모델 관두라고 일방적으로 명령하듯 말하잖아. 오빤 내가 다른 사람에게 내 벗은 몸을 보여주면서 즐긴다고 생각하는 것 같아. 마치 스트리퍼 댄서처럼 말이야."

"알았어. 안 그럴게. 두 번 다시는…."

"시간 한 번 빠르네. 오빠하고 싸우다 보니 벌써 화실 앞이다."

"안녕하세요. 두 분."

"네. 안녕하세요."

"안녕하세요."

"오늘은 커플 누드를 그리는 날이에요. 옷을 벗고 두 분이서 커플 포즈를 취해 주시면 됩니다."

"네."

"…."

"오빠, 왜 대답 안 해?"

"으…응. 아니야."

"죄송해요. 오늘 오빠가 몸이 좀 안 좋은가 봐요. 그럼 준비하고 곧 나갈게요."

"네. 몸이 아프시다니 오늘은 조금 일찍 끝내 드리겠습니다."

"감사합니다."

"오빠, 내 말 들려? 나 입술 안 움직이고 말하는 거다."

"그래. 들려. 그런데 저기 앉은 사람 그림은 안 그리고 벌써 몇 분 동안 멍한 눈으로 우릴 보고 있다. 정말 기분 나쁜 놈이다."

"쉿! 오빠, 우리말을 들을 수도 있어. 그렇게 멀리 떨어진 거리가 아니잖아."

"알아."

"오늘 빨리 끝내준다고 했는데 이따가 어디 들릴까?"

"호수 어때?"

"또 호수야?"

"뭐? 또 호수라니? 난 처음 말한 건데."

"오빠, 오빠 정말 괜찮은 거야? 이상해."

"난 멀쩡해."

"저기 죄송한데 두 분 좀 조용히 있어 주시면 안 되겠습니까? 그림을 그리는 데 방해가 됩니다."

"네, 죄송합니다. 조용히 하겠습니다. 오빠도 사과해."

"..."

"하기 싫음 말고. 오빠, 목소릴 더 낮춰서 얘기해."

"응, 그래."

"아까 물 위에 떠 있던 오리 얘기한 거 기억 안 나? 저렇게 평화롭게 물 위에 떠 있는 것 같아도 수면 아래선 쉴 새 없이 발을 휘젓는다고 말했었잖아."

"아니, 난 그런 적 없는데. 오늘 오리 같은 걸 본 적도 없다고."

"그럼, 나는 생각한다 고로 존재한다. 이 말은?"

"난 그런 고리타분한 말 한 적 없어."

"오빠 정말 이상하다. 그럼 누드모델 관두자고 한 건 생각나?"

"물론이지. 하지만 오리라던가 '나는 생각한다. 고로 존재한다' 같은 말은 한 적이 없는걸."

"오빠, 아무래도 병원에 가 봐야 할 것 같아. 오빠 머리가 좀 이상한 것 같아. 지금 포즈만 취하고 있지 않다면 머리에서 열이 나나 만져보고 싶을 정도야."

"무슨 소리야. 내가 정상이라는 건 네가 더 잘 알잖아."

"아니야. 오빠 이상해. 정말이야."

"그럼 넌 우리의 첫 만남이 어딘지 알아?"

"글쎄. 여기서 누드모델 하다 만난거 아닌가?"

"아니, 호수야."

"그 이야기 아까 했는데 기억 못 해?"

"처음 하는 이야기야."

"오빠... 정말 병원에 가봐야 할 것 같아."

"거, 죄송한데요. 그렇게 떠드시면 그림을 그리는 데 집중을 할 수가 없어요. 저희도 학원에 돈을 지불하고 그림을 그리는 겁니다."

"죄송합니다... 이제 아무 말 하지 않겠습니다."

'정말 모를 일이다. 오빠의 말과 행동 그리고 내가 정말 잘못하고 있는 걸까? 남들에게 몸을 보여주면서 돈을 버는 일이 정말 나쁜 일일까? 정말이지 하루 종일 마음이

편치 않아.'

'저 자식, 내 여자의 몸을 욕정 어린 눈으로 관찰하고 있었으면서 우리가 떠들어서 집중이 안 된다고? 젠장. 나쁜 자식. 언젠간 나도 네 여자의 벌거벗은 모습을 그리고 말 거야. 참자. 숨을 크게 들이키고 진정하자. 그래…, 난, 난 괜찮아. 내 몸을 보는 사람이 여자건 남자건 상관없어. 하지만… 내 여자만은 그렇게 만들고 싶지 않은데. 이게 무슨 짓인가. 머릿속엔 야한 생각들로 가득할 저런 녀석들에게 내 여자의 몸을 보여주면서 돈이나 벌고 있다니. 저딴 것들의 욕망의 해방구를 찾아주는 일, 이젠 정말 못 해먹겠다.'

"아니 그냥 가시면 어떻게 해요? 아직 시작도 못했는데."

"이젠 안 해! 누드모델에 신물이 난다고."

"오빠!"

"오 분만 더 서계시면 끝나욧-!"

"저리 가 이 더러운 돼지야. 난 돈 필요 없으니 저 여자한테나 주라고."

"오빠! 잠깐. 잠깐만 나랑 얘기 좀 해 응?"

"미안해."

"이미 늦었어. 돌아간다고 해도 다시 안 받아 줄 거야. 옷이나 빨리 입어."

"우리 다른 일 찾아보자."

"그래…, 다른 일….'

"나 튼튼해 자기도 젊고 예쁘니까. 일 할 곳은 많을 거야."

"그래 맞아. 찾아보면 할 일이 많겠지. 일이나 구하러 다녀볼까?"

"우리 호수 가자."

"오빠, 호수 너무 좋아한다."

"오늘 처음 말하는 건데."

"좀 전에 말했잖아. 아까도 얘기했었고. 호수 내려다본다는 얘기도 했었잖아."

"내가 그랬었나? 자꾸 네가 했다니까 한 것 같기는 한데… 정말 이상하다. 아무리 생각해 봐도 호수 이야기는 오늘 처음 하는데."

"호수에 가기 전에 병원 한번 들러보자. 오빠 방금 일도 기억 못 하는 것 보니 어쩌면 단기 기억상실증에 걸렸을지도 몰라."

"뭣 하러."

"부탁이야. 검사만 받아보자. 손해 볼 건 없잖아."

"손해야 안 보겠지만 그럴 필요가 있을까?"

"거봐, 손해를 안 본다면 해보는 거지 뭐. 저기 보이는 정신과에 들어가 보자."

"그런데…, 의사가 뭐라고 말할까?"

"정상이면 정상이다. 비정상이면 비정상이다 말해주겠지."

"비정상이면 나 정신병원에 갇히는 거 아니냐?"

"걱정 마. 그럴 일은 없어. 내가 오빠 정신병자로 신고하지 않는 이상."

"불안하다. 왠지."

"계단 조심해서 올라와."

"문 열지 않고 뭐해?"

"문이 닫혔어."

"벨을 눌러봐."

"응. 알았어."

-띵동.-

"저희 병원에 들려주셔서 감사합니다. 어서 들어오세요."

"네, 안녕하세요. 오빠 들어가자."

"어…."

"안녕하세요. 오빠가 좀 이상해서 찾아왔어요. 방금 전 한 얘기도 기억 못하고 오늘 행동도 이상하고…. 마치 기억상실증에 걸린 사람같이 보여요."

"네, 잘 오셨습니다. 그럼 남자분의 뒤통수를 제게 보여주십시오."

"뒤통수는 왜…."

"손가락을 당신의 뒤통수에 꽂아 넣겠습니다."

"네?"

"안 돼! 오빠! 왜, 왜 그러시는 거예요. 우리 오빠한테 지금 뭐 하시는 거예요."

-삐이이이이이이이이이이이잉-

"오빠, 괜찮아?"

"응. 여긴 어디야?"

"호수. 오빠 물에 빠진 거 내가 구했어."

"어? 이상하다. 그런데 내 몸에 물 한 방울 묻어있지 않았잖아."

"음. 햇볕이 다 말려 줬어. 하늘을 봐봐."

"그런데 내 몸이 왜 이렇게 무겁게 느껴지지. 마치 쇳덩이를 달고 있는 것 같아."

"걸을 수 있겠어?"

"어… 어, 그런데 여기 모여서 우릴 구경하는 사람들은 뭐야?"

"내가 얘기했잖아. 오빠 물에 빠진 거 내가 구했다고. 다른 사람들은 신경 쓰지 마, 단지 구경하는 것뿐이니까."

"저기…, 제가 정말 물에 빠진 게 맞나요?"

"네. 아가씨가 구해 줬어요. 친구가 정말 예쁘시군요. 부럽습니다."

"감사합니다."

'정말 모르겠다. 내가 어떻게 해서 물에 빠졌는지를 그런데 하필 물에 빠진 장소가 내가 그녀와 처음 만난 호수라니 정말 아이러니하다.'

"오빠. 오늘이 오빠 생일인데. 제삿날 될 뻔했다. 흐흐."

"오늘이?"

"그래 오늘."

"전화번호는 잊은 적 있는데 생일이 가물거리니…. 정말 이상하다. 기분도 그렇고. 아무튼 오늘이 내 생일인데 선물은 없어?"

"내 뽀뽀는 어때?"

"그것보다 누드모델 관두는 건 어때? 정말 값진 선물이 될 것 같아."

"그만! 그만! 그만!"

"왜 그래? 화났니?"

"뭐? 화났냐고?"

"너무 그러지 마. 무섭다."

"정말 지겨워 오빠의 그 끈질긴 고집, 아집, 집요함."

"아…, 이 문제로 우리 언젠가 싸우지 않았나?"

"오빠 지금 연기해? 정말 기억이 안 난단 말이야? 불과 몇 시간 전에 다신 그 얘기 꺼내지 않기로 했잖아."

"화낼 사람은 난 거 같은데. 주객이 전도된 거 같다. 남자에게 네 벗은 몸을 보여주는 게 그렇게도 좋니? 넌 예술을 한다고 생각하겠지만 그런 섹스에 굶주린 남자들의 욕구를 채워 주는 짓거리밖에 안 돼."

"참네. 어이가 없다. 어이가."

"그건 내가 없어야지!"

"그래, 맞아. 오빠 말처럼 난 예술로 가장한 외설적인 여자야. 양손으로 팬티를 벗은 뒤 음모로 보호받고 있는 그곳을 벌려, 그럼 핑크빛 야들한 꽃잎에 닿는 시원한 바람을 느끼지. 미끌거리는 하얀 질액이 범벅된 연약한 살구색 속살을 남자들에게 보여주는 걸 기쁘게 생각해. 하얀 윤활유를 보며 피스톤 운동에 충동을 느낄 남자들의 상상을 난 즐겨. 그들이 뿜어내는 흥분된 눈빛을 떠올리며 자위를 한 적도 있어. 어때? 내 오르가슴도 싸구려 같아? 창녀처럼. 난 성을 상품화하는 그런 부류의 여자야."

"그만! 그만! 그만해!"

"오빤 이 말이 듣고 싶었던 거 아니야? 그래서 계속해서 나의 여성성을 약점처럼 물고 늘어진 거고."

"이제 그만하자. 이젠 누드모델 이야기 같은 건 하지 않을게. 말을 꺼내면 내가 더 아프다. 그래, 네 의사를 존중할게. 어차피 붓을 든 그들도 우리와 똑같은 인간일 뿐이야. 단지 비계를 가리는 천을 걸쳤을 뿐이지. 그 하나 차이로 누드모델을 무시하는 거야."

"무시당하는 게 아니야. 오빠. 누드모델은 우리의 직업이라고. 이 일도 꼭 필요한 직업이야."

"아으윽- 아아악!"

"오빠! 왜 그래? 머리 아파?"

"으… 머리가… 머리가… 깨질 것 같아."

"오빠. 병원에 한번 가보자. 여기서 멀지 않은 곳에 있어."

"아니…, 나 괜찮아졌어. 지금은 괜찮아."

"그럼 정신병원 한 번 들러보자."

"정신병원?"

"그래 오빠도 이상하고 나도 오늘 이상해. 검사받는다고 해서 손해 볼 건 없잖아."

"그래도 정신병원은 좀….'"

"손해 볼 것 없는데 뭐. 부탁이야."

"그래. 알았어."

"잘 오셨습니다. 아까 전에도 두 분을 제가 손봤었습니다."

"그게 무슨 말씀이시죠? 전 오늘 이곳에 처음 왔습니다."

"네, 오빠하고 저 오늘 처음 여기에 왔어요."

"그럼 두 분의 뒤통수를 보여 주시지요?"

"뒤통수는 왜요?"

"잠시면 됩니다."

"지금 뭐 하는 겁니까?"

"왜… 왜 그러세요. 오빠… 오빠! 꺅! 도와줘!"

"내 여자한테서 손 때! 이 자식아! 으… 삐이이이이기기기깅기기이이이이위위윙윙윙-"

"오늘따라 잘 안되네."

"그러게. 칩에 바이러스가 침투한 것 같아."

"그런데. 로봇도 창피한 게 뭔지 아는 건가? 들었지? 저 둘이 말하는 거."

"음. 누드모델 말이지?"

"이젠 로봇이 인간의 감정도 학습하는가 봐. 이러다 언젠간 로봇이 임신도 하고 애도 낳는 거 아냐?"

"그런데 어떻게 할 거야. 프로그램이 정상 작동하지 않으면."

"버려야지. 아깝지만 골치 아픈 양자 두뇌는 버리고 프레임과 스킨만 걷어서 재사용해야지 뭐. 아무튼 고칠 수 없는 것을 오랫동안 만지면 시간만 낭비하는 거라고."

"그래, 딱 한 번 더 해보자. 어때? 검색 키워드는 아까처럼 '호수'와 '데카르트'로 할까? 마지막 귀결은 정신병원으로 하고."

"이번에도 호수라고 하면 자신이 로봇이란 것을 알아차리게 되는 거 아냐? 양자 두뇌는 학습한 것을 응용까지 한다고."

"그걸 알게 될 가능성은 희박해. 물론 여자 로봇이 입력된 단어 '호수'의 범주를 넘어 첫 만남 장소를 기억해 내는 것이 영 걸리긴 하지만 말이야."

"그런데 자네 요즘 소설 쓴다며?"

"응. 재미 삼아."

"머리만 남아 있는 저 두 로봇을 소재로 삼아 글을 쓴다면 어떻게 쓰겠어?"

"갑자기 멍석을 깔아주니 못하겠는데."

"간단하게 쓴다면 말이야. 궁금해서 그래."

"집게발 모양의 로봇 팔에 매달린 로봇의 머리. 양자 두뇌에서 메모리를 빼내 과거의 기억을 지우려는 로봇 재활용 센터의 두 사람. 로봇의 인공 피부가 상처 없이 깨끗한 것을 보곤 재사용하려 한다. 로봇의 몸이 있으니 메인인 머리만 제대로 작동하면 하나의 완벽한 로봇이 되는 것이다. 로봇의 인공 피부는 쉽게 고칠 수 있지만 로봇의 양자 두뇌는 다르다. 인간의 뇌만큼 복잡하다. 양자 두뇌는 선행 학습된 자신들의 기억을 토한다. 누드모델이었던 그들의 마음속에서 사회적 동물인 인간이 느낀 감정들이 솟아난다. 선악과를 먹은 후의 이브처럼 그들은 자신들의 비계덩어리에 신경을 쓰며 부끄러움도 알고 갈등한다."

결벽증

사랑한다며? 여자가 다그치자 남자는 '응' 하고 대답한다. 그런데 나와 키스를 하지 않는 이유가 뭐야? 여자가 또다시 물었다. 남자는 입을 열지 않는다. 지금 그들이 대화를 나누고 있는 곳은 페르시아 양탄자가 깔린 고급 레스토랑이다. 주변에 심각한 표정을 짓고 있는 사람은 단둘뿐이다. 처음 만날 때부터 말했잖아 키스만큼은 하지 않겠다고. 그녀의 시선을 피하며 남자가 말했다. 실례하겠습니다. 주문하신 스테이크 나왔습니다. 하얀 셔츠의 웨이터가 말했다. 테이블 위로 스테이크 접시가 놓였다. 둘의 주문은 레어여서 핏물이 보였다. 고기에 뿌린 굵은 후추가 침샘을 더욱 자극했다. 설익은 아스파라거스가 사각사각 씹으라 유혹했다. 이유에 대해서 말해야지 않겠어? 웨이터가 떠나자 여자의 질문이 이어졌다. 냅킨에 얹힌 포크와 나이프는 외면받았다. 급하지 않잖아. 우리 먹으면서 얘기하자. 나이프와 포크를 쥐며 남자가 말했다. 남자의 느긋한 말투에 더 화가 난 여자였다. 모니카는 신경질적으로 벌떡 일어나 남자를 노려봤다. 고기를 썰고 있는 그에게 성큼성큼 다가가 키스를 시도했다. 놀란 남자는 의자와 함께 뒤로 자빠졌다. 쿵 소리가 울렸다. 사람들의 시선을 붙잡아 두기엔 충분했다. 남자가 바지를 털며 일어났다. 뭐 하는 짓이야? 주변을 의식한 남자는 소리 죽여 말했다. 더는 안 되겠어. 우리 헤어져. 팔짱을 낀 채 모니카가 말했다. 말없이 고개를 끄덕이는 그의 모습에 더욱 약이 올랐다. 부탁이 있다고 여자가 말하자 남자는 '뭐?' 라고 물었다. 헤어지더라도 이유는 알자. 왜지? 나랑 잠자리를 하면서도 키스를 하지 않는 이유 말이야? 남자의 입을 보며 여자가 물었다. 남자는 바지 주머니에서 스마트폰을 꺼냈다. 무엇인가를 검색했다. 이것 봐. 핸드폰을 여자에게 건네며 말했다. 그것을 받아든 여자의 눈동자에 핸드폰 화면 빛이 비쳤다. 무슬림이라서 이 기사를 보여주는 거야? 그런데 이 아버지란 사람 미친것 아냐? 어떻게 딸이 수영장에 빠졌는데 구조를 말릴까? 여자는 믿기지가 않는 듯 기사를 다시 읽기 시작했다. 행여 기사를 잘못 읽은 것은 아닌가 하는 의심마저 들었다. 남자가 구출할 때 여성의 몸을 잡아야 하니까 그리고 인공호흡을 하려면 입이 닿아야 하겠지. 다 봤으면 핸드폰을 돌려 달라고 손을 뻗으며 남자가 말했다. 이 기사가 우리 키스랑 무슨 상관이야? 남자에게 휴대폰을 돌려주면서 여자가 말했다. 남자는 피식 웃고 말았다. 분위기는 되돌릴 수 없었고 음식은 식었다. 둘은 입맛을 잃었다. 여전히 그녀의 포크와 나이프는 냅킨 속에서 대기 중이다. 인터넷 기사 말고 직접 말을 해봐. 여자는 목소리를 높였지만 남자는 무시한 채 핸드폰을 보기에 바빴다. 메시지를 확인하는 중이다. 지금 날 조롱하는 거야? 모니카는 화가 치밀어 오른 나머지 소리쳤다. 말해! 키스를 하지 않는 이유를 듣기 전까진 여기서 한 발짝도 움직이지 않을 거라고. 여자는 노기 어린 눈으로 말했다. 자신의 굳은 다짐을 눈빛에 실어 보냈다. 이래서 우리 부모님이 미국 여자와 결혼하지 말라고 했군. 혼잣말로 중얼거리던 남자가 손을 들어 웨이터를 불렀다. 그에게 황금색 신용카드를 건넨 남자는 계산을 부탁한다고 말했다. 네, 알겠습니다. 테이블 위 식어버린 음식을 본 웨이터는 심상치 않은 분위기를 감지했다. 지금 뭐야? 끝까지 대답은 않고. 그냥 가시겠다? 여자의 언성이 높아졌다. 주변을 본 남자가 검지를 올려 자신의 입술에 붙였다. 쉿! 내 입으로 말하기 뭐 하니 웨이터에게 메모를 남겨 놓을게. 남자의 말에 그녀는 고개를 갸우뚱거렸다. 쪽지? 여자의 물음을 뒤로한 남자는 일어섰다. 입구로 향했다. 자신의 카드를 받아 지갑에 넣은 남자는 종이와 펜을 부탁했고 무엇인가를 썼다. 웨이터에게 자신이 앉았던 자리를 가리키며 쪽지를 건넸다. 모니카는 남자의 행동이 수상했지만 궁금했다. 자신의 키스를 피하는 그의 진심이 무엇인지 꼭 알아야만 했다. 산유국 부자 아들이라 다른 여자가 또 생겼나 하는 의심이 들었다. 중동의 갑부는 부인을 여럿 두는 것으로 유명하다. 아니라면 결벽증일까도 생각했다. 복잡한 심정의 그녀에게 웨이터가 다가왔다. 저 사람이 뭐라고 하던가요? 모니카가 물었다. 이 쪽지를 드리면 아실 거라고 하시던데요. 쪽지를 건네받은 모니카는 그것을 펴며 추가로 남긴 말은 없었냐고 되물었다. 전혀요 라는 답이 돌아왔다. 종이를 편 그녀는 그곳에서 자신의 이름을 발견하고 경악했다.

모니카 르윈스키

대

리

모

흙먼지가 수북한 바닥엔 경계가 없다. 볏짚을 얹은 지붕 아래 시체처럼 누운 가족이 보인다. 그리고 그곳엔 뜬눈으로 밤을 지새는 처녀가 있다. 코를 고는 아버지는 아직 자신이 죽지 않았다는 것을 시끄럽게 알리고 있는 듯하다. 돼지 똥을 치우는 아버지이기에 몸에선 항상 시궁창 냄새가 따라다녔다. 쓰레기 산에서 잡동사니를 날라다 파는 남동생 그리고 주름이 늘어만 가는 어머니가 문이 없어 휑한 그곳에 반듯이 누워 자고 있다. 그녀의 가족은 길에서 1.5 리터 콜라 페트병을 주어와 베개로 삼았다. 무료인 대신 불편하다. 몸을 틀거나 고개를 돌릴 때마다 플라스틱이 소리를 내지른다. 옆 사람을 생각해서라도 함부로 뒤척일 수 없다. 최대한 움직임을 만들면 안 된다. 달의 호출에 의식을 넘긴 사람들의 동공은 눈꺼풀의 차지다. 그녀만이 풀벌레들의 연주를 듣고 있다.

-찌르르르 찌르르, 찌릭찌릭 찌리리리-

잠들지 못하고 깊은 고민에 빠져 있다. 20대로 들어선 처녀 이수암마의 피부는 뙤약볕에 지속적으로 노출되어 거칠고 탄력도 없어 보인다. 불가촉천민에게 있어 아름다움이란 불 속에 버려진 꽃과 같은 것. 아무짝에도 쓸모없다. 인간임에도 불구하고 낮은 계급이란 이유로 네 발 동물과 같은 취급을 받는다. 마을 사람들과 같은 우물을 사용한다거나 종교시설에 들어가는 일은 상상조차 할 수 없다. 길을 걸을 때조차도 자유롭지 않다. 높은 계급의 사람들과 눈이라도 마주치면 큰일 날일이다. 죄 없이도 죄인처럼 고개를 푹 숙이고 다녀야 한다. 그런 이수암마에게 문화나 여가라는 말은 존재조차 없다. 신분을 잊고 풍요로운 삶을 살아간다는 것은 상상만으로도 죄악이다. 여기 인도를 신들의 나라라 일컫는다. 여러 종교가 공존하기 때문이다. 그 모든 종교의 중심엔 절대자 신이 있다. 신은 물리적, 정신적, 영적인 부분에서까지 인간을 압도한다. 비교조차 할 수 없다. 신은 아침 햇살과 함께 사라질 공허한 이슬도 보듬어 준다. 하지만 인간은 어떠한가? 만물을 사랑하라는 신의 뜻을 따르면서도 따르지 못한다. 자라온 환경과 피부색 그리고 출신 등을 따진다. 평등과 인권이 보장된 나라에서 카스트 제도를 도입하려 한다면 피지배계급은 분노하고 혁명을 일으키며 신분제 철폐를 요구할 것이다. 불가촉천민으로 태어나면 노예로 살다 비참하게 죽는 것이 불 보듯 뻔하기 때문이다. 그러나 인도인들은 계급사회를 당연하게 받아들인다. 노예라는 낙인과 윤회라는 희망이 나란히 존재하기 때문일까. 현재의 위치에서 열심히 일하고 살아가면 다음 생은 브라만으로 살아갈 수 있기에 그들 불가촉천민의 생각은 우리와 사뭇 다르다.

이수암마는 자신의 남편만큼은 떳떳한 사람이길 바랐다. 존경받는 멋진 직업을 갖은 사람이길 바랐다. 적어도 길을 걸을 때 사람들과 눈이 마주칠까 두려워하며 땅만 보고 걸어야 하는 존재는 아니길 바랐다. 그러나 그녀에겐 선택권이 없다. 그녀가 맞이할 남편도 그녀의 아버지처럼 돼지 똥오줌을 치우는 사람이어야만 하는 운명이다. 그녀는 진절머리가 났다. 증조할아버지, 할아버지, 아버지 그리고 남편에 이어 앞으로 태어날 아이까지도 돼지 똥오줌을 치우다 죽어야 한다니. 벗어날 수 없는 올가미처럼 엄격한 카스트 제도이다. 신분제의 굴레를 쓴 자에게 미래는 없다. 그녀에게 또 하나의 고민이 찾아왔다. 며칠 전 그녀를 방문한 백인 부부와 통역사를 통해 '대리모'라는 놀라운 말을 전해 들었기 때문이다. '대리모'라는 단어가 있는지조차도 몰랐던 그녀이다. 통역사로부터 설명을 들어보니 남의 아이를 대신 낳아주고 돈을 받는 일이라 했다. 두 귀로 듣고도 믿을 수 없는 일이었다. 대리모를 원하는 부부는 영국 국적의 사람이라고 했다. 코가 큰 사람들이 한숨 쉬듯 말문을 떼었다. 부부는 서로를 사랑했지만 아이는 원치 않는다고 했다. 자신들의 젊은 시간을 아기에게 쏟으니 차라리 일할 시간과 여가를 택할 것이라 말했다. 당시에 그들은 현명해 보였다. 하지만 그들의 머리 위에도 하얀 서리가 내렸고 주름과 신경통이 찾아오는 세월이 되었다. 하나둘씩 손자가 생기기 시작한 친구들을 보면서 상실감과 공허함을 느꼈다. 두 부부는 젊은 시절 사업을 크게 일으켰고 쉼 없이 재산도 축적했다. 하지만 이제와서 절실히 필요한 건 더 많은 가족과 후손이었다. 자손 없이 죽음을 맞이한다면 이보다 더 허무한 삶은 없을 것 같다는 생각이 들었다. 그런 고민 끝에 대리모를 생각해 내었고 급한 마음에 계획도 없이 무작정 인도라는 나라에 오게 된 것이다. 통역사에게 영어로 거의 모든 말을 전달한 백인 남자는 이수암마에게 다가와 그녀의 두 손을 꼭 잡았다. 멸시와 경멸의 눈빛을 온몸으로 견디는 것에 익숙해져 버린 이수암마는 그의 행동이 송구하고 황송하여 어찌할 바를 몰랐다. 가임기가 훌쩍 지나버린 부인을 대신해 아기를 낳아달라는 부탁을 하러 온 것이니 당장 무릎이라도 꿇을 수 있을 것 같은 눈빛이었다. 다른 사람의, 하물며 인종도 다르고 연고조차 없는 자들의 아이가 내 배속으로 들어온다니 그게 정말 가능한 걸까? 어떻게 그게 가능할 수 있는지는 통역사를 통해 들었지만 그 일을 이수암마 자신이 해낼 수 있을지 상상이 되지 않았다. 게다가 그들이 제안한 대가는 이수암마가 들어본 적도 없는 단위의 큰 금액이었다. 이수암마는 신께 기도하기에 앞서 이것이 신께 감히 허락받을 수 있는 일인지조차 가늠되지 않았다. 이제 요동치는 것은 그녀의 심장만이 아니었다. 머릿속과 뱃속 그리고 배꼽 아래 깊숙이 온몸의 세포들이 심장으로 변해 같이 뛰는 듯했다. 누더기 담요를 덮은 가족들의 모습이 보였다. 돼지 똥 냄새 그리고 흙바닥의 먼지와 함께 숨 쉬는 가족들의 얼굴에선 잠깐의 희망도 머물지 않았다. 그냥 사는 날까지 살다 축생(畜生)의 삶으로 생을 마감하는 것이 전부다. 죽기 전까지 이 모습 그대로일 것임은 너무나 분명할 것이고 당연한 일이었는데 그게 아닐 수도 있겠다는 생각이 스쳤다. 만약 돈이 아주 많아진다면 조금이라도 덜 비참하게 살 수 있을 것 같았다. 눈을 감았다. 그러자 돼지 똥오줌을 치울 미래의 남편이 그려졌다. 이어 돼지 똥오줌을 치울 미래의 아이 모습도 떠올랐다. 깊은 한숨과 함께 눈을 떴다. 아무리 생각해봐도 카스트의 족쇄를 끊는 방법은 하나밖에 없었다. 그것은 바로 돈이었다. 희망을 품는다는 게 이런 기분일까? 내일도 살아 있을까라는 희망 그 이상의 희망을 가지면 이런 느낌이구나 이수암마는 생각했다. 그들로부터 받게 될 그것을 떠올리자 자잘한 걱정들이 눈 녹듯 사라졌다. 가족 모두가 카스트 제도가 없는 곳으로 이사를 갈 수도 있을지 모른다. 새 보금자리에서 지긋지긋한 신분을 벗어버리고 새로운 삶을 시작할 수 있을지도 모를 일이다. 그렇게만 된다면 자신이 맞이해야 할 남편이 꼭 돼지 똥만 치우는 사람이 아니어도 됐다. 아이들을 가르치는 훌륭한 학교 선생님이 될 수도 있고 멋진 제복에 오토바이를 타고 순찰하는 경찰관이 될 수도 있다. 짐승의 계급 불가촉천민에서 곧바로 신과 소통할 수 있다는 바이샤 계급으로 점프를 하는 것이다. 돼지 똥을 손에 묻히는 남편을 맞이하느냐 아니면 하얀 와이셔츠를 입고 팬을 굴리는 남편을 맞이하느냐는 결국 자신의 선택에 달렸다고 생각했다.

"아…, 어쩌면 좋지?"

이수암마는 혼잣말로 중얼거리다 몸을 뒤척였다. 말라비틀어진 담요가 먼지를 뿜었다. 머리를 아무리 조심해서 움직여도 페트병이 찌그러지고 펴지는 소리를 막을 수 없었다. 고개를 살며시 들어 가족들을 바라보니 모두가 깊이 잠든 모습이었다.

'왜일까? 왜 난 그들의 제안을 쉽게 승낙하지 못하지?'

그녀는 거부감의 원인에 대해 생각해봤다. 그녀는 자신의 배꼽에 손을 가져다 댔다. 통역사가 한 말을 처음부터 끝까지 모두 기억하고 있는 이수암마는 그 모든 말을 다시 한번 떠올렸다. 성행위는 없다고 했다. 미래의 남편에게 크게 미안해하지 않아도 될 것 같다. 그리고 아기가 클 때까지 자궁만 빌려주면 된다고 했다. 아기를 낳는 일까지만 해내면 된다.

그녀의 머릿속은 새벽이슬이 내릴 때가 되어서야 정리되었다. 아무리 생각하고 또 생각해봐도 사람답게 살아보고 죽을 기회는 이것밖에 없다. 지금 이 기회를 놓친다면 앞으로 다른 어떤 기회도 찾아오지 않을지 모른다. 어쩌면 다른 수드라에게 이 행운의 기회가 돌아가게 될지 모른다 생각하니 조바심이 났다. 그런데 막상 하겠다고 마음먹으니 불안해졌다. 그녀에게도 모든 인간이 가지고 있는 양심이 있기 때문이다. 아무리 배우지 못하고 천하게 살아왔다 할지라도 생명을 키워서 돈과 맞바꾸는 것은 양심에 거리끼는 일이었다. 이수암마는 9개 여월의 시간 동안 자신의 뱃속에서 자라면서 꿈꿀 아기의 입장도 헤아려 보게 됐다. 잠시나마 엄마의 역할을 했던 사람과 곧바로 떨어져 다른 곳으로 가야 하는 기억을 아기도 나중에 기억해 낸다면… 작은 생명에게 상처를 준다고 생각하니 가슴이 아프다. 이수암마는 천장에 난 구멍을 통해 밤하늘의 별을 봤다. 빛나는 저것이 답을 해주었으면 좋겠다고 생각했다. 누군가가 말했었다. 아이의 눈은 밤하늘 떠있는 별처럼 반짝인다고 말이다. 자신이 낳을 아기의 눈도 저 별들처럼 반짝일까? 고개를 살며시 들어 반대로 누운 이수암마는 영국인들을 떠올렸다. 아기를 간절히 원하며 대리모를 찾는 백인 부부의 마음은 어떨지 생각해봤다. 이곳 촌구석까지 날아와 대리모를 구한다는 것 자체로도 그들이 얼마나 간절한 마음인지 알 수 있었다. 분명 마음 따뜻한 사람들이리라. 인자한 미소와 온화한 매너에서 알 수 있었다. 그리고 내게 그렇게 예의를 갖추는 사람들이었는데 아기를 가지게 된다면 정말 좋은 부모가 될 것 같았다. 자신의 더러운 손을 아무 거리낌 없이 덥석 잡은 것으로 봐선 필시 카스트와 같은 계급사회제도가 없는 곳에서 온 사람이리라…. 눈부실 정도로 고급스러운 차림을 하고 대리모에게 어마어마한 금액을 제안할 만큼 부유한 사람들이라면 그들의 아기도 아주 좋은 환경에서 훌륭하게 자랄 것이 분명하다. 그런 곳에서 온 사람들이라면 돼지 똥 치우는 일을 아이에게 시킬 리 없다.

대리모로 낳은 아기가 아니라 정말 진짜 나의 아기라 할지라도 아기의 미래를 위해서라면 그 노부부에게 보낼 수 있을 것만 같았다. 이런 생각을 하니 그녀의 양심도 조금 잠잠해졌다. 그들이 데리고 온 블랙이란 이름의 개만 봐도 알 수 있었다. 흙바닥에서 뒹구는 자신의 삶보다 그들 노부부의 손에서 자라는 강아지의 삶이 더욱 화려해 보였다. 개인데도 불구하고 발에 더러운 흙이 묻지 않도록 금장 장식의 검은 유모차를 태우고 있었다. 블랙은 마치 자신을 사람으로 착각하고 있는 듯 보였다. 블랙이 촉촉한 코를 벌름거리며 집에 배어있는 돼지 분비물 냄새를 맡았다. 마치 사람이 구역질하는듯한 자세를 취하더니 이내 두 부부를 바라보았다. 불결한 이곳을 빨리 나가자는 표정이었다. 이수암마는 블랙에게서 시선을 떼지 못하며 자신의 헝클어진 머리카락을 매만졌다. 블랙의 잘 손질된 윤기나는 털이 덥수룩한 자신의 머리칼을 부끄럽게 만들었다. 빛나는 것은 블랙의 털만이 아니었다. 미끄러지듯 흐르는 목 언저리에 채워진 금목걸이에서도 다이아몬드가 반짝이고 있었다. 그녀는 블랙이 자신을 불결하게 느끼고 있음을 확신했다. 그 눈빛은 불가촉천민을 보는 사람들의 눈빛과 너무나도 닮아 있었다.

"다시 한번 진심으로 감사드립니다."
택시를 타고 나타난 영국인 부부가 이수암마에게 말했다. 오늘도 유모차에 태우고 온 블랙과 함께였다.
"부인께서 옷을 한 벌 선물하고 싶다고 하시네요. 도착하기 전에 사 오려 했었어요. 그런데 이수암마 씨의 사이즈도, 취향도 잘 모르니 마음에 드는 옷을 직접 고르시라고 하시네요."
"지금은…, 옷 보다…."
머뭇거리던 이수암마가 다시 입을 열었다.
"부모님과 남동생에게 따뜻한 밥 한 끼 먹이고 싶어요."
통역사가 그녀의 말을 전하자 백인 노부부는 곧 하얀 치아를 들어내며 미소 지었다.
"그런 거라면 아무 걱정 마시라네요. 호텔에서 나오는 최고급 요리를 하루도 빠짐없이 보내드리겠다고 하십니다."
통역사가 함께 웃으며 말했다. 이수암마는 너무 좋아서 뭐라고 답해야 할지도 생각나지 않았다. 블랙은 유모차 안에서 네 사람이 모두 함께 웃음 짓고 있는 걸 바라보고 있었다.
"음식뿐만 아니라 이수암마 씨를 위한 옷도 선물하고 싶으니 함께 쇼핑하고 병원으로 이동하여 건강 체크를 합시다."
백인 부부와 통역사 그리고 이수암마 네 사람은 블랙이 탄 유모차와 함께 택시로 향했다.
"안 돼요! 저 여잘 태울 순 없어요! 이 삼각별 안 보이세요? 제 차는 벤츠라고요. 차에 냄새가 배는 것도 배는 거지만 불가촉천민을 태운 택시는 인도 역사상 한 번도 없습니다!"

고개와 손을 빠르게 저은 택시 기사가 언성을 높였다. 통역사는 백인 부부를 보며 이수암마가 속한 불가촉천민의 지위에 대해 설명하기 시작했다. 심각한 표정으로 통역사의 이야기를 듣던 백인 남자가 자신의 바지 주머니에서 지갑을 꺼내들었고 백 달러짜리 지폐 여러 장이 나왔다. 그것은 어느새 택시 기사의 손에 들려 있었다.

기사는 돈을 세보고는 목소리를 낮췄다.

"그럼 트렁크에는 태워 드리겠소."

백인 부부와 통역사는 이수암마의 대답을 기다렸다.

"좋아요."

그녀는 고개를 끄덕이며 답했다.

"차를 열 번 이상은 청소하더라도 저 역겨운 냄새와 액운은 사라지지 않을 거야."

트렁크를 닫는 통역사의 모습을 백미러로 지켜본 운전사는 다시 인상을 썼다.

"이거 어떻게 하죠? 강아지가 탄 유모차가 들어갈 자리가 없네요."

트렁크 문을 닫고 온 통역사가 말했다.

"그럼, 저 천민을 내리게 하고 유모차를 싣던지 아니면 유모차를 버리던지."

택시 기사가 단호하게 말했다. 고민하던 백인 남자는 전화기를 꺼냈다. 그리고 유모차를 실을 차가 한 대 더 도착했다.

"거, 보통 개가 아닌가 봐요? 사람도 아닌 강아지와 유모차를 꼭 택시에 태우려 들다니요."

기사는 기가 막힌 모양이었다. 혼자 큰소리로 떠들어 놓고서는 통역사가 말을 전할까 싶어 눈치를 보고 있었다.

차는 나무들이 필요로 하는 탄소를 뿜으며 목적지를 향했다. 새로 부른 택시 역시 이수암마를 거절했고 강아지와 유모차만 실렸다. 강아지도 타는 택시를 불가촉천민은 탈 수 없는 곳이 인도다. 어쨌거나 태어나 처음 차를 타본 이수암마는 신기하기 그지없었다. 비록 트렁크 안이지만 덜컹거리는 것조차 즐거웠다. 이런 차들이 아주 많은 도시란 곳은 과연 어떤 모습일지 이수암마는 머릿속으로 상상해보고 있었다. 얼마의 시간이 지나 차가서고 트렁크 문이 열렸다. 눈이 부신 이수암마는 손으로 차양을 만들며 밖으로 나왔다. 눈동자는 금방 빛에 적응했지만 하늘 높이 치솟은 빌딩은 금방 어디로든 쓰러질 것처럼 보여서 어지러웠다.

"Are you OK?"

이수암마의 얼굴을 살피며 부부가 말했다. 통역사가 그녀의 팔을 잡고 부축하며 물었다.

"평소 빈혈이 있나요?"

"아뇨. 건물이 저를 덮칠 것만 같았어요. 그래서 갑자기 어지러웠어요."

통역사의 말을 들은 부부는 안심한 눈치였다.

"들어가시면 됩니다."

통역사가 가게를 가리키며 말했다. 이수암마는 순간 몸이 굳었다. 저런 고급스러운 가게에 자신이 들어갈 수 있을지 모르겠다. 자신의 맨발을 보며 발걸음을 멈추었다.

"괜찮아요. 이미 옷 가게에 양해를 구했습니다. 다행히도 가게 주인은 인도 사람이 아니더라고요."

통역사가 말을 마치자 그녀는 다시 발걸음을 옮겼다.

매장에 발을 디딘 이수암마는 입을 다물지 못했다. 공기부터가 다른 그곳은 에어컨이 있어 시원한 바람으로 가득했고 바닥은 대리석으로 반짝이고 있었다. 시커먼 발이 바닥을 더럽힐까 까치발로 걷던 이수암마의 눈이 휘둥그레졌다. 마네킹들이 걸치고 있는 옷은 태어나 처음 보는 것들이다. 이 세상에 존재하지 않는 것들처럼 아름다웠다.

"마음에 드시는 걸 골라 보세요."

넋을 잃고 바라보다 통역사의 말에 놀라 두리번거리던 이수암마는 대체 어떤 옷을 골라야 할지 알 수 없었다.

"이거요."

이수암마는 자신과 가장 가까이에 있는 옷을 가리켰다. 매장 직원의 안내에 따라 드레스 룸으로 들어가서야 찬찬히 옷을 살펴보았다. 돼지 똥 냄새에 익숙한 그녀의 코가 향기로운 섬유 냄새에 놀라 재채기가 나올 지경이었다.

드레스 룸에서 나온 그녀의 손엔 새 옷이 들려 있었고 통역사는 의아한 듯 물었다.

"아직 안 갈아입으셨어요."

"아니에요. 여기서 빨리 나가고 싶어요."

얼굴이 붉어진 그녀가 대답했다. 자신이 이곳 매장을 더럽히고 있다는 생각이 머리에서 떠나지 않았다.

"동네에서 멀리 왔으니 그럴 필요 없어요. 저희 아버지도 불가촉천민이었어요. 오래전 한 선교사의 도움으로 미국으로 건너가게 됐고 그곳에서 새 삶을 시작하셨죠. 지금은 정원이 딸린 큰집 그리고 중형차도 있답니다. 그러니까…."

"정말요? 그렇다면 제 가족도 새 삶을 살 수 있나요?"

"물론이죠."

통역사의 말이 끝나자마자 그녀는 다시 드레스 룸으로 들어갔다. 흙먼지투성이의 헌 옷을 벗어던지고 향기만으로 황홀한 새 옷으로 갈아입었다.

"와~ 정말 옷이 날개네요."

이젠 통역사의 말이 진심처럼 느껴졌다.

통역사로부터 새 삶에 대한 이야기를 들은 후 모든 것이 빠르게 진행됐다. 병원의 알코올 냄새도 익숙해졌고 병원의 푹신한 침대에도 금방 적응하게 되었다. 간호사들은 배란 유도제를 그녀의 몸에 주기적으로 투여했고 지속적으로 난자를 채취했다. 그렇게 한 달이란 시간이 지났다.

"제 몸에 무슨 문제가 있나요?"

이수암마가 통역사에게 물었다.

"글쎄요. 제가 의학지식이 별로 없어서…."

뒤통수를 쓰다듬은 그가 말끝을 흐렸다.

"집이 걱정돼요. 부모님이랑 이렇게 오래 떨어진 적이 없어서…. 그런데 저희 부모님 면회는 왜 안 된다고 하는 건가요?"

"아무래도 외부에 알려 좋을 게 없다고 판단하신 것 같아요."

그가 말했다. 어깨에 멘 가방을 앞으로 돌린 그는 지퍼를 열었다.

"저 당분간 못 볼 것 같아요. 볼일이 좀 있어서요. 다행히 병원 의사 선생님도 인도 말을 조금 하시고."

가방에서 사진 하나를 꺼낸 그가 이수암마를 보며 말했다.

"엄마…, 아빠…."

통역사에게서 가족사진을 건네받은 그녀의 눈에서 눈물이 고이기 시작했다.

"가족분들 모두 잘 지내고 있어요. 특히 동생분은 저번에 제가 선물했던 로봇 장난 감을 항상 가지고 다닌다고 하네요."

"고마워요."

눈물을 훔치며 이수암마가 진심으로 감사의 마음을 전했다. 어깨에 멘 가방을 다시 뒤쪽으로 넘긴 통역사는 퇴원하는 날 다시 보자는 말을 남기고 떠났다. 이게 사랑일 까 생각했다. 그를 보면 항상 심장이 두근거렸다. 같이 있고 싶고 오래 대화하고 싶 었다. 손도 잡아보고 싶었다.

시간은 매 순간을 과거로 흘리며 빠르게 진행했다. 통역사가 떠난 지 어느덧 한 달. 통역사 없이도 이수암마는 병원 생활에 적응을 잘하고 있었다. 하지만 늘 마음 한구 석이 불편했다. 맛난 음식과 몸을 치장할 수 있는 화장품이 주위에 널려있었지만 어 느 것 하나 눈에 들어오지 않았다. 왠지 모를 양심의 가책을 느꼈다. 에어컨 바람으 로 가득한 쾌적한 환경이지만 여전히 낯설고 어색했다. 혼자서 호의호식하는 것 같아 가족들에게 죄책감이 들 정도다.

'안 되겠어.'

그녀는 침대 옆에 설치된 빨간 벨을 눌렀다. 집에 다녀올 심산이었다.

"무슨 일입니까?"

병실 문을 열고 들어온 의사가 인도어로 말했다.

"집에 가고 싶어요."

이수암마가 말을 꺼내며 침대에서 내려오려는 찰나.

"된다. 곧. 임신."

의사가 띄엄띄엄 단어를 꺼냈다.

"며칠만이라도 가족들에게 다녀올 수 있을까요?"

그녀는 의사가 자신의 말을 이해하지 못할 수 있을 것 같아 천천히 말했다.

"안 한다. 걱정. 지금. 한다. 착상. 수정을."

그는 자신이 말한 단어가 맞는지 확인하기 위해 주머니에 넣어둔 포켓 사전을 꺼냈 다.

"정말요?"

그녀가 사전을 뒤지고 있는 의사에게 물었다. 그것을 덮은 의사의 입이 다시 열었다.

"Trust me."

믿어 달라 말한 그의 말이 끝나기 무섭게 간호사들이 들어왔다. 은색 카트 위에 주사기와 긴 착상기가 보였다.

"눕는다."

다시 인도어 사전을 펼친 의사가 말했다. 이수암마는 그의 지시에 따랐다. 다리를 벌려 그곳을 보여줬다. 창피했다. 그녀는 두 눈을 감았다. 곧 자신의 몸 안으로 차가운 물체가 미끄러지듯 들어오는 것을 느꼈다. 그녀는 빨리 끝나기를 바랐다. 임무를 수행한 착상기가 그녀 몸 밖으로 나왔다. 이젠 새로운 삶을 시작할 수 있는 일의 처음이 열렸다. 오랜만에 희망이 걱정을 앞지르는 밤, 이수암마는 깊은 잠에 들었다.

"Thank you."

영국인 노부부가 하얀 유모차를 밀며 병실로 들어왔다. 이수암마가 부스스 졸린 눈을 비비며 시계를 봤다. 아침 8시다. 백인 부부는 침대에 누워있는 그녀를 보며 쉴 새 없이 말을 꺼냈다. 그녀는 알아들을 수 없었다. 갑자기 통역사가 자말이 보고 싶었다. 백인 부부는 자신들의 긴 설명에도 불구하고 별다른 표정을 짓지 않는 이수암마를 보더니 서로 눈빛을 주고받았다. 남자가 바지 주머니에서 전화기를 꺼냈다. 누군가와 통화하기 시작하더니 이수암마에게 폰을 건넸다.

"여보세요."

핸드폰을 귀에 댄 이수암마가 말했다.

"안녕하세요. 자말 입니다. 잘 지내셨죠?"

"네."

"두 분이 태어날 아기를 위한 유모차를 사 오셨답니다. 아이의 이름을 '화이트'라고 정하셨고요. 그래서 하얀 유모차를 고르셨나 봐요."

"감사해요."

그녀가 말했다. 자말의 목소리를 듣고 반가운 마음을 접으며 그녀는 핸드폰을 돌려주었다. 그리고 아기가 탈 유모차를 사랑스러운 눈빛으로 바라보았다.

"아, 아파요. 복통이 심해요."

이수암마가 소리쳤다. 배 위에 초음파 기기를 이리저리 움직이는 의사는 어설픈 인도어로 말했다.

"안 합니다. 걱정."

"아기가 잘못되는 건 아니겠죠?"

그녀가 되물었다.

"나온다. 빨리. 아기가."

검사를 마친 의사가 말했다.

"저도 화면으로 아기 모습을 보고 싶어요. 지금 두 달이 지났으면 얼마나 자랐을까요? 아기가 어떻게 생겼는지 너무 보고 싶어요."

의사는 아무런 설명도 하지 않았다. 초음파 기계를 끄고 난 후 말없이 사라졌다. 이수암마는 실망하며 침대 머리맡에 놓아둔 가족사진을 꺼냈다.

'엄마, 아빠, 동생아- 내 배속 아가가 엄마를 걱정하나 봐. 그래서 빨리 나오려 하는 것 같아. 엄마가 가족 걱정하는 게 안쓰러워서….'

이수암마가 아직도 납작해 보이는 배를 손으로 어루만졌다.

'왜일까? 왜 나는 다른 임산부들처럼 배가 나오지 않을까? 임신 기간이 얼마 되지 않아 그런 것일까? 내 몸에 무슨 문제라도 있는 걸까? 아니면, 이곳 음식이 아직 익숙하지 않아 그런 걸까? 그녀는 희망과 걱정을 뒤섞으며 잠들었다.

"가도 됩니다."

의사가 말했다.

"네? 가요?"

침대에서 상체를 일으킨 이수암마가 놀라 물었다.

"집에서 아기를 낳는 건가요?"

가라는 말이 무슨 뜻인지 이해되지 않아 다시 물었다.

"낳았다. 벌써. 이미. 아기."

"네?"

어안이 벙벙했다. 자신의 배를 보고 다시 고개를 들어 시계를 보았다.

"설마, 그럴 리가요? 아기를 낳은 기억도 없는데…."

"당신은 잠들었다. 우리가 아기 꺼냈다. 간다. 이제."

검은색 돈 가방을 건네준 의사가 말했다. 그녀는 꿈인지 생신지 믿기지 않았다. 하지만 더는 임산부가 아니니 여기에 더 머무를 이유는 없어져 버렸다.

드레스 룸에 그녀는 이곳에 처음 입실했을 때 샀던 옷을 꺼내 보았다. 희한한 것이 그 옷에선 신선한 섬유 냄새가 여전했다. 방금 산 옷이라고 말해도 믿을 것 같았다. 땅에 내려놓은 가죽 가방의 지퍼를 열었다. 그동안 병원에서 자신이 사용했던 가재도구들을 챙겨 넣었다. 하얀 구두를 신고 병원을 나섰다. 병원의 에어컨에 익숙해진지 겨우 몇 달 정도밖에 되지 않았는데 마치 다른 나라에 온 것처럼 무척이나 더웠다. 참 오랜만에 땀을 흘렸다. 병원에서 보낸 다섯 달 이전의 시간이 마치 까마득한 옛날처럼 아주 길게 느껴졌다.

그녀는 머물렀던 병원을 돌아봤다. 다시 가고 싶은 생각이 전혀 들지 않았다.

"이수암마 씨!"

낯익은 목소리로 누군가 그녀의 이름을 크게 부르고 있었다. 이수암마에게 빠른 걸음으로 다가오는 남자는 자말이었다. 반가운 마음에 가슴이 설렜다.

"안녕하세요."

그녀는 환하게 웃으며 인사를 잊지 않았다.

"지금이라면 늦지 않을 거예요."

자말이 자신의 왼손에 찬 시계를 보며 말했다.

"늦지 않다니요?"

"두 분 출국하시는 날이 오늘이거든요. 이수암마 씨에게는 알리지 말라고 하셨는데…. 그래도 아기 사진 한 장 정도는 남겨야 할 것 같아서요. 어떻게 생각하세요?"

"보고 싶어요. 아기 얼굴…."

그녀가 수줍게 대답했다.

"택시!"

그가 손을 흔들며 소리쳤다.

"안돼요. 저 택시 못 타요."

그녀가 그의 팔을 저지하며 말했다.

"지금 자신의 모습을 보세요. 당신의 모습 어디에도 불가촉천민이라고 쓰여 있지 않아요."

그의 말이 정말인지 그녀는 자신의 모습을 확인했다. 까무잡잡한 다리 피부 때문에 더욱 빛나는 흰색 구두, 아니 하얀 구두가 그녀의 검은 피부를 더욱 빛나게 하고 있었다. 살랑대는 드레스와 부드러운 머리칼이 그녀의 태도를 좀 더 당당하게 만들어 주었다. 둘은 택시 뒷좌석에 나란히 앉았다.

"잇츠 낫 이지. 이게 무슨 뜻인가요. 의사 선생님이 부부에게 매번 했던 말인데."

"It's not easy. 이건 쉬운 게 아니다. 다시 말해 어렵다는 것이죠."

"왜 그런 말…."

"임신…."

말을 멈춘 통역사가 운전사를 봤다. 운전사의 눈이 백미러에서 다시 전방을 향했다. 통역사는 몸을 여자 쪽으로 기울였다. 목소리를 낮추고 이어갔다.

"임신이 쉽지 않았나 봐요?"

그가 물었다.

"……."

이수암마는 이젠 통역사와 대리모 이야기를 나누고 싶지 않았다. 좋아하는 남자 앞에서 드는 모든 상상과 감정이 지금 그녀 마음속에서 일어나고 있었다.

"몇 시 비행긴가요?"

이수암마가 물었다.

"지금쯤이면 호텔에서 체크아웃 할 거예요."

자말이 손목시계를 보며 답했다.

"체크아웃이 뭔가요?"

"호텔 투숙객이 호텔에서 떠나는 시간을 뜻해요. 사실 저도 오늘 아침에서야 두 분이 체크아웃 한다는 것을 알게 됐어요. 통역 비용을 입금할 곳을 알려 달라고 하시기에 일정을 물어보게 되었죠."

"그건 뭔가요?"

통역사의 목에 걸린 카메라를 본 그녀가 물었다.

"카메라에요. 사진기."

그가 말했다.

"카메라? 사진기?"

고개를 갸웃거린 그녀가 묻듯 말했다.

"아기 안고 계신 사진을 선물해 드리려고요."

자말은 사진기가 어디에 쓰는 물건인지를 설명하기 시작했다. 이수암마는 그런 것도 모르는 자신의 모습이 창피해졌다. 잠시 그녀가 입고 있던 당당함이 벗겨지고 말았다. 예전부터 그랬다. 그와 대화를 하다 보면 처음 듣는 단어가 많았다. 그녀는 자신이 알지 못하는 것이 이렇게나 많은 줄은 몰랐다. 침묵이 가장 적절한 방어 같았다. 그리곤 그가 쏟아내는 미국에서의 새로운 삶에 대한 수많은 이야기들을 경청했다.

톨게이트를 지날 때면 택시 기사는 동전을 내밀었고 그것이 반복되자 비행기가 뜨는 공항의 모습이 보였다.

"공항에 거의 다 왔네요. 가방 꼭 챙기시고요."

그녀의 돈 가방을 향해 그가 말했다.

공항엔 가지각색의 피부색이 뒤엉켜 있었다. 그녀의 눈을 사로잡는 무수히 많은 풍경들에도 불구하고 그녀는 오직 아기의 모습만을 떠올리며 자신의 모든 호기심을 무시하고 있었다. 자말은 로비에 걸린 대형 시계와 손목시계를 번갈아 보며 확인하는 중이다.

"이상하네요. 적어도 출국하기 두 시간 전엔 공항에 도착해야…."

그의 눈에 하얗고 검은 유모차가 들어왔다. 그것을 끌고 탑승 게이트 쪽으로 향하는 백인 부부를 발견했다.

"저…. 저기요!"

부부를 발견한 자말이 기쁜 목소리로 소리쳤다.

"윌슨 씨!"

그의 이름을 부르며 손을 흔들었다. 이수암마와 함께 그들 쪽으로 달려갔다. 백인 부부도 자말을 알아보았다. 그런데 자말과 이수암마를 향한 부부의 얼굴이 굳어 있었다.

"아기를 보여주는 게 싫으신가 보네요."

자말의 말이 끝나기 무섭게 그녀가 말했다.

"봐야 해요."

이수암마와 자말이 조금만 더 뛰면 부부와 얼굴을 마주할 수 있는 거리가 되었다. 그런데 백인 부부 역시 탑승 게이트 쪽으로 뛰기 시작했었다.

"Stop!"

걸음을 멈춘 백인 여자가 그녀를 향해 손을 뻗고 소리쳤다. 이수암마는 스톱이 무슨 뜻인지 몰랐지만, 손바닥으로 자신을 저지하는 모습은 '스톱' 본래의 뜻보다도 강렬한 의사 표시임을 온몸으로 느꼈다.

"내 아기 볼래요. 한 번 만이라도! 반짝이는 눈만이라도 보게 해주세요."

이수암마는 자신을 거부하는 몸짓 따윈 개의치 않았다. 이렇게 적극적인 의사 표현은 태어나 처음이었다. 검은 유모차에 앉아 있던 개, 블랙도 놀라는 눈치다. 하얀 유모차를 보는 순간 이수암마는 뛰쳐나왔다.

"Police! Police!"

백인 여자가 공항 경찰을 불렀다. 허리에 곤봉을 찬 경찰이 다급한 목소리의 그녀에게로 뛰어갔다. 그녀는 경찰에게 이수암마를 손으로 가리켰다. 도둑이라고 외쳤다. 경찰은 가방을 들고뛰는 그녀를 잡기 위해 질주했다. 입의 호루라기를 연신 불어대고 있었다. 자말 역시 경찰의 뒤를 쫓아 뛰었다. 소란스러운 모습에 공항의 눈들이 그들을 따라 움직이고 있었다.

드디어 이수암마가 월슨의 손을 붙잡았다.

"Go away!"

그가 소리쳤다. 이수암마가 꼼짝도 하지 않자 월슨은 부인을 바라봤다. 이수암마는 놀랐다. 자신의 손을 따듯하게 잡았던 백인의 손이 이제는 자신의 손을 뿌리치고 있었다. 하지만 지금 그녀는 사람들에게 실망할 시간조차 없었다.

"딱! 한 번 만요….'

아직 숨 가쁜 그녀의 목소리가 끝나기도 전에 경찰이 그녀의 손을 뒤로 잡아 꺾었다.

"이 여자는 도둑이 아닙니다! 저분들이 착각하신 겁니다!"

자말이 손가락을 가리키며 크게 소리쳤다. 이수암마의 팔을 놓아준 경찰이 백인 부부를 데려왔다.

"Sorry."

검정 유모차를 끌고 서 있는 백인 여자의 말 한마디로 모든 소란이 종결되는 순간이었다.

"왜죠? 왜 아기를 보여주지 않죠?"

비록 눈물을 흘리고 있는 연약한 여자의 모습이었지만 이수암마의 모습은 어느 때보다 당당하고 분명하게 들렸다. 그 때문일까? 월슨은 갑자기 태도를 바꾸어 유모차의 차양 덮개를 열었다.

"Go ahead."

월슨은 보라고 말하면서도 얼굴은 여전히 화난 표정이었다.

"보라고 하시네요."

자말의 통역이 끝나기도 전에 이수암마는 이미 하얀 유모차 앞에 서 있었다. 무색해진 통역을 마친 자말은 이수암마가 내려놓은 돈 가방을 대신 챙겨 주었다. 첫 만남에서부터 이수암마를 달가워하지 않았던 블랙이 연신 짖어댔다.

"헉! 이건!"

드디어 하얀 유모차를 향해 고개를 숙인 이수암마는 담요에 쌓인 것을 보고 몸이 심하게 떨렸다. 이수암마는 큰 충격에 백인 부부 앞에서 주저앉았다.

"안 돼! 보지 마! 절대!"

이수암마는 유모차를 막아서며 자말을 향해 소리 질렀다.

"절대···. 절대···. 보면 안 돼요. 흐흑흑."

아직 눈도 뜨지 못한 채 담요를 덮은 그 생명의 모습은 아마도 이수암마의 머리에서 평생 죽을 때까지 절대로 잊히지 않을 것이다.

"멍! 멍! 멍!"

검은 유모차 안의 블랙이 지치지도 않고 미친 듯이 지져대고 있었다. 이수암마의 눈빛 속에 잠시 머물렀던 사랑과 용기가 수캐 블랙의 눈 속에서 빛나고 있었다.

사라진 우체부
판초

미래 전쟁 = 평화 전쟁 = 죽음 없는 전쟁

-자유가 구속되면 거리라는 개념은 사라진다-

이슈 (1)

미국을 중심으로 캐나다와 중남미 국가 등 아메리카 대륙의 34개국이 주축이 되어 출발한 미주자유무역지대(FTAA)는 국제협상이 활발했다. 세계 최대 무역 지대가 탄생하는 시점에서 미국은 자국의 이익과 우방 몇몇 나라만의 이익에 눈을 돌렸고 불평등 조약을 강제했다. 그 후유증으로 세계 곳곳에서 반발이 일었다. 결국 기득권 싸움에서 우위를 점하고자 했던 미국은 강경책을 사용했다. 남미를 겨냥한 미국의 경제봉쇄는 남미 9개국으로 하여금 반미 좌파정권을 형성하게 만들었다. 특히 반미의 상징인 쿠바는 카스트로가 사망한 후에도 유일한 공산국가로 남은 상태였다. 자칭 '세계 경찰국가'라는 미국은 미주 대륙의 세력균형을 유지하고자 국익에 막대한 영향을 끼치는 반미 방송국 텔레수르(Telesur)의 파괴를 목적으로 베네수엘라 심장부에 마이크로웨이브가 장착된 크루즈 미사일을 발사했다.

이슈 (2)

베네수엘라의 군인 티토는 하늘에서 떨어지는 레이저 빔을 피해 동료들과 함께 동굴로 피신했다. 산 중턱에 설치된 지대공 미사일이 레이저에 의해 폭파되어 결국 그는 동굴 안에 갇힌다. 어둠 속의 그는 사랑하는 이를 떠올리며 편지를 써 내려간다.

프롤로그

"안 돼!"

헤럴드가 혼신의 힘을 다해 도착한 산장에는 목을 매달아 축 늘어진 판초가 있었다. 한달음에 뛰어든 그는 판초의 하체를 끌어안았다. 팽팽한 밧줄을 느슨하게 하고자 그를 들었다. 판초를 찾아 헤매느라 전신이 땀이다. 탈진 직전이다. 하지만 판초를 죽음으로 이끄는 밧줄을 푸는 것이 급선무다. 옆을 보니 쓰러진 의자가 보였다. 목을 매달기 전에 그가 딛고 올랐을 곳이다. 헤럴드는 한 발로 끌어 세웠다. 겨우 중심을 잡은 그는 의자를 딛고 올랐다. 그제야 그의 목을 감은 로프에도 손이 닿았다. 판초의 목을 조이는 그곳엔 손톱조차 들어갈 틈이 없다.

"윽!"

그는 어금니를 꽉 물고서 주머니 속 자그마한 캡슐을 꺼냈다. 순간적 에너지를 증폭시켜주는 약이다. 얼른 삼키고 조금 지나자 판초의 몸은 마른 짚을 넣은 허수아비처럼 가벼워졌다. 숨통을 단단히 조이던 밧줄이 쉽게 풀렸다.

"여보게!"

판초를 눕힌 헤럴드가 소리쳤다. 의식을 잃은 그는 반응이 없다. 그의 목소리만이 메아리치고 있다. 그의 뺨을 쳐봤으나 여전히 의식은 돌아오지 않았다. 헤럴드는 곧바로 인공호흡에 들어갔다. 그가 삼킨 캡슐의 힘은 실로 놀라웠다. 팽창한 폐에선 십여 명에 달하는 사람 숨이 쏟아졌다. 판초의 가슴과 배가 부풀다가 다시 꺼졌다. 헤럴드는 때를 놓치지 않았다. 판초의 가슴에 두 손을 겹쳐 올린 후 심장 누르기를 반복했다.

"허억, 우읍!"

숨통이 트인 판초는 헛구역질을 했다. 마치 뭍으로 올라온 물고기처럼 입을 뻐끔거리며 거친 심호흡을 했다. 그 모습은 살고자 하는 의지로 가득해 보였다.

"괜찮은가?"

헤럴드가 말했다. 헤럴드 얼굴에서 흐른 땀이 판초에게 후드득 떨어졌다.

"으으-."

판초는 얕게 신음했다. 이어서 고개를 끄덕였다. 자신을 내려다보는 저 낯익은 얼굴! 판초의 동공이 확장됐다. '당신은 누구요?'라는 눈빛을 읽은 헤럴드가 입을 열었다.

"이 사람, 기억력 나쁘군. 날세, 판사 헤럴드!"

미소를 띤 그가 말했다.

"왜, 무엇 때문에…?"

판초는 고맙다는 인사 대신 자신을 찾은 이유를 물었다. 목의 통증 때문인지 그의 손이 붉어진 목에서 떠날 줄 몰랐다.

"내 판결이 잘못됐네. 그 말을 전하려고 이렇게 왔다네."

헤럴드는 판초의 안색을 살폈다.

"그래, 자네 말이 맞았어. 기계는 판결을 내릴 수 없어."

그가 말했다. 정신이 어느 정도 들었다고 판단한 헤럴드는 판초를 자리에 앉혔다. 그가 누웠던 자리가 땀으로 흥건했다. 실내공기는 점점 뜨거워지며 아지랑이가 더욱 짙게 피어올랐다.

판초는 현기증이 났지만 정신을 차리기 위해 두 손을 이마에 붙이고 집중했다.

"괜찮나?"

헤럴드의 물음에 네라고 짧게 답한 판초의 시선은 문을 향했다. 들어설 때 발견치 못한 편지가 보였다. 그의 고개와 눈이 고정된 곳에 헤럴드의 시선도 따랐다. 지친 그를 대신해 헤럴드가 움직였다. 그리곤 꽂혀 있는 그것을 뽑아 그에게 건넸다.

"고맙습니다."

"아닐세."

헤럴드는 목숨을 구해주고 들을 수 없었던 감사가 편지를 전해주자 나온 것으로 봐선 필시 귀한 편지일 거라 생각했다. 혹여 집배원이라는 직업병 때문에 그런 것은 아닌가 하는 의구심도 들었다.

고개를 숙인 그는 편지를 읽기 시작했다.

등장인물

판　　초 : 소설의 주인공, 우체부
곤살레스 : 판초의 아버지
티　　토 : 군인
스테파니 : 티토의 부인
에스테반 : 티토와 스테파니의 아들
해 럴 드 : 전직 판사, EPO (지구 보존회) 각료
셀　　리 : 여검사
메독, 에더슨, 더피: EPO (지구 보존회) 각료이자 과학자

장비와 무기

DD (Delivery flying Dish) : 배달 비행접시
스카이 카 : 하늘을 나는 차
스카이 바이크 : 하늘을 나는 오토바이
포터블-네비(Portable navigation) : 휴대용 내비게이션
패치: 신경 활동을 읽는 정보 공유기
에어본 레이저 ABL (Airborne Laser): 중적외선 레이저 장착 비행기. (MIRACL) 지구상에 가장 강력한 무기
전자폭탄 : 고 전력 극초단파 빔 (HPM) 모든 전자 장비를 마비시킴

사라진 아날로그

"DD의 사용을 즉각 중단해야 합니다!"

메독의 말에 회의장이 술렁였다. EPO(Earth Provide Organization : 지구 보존 조직)에 세계의 이목이 집중된 가운데 회의장에선 열띤 논쟁이 펼쳐졌다. 자칫하면 진부해 보일 국제회담에 세계가 주목하게 된 것은 광활한 자비와 너그러움으로 인류에게 혜택을 주었던 자연이 그것을 멈추고 난폭하게 돌변했기 때문이다.

"DD의 사용을 즉각 중단해야 합니다!"

그는 혼란스러워하는 각료들을 보며 또 한 번 소리쳤다. EPO 각료 회의에 모인 23인은 메독의 말에 동의하면서도 '즉각 중단'이라는 말에 고개를 갸우뚱거렸다. '즉각' 그리고 '중단'이라는 단어가 '불편함'과 '번거로움'으로 다가왔기 때문이다. 인간은 이미 편리함에 길들여질 대로 길들여졌다. 기술 발전을 환경파괴와 맞바꾼다 할지라도 그것을 감수하려 들것이다. 자연과 기술문명 중 무엇이 우위를 차지할 것인가에 대한 논쟁이 지금 이곳에서도 벌어지고 있다.

메독의 주장에 중국 대표 윙이 말했다.

"대처 방안도 없이 즉각 중단이라니, 저도 유감입니다."

그는 경쟁국인 미국에 절대 뒤처져선 안 된다 생각했다. 세계 1, 2위를 다투는 나라 아니던가. 편리함에 길들여진 인간을 움직이게 하는 원동력 중 하나가 바로 이 경쟁심이다. 자기방어라는 이름으로 포장한 파괴본능에 의하여 전쟁이 발발했다. 명분 없는 전쟁을 경험해 본 미국으로서는 전쟁을 미화시킬 필요가 있었다. 몇 해 전 미국에 의해 발생하였던 평화 전쟁(죽음 없는 전쟁)이 그러하다. 미국은 그 명목 아래 20억 와트의 전자파를 방출하는 마이크로웨이브가 장착된 크루즈 미사일을 반미 성향의 선봉인 베네수엘라와 쿠바에 투하하였었다. 문명을 정지시키는 행위였다. 쿠바는 섬나라였기에, 그리고 미국 마이애미 주와 근접했다는 이유로 피해는 크지 않았다. 그러나 베네수엘라에 투하된 미사일은 남미 전역에 큰 영향을 끼쳤다. 결국 전자기기를 모두 폐기해야만 했다. 하다못해 손목시계 하나마저도 제구실을 하지 못했다.

미국의 고전력 극초단파 빔(HPM)의 사용으로 인하여 세계는 HPM 웨이브에 견딜 수 있는 안티 마이크로웨이브를 장착한 DD를 고안하게 되었다.

"물론 미국에서 개발한 에어본 레이저(Airborne Laser: ABL)가 우주 쓰레기 소각 외에 전쟁에 사용되었다는 점에선 저도 유감입니다. 하지만, 석기시대와 철기시대 그리고 화약에 쓰러져간 우리 선조를 볼 때 이 죽음 없는 전쟁을 높이 평가해 주시기 바랍니다. 그리고 DD에서 나오는 라디온 전자파가 의해 지구 온난화를 가속화한다고 합니다만, 이제껏 사람 몸의 일부처럼 움직여온 DD를 없앤다는 것에 대해선 회의적입니다."

우수한 국방력을 자랑하려는 것인지 더피는 아무도 언급하지 않은 평화 전쟁의 정당성에 대해 변명한 뒤 DD를 언급했다. 말하는 순간에도 그의 뇌는 DD의 사용 중단과 수익률 저하가 국방에 미칠 여파를 계산하고 있었다. 중국의 추격을 따돌리고 세계 1위의 경제 강국이 되려면 DD의 판매가 절대적으로 필요했기 때문이었다.

메독 옆에서 지켜보던 에더슨이 나섰다.

"이것은 무선 전자레인지입니다."

그는 준비된 무선 전자레인지의 문을 열고 파란 사과를 넣었다.

"이제 전자레인지를 돌리겠습니다."

레인지의 문을 닫은 그가 말했다. 더피와 윙을 뺀 모든 각료가 관심 어린 눈으로 그의 행동을 보았다.

"해보나 마나 익어버리겠지."

작은 성조기가 붙은 밤색 오크 책상에 삐딱하니 앉은 더피가 에더슨을 날카로운 눈빛으로 쏘아 봤다.

레인지가 돌자 사과가 반응했다. 누렇게 변색을 일으키며 금이 쩍쩍 가기 시작하더니 하얀 수분이 튀어 올랐다. 시간이 지날수록 점점 오그라들던 사과는 알림음과 함께 멈췄다.

-띵~ 띵~-

에더슨이 전자레인지의 문을 열자 사과향이 섞인 하얀 연기가 뭉게뭉게 피어올랐다. 구름 같은 연기가 사라지자 바싹 오그라든 그것이 보였다. 시커멓고 딱딱하게 타버린 사과가 덩그러니 남았다.

"사과는 이 지경이 되고 말았습니다."

에더슨이 말했다.

"지금 요리 수업하는 겁니까?"

침착하게 설명하는 에더슨의 목소리에 더욱 화가 난 더피였다. 각료 회의에 모인 이유를 알기나 하느냐며 목에 굵은 핏대를 세우고 윽박질렀다. 에더슨은 더피의 말에 신경 쓰지 않았다. 그는 하던 실험을 계속 이행했다. 장갑을 낀 그는 거멓게 탄 사과를 전자레인지에서 꺼냈다. 그리곤 모두가 잘 볼 수 있는 곳에 놔두었다. 그는 새로운 사과를 하나 무선 전자레인지에 집어넣었다. 그리고 회의장을 둘러보며 말했다.

"이 무선 전자레인지에서 라디온 전파를 방출하겠습니다."

사과가 빙글빙글 도는 것이 유리를 통해 보였다. 조금 전의 사과 실험보다 훨씬 짧은 시간 안에 냄새를 포착할 수 있었다. 향긋한 사과향이 회의장을 가득 메우자 이제야 알겠느냐는 듯 어깨를 으쓱거리며 에더슨이 설명을 시작했다.

"지금 이 전자레인지 안에선 끔찍한 일이 발생하고 있습니다. 인류가 그동안 누렸던 모든 편의가 불러올 대재앙을 이제 여러분께 보여 드리겠습니다. 참고로 전자레인지의 무선통신에서 사용되는 마이크로파를 이용하고 있다는 것이 핵심입니다. DD가 가장 많이 내뿜고 있죠."

더피는 신경질적으로 자신의 턱수염을 잡아당겼다. 그가 말하려는 것이 무엇인지 생각하고 있었다. 처음 실험에 사용했던 사과가 시커멓게 오그라든 것을 보고 있자니 눈살이 절로 찌푸려졌다.

"자, 보십쇼!"

전자레인지의 문을 열며 에더슨이 말했다. 파랗던 사과가 녹아버렸다. 사과 즙이 전자레인지 바닥을 흥건히 적셨다. 사과씨는 까맣게 타 있었다. 라디온 파가 인간의 육체를 녹인다면 뼈 속까지도 태울 것 같다는 생각이 들었다.

"과거에 전기는 피복에 싸여있는 전선을 통해 흘렀지만 무선 기술이 발달한 지금은 공기를 통하여 각 기지국으로 보내집니다. 지난 아날로그 시대엔 전기 케이블 안에서 전류를 방출치 않고 전기를 운송시켰지만 지금의 무선 전류는 이 전자레인지와 같이 공기를 데우고 있습니다. 전쟁에서 사용되었던 고전자파 레이저 ABL, HPM, MIRACL 우리가 흔히 사용하는 DD에서 뿜는 라디온파와 함께 이를 더욱 가속화 시키고 있습니다."

에더슨의 말에 회의장엔 적막이 흘렀다. 마치 지구의 멸망을 예견하는 것 같았다. 사람들은 전자레인지 안에서 처참히 녹은 사과의 모습을 보곤 녹아내리는 지구의 모습을 떠올렸다. 침묵을 깨고 더피가 질문했다.

"사과와 사람이 같다고 생각하시는 겁니까?"

메독은 그의 질문을 기다리기라도 했다는 듯이 힘주어 말했다.

"사람 몸도 사과와 같습니다. 70%가량이 수분입니다. 그러니 명백히 마이크로파에 영향을 받는다고 할 수 있습니다. 과거 대재앙을 일으켰던 5G를 벌써 잊으셨습니까? 반면교사로 삼지 못하셨나 보군요."

더피는 더욱 화가 나서 반박을 했다.

"이건 말도 안 됩니다! DD를 사용한다는 이유만으로 지구가 저 무선 전자레인지처럼 데워진다는 게 말이나 됩니까!"

더피는 침을 튀기며 소리쳤고 에더슨은 차분하게 답했다.

"과거의 오류가 미래에 있을 오류를 예견하기도 합니다. 좋은 예로는 냉장고에 사용되었던 프레온 가스가 있습니다. 만약 그것이 오존에 구멍을 뚫는 괴물인 줄 알았다면 애초에 만들지도 않았겠죠. DD도 마찬가지입니다. 전자레인지는 무선통신에서 사용되는 마이크로파를 적용해 만든 기계입니다. 그것을 DD가 내뿜고 있는 것이죠. 의심할 여지가 없습니다. 각료 여러분. 우리는 지구 환경에 간과할 수 없는 영향을 끼치고 있는 DD의 사용 중단과 수거 폐기에 강제성을 띄어야 합니다."

DD 개발에 막대한 투자를 했던 미국과 OEM(주문자 상표 부착 생산) 방식으로 부를 늘리고 있던 중국으로서는 큰일이 아닐 수 없었다. 강제 수거와 생산 중단이 결정되면 세계가 동요할 것이고 경제는 심각한 타격을 맞을 것이 뻔했다.

이러한 에더슨의 설명에 가장 놀란 사람은 헤럴드였다. 그의 머리에 주기적으로 떠오르는 이는 우체부 판초였다. 굵은 콧수염의 판초가 회의 내내 헤럴드의 머릿속에서 떠나질 않았다.

"판초…."

헤럴드는 그의 이름을 나지막이 불렀다. 재판을 진행할 때만 하더라도 그를 다시 찾게 될 거라고는 생각지 않았다. 자신의 신분으로 그를 찾을 이유는 없을 것 같았다. 그랬던 그가 지금은 불꽃처럼 피어오르는 희망을 품고 있었다.

'찾아야 해…' 헤럴드는 눈을 감았다. 두 손으로 머리를 쓸어 올리며 깊은숨을 들이쉬었다. 정신을 집중하고 에더슨의 이야기를 들으려 했지만 쉽지 않았다. 그의 머릿속은 온통 판초로 가득했다. '판사님은 왜 기계에게 판결을 맡기시지 않는 겁니까?' 판초가 던졌던 그 질문이 떠올랐다. 당시엔 그의 말에 화가 머리끝까지 치밀어 올랐다. 적당한 답변도 떠오르지 않았다. 그저 인공지능이 뽑은 판례보다 비교적 적당한 처벌이라고 말 할 뿐이었다. 헤럴드는 판사직을 관둔 후 EPO 각료로 활동하고 있다. 무선 전자레인지가 내뿜는 방사선파에 참혹히 녹아내린 사과를 보고 있자니 그를 떠올리지 않을 수 없었다. 그와 만나게 된다면 과거 그에게 내렸던 벌금형을 철회하고 싶었다. 자신의 판결로 전과를 얻게 된 그에게 사과를 해야겠다고 생각했다. 생각이 거기에 미치자 마음이 조급해졌다. 당장에라도 판초를 찾아 나서고 싶었다. 어쩌면 그의 말대로 우체국이 부활하는 것이 더 좋을 것이라 생각했다. DD에 대한 문제를 해결한다면 국제 평화상도 따놓은 단상이다. EPO 일원으로도 확실히 자리매김하는 것이다. '우체국에 적을 두고 80년이란 경력을 유지한 그다. 과거 사용했던 우체국 시스템을 복원하는 데 시간을 단축시킬 수 있을 거야. 혼자서도 길거리 우체통을 설치한 사람 아닌가.' 헤럴드는 깊은숨을 들이쉬었다. 전자파로 인한 뇌종양 사건과 불임 사건 등의 과거 재판이 연이어 떠올랐다. 그런 그였기에 우체국 시스템이야말로 아날로그의 그것처럼 공기를 변이 시키지 않고 소통할 수 있는 좋은 해결책이라 믿었다.

"빔-포밍 이전의 시대로 돌아가야 해."

그는 혼잣말로 중얼거렸다. 과거 이동기지국이 사용했던 스마트 안테나(Smart Anten na)의 한 형식인 빔-포밍(Beam-forming) 사건이 떠올랐다. 결국 인류는 2명 중 한 명이 암에 걸리는 이유가 핸드폰에서 뿜는 방사선에 있다는 것을 발견했다. 다국적기업과 국가를 상대로 무수한 소송이 쏟아졌다. 그리고 결과는 뻔했다. 인간이 사라지면 기계들은 무의미한 것들이다. 비록 많은 인구가 오염되고 죽음을 맞이한 후의 판결이지만 더는 그 흉물스러운 기지국을 거리에서 보지 않아도 된다. 그런데 5G 기술이 이젠 DD란 이름으로 부활하여 인류를 공격하고 있다. 인간의 면역력과 뇌를 파괴할 것이다.

헤럴드는 좀 전의 실험이 과거와 너무 닮았기에 소름이 돋았다. 방사선(Radio Frequency)은 인체의 비타민D를 태운다. 심장의 구동은 비타민D와 비타민C 그리고 마그네슘이다. 필수 비타민의 부재는 인간의 면역력을 무너뜨린다. 하지만 유엔(UN)과 미 항공우주국 NASA는 지구온난화를 막는다는 명분으로 하늘에 켐트레일을 뿌렸고 그렇게 햇볕을 차단해버린 결과, 사람들의 비타민D의 흡수를 방해했다. 감기가 겨울에 걸리는 이유는 낮은 기온이 아니다. 진짜 원인은 비타민D의 결핍이다. 중금속이 가득한 화학가스도 살포했다. 인류는 비타민D를 대신해 중금속 가루, 특히 산화알루미늄을 마시게 된 것이다. 이 가루는 뇌를 파괴하는 일등 공신인 유전자 변형작물을 기르는 글리포세이트와 함께 파킨슨과 치매를 일으키는 물질이다. 이에 더해 방사선은 매 순간 인간의 비타민 D를 갉아먹고 있다. 6기가 헤르츠(6GHz)에서 운영된 5G는 요오드를 말리고 50기가 헤르츠(50GHz)에서 운영된 5G는 세포에 영향을 주어 엡스타인 바 바이러스(EBV)를 활성화시켰다. 그리고 60기가 헤르츠(60GHz)는 공기의 분자를 유린(사이클론 Cyclone) 하여 인간이 숨 쉴 수 없게 만들었다. 산소 분자의 사이클론 현상은 적혈구에 헤모글로빈이 붙지 못하게 만든다. 중국의 우한 사태의 진실은 코로나가 아닌 5G였다는 것을 인류는 뒤늦게 알아차렸다. 이는 과거를 떠올리게 할 만한 사건으로 미국에서 시행한 강제 독감주사가 세계로 퍼져나가 스페인 독감으로 둔갑했던 1918의 팬데믹을 다시금 보는 듯하다.

에더슨의 마이크로웨이브에 의한 지구 온난화의 가속 그리고 DD가 복사열을 증가시키는 설명이 끝나기 무섭게 더피의 반박이 이어졌다. 지구 온난화 가설은 탄소세를 걷기 위함이 주된 목적이었다는 것이 명명백백해진 만큼 그의 목소리에도 힘이 실렸다.

"DD의 위험성을 단정 지을 수 없습니다."

다른 이의 발표를 막고 더피가 이어 말했다. 핏대를 세우며 말했지만 처참히 녹은 전자레인지 안 사과는 각료들로 하여금 DD를 대신할 방안을 모색하게 만들었다. 그 중 일부는 전자파로 사람에게 해를 끼치는 모바일의 부활. 이메일의 부활이 있었다.

회의장을 빠져나온 헤럴드는 판초가 귀에 붙어 있던 패치를 뜯어 버린 것도 모른 채 LSC(Locate Searcher Center:위치 조회 국)로 자신의 메시지를 DD와 함께 보냈다.

호소문

하늘을 나는 차들이 도시에 검은 그림자를 드리우고 있었다. 유유히 나는 새들의 길이 되어야 할 하늘이 이젠 기계들의 차지가 되었다. 깃털도 없는 금속성 물체들이 하늘을 점령했다. 인공은 사고를 불렀다. 자연법칙으로 생겨나 존재하는 것들과 반대로 그것을 거스르는 것은 천지 차이다. 인공에는 공존도 조화도 없다. 하늘을 나는 차의 흡기에 새가 빨려 들어가는 사고가 빈번해졌다. 이를 해결하고자 인간은 저주파를 이용해 새들을 외곽으로 내쫓았다. 인위적으로 새의 개체 수도 줄였다. 사고가 생길 수 있는 확률을 최소화한다는 명목하에 자행된 학살이었다. 자연법칙으로 태어난 새가 땅의 인공들에게 학살당했다.

날갯짓 한번 없이도 밀도를 무시하듯 줄 맞추어 흐르는 차량들, 그중 심상치 않은 차가 하나 보였다. 차량의 흐름을 합법적으로 이탈하고 있다. 차의 고도가 낮아지면 낮아질수록 땅에 드리워진 차의 그림자는 더욱 진해졌다. 먼지바람을 일으키며 땅에 착지한 차의 모습은 공권력의 냄새를 풍겼다. 차에는 POLICIA라는 글이 있었다.

"길거리에 쓰레기통을 설치하는 게 당신입니까?"

차에서 내린 경찰이 물었다. 적외선 선글라스에 가려진 그의 눈동자가 판초의 몸을 훑었다. 선글라스 상단에 'Unarm'(비무장)이라는 글이 보였다.

"쓰레기통이 아니야! 우체통이야!"

쓰레기통이라는 말에 화가 난 판초가 두 주먹을 불끈 쥐었다. 경찰관의 머리 위에 DD가 떠있다. 판초의 동공을 인식한 그것이 그의 범죄 경력을 훑었다.

"스카이 카 주차구역 반경 십 미터 안에는 아무 시설물도 설치할 수 없다는 것을 모르나요?"

경찰의 말이 끝나기 무섭게 DD가 영상을 뿜었다. 2차원의 세계에 갇혀 있던 아리따운 여성이 3차원 입체로 변해 경범죄 위반 사항을 설명하기 시작했다.

"당신은 거리 미관을 해치는 물체를 허가 없이 설치하였습니다. 법률에 따라 즉결 처분 대상입니다. 지금 하시는 행위나 진술은 법정에서 불리하게 작용할 수 있으므로 묵비권을 행사해도 좋습니다. 협조해 주십시오."

할 말을 끝낸 영상은 사라졌다.

"이… 이것 좀 봐주게."

판초는 자신이 작성한 글이 적힌 전단지를 경찰에게 내밀었다.

"요즘 누가 이런걸……. 그건 판사에게나 보여주시죠."

경찰관이 귀찮은 듯 말했다. 하지만, 판초는 꼼짝도 하지 않았다. 종이를 손에 들고 있는 모습 그대로다.

"당신 때문에 거리가 더럽혀지는군요."

비아냥거리는 경찰이 판초의 팔을 치자 종이가 바닥에 떨어졌다. 판초는 종이를 멍하니 바라보았다. 경찰관은 최대한 아량을 베푼다는 듯 판초를 봤다. 범법자인 그를 위해 POLICIA라고 쓰인 경찰차 문까지 열어주었다.

"빨리 타요."

경찰이 소리쳤다. 허리 힘이 빠지기 시작한 노인에겐 다그치는 말 한마디도 충분히 위협적이었다. 경찰차에 오른 판초는 땅에 떨어진 자신의 호소문을 보고 있었다.

호소문

이 늙은이 좀 살려주소.

난 우체부 판초라 하오. 우체국에서 80년이라는 세월을 보냈소. 난 DD 때문에 직장을 잃어 글을 쓰는 것이 아니라오. 당신과 당신의 가족, 심지어는 아이들의 머리 위까지 DD라는 놈들의 천지가 되었소. 어디를 가나 우리를 지켜보고 있소. 우린 매 순간을 감시당하고 있소. 알루미늄 소재의 옷을 걸친 우리의 모습을 봅시다. 이 DD라는 놈만 제거해도 우리는 직물 옷을 입을 수 있습니다. 과학자들은 DD가 큰 재앙을 불러올 것이라 소리 높여 말합니다. 우체국도 집배원도 편지도 편지봉투도 우표도 이젠 옛이야기가 되었소. 하지만 티토의 편지를 기억하십니까? 누군가는 그 편지를 기억하고 있을 겁니다. 전쟁 중 죽음이 임박했던 순간에도 사랑하는 여인의 사진 뒷면에 편지를 써 내려간 티토란 군인이 쓴 편지입니다. 제가 그 편지를 직접 전달한 집배원 판초입니다. 비록 그는 전장에서 죽음을 맞이했지만 그의 마음은 편지로 부인에게 전해졌습니다. 초음파 사진으로밖에 보지 못한 자신의 아이에게까지 전해졌습니다. 전 그 일을 잊을 수가 없습니다.

저에게 다시 따뜻한 사랑을 전달할 수 있는 기회를 주십시오. 다시 우체국을 부활 시켜 주십시오. 여러분의 도움이 절실합니다.

우체부 판초

판결

패딩복 입지 않고서는 살갗을 쩍쩍 갈라놓을 태양에 맞설 수 없다. 태양은 검은 종이를 태우는 돋보기의 볼록렌즈 같다. 아지랑이가 이글거리자 그 열기에 도시의 형체가 물결처럼 흐느적거렸다. 판초가 이런 더위마저도 반갑게 느끼는 이유는 하늘을 볼 수 있다는 기쁨 때문이었다. 푸른 하늘을 볼 수 있다는 기쁨이 이렇게 큰 것인지 그는 몰랐다. 도시의 하늘은 숨통이 막힐 듯 답답했다. 도심은 먹구름을 연상시키는 스카이 카(하늘을 나는 차)로 가득했으며 집배원이란 직업을 빼앗아 간 DD들의 차지였다. 팬텀사가 만든 DD(Delivery flying Dish:비행 배달 접시)는 손바닥만 한 크기의 원형 접시로 20kg까지의 물건을 탑재해 옮길 수 있는 기계였다. 드론과 비슷했지만 그 기능은 석기와 철기였다. 혼다가 만든 가정용 로봇 Di-bot을 각 가정에 한 대씩 보급한 것처럼 이것도 그러하였다.
"목이 타니?"
판초는 돈카홀스(망아지와 낙타 그리고 말의 뛰어난 부분만을 유전 조작하여 만든 새로운 종)를 내려다보며 물었다. 고삐를 놓은 손으로 돈카홀스의 목을 부드럽게 토닥였다. 기분이 좋아진 유전자 변형 생명체는 말과 낙타의 울음이 혼합된 소리로 울었다. 판초는 그런 돈카홀스를 보자니 불현듯 유전 변형으로 고통받는 존재에 대한 측은한 마음이 들었다. 이것은 돈카홀스에 국한된 얘기만은 아니다. 인류의 동반자였던 소만 봐도 그러하다. 과학자들은 소의 트림이 오존층 파괴한다는 가설에 힘을 실어주고 조치를 취했다. 그리하여 유전 조작하여 트림하지 않는 소가 나왔다. 소에게 질 좋은 사료와 깨끗한 물 등을 공급하여 트림을 억제시키면 될 것을 가격경쟁력이 앞서는 유전자 가위를 시행한 것이었다. 문제는 트림을 하지 못하는 소는 크기도 전에 죽어버렸다. 새끼마저 가질 수 없게 되었다. 그렇게 지구에서 사라졌다. 교각살우를 범한 꼴이다. 꿀을 대량생산하고자 유전 조작하여 만든 벌이 살인 벌로 변한 과거의 실수가 반복되었다.
"음…."
판초는 고삐를 당겨 속도를 줄였다. 돈카홀스가 멈추자 그의 몸이 흔들렸다. 판초는 손바닥을 펴서 양 눈썹에 얹었다. 마치 인디언을 같았다. 실눈으로 거대한 철재 빔의 돔을 발견했다. 산을 휘감은 거대한 돔은 우주에서도 내려다 보일 만큼 거대했다. 둥근 모양을 한 그것은 육각형 모양의 철재 빔들로 채워져 있었는데 모든 유리에 스마트 센서가 장착되어 있어 자외선의 영향을 받으면 시시각각 투영도가 변했다. 자외선과 복사열의 작용으로 대부분의 척추동물은 실명했다. 식물들의 피해는 더욱 심각하다. 과거 높은 상공에서도 볼 수 있던 푸른 땅은 모습은 온데간데없었다. 빌딩 숲을 연상시키는 회색빛이 가득했다. 하지만 인간이 할 변명은 많았다. 이곳도 우리와 같이 나이를 먹는다. 실제 지구 자기력은 400년 동안 약화되었고 이로 인해 슈만 공명의 주파수가 바뀌어 버렸다. 오존층의 약화는 태양의 방사선을 적절히 막아내기에 역부족이었다. 인류는 암을 일으키는 그것으로부터 피부를 보호하기 위해 알루미늄으로 만든 패딩 옷을 입게 되었다. 그리고 자연을 보호하기 위해 일명 그라운드 그린란드 GGL(Ground Green Land:푸른 땅)을 설립했다. 강한 자외선과 복사열에 의해 지구에서 사라져가는 종(種)을 보존하고자 만든 곳이다. 그들의 멸종이 곧 인류의 멸종이기 때문이다. 기계와 인간은 다르다. 인간은 자연에 속한 존재이므로 먹이사슬에서 벗어날 수가 없다.

"기억하고 있어."

그의 머리에선 거대한 인공 구조물이 아닌 장엄했던 과거의 콘도르 산이 펼쳐졌다. 파란 하늘 아래에선 숨 막히지 않았다.

선인장 가시를 피해 살금살금 기어오르는 도마뱀 그 모습을 보고 입맛을 다시는 코요테. 검은 그림자를 드리운 독수리가 둥근 원을 그리며 하늘을 날기도 하였고 신선한 바람이 모래를 실어 날랐다.

"너도 그곳에 있었다면, 들어나 보았다면 나처럼 그리워하겠지."

판초는 유전자 변형이 된 생명체에게 말했다. 어느새 거대한 돔 근처까지 온 판초였다. 허리를 펴고 턱을 쳐들어도 꼭대기는 보이지 않았다. 그는 돈카홀스의 등에서 내려 묵직한 안장을 벗겨 땅에 놓았다. 작별 인사만 남았다.

"그동안 수고 많았구나."

그는 돈카홀스의 목을 쓰다듬어주고 이마에 입 맞추는 것으로 인사를 마쳤다.

"아미고."

서반어로 '친구'라 불러주니 녀석도 알아들은 듯 고개를 끄덕여 인사했다.

"나와 마지막을 함께할 녀석은 이놈이겠군."

판초는 땅을 향해 허리 숙여 안장 옆에 걸었던 밧줄을 집었다. 둥그렇게 말린 밧줄이 그의 죽쳐진 어깨 위로 올랐다. 그는 불필요한 어떤 물건이 몸에 들어 있는 듯한 느낌을 받았다. 주머니에 손을 넣으니 몇 달 전 받았던 벌금 카드가 있다. 전자 칩이 내장된 똑똑한 카드는 친절하게도 이자까지 가산한 금액을 알려주고 있었다.

"이젠 나에게 필요 없지."

판초는 카드를 휙 던져 버렸다. 땅에 처박힌 벌금 카드가 그날의 재판을 떠올리게 했다.

"사건번호 2076 N.W.O 거리를 어지럽히는 행위 건입니다."

검사 셀리는 판사를 보며 말했다. 그녀의 목소리는 자신에 차 있었다.

"빨간 우체통을 왜 거리 곳곳에 세웠나요?"

판사 헤럴드는 속으로 판초에게 치매가 있나 의심하며 물었다. 판초는 판사의 말에 답변하지 않은 채 멍한 눈으로 창밖을 보았다. 푸른 하늘 스카이 카들이 개미 떼처럼 보였다. 스카이 카들 위로 여왕개미처럼 보이는 비행 물체들이 오존을 메우고 있는 중이다. 그 모습은 더는 예전의 하늘이 아니다. 따스한 햇볕 그리고 조용히 흘러가던 구름은 그 어디에도 없다. 모든 것이 인간이 조작한 것들 투성이다. 고개를 숙여 거리를 내려다보니 가슴이 더 답답해졌다. 눈동자가 떨렸다. 우체통은 없다. 어쩜 우체통을 보겠다고 거리를 내려다본 것이 미친 짓인지 모른다. 우체국마저 사라져버린 지금 우체통을 찾는 것은 사막의 신기루를 쫓는 일과 같다. 사람 머리 위 어지러이 날아다니는 DD가 보인다. 저것 또한 그가 알고 있던 사람들의 모습이 아니다. 그는 눈을 어디에 둘지 몰라 당황했다. 눈동자가 심하게 떨렸다.

"콘도르```"

자신이 재판장에 온 것을 잊은 그가 나지막이 중얼댔다. 창에 콘도르 산을 그려본 판초다.

"존경하는 판사님, 한두 번도 아니고 매일같이 우체통이라는 미개한 물건으로 도시 미관을 어지럽힌 피고입니다."

셀리가 말했다. 검사는 자신의 귀밑에 붙인 패치에 손을 댔다. 딸이 보내온 메시지를 확인하기 위해서다. 패치는 지름 2센티미터 정도의 크기로 작은 동전 크기였다. 뉴런으로부터 정보를 받아들인 수상돌기(denverite)가 그 전기신호를 세포체와 축색으로 보낸다. 그것은 인간의 영역으로만 치부되었던 감정의 세계마저도 계산했고 도출했다. 순간을 자를수록 확률이 높아지는 d와 인테그랄의 조합이었다. 빠르며 강한 신호와 느리며 약한 신호가 갖는 의미를 언어와 음성으로 변화시켜 전달한다. 나노미터의 세계마저 정복한 인간의 패치 계발은 어쩌면 당연한 수순일지 모른다.

"여길 보시오!"

판사가 외쳤다. 이에 깜짝 놀란 검사는 딸에게 온 메시지 껐다. 검사의 신분으로 그것도 재판 중 판사의 앞에서 패치를 사용하다니 자신의 어리석음에 그녀는 얼굴이 빨개졌다. 고개를 숙이고 있던 검사는 슬며시 판사를 올려다봤다. 판사의 화난 얼굴이 판초를 향한 것을 보고서 안도의 숨을 내쉬었다. 헤럴드는 창밖만 보고 있는 판초를 보자 화가 치민 것이다.

"여기는 재판장이오! 범법을 저지른 사람이 재판 중에 딴청만 피우다니."

판사의 역정에 신이 난 검사는 속으로 웃었다.

"DD요."

판사는 손가락으로 자신의 머리 위에 둥둥 떠 있는 DD를 가리켰다. 접시같이 생긴 그것이 판사의 손 아래로 갔다. 헤럴드는 두꺼운 전자 법전을 그것의 위에 올렸다.

"판초에게 전달."

판사의 말이 떨어지기 무섭게 법전을 실은 DD는 판초에게 갔다. 헤럴드는 입가에 미소를 보이며 말했다.

"보시오. 이 얼마나 간편한 일이오. 이메일이나 핸드폰도 구닥다리가 된 오늘날 누가 편지라는 것을 쓰겠으며 어떻게 일일이 집배원들이 각 가정에 배달한단 말이오! 시간 낭비 같지 않소?"

판초는 자신의 눈앞에 둥둥 떠 있는 DD를 초점 없는 눈으로 바라보고 있었다. '오존 파괴와 지구 온도의 극단적인 변화! 산성비는 우리에게 패딩이라는 알루미늄 소재의 옷을 입혀 놨지. 전자파로 벌과 새들은 자취를 감춘지 오래야. 인간은 고작 편리함을 위해 자연을 말살하고 있어!' 이렇게 소리치며 말하고 싶었지만, 입술이 일그러진 그는 아무 말도 할 수 없었다. 빠르게 변하는 것이 발전이라 생각하는 인간의 어리석음 앞에 무엇을 어찌 설명해야 할지 몰랐다.

"왜 대답이 없소!"

판사는 판초 앞에 둥둥 뜬 DD를 보며 다그쳤다. 편지와 같은 구시대적 문화와 최첨단 DD의 사용 중 무엇이 합리적인 수단인지를 묻는 것임이 분명했다.

"존경하는 재판장님."

드디어 판초가 말문을 떼자 판사의 얼굴에 반가운 기색이 역력했다.

"말해 보시오."

판사와 검사는 판초에게 정중했다.

"판사님은 왜 판결을 기계에게 맡기지 않습니까?"

"그… 그건…"

뜻밖의 질문에 당황한 헤럴드는 말을 잇지 못했다. 눈치를 살피던 검사가 나섰다.

"무례하군요! 사람의 인생을 좌우하는 중요한 결정을 어떻게 기계에게만 100% 맡길 생각을 하죠? 우편배달쯤이야 기계가 하든 사람이 하든 동물이 하던 크게 중요하지 않겠지만요."

검사의 말이 끝날 즘 판사의 입에서 결심이 튀어나왔다.

"사건번호 2076 N.W.O 유죄를 선고하며 벌금 카드를 발부합니다. 우체국에서 정년 퇴직한 것과 전과가 없다는 것 그리고 120살이라는 나이를 고려해 정상 참작합니다. 200 스텔라를 선고합니다!"

슈퍼컴퓨터 말하다. (1)

"화성과 2152년의 지구는 같다 (Mars = 2152 Earth)"

 전파망원경이 설치된 웨스트버지니아 주의 포카혼타스. 이곳은 외계인 출몰 지역으로 유명한 51구역(Area51)과 닮았다. 운석 충돌의 당위성을 높이기 위해 UFO를 만들어 낸 계략처럼 이곳 또한 그러한 목적(인구 감축)을 수행하기 위해 설립됐다. 포카혼타스로부터 약 66.6마일 떨어진 지점엔 미식축구장이 있다. 경기장이 지어진 지 50년이 넘었다. 하지만 관객이나 선수가 방문한 기록은 전무하다. 당연히 경기도 열리지 않았다. 그 시설물의 목적은 따로 있었기 때문이다. 사람들의 시선을 피해 지하기지로 들어가는 통로로 사용한다. 잡초로 뒤덮인 축구 경기장 아래는 슈퍼컴퓨터와 인공지능 AI의 차지다. 프리메이슨 또는 일루미나티라 불리는 금융 엘리트들은 그곳에서 하나의 작전을 벌였다. 일명 노란 우산 프로젝트(Yellow Umbrella Project)다. 우생학(Eugenics)을 기반으로 한 실험실의 운영이었다. 보안은 철두철미하여 개미 한 마리조차 접근할 수 없다. 철벽 수비를 하는 이면에는 그만한 이유가 있다. 유엔의 아젠다21(Agenda21)을 소리 소문 없이 지지하기 위해서다. 그들의 이러한 다짐은 조지아 주에 있는 가이드 스톤에도 잘 나타났다. 자연과 공생하기 위해 인간을 5억 이하로 유지하라는 명령을 이행하기 위해서다. 맞다. 의제21의 주목적은 인구 감축이다. 그러나 그 누구도 자연을 위해 죽겠다고 나서지 않는다. 하여 그들은 역정보를 이용한다. 그것으로 인류의 대 멸종을 노리고 있다. 인구 증가가 불러올 대 파멸을 논하고 있지만 그 실상은 하얀 피부를 신봉하는 그들만의 우생학이 존재한다. 세계의 금융(미 중앙은행 FRB)을 쥐고 흔드는 그들의 피부에는 백인 우월주의가 박혔다. 피부색이 다른 인종을 소프트 킬(Soft Kill)로 제거하고 있다. 먹을거리를 이용한 방법이 유효했다. 유전자 변형작물을 글리포세이트 독극물로 키워 기른다. 간의 해독력 P450을 불활성화 시키는 글리포세이트가 세계인의 식탁에 오른다. 라운드업 제초제의 판매가 치솟자 암과 자폐증 그리고 치매가 함께 치솟았다. 먹는 것에 이어 물도 오염시켰다. 치아를 튼튼하게 한다는 명분으로 수돗물에 독극물인 불소를 쏟아부었다. 원소주기율표에 나란한 불소(F)와 요오드(I)다. 하지만 그것이 많아짐에 따라 요오드는 파괴되어 사라지고 그 자리를 방사선 요오드가 차지하게 된다. 후쿠시마 원전 폭발에 따른 방사성 요오드의 인체 누적은 갑상선 이상을 초래했다. 사실 이러한 위험은 태어나면서부터다. 백신을 통한 인구 감축은 큰 성공을 거두었다. 특히 삼순구식으로 살아가는 개발도상국(제3국) 그리고 선진국(G20)에 들어섰다는 신기루를 보는 나라에서 발생했다. 물론 모든 인류가 잠든 것은 아니기에 그들의 기니피그 실험을 비난하며 잠든 이들을 깨우기에 나섰다. 그리고 일부 과학자들의 위험한 발언을 잡아내어 폭로하기에 이른다. 환치기 선수 유대인 조지 소로스의 인류 파괴를 위한 자금 운용, 세상을 전쟁과 굶주림 그리고 미네랄인 석유를 화석연료라 속여 오일 파동을 일으키고도 끝내 노벨상을 거머쥔 유대인 헨리 키신저, 시온주의를 앞세운 유대인 에릭 비앙카(Eric R. Pianka)의 '에볼라 바이러스'를 통한 공기전파 바이러스의 인류붕괴 시나리오, 테드(TED) 강연장에서 인구의 10%를 백신으로 줄일 수 있다고 주장한 우생학자 빌 게이츠의 발언 등이 그것이다. 그러나 교환가치밖에 없는 프린팅 머니에 빠진 인류는 그 심각성을 파헤치기보다 음모론으로 몰아가고 바삐 살았다. 과거부터 이어진 이러한 집요함이 큰 성공을 거둔 순간도 있었다. 그것이 바로 무선통신 기술을 이용한 저주파 공격이다. 사람들은 범인이 누군지 몰랐고 원인을 다른 곳에서 찾아 골든타임을 허비했다. 그러는 사이 핸드폰 기지국의 방사선은 인간의 면역과 DNA를 야금야금 손상시켰다. 그러나 방사선 RF 공격은 완벽한 성공은 아니었다. 사망자의 수가 그들이 원했던 목표치에 미치지 못했기 때문이다. 세계대전을 일으켰던 금융 엘리트들은 고민에 빠졌다. 인간은 망각의 동물이란 것을 간파한 그들은 반면교사를 삼지 못하는 인간의 약점을 다시 이용하기로 했다. 문제-반응-해결 방식으로 이끌어내기 위해 역정보를 이용한다.

과학자들은 화성과 지구의 모습이 일치한다는 컴퓨터 답변에 만족감을 느꼈다. 컴퓨터에 입력한 자료를 다시 검토했다. 지구의 수명은 환경에 달렸다. 이 환경의 파괴를 인간의 문제로 돌렸다. 나사가 만든 우주의 변화도 빼놓지 않았다. 우주 진공 에너지 모의실험을 했다. 약 백만 개의 은하를 관찰했다. 이런 계산을 토대로 데이터를 뽑았다. 이러한 천문학적인 숫자와 정보 때문에 초당 47억 번 이상의 연산이 가능한 블루문 컴퓨터가 개발됐다. 컴퓨터에 내장한 공식에는 인류의 에너지 소비 패턴과 지구자기장의 약화 그리고 지구 내부의 온도 변화 등 수많은 데이터가 조합되었고 그것을 인류 파멸의 도화선과 연결했다. 지구 온도에 관한 정보는 IPCC(Intergovernmental Panel on Climate Change 정부 간 기후 변화 위원회)와 GCMs (Global Climate Models 지구 기후 모델)로부터 넘겨받았다. 무책임한 인간의 모습을 그리기 위해선 이산화탄소를 소비하는 인간의 모습이 필요했다. 세계 모든 항공사로부터 데이터를 취했다. 항공기가 배출하는 질소산화물과 비행하면서 만들어 내는 권운 등을 확인하기 위해서다. 그것이 지상의 온도를 변화시키는데 영향을 주기 때문이다. 물론 현실적으로는 측정이 불가능한 데이터도 있다. 그러한 일은 슈퍼컴퓨터가 가상 수치로 대체했다. 인간이 예측할 수 없는 공식 중 하나가 바로 500개가 넘은 화산이다. 화산이 폭발하면 화산재와 함께 황산염 연무질이 하늘로 치솟는다. 그것은 상공 30km까지 뻗어 오를 수 있다. 그렇게 되면 햇빛을 가리게 된다. 이것이 한랭화를 초래했다. 그러므로 활화산인지 휴화산인지에 따라 지구 온도가 급격히 바뀔 수 있다. 하지만 화산의 그것은 지구공학이라 불리는 켐트레일에 비할 것이 못되었다. 대기에 열대야를 형성하는 것도 바로 이 켐트레일이 한 짓이다. 비행기가 뿌린 알루미늄 가루가 대기에 머물면 햇볕을 흡수한다. 밤이 되어도 열은 유지된다. 그럼에도 불구하고 비난의 화살은 메탄가스로 향했다. 1850년 영국의 산업 혁명에 의해 세상의 빛을 본 매탄이 지구 온난화를 일으키는 범인으로 그려진다. 물론 인간의 편의와 맞바꾸어 연소되고 하늘로 뿜어진 것은 사실이다. 그러나 온난화와는 관계가 없다. 그림자 정부의 명령에 따라 움직이는 과학계는 켐트레일의 지속 살포를 위해 메탄가스나 이산화탄소와 같은 시나리오를 지속 만들어 유포했다. 그것들이 대기에 오래 머물면 머물수록 온실효과가 크다며 선동했다. 인간을 속이는 데는 통계란 것도 큰 몫을 했다. 더욱이 기후협약을 통해 큰돈을 번 부통령 앨 고어나 세계가 갑부라 생각하는 빌 게이츠의 입에서 나온 그래프는 믿음을 주기에 충분했다. 과학자들은 온실가스의 농도를 450ppmCO2eq로 못 박았다. 그리고 그것을 지키자 호소했다. 단일 정부 빅브라더를 반대하는 이들이 반격에 나섰다. 버드-헤이글 결의안(Byrd-Hagel Resolution: 미국은 미국 경제에 심각한 해를 끼치는 어떠한 의정서에도 서명을 하지 않는다.)를 상정했다. 1차 교토의정서가 끝난 2012년 미국은 이에 동의치 않았다. 그리고 2차와 3차에 이르러까지도 서명하지 않았다. 트럼프가 국정을 수행할 땐 기후협약에서 탈퇴하는 모습도 보였다. 이는 제수이트(Jesuit)를 등에 업은 글로벌 금융세력이 더는 하늘에 켐트레일을 뿌리지 못하게 하기 위한 수단이었다. 탄소세에서 자유롭고 싶었던 세계도 기후협약에서 탈퇴했다. 의도야 어떻든 결과적으로 인류를 구하는 선택을 한 것이다. 탄소세로 배를 불리려던 그들의 계획이 수포로 돌아가는 순간이었다. 당연히 탄소 쿼터제는 필요 없게 됐다. 딥 스테이트(Deep State)는 다른 변명거리를 찾기 시작했다. 새로운 문제-반응-해결의 시나리오는 만들었다. 북극 얼음이 10년당 8%씩 감소하게 되면 동토대의 얼음이 녹아 메탄가스가 퍼진다는 이론이다. 그 양은 막대하다는 선전을 시작했다. 이러한 스토리는 기폭제 역할을 했다. 빙하기를 거쳐 해빙기에 이르기까지 남극과 북극은 빛을 반사하기에 적합한 명도가 높은 흰색이다. 그러나 그것이 온난화에 의해 사라지게 된다. 사라진 그곳엔 검은 바다가 나타날 것이고 검은 바다는 햇빛을 더욱 많이 빨아들이게 된다. 따듯해진 바닷물은 팽창한다. 그것은 마치 불에 기름을 붓듯 온난화에 가속도를 붙인다. 이러한 가설은 설득력을 얻었다. 그래서 다시금 이산화탄소에 대해 세계가 집중한다. 자신들의 이론이 맞는다는 것을 증명하기 위해 고의로 산불을 내기 시작했다. 고출력 빔을 쏟을 수 있는 비행기를 띄어 산불을 내놓고도 지구 자기력의 약화란 변명을 남발했다. 다이렉트 에너지 웨폰(DEW: Direct Energy Weapon)으로 아마존과 호주의 광활한 숲은 잿더미가 되어버렸다. 대기엔 질소가 75% 산소가 21% 정도 존재하나 지구는 허파를 잃어 산소의 수치가 19%까지 떨어지게 되었다. 하지만 이 모든 원인과 결과는 인간과 나약해지는 자연이 부른 참사라는 것이 그들의 교육이었다. 태양의 높은 열에 의해 초목은 불타게 되었다는 것이다. 나무가 타면서 탄소를 방출하게 되어 지구 온난화를 멈출 수 없는 상태까지 끌고 간다는 것이 최종 시나리오다. 과학자들은 탄소가 이산화탄소보다 무려 15

배 이상 위험하다는 기록을 내놓았다. 물이 증발하게 된다는 이론도 대두되었다. 어류도 숨을 쉴 수 없게 된다는 것이다. 대기층이 사라져 가는 만큼 공기의 양도 준다는 이론을 설파했다. 60기가 헤르츠(60GHz)에서 산소 분자를 회전시켜 인간이 숨을 쉴 때 적혈구에 헤모글로빈이 달라붙지 못하는 상황을 이산화탄소에 의한 지구 온난화로 숨을 쉴 수 없다며 선동했다. 이런 시나리오라면 당장에라도 지구가 망하는 것이 전연 이상치 않다. 그럼에도 불구하고 2152년이나 되어서야 지구가 화성 화 된다니 인구 감축으로 돈을 벌어들이는 과학자들은 고개를 갸웃거렸다. 그러다 자연치유력에 눈이 갔다. 슈퍼컴퓨터가 내장한 공식에는 수많은 자연치유가 들었다. 슈퍼컴퓨터가 이를 놓칠 리 없었다. 오존도 자연 치유력이 있다. 인간도 노력한다. 탄소 포집저장(Carbon Capture and Storage) 기술은 지구의 수명을 연장하는데 플러스 요인으로 계산되었다. 자연이 선사하는 바람을 이용한 풍력터빈과 태양의 열을 에너지로 이용한 포물면 거울 그리고 수력발전은 지하에 매장된 그것들을 연소시키는 작업을 늦췄다. 이산화탄소를 배출하지 않는 수소 전지차도 한몫한다. 오염된 물이 흐르면서 자연 정화가 되듯이 천천히 진행된다. 영혼을 판 과학자들은 자연치유를 능가할 오염도가 필요했다. 개발도상국에 경제저격수를 보내 개발이란 명목으로 자원을 탈취한다. 일류국가를 표방한 나라는 자연을 파괴하고 뱅커들이 제시한 인공 유토피아에 눈을 돌린다. 이것이 한몫한다. 세계적으로 늘어나는 화력발전소, 중앙난방보일러, 석유, 석탄 그리고 천연가스 이 모두는 개발과 일류국가의 도약이라는 명목에 연소되어 하늘로 뻗어 올라간다. 이산화탄소가 하늘만 공격한다는 시나리오 대신 다시 내려온 그것이 공격할 곳을 찾았다. 바다에 녹아드는 것이다. 물을 산성화시킨다. 강해진 산성은 플랑크톤의 죽음을 초래할 것이고 갑각류의 껍질도 녹여 전멸케 한다. 바다에서 플랑크톤과 갑각류가 사라진다는 것은 초식동물에게 있어 풀이 사라진다는 이야기와 같다. 이러한 기초 먹이사슬의 붕괴와 더불어 지구자기장 약화를 또다시 들고 왔다. 자기장이 약화되어 태양방사선을 튕겨내지 못해 지구는 화성의 지표를 닮게 된다는 것이다. 얇은 대기권이 태양의 방사선을 피하기엔 1년이라는 시간 동안 지구는 고작 태양으로부터 8cm 정도 멀어졌다는 계산도 넣었다. 푸른 하늘에 구름이 생성되는 대신 수증기는 우주로 방출된다는 다소 허무해 보이는 주장도 굽히지 않았다. 대기권이 붕괴되면 더는 하늘은 없다. 화성처럼 머리 위가 우주다. 지구는 더는 태울 것이 없는 고온으로 적토화되고 붉은 흔적과 숭숭 뚫린 분화구, 생명이 존재했던 희미한 흔적만을 남긴 채 다시 우주의 공식에 맞춰 휴식기로 접어들고 빙하기를 맞이한다는 시나리오가 완성된다.

계산을 마친 컴퓨터가 경보를 울렸고 화면에 메시지를 띄웠다.

"화성과 2152년의 지구는 같다 (Mars = 2152 Earth)"

결과는 똑같았다. 연구진은 컴퓨터의 판단에 다소 흡족해하면서도 그 아마게돈의 시기를 더욱 앞당기고 싶었다.

슈퍼컴퓨터는 둠즈데이(Dooms day)를 대비한 두 가지 해결책을 내놓았다. 하나는 지구에 남는 것 그리고 다른 하나는 우주 이민 계획이었다. 우주가 존재한다는 데이터를 넣지 않았다면 위와 같은 해결책도 제시할 수 없었을 것이다.

인간은 태양계에 지구와 같은 별은 없다는 가정하에 과학의 힘을 빌려 화성으로 변해버린 지구에 적응하려 하였다. 태양 방사능을 적절히 막아주는 우주 비닐하우스를 지어 작물을 재배했다. 하지만, 적응이라는 말 뒤에는 오류가 필연적으로 뒤따랐다. 작은 실수 하나까지도 큰 재앙으로 몰고 가 종말과 연결했다. 우주 이민 계획도 많은 시행착오를 겪게 될 것임은 명백하다.

콘도르 산

"자, 가거라."

육각형 철재 빔에 둘러싸인 콘도르 산에 도착했다. 외래종 식물이나 동물 그리고 유전 조작으로 태어난 생명체는 출입을 금했다. 물론 복제인간도 포함된다. 그러므로 판초는 그를 돌려보내야 한다. 돈카홀스가 주인을 잊지 못해 뒤를 돌 때마다 판초는 잘 가라며 팔을 흔들었다.

"동공 인식기에 눈을 대 주십시오."

콘도르 산을 관리하는 관리원이 말했다. 그의 요청에 그는 기꺼이 그곳에 눈을 댔다. 삐빅- 기계 소리와 함께 '확인(Confirm)'이라는 글자가 나타났다. 콘도르 산 입구에 도착하자 마음이 조급해졌다. 에스테반과 그의 어머니 스테파니 때문이었다. 아직 그들이 그곳에서 살고 있을까 하는 생각이 판초를 안절부절 하게 만들었다. 만약 그들을 볼 수 없는 일이 생긴다면 최소한 자신의 존재를 느끼게 한 편지만이라도 볼 수 있었으면 했다. 그는 빛바랜 사진에 적힌 사랑의 글귀를 읽고 싶었다.

"즐거운 시간 되십시오."

콘도르산 관리원이 판초에게 말했다.

"네, 수고하십시오."

그가 대답했다. 판초는 돔에 도착하자마자 자외선으로부터 피부를 보호해 주는 패딩옷을 벗었다. 다시 돔 밖으로 나갈 일이 없는 사람처럼 신발도 벗었다. 둥그렇게 말린 밧줄이 다시 그의 어깨 위를 차지했다. 그것은 얼마 뒤, 그의 어깨가 아닌 목에 걸릴 것이다. 판초의 행동을 지켜본 콘도르 산 관리원은 별 이상한 노인 다 보겠다며 혀를 찼다.

유리가 자외선을 적당히 차단하고 있는 돔 안에는 따뜻한 봄기운이 돌았다. 인공의 것에 덮여 있던 판초의 피부도 반응했다. 그는 폐를 부풀려 신선한 공기를 들이켜는 중이다. 옷만 벗어도 몸이 다르다는 것을 느꼈다. 마치 로봇에서 사람이 된 느낌이었다. 풀냄새, 흙냄새 뒤섞인 따뜻한 공기가 그의 몸으로 퍼지고 있다. 세포 구석구석까지 도달하자 그의 눈이 생기를 찾았다.

"하하하, 모두가 살아 있구나! 살아 있어."

기뻤다. 같은 자리를 빙글빙글 돌며 그는 자연을 만끽했다. 비록 인공 돔 안에 갇혀 사는 동식물이었지만 돔 밖의 생명체들과는 기운이 남다른 것을 느꼈다. 포유류들의 눈은 빛났고 식물들의 잎은 활발하게 광합성을 했다. 모두 각자의 먹이사슬 속 위치에서 포식자를 경계하고 먹잇감을 찾는 모습이 매우 자연스러워 보였다. 그중 가장 인상 깊은 것은 태양의 붉은색을 닮은 적색 바위에 웅크리고 앉아 있는 퓨마의 모습이었다.

'사람을 해치지 않니?' '아니요, 사람이 해치죠.' 에스테반이 콘도르 새와 함께 토끼를 사냥하며 했던 말이 떠올랐다. 에스테반, 그 아이는 콘도르 산이 돔으로 변할 미래를 알고 있었을지도 모르겠다는 생각이 스쳤다. 자연과 함께 자라온 아이는 인공 제품들 속에 묻혀 살아가는 아이들과는 본질적으로 다른 무엇이 있음이 분명했다.

생각에 잠겨 터벅터벅 걷고 있을 때 그에게 소리치는 한 무리가 나타났다.

"거기 비켜 주세요!"

그들의 손에는 카메라가 들려 있었다.

"죄송합니다."

정신을 차고 얼른 자리를 피하며 대답했다. 카메라를 피한 그는 사람들이 영상을 찍는 모습을 지켜봤다. 그들은 동물 드라마를 찍고 있었는데 그와 같이 패딩 복을 벗고 있는 모습이 진짜 사람답게 느껴졌다. 판초는 그들에게 다가가 반가운 포옹을 하고 싶은 기분이었다. 알루미늄 소재가 아닌 직물 소재의 옷을 입은 사람들에게 동질감이 느껴졌기 때문이다. 카메라에 들어온 파란 불빛을 보자마자 옛날의 그것이 떠오른 판초였다.

"반딧불이!"

반짝이며 사방을 날아다니던 그 모습을 더는 볼 수 없다니 마음이 아프다.

CG(Computer Graphic 컴퓨터 그래픽) 기술이 아무리 발달되어도 자연 그대로 숨 쉬는 듯한 모습까지 담아내는 데에는 한계가 있다. 컴퓨터로 사람들의 눈을 완전히 만족시키기란 불가능하다. 판초가 이곳 GGL을 찾을 수밖에 없는 이유다. 예전에는 곤충을 잡아 채집하기도 했으며 꽃사슴의 머리를 쓰다듬어 주기도 했었다. 그러나 이제 그런 모든 풍경이 TV 속 화면이 되었고, 돔 밖에서는 사라졌다.

DD의 화면에 '사라진 판초(missing Pancho)'라는 글씨가 떴다. 헤럴드가 DD의 메시지란을 보자 영상이 허공에 뿜어졌다.

'LSC 직원 로페즈입니다. 헤럴드님이 찾고 계신 판초 소토마요르 씨는 2076년 10월 2일 저녁 7시 32분에 패치를 본인의 집인 산타 루이스 27번지 3층에서 떼어 냈습니다.'

메시지가 끝나고 여자의 모습도 영상에서 사라졌다.

"어쩌면 좋지?"

헤럴드의 미간 주름이 깊어졌다. 패치를 분석해 보면 그가 어디를 가려고 마음먹었는지 금방 알 수 있었지만, 절차도 까다롭고 시간이 필요했다. 그는 뒷짐을 쥐고 방에서 왔다 갔다 하며 판초가 갈 만한 곳을 짐작해 보았다. DD는 그의 그림자라도 되는 양 발걸음에 맞추어 따라다녔다.

"맞다!"

그에게 발부한 벌금 카드가 생각났다. DD의 영상 기록 버튼을 누른 그는 TPC (Ticket Payment Center 벌금 조회센터)에 벌금 카드 위치를 조회해 달라는 기록을 남겼다.

비록 돔 안에서 보는 하늘이었지만 푸른 것을 볼 수 있다는 생각만으로 판초의 숨이 트였다. 오랜 세월 아스팔트와 보도블록만을 밟아오다 딱딱한 돌과, 부드러운 흙이 맨발에 닿으니 몸이 움찔 움찔거렸다. 가파른 각을 자랑하는 도시경관보다는 강하면서도 부드러움을 보여주는 울퉁불퉁한 자연경관이 훨씬 멋졌다. 며칠을 굶은 그에게 자연은 비타민과 미네랄을 넣어 주고 있었다. 어쩌면 보이지 않는 이러한 강력한 자연의 힘 때문에 사람들이 보호 구역을 만들었을지도 모르겠다. 판초는 자신이 있는 곳을 그 누고도 알지 못할 거란 생각을 했다. 그동안 전라의 몸으로 도시를 헤매며 떠돈 것은 아닌가 하는 생각이 들었다. 자외선을 차단해 주는 패딩 옷을 벗은 것만으로도 시한폭탄을 벗어던진 듯 홀가분한 기분이었다. 판초는 자신의 귀 언저리를 만졌다. 패치는 이제 없다. 그동안 그것 때문에 늘 감시당하고 있는 느낌을 떨쳐 버릴 수 없었다. 누구든 DD나 GPS를 이용하여 자신의 일거수일투족을 알아낼 수 있다는 사실에 늘 불안했었다.

어머니의 품과도 같은 자연 속에선 모든 것이 편안했다. '나는 기계에서 뻗어 나오는 영상은 필요 없소!' 그가 정신 진료 상담사에게 했던 말이었다. 상담사는 자연을 동경하는 그를 배려해 포터블 영상기기를 그의 눈에 부착해 주었다. 그리고 푸른색의 초원을 담은 화면을 틀었다. 산과 맑은 물 그리고 한가로이 풀을 뜯는 초식동물들이 되살아 난 듯했다. 하지만 그것들은 일종의 신기루일 뿐, 눈속임에 불과했다. 인간의 착시 현상을 진짜처럼 느끼도록 하는 것이 의사들의 임무였다. 자연을 그리워하며 눈물을 흘리던 사람들이 자살하는 일이 빈번해지자 정부가 발 벗고 나선 것이다. 판초는 80년이 넘게 자신이 해오던 일을 접시같이 생긴 물체에게 빼앗기고 말았다. 그러니 상실감이 클 수밖에 없었으리라. '사람은 죽어서 자연으로 돌아간다던데, 그 말이 사실이오?' 판초는 정신 치료 상담사에게 자신이 했던 마지막 말이 떠올랐다.

그는 어깨에 걸친 굵은 밧줄을 꾹 잡았다.

"홀가분하다."

패딩 옷과 패치, 이 두 가지만 떼어냈을 뿐인데 몸이 날아갈 듯했다.

-딱!-

판초가 가파른 길로 들어서려는데 하늘에서 시커먼 물체가 떨어졌다. 그는 큰 소리에 놀라 뒤돌아보았다. 하늘엔 커다란 독수리 한 마리가 있었다. 방금 전 하늘에서 떨어진 것이 무엇인지 궁금해서 소리가 난 절벽 쪽으로 뛰어가 보았다.

"하!"

놀라운 광경이었다. 거북이 등껍질이 가득했다. 그곳은 거북이의 무덤이었다.

"너희도 머리가 발달하는구나."

하늘을 올려다보며 그가 말했다. 느릿느릿 기어가는 거북이를 낚아챈 독수리가 하늘 높이 날아올라 그것을 떨어트린 것이다. 아무리 강력한 등껍질이라도 높은 곳에서 떨어져 바위에 부딪치면 산산조각 나고 만다. 그러면 거북의 살점을 쉽게 발라먹을 수 있다. 잘못하다간 거북이가 자신의 머리로 떨어질지 모를 일이다. 판초는 절벽 길을 피해서 산으로 올랐다. 그는 어깨에 걸친 밧줄을 또 한 번 단단히 움켜쥐었다.

"여기서 죽을 순 없지. 그 편지를 다시 볼 수 있을지도 모르니 말이야."

판초의 마음은 이미 그들을 만나고 있었다. 스테파니의 눈물과 떨리는 손이 기억났다. 그리고 어머니의 편지를 읽던 에스테반이 떠올랐다. 그들을 만난다면 밧줄의 도움이 없어도 될 것 같았다. 판초는 집배원에 불과했지만 그가 전해준 편지를 받은 그녀는 진실로 감동의 눈물을 흘렸다. 전달된 편지는 전장에서 죽은 남편을 다시 만나는 일이었기 때문이다. 아버지를 본 적 없던 에스테반도 편지로 아버지를 만나게 되었다. DD 같이 영상과 목소리를 전달하진 못했지만 손으로 써 내려간 편지엔 사람의 영혼이 묻어 있었다. 편지는 영혼의 목소리였고, 사랑이었다. 죽음도 소통을 가로막지 못했다.

"우표, 편지, 우체통, 우체부, 우체국, 편지함, 반송, 등기, 사랑…."

판초는 그리운 단어들을 하나씩 생각해내며 걸음을 옮겼다. 결핵 환자를 돕기 위해 발행했던 크리스마스실이 떠오르니 마음이 따뜻해졌다. 그림이 그려진 편지봉투는 그를 미소 짓게 했다. 꽃을 붙인 편지는 그의 코끝까지 향기를 전했다.

발에 물기가 느껴져서 아래를 보니 땅이 젖어 있었다. 고개를 들어 두리번거렸다.

"저것은…."

맑은 물이 계곡을 따라 흐르고 있었다. 물줄기를 따라가자 수영도 가능할 만큼 넓은 물가가 나타났다. 유유히 움직이는 검은 것이 분명 물고기임을 직감한 판초는 걸친 전부를 훌러덩 벗어던졌다. 패딩 아래 숨어있던 판초의 하얀 피부가 드러났다. 오랜만에 피부로 숨을 쉬는 그는 계곡으로 뛰어들었다. "첨벙" 소리와 함께 물이 사방으로 튀었다. 물고기들이 놀라서 그 모습을 감추어 버렸다. 그는 신나게 웃으며 물놀이를 즐겼다. 판초는 어린아이 시절로 돌아간 것 같았다. 물을 머금었다 뱉기도 해보고, 물장구도 치다가 하늘을 올려다봤다. 따스한 햇볕이 유리 사이로 투과되며 내리쬐고 있었다.

"하늘아, 열려라!"

그가 소리치는 순간, 예상치 못한 일이 벌어졌다.

"-기이이잉-"

돔의 천장이 마치 동화 속 주술에 걸린 듯 열렸다. 놀라움과 경이로운 순간도 잠시, 강한 햇볕이 그의 피부를 공격했다. 피부가 타는 듯 뜨거웠다. 빛에 눈을 찡그린 판초는 숨을 한껏 들이켜고 잠수했다. 열린 하늘에 시커먼 구름이 몰려오더니 천둥소리와 함께 힘찬 빗줄기가 쏟아졌다.

"-쏴아-"

판초는 입을 벌리고 빗물을 들이켰다. 산성비 따윈 중요하지 않다. 콘도르 산에 들어온 이상 모든 것이 자연 그 자체였다.

 물 위로 쏟아지는 빗소리가 시끄러웠다. 수없이 떨어지는 빗방울들이 사방으로 튀며 요란한 소리를 내고 있었다. 고막을 두드리는 신선한 자극에 판초는 환희의 함성을 내질렀다. 자장가처럼 잠을 불러오는 자연의 소리를 들으며 판초는 어머니의 품을 떠올렸다.

 "-기이이잉-"

 30분쯤 지나자 비가 멈췄다. 철재 빔이 다시 닫혔다. 관리원이 인공 비를 뿌린 것이다. 그의 옷은 젖었지만 뭍에 올라오니 금세 말라버렸다.

자연

하얀 구름을 배경으로 한 푸른 숲엔 신선한 공기가 가득했다. '찌들대로 찌든 매연이 몸에서 스르륵 빠져나가며 나도 구름처럼 두둥실 떠오를 것만 같아.' 연녹색 나뭇잎과 화려한 꽃들이 태양의 시선을 받으며 웃고 있었다. '피부에 닿은 생명의 불꽃아, 나도 피어나게 해다오. 탄력을 잃은 내 피부에도 다시 봄을 주려무나.' 꿀벌은 다리와 몸통에 노란 꽃가루를 묻힌 채 분주히 움직인다. 꽃과 꽃 사이를 넘나들며 사랑을 전달하는 중이다. '꽃을 한 아름 따다 연인에게 안겨주고 싶다.' 무리 지어 하늘을 나는 평화로운 새들의 날갯짓에 바람도 숨을 죽였다. '나도 저들과 같은 진정한 자유를 꿈꾸는 방랑자라네.' 물의 흐름이 고막을 자극한다. '내 귀도 그래. 그들의 걸음에 젖어든다.' 수직으로 떨어지는 폭포수의 거대한 물줄기가 듣기 좋은 소음을 일으킨다. '일정치 않은 폭포 음에 마음이 진정되는구나.' 물보라가 하늘 높은 줄 모르고 뻗는다. '시원하다. 촉촉하다.' 그들이 공기와 사이좋게 춤추는 그곳에 무지개다리를 놓는다. '자연이 펼치는 장엄한 경관에 경외심마저 느낀다.' 육·해·공 그 어디나 생명이다. '나 또한 살아있다. 분명하구나.' 물고기들이 물살을 비늘로 쳐내며 유영하고 있다. '나도 수영을 할 줄 알아, 같이 헤엄치자.' 팔랑팔랑 무늬의 나비 떼가 화려한 군무로 주의를 끈다. '좀 더 가까이 다가가 관찰할 순 없을까?' 날갯짓을 멈추고 공기를 탄 잠자리가 보인다. '착지를 한다면 집게손가락으로 날개를 잡아보고 싶다.' 개미들은 하늘을 나는 그들이 부러운지 더듬이를 들고는 하늘을 쳐다본다. '그런데 왜지? 만질 수 없어.' 젖은 돌 위 개구리 한 마리 아래턱을 부풀리며 일광욕을 즐긴다. '촉촉하다.' 개구리가 숨을 멈춘다. '왜지?' 뱀이 보이자 껑충 뛰어 물속으로 퐁당 빠진다. 물에는 둥근 파문이 고루 퍼진다. 개구리는 다리를 쭉쭉 뻗으며 물살을 가른다. 눈으로 볼 수 없는 파장이 공기에서도 퍼진다. 딱따구리가 나무를 쪼아대는 소리가 숲을 울린다. '내 귀에도 통통통! 딱딱 딱딱딱! 밝은 햇살 아래 연주되는 자연의 선율이 들려!' 둥지에서 알을 품고 있는 할미새가 있다. '귀엽다.' 알을 품던 할미새가 다급히 날개를 퍼덕인다. '무엇 때문이지?' 알을 노리고 뱀이 혀를 나불거린다. 할미새는 찌익! 찌익! 소리친다. 풀을 뜯다 고개를 드는 꽃사슴의 큰 눈망울도 겁에 질렸다. '괜찮아 나는 너를 해치지 않아. 이리 와 이리…' 손을 뻗지만….

"이… 이건! 이건 가짜야!"

판초가 악을 썼다. 자신의 눈을 덮은 포터블 영상기기를 벗어던졌다. 놀란 의사가 움찔거리며 뒤로 물러섰다. 그의 뒷걸음질에 DD도 따라 움직였다.

"내가 본 것은 컴퓨터가 만든 가짜였어!"

입술을 부르르 떨며 판초가 소리쳤다.

"사람이 죽으면 자연으로 돌아간다고 하던데…, 그 말이 사실이오?"

판초는 곧 울 듯한 표정으로 물었다.

평화 전쟁

-비비비빔-

지구에서 쏘아 올린 레이저 빔을 상공 30km에 떠 있는 위성 반사판이 다시 지구로 내리꽂았다. 날카로운 송곳을 닮은 빛은 지구를 쩍 하고 갈라놓을 듯 엄청난 속도로 떨어졌다. 수명이 다한 인공위성을 폭파하는 데 쓰일 레이저 기술이 전쟁에 도입됐다. 대기를 뚫고 내려와 식물과 곤충들을 태워 죽였으며 척추동물들의 눈을 멀게 했다.

대기권 밖으로 도달하지도 못할 레이저 총 한 자루를 움켜쥔 채 티토는 동굴 안으로 뛰어들었다. 불안감이 그의 온몸을 훑었다.

"소용없어."

도노반이 말했다. 그는 지대공 미사일을 무력화시키는 레이저의 위력에 전의를 상실했다. 미국의 MD(Missile Defense 미사일 방어 시스템)는 빈틈이 없었다. 그들의 레이저 공격 또한 치명적이어서 사람의 발을 잡아 둘 수 있는 강력한 무기였다. 특히 국제 여론도 살상용이 아닌 사람의 살갗 정도만 태우는 무기로 알려지면서 이 무기는 UN의 전폭적인 지지까지 얻었다. 그러나 전쟁은 승리를 목적으로 하며 그 목적을 달성하기 위해서는 수단을 정당화했다. 다시 말해 살갗을 그을게도 할 수 있었지만, 근육과 힘줄 심지어 심장까지 태울 수 있었다.

"으윽! 악!"

누군가 동굴로 뛰어들었다. 몸에서 연기가 나는 것으로 보아 레이저 공격을 받은 것이 분명했다.

"호드리고?"

티토는 그의 타버린 얼굴 때문에 그가 누구인지 확인할 수 없었다. 검게 타버린 얼굴에 하얀 치아가 대비를 이루고 있었다. 레이저에 노출된 호드리고의 살갗은 숯을 바른 양 거멓게 익었다. 모락모락 연기를 피워 비위 상하는 냄새를 퍼트렸다. 패딩 옷과 살 타는 냄새가 동굴을 가득 메웠다. 구역질 소리가 메아리쳤다. 살이 찢기는 듯한 엄청난 고통 때문에 호드리고의 몸은 경련을 일으켰다.

"호드리고, 정신 차려! 자네 노모를 생각해야지."

티토가 소리쳤다.

"그만두게, 깨어나면 고통만 더할 뿐이야. 잠시 기절해 있는 것도 나쁘지 않아."

도노반이 말했다. 시커멓게 탄 동료의 모습을 지켜보던 티토가 두려움에 몸을 떨었다. 레이저로 죽음에 이른사람은 없었다. 그러나 빛에 노출되어 실명하는 일은 빈번했다. 그리고 레이저의 높은 열에 패딩 옷이 녹아 살에 들러붙으면 옷의 독성 때문에 살을 도려내야만 했다. 치료 시기를 놓치면 살은 괴사했다. 일단 괴사가 시작되면 패혈증의 우려 때문에 결국 절단할 수밖에 없다. 그것은 마치 20세기를 장식한 발목 지뢰사고 처럼 피해자에게 끝없는 고통을 안겨 주었다. 미국에서 전쟁의 명분으로 내세우는 평화 따윈 없다. 결국 전쟁은 전쟁이었으며 비참했다. 죽음 없는 전쟁이라 할지라도 부상 당한 이들은 생지옥을 경험했다.

"스테파니..."

동굴 입구 가까이에 앉은 티토는 군복 상의 주머니에서 낡은 사진 하나를 꺼냈다. 사진 속 아내는 지금도 미소 짓고 있다. 초음파 동영상으로 뱃속의 아이 모습을 본 게 엊그제 같은데, 벌써 꼬마가 되었다. 전쟁은 몇 년째 계속되고 있다. 마지막 휴가가 언제였는지도 기억나지 않는다. 그에겐 아이의 모습을 한 번도 보지 못한 일이 가장 힘든 일이었다. 끊임없이 발사되는 지대공 미사일, 번번이 그것을 공중에서 폭파할 때까지 지켜보아야만 하는 자신의 처지, 전쟁은 끝날 것 같지 않았다. 어쩌면 소수의 권력자들이 이 전쟁을 장난치듯 조종하고 있는 건지 모르겠다. 전쟁도 영화처럼 시나리오에 의해 진행되고 있는 것일지도 모른다. 이러다 종국엔 레이저에 통구이가 될 일만 남았다는 불길한 예감이 그를 사로잡았다. 레이저 앞에서 불구가 되어가는 동료들을 볼 때면 그런 생각이 더욱 짙어졌다. 어느 누구도 전쟁이 언제 종식될지 알려주지 않았다. 전쟁은 가진 자의 승리로 끝나는 경우가 많았다. 어쩌면, 마지막 순간 레이저 총을 하늘에 대고 쏘는 허무한 몸짓을 하게 되는지도 모른다.

"누구지?"

도노반은 티토가 들고 있는 사진을 보고 물었다.

"아니야."

짧게 대답한 티토는 사진을 다시 군복 주머니에 넣었다. 아무리 전우라 하여도 굶주리고 고환이 영근 젊은 남자에게 아내를 보여주기는 싫었다. 자신이 보는 것도 아까운 나의 아내.... 그는 아껴 먹으려는 비상식을 숨겨둔 것처럼 아내의 사진이 든 군복 윗주머니 단추를 잠갔다.

-쿠쾅!-

환한 동굴 입구가 심하게 흔들렸다. 이윽고 흙먼지가 와르르 무너져 내렸다. 산에서 구른 바위가 동굴 입구를 막았다.

"피해!"

호드리고를 돌본 산토스가 이쪽이라며 손짓했다. 대원 모두의 손이 적외선 망원경의 티타늄 전투모로 향했다. 산 중턱에 배치해 놓은 지대공 미사일이 하늘에서 쏟은 레이저의 공격에 의해 터진 것이다. 동굴은 어둠으로 채워졌다. 흙먼지 냄새가 코를 후비고 들어왔다. 갇히고 만 것이다. 더는 밝은 빛에서 사랑하는 부인 스테파니를 볼 수 없다는 생각에 티토는 가슴이 무너져 내렸다.

그가 물 밖으로 나오자 조심성 많은 토기가 나타나 물가에서 목을 축였다. 흩어졌던 물고기들도 다시 무리를 지어 헤엄치고 있었다. 시원한 계곡물에 너무 오래 머물렀던 것일까. 저녁이 되니 몸이 으슬으슬했다.

"보이는군."

고개를 들어 그가 말했다. 콘도르 산임을 증명하듯 2미터가 넘는 날개를 펼친 콘도르가 보였다. 그 모습을 보자니 에스테반의 모습이 떠올랐다. 개구쟁이 모습 뒤에 어머니를 모시며 가장의 역할까지 했던 그 모습이 아직도 생생하다.

"저곳에서 토끼 사냥을 했었지."

그는 에스테반의 팔에 토끼를 움켜쥐고 착지한 콘도르를 떠올렸다. 콘도르의 머리엔 작은 철 투구가 씌워졌다. 날카로운 새의 발톱에 다칠까 팔꿈치까지 소가죽 장갑으로 덮었다.

조금만 더 올라가면 그들을 볼 수 있다는 생각에 발걸음을 재촉하는 그였다.

"콘도르의 산."

헤럴드는 스카이 카(Sky Car:나는 차)에게 위치를 말했다. 벌금 카드의 위치를 알게 된 것이었다. 차는 신드바드 모험에 나오는 양탄자처럼 공중으로 가볍게 떠올랐다. 300m 상공에 다다르자 스카이 카는 해를 등지고 서쪽으로 움직였다. 그의 머리 위에선 오존 발생 장치를 실은 비행선이 표류했다. 프레온 가스를 염소 이온으로 바꾸어 오존층을 메우고 있다.

헤럴드는 판초의 스카이 카가 주차장에 있는 것으로 봐서 그의 이동 수단이 무엇인지 궁금했다. 택시는 분명 아니다. 패치 없는 손님을 택시 기사가 태울 리 없다. 땅을 본 그는 어쩌면 동물을 타고 그곳에 갔을지도 모른다는 생각이 들었다.

돌과 흙으로 입구가 막히자 살 타는 냄새는 더욱 진동했다. 야간 투시경에 의존한 그들은 사람이 몇 명이나 생존했는지 확인했다. 티토는 반사적으로 자신의 윗주머니에 손을 댔다.

"스테파니..."

사랑스러운 그 이름 스테파니. 부인의 얼굴을 행여 잊을까 사진을 뚫어져라 보았다. 죽는 순간에도 그녀의 얼굴을 기억하고 싶었다. 밝은 빛이 있었을 때 더 보아둘 걸 하는 후회가 들었다. 모든 것이 멈춘 듯했다. 아수라장이 된 동굴 안의 모습도 눈에 들어오지 않았다. 동료들의 외침이 동굴 안에 울려 퍼지고 있었지만 그의 귀엔 들어오지 않았다.

사진 뒷면엔 우표가 하나 붙어 있다. 전쟁에선 어떤 일이 벌어질지 모르기에 소중한 그녀의 사진에 우표를 붙여놓은 것이다. 필요할 땐 언제든 편지가 될 수 있다. 얼마의 산소가 남았을지 알 수 없는 상황, 더는 여유 부릴 시간이 없다. 얼른 팬을 들어 쥔 그의 손은 힘이 들어가지 않았다. 글씨 쓰는 일은 산소가 고갈되는 지금의 상황처럼 힘들었다. 한 글자마다 마음속 깊은 감정을 쏟아부어야 했기 때문이다. 그는 살

썩는 냄새, 구토 냄새, 죽음의 냄새를 맡으며 정신이 몽롱해짐을 느꼈다.

"아이 이름은?"
티토가 물었다. 그는 군복 차림으로 초음파 사진을 보고 있다.
"아직...."
스테파니는 침대에 누워 사진을 들고 있는 그를 봤다. 남편이 사랑스럽게 느껴졌다. 군인인 남편이 전시상황에는 특히 더 걱정되었지만 평화 전쟁이라고 하니 조금은 안심이 되었다.
"아이에게 좋은 이름을 지어주고 싶어."
티토는 초음파 사진 속 아기에게 입 맞추었다.
"당신이 돌아오는 날까지 기다릴 거야. 그때, 우리 함께 멋진 이름을 지어주자."
그녀는 아이를 업고 거리를 거닐 남편의 모습을 상상하며 곧 전쟁이 끝날 것이라 굳게 믿었다.
"고마워."
티토는 아내의 이마에 살며시 입을 맞췄다. 그리고 속으로 기도했다. 부디 무사히 집으로 돌아와 아이의 이름을 지을 수 있도록 허락해 주소서....

슈퍼컴퓨터 말하다. (2)

옥수수 줄기를 초고온으로 가열하여 만든 탄소 저장 숯이 공식에서 빠졌다. 그것을 컴퓨터에 입력했다. 탄소를 잡아 둘 수 있다는 감언이설로 세상의 돈을 빨아들일 생각을 하자 기뻤다. 과학자는 머리를 돌리며 목을 풀었다. 그러다 자신의 머리 위에 떠있는 그것을 발견했다. DD다. 그는 혹시나 하는 생각이 들었다. 두 눈을 질끈 감았다. 등잔 밑은 어두웠다. 아직 이 기기가 불러올 파멸을 컴퓨터에 넣지 못했다니 한심하단 생각이 들었다. 그는 손바닥으로 세수하듯 얼굴을 문질렀다. 작업에 착수했다. 하루 동안 한대의 DD가 쏟아내는 라디온 파의 양을 환산했다. 그리고 것을 인류의 수만큼 곱했다. 컴퓨터에 DD가 일으킬 오염을 입력한 그는 엔터키를 눌렀다. 그러자 푸른색을 띤 지구의 모습이 점점 붉어졌다. 검붉은 피가 지구에 가득했다. 그리고 이내 컴퓨터 화면에서 지구의 모습이 사라졌다. 사라진 그 공간엔 수많은 숫자와 알파벳이 나타나 아래로 흘렀다.

"Mars = 2076 Earth"
"2076년의 지구는 화성이다."

"이… 이건!"
당혹감에 휩싸인 과학자 입이 벌어졌다. 남을 죽이고 자신들이 사는 것이 목적이었다. 하지만 DD의 여파로 자신들마저 죽게 생긴 것이다.
"화상 통화!"
과학자는 전시안(All seeing eye) 스티커가 붙은 DD를 보며 소리쳤다. 그는 EPO의 각료이자 미 국토안보 사령관인 더피에게 전화를 걸었다.

회상 그리고 편지

밤하늘에 별과 둥그런 달이 뜨고서야 산 정상에 도달했다. 그의 눈에 가장 먼저 들어온 것은 바람개비가 달린 낡은 우편함이었다. 바람이 그것을 빙글빙글 돌렸다. 우편함을 본 그의 눈이 반짝였다. 눈가가 촉촉해졌다. 눈만 감는다면 눈물이 그의 뺨을 타고 주르륵 흐를 것이다.

"반갑구나."

편지함을 어루만진 그의 손이 떨렸다. 우편함에 편지를 넣던 감각이 살아났다. 우체국의 몰락 후 길에 우체통을 설치한 그는 이 감각을 얻고 싶었던 것이다.

"다시 만나게 될 줄 알았지."

그는 벅찬 가슴으로 편지함을 열었다. 비었다. 그 모습이 집에 아무도 없다는 것을 말해주는 것 같았다. 부엉이가 울어대는 소리만 뺀다면 적막한 산에 적막한 집이다. 거미줄에 붙은 거미가 이 집의 주인은 나라고 말하는 것만 같다.

"계십니까?"

누가 있지는 않을까 하여 불러보았으나 조용했다. 두근거리는 마음으로 문 손잡이를 잡고 밀었다. 쌓인 먼지와 마찰음이 함께 퍼졌다.

집 밖과는 달리 안은 깔끔했다. 창이 많았기에 달빛이 밝혀주었다. 탁자와 의자 책상 등 모든 물건에는 먼지가 살포시 앉았다. 그는 밧줄을 바닥에 내려놓았다. 어깨가 한결 가벼웠다. 그 편지를 다시 볼 수 있지는 않나 하는 마음에 집안을 둘러보았다. 그것을 찾는 이유는 하나다. 잃어버린 자신을 돌아보기 위해서다. 어쩌면 DD에게 빼앗긴 자신의 위치를 되찾고 싶어서인지도 모른다. '자, 보라고! 종이 한 장과 볼 펜 한 자루 그리고 우표 한 장의 위엄을 말이야!' 그는 속으로 외치고 있었다.

"10년 만에 도착하는 편지라..."

우체국을 나서는 판초의 발걸음이 여느 때와 달랐다. 오랜 시간 잠들어 있던 편지를 배달하기 위해 스카이 바이크에 몸을 실었다.

십여 년을 끌어오던 평화 전쟁은 막을 내렸다. 그러나 죽음 없는 전쟁이라 자부했던 것과는 다른 결과가 나왔다. 화약 전쟁에서 목숨을 잃은 군인 이상의 사망자와 실종자가 생겨났다. 전쟁에 참여한 각 정부는 위치 추적기를 동원하여 군인들을 찾아 나섰다. 그리다 십여 구의 주검을 발견하게 됐다. 티토의 유품으로 분류된 편지가 '전쟁

그리고 편지'라는 제목으로 매스컴을 탔다. 부인을 그리워하며 죽음을 맞이한 군인의 애틋함이 편지에 고스란히 담겼다. 시청자의 눈시울을 적셨다. 스테파니의 빛바랜 사진 뒷면엔 한 장의 우표와 글이 보였다. 편지는 판초에게 배당됐다.

편지로 가득해야 할 가방은 비었다. 십 년의 세월을 보상받으려는 듯 넓은 가방엔 티토 편지만이 자리했다. 오늘 판초에게 주어진 임무는 하나다. 동굴에서 사체로 발견된 군인의 편지를 신부에게 전해주는 것이다. 낡고 구겨진 사진이었지만 세월이 사진 속 주인공의 아름다움까지는 퇴색시키지는 못했다.

-후하항~-

스카이 바이크의 엔진 소리가 힘찼다. 머리 위엔 스카이 카가 줄지어 날았다. 하늘 길은 엔진 등급에 따라 비행 구역이 정해져 있다. 정비공만큼이나 차의 밑을 자주 본 판초였다.

홀쭉한 우체 가방이 바람에 펄럭였다. 혹시나 가방이 열리지는 않았나 하는 마음에 손을 돌려 가방을 만졌다. 안심한 그는 콘도르 산까지의 왕복 거리를 계산하며 씩 웃었다.

콘도르 산에 다다르자 비행 금지구역이라는 전자 푯말이 나왔다. 걸어서 가야 한다는 뜻이다. 스카이 바이크에서 내려야만 했다.

"모처럼 운동 한 번 해볼까?"

판초는 자신도 모르게 하늘 높이 솟은 콘도르 산의 정상을 보았다. 빌딩 숲의 삭막한 날카로움은 눈을 씻고 찾아봐도 없다. 보기만 해도 가슴이 벅차올라 깊은숨을 들이쉬었다.

"으윽..., 자차!"

기지개를 펴자 우두둑 거리는 관절 소리가 났다. 그는 주소를 다시 한번 확인하고자 포터블-네비(Portable Navigation:휴대용 내비게이션)를 꺼냈다. 화면에 나침반이 나타나 북서쪽을 가리켰다. 그는 산을 오르는 동안 자신이 잊었던 곤충이며 동물 그리고 물고기를 보았다. 스크린에서 보았던 자연이 아니었다. 산양은 가파른 절벽을 곡예하듯 뛰어오르기를 했다.

포터블-내비에선 나침반이 사라지고 도착이라는 글이 떴다. 그는 푸른 초원에 서 있는 한 소년을 봤다. 손수건으로 얼굴 땀을 쓸어낸 그가 아이에게 다가가며 물었다.

"꼬마야, 저 집에서 사니?"

"네."

소년은 가죽 장갑을 끼고 있었다. 바람이 소년의 검은 머리카락을 흔들었다.

"삐이이키키기끽!"

날카로운 소리가 들렸다. 부지불식간에 위협을 느낀 판초는 고개를 두리번거렸다. 날카로운 부리를 앞세운 콘도르 한 마리가 아이를 향해 급강했다.

"엎드려!"

놀란 판초는 아이에게 피하라 외치며 두 손으론 자신의 머리를 감싸며 땅에 엎드렸다. 곁눈질로 아이를 봤다. 아이는 피하지 않았다. 그는 두 눈을 질끈 감았다.

"잘했어! 알타!"

아이는 콘도르의 발에서 토끼를 떼어냈다. 판초가 눈을 떴을 때 투구를 쓴 콘도르가 소년의 팔에 앉은 것이 보였다. 그리고 소년은 축 늘어진 토끼의 귀를 잡고 있었다.

"사람을 안 해치니?"

판초는 걱정하듯 물었다.

"아뇨, 사람이 해치죠."

기절했던 토끼가 깨어나 바동거리는 바람에 소년은 몸을 조금 휘청했다. 그러나 토끼 귀를 힘껏 잡고 앞장서서 걸었다.

"스테파니 씨 맞으시죠?"

아이와 같이 집에 도착한 판초는 가방에서 꺼낸 빛바랜 사진과 그녀의 얼굴을 번갈아 봤다. 오늘만치 우체부가 반가운 적이 없었던 그녀다.

"방송국에서 왔다 갔는데, 혹시..."

그녀는 판초의 손에 들린 것이 자신의 사진임을 알아차렸다. 판초는 그것을 알아보는 그녀에게 건네주었다.

　사랑하는 나의 스테파니에게.

우리 함께 아이 이름을 짓기로 했던 약속
아무래도 지킬 수 없을 것 같아. 미안해...
내 사랑 스테파니
내 사랑, 언제나 당신이 나고 내가 당신이었듯이
나를 대신해 아이에게 좋은 이름을 지어줘.
그리고 아가에게 말해줘. 아빠가 많이 사랑하고 있다고.
만날 순 없지만 산진으로 입을 맞추었다고 늘 그리워했다고 전해줘.
이 편지가 꼭 당신에게 도착해서 지금의 내 마음이 전해지면 좋겠어.
우리 아이도 언젠간 이 편지를 읽을 수 있게 되겠지.
마지막으로 당신의 사진에 키스하며 언제나 사랑해

　　　　　　　당신의 반 티토가...

편지를 읽어 내려가며 그녀가 흘린 눈물은 편지 위로 떨어지고 있었다. 그녀는 남편을 만났다. 사진에 담긴 남편의 따스한 온기가 고스란히 전해졌다. 에스테반도 엄마에게서 편지를 받아 더듬더듬 읽어 내려갔다. 그리고 한 번도 만나보지 못한 아빠의 사랑이 느껴졌다. 에스테반도 엄마와 함께 눈물을 흘렸다. 편지는 티토의 뜻대로 아내와 아이에게 잘 전해졌고 두 사람은 티토의 사랑을 충분히 느낄 수 있었다.

'나도 아버지와 편지로 만났던 적이 있었지.' 판초는 에스테반을 보자 자신의 어린 시절이 떠올랐다. 판초도 이 소년처럼 아버지라는 존재를 편지로만 만날 수 있었다.

'아빠의 마음을 알 것 같아요."

에스테반은 사진 속에서 미소 짓고 있는 엄마의 얼굴을 어루만졌다. 그리고 눈물을 멈추지 못하고 엄마에게 다가가 포옹을 했다. 그 모습을 비켜보는 판초의 코끝이 찡했다. 그리고 사람의 손에 의해 쓰이고 전달되는 편지가 얼마나 소중하고 값진 것인지 느꼈다. 자신이 배달해온 것은 사랑하는 이의 마음과 진실이었다. 모두가 평생 잊지 못할 감동이었다.

판초의 어린 시절, 그의 아버지는 판초에게 편지를 자주 써주었다. 편지는 감옥에서부터 시작되어 집에 있는 어린 판초의 손에 도착하곤 했다. 비록 감옥에 있는 아버지였지만, 편지로 자주 만나고 이야기할 수 있었다. 편지는 사랑의 연결통로였다.

"잠시만요."

돌아서는 판초를 스테파니가 불렀다.

"먼 길 오시느라 시장하셨을 텐데, 식사를 함께 하시면 어떨까요? 차라도 한 잔 대접하고 싶어요."

"차 한 잔이면 됩니다."

그녀는 눈물이 다 마르지도 않은 얼굴로 차를 끓이기 시작했다. 앉아서 기다리는 동안 판초는 집안을 둘러보게 되었다. 가전제품이 하나도 없었다. 집안은 책으로 가득했다. 소설책뿐만 아니라 화학 책, 생물학 책들이 가득했다.

"이렇게 편지로나마 남편을 다시 만나게 해 주셔서 얼마나 감사한지 몰라요."

찻잔을 나무 테이블 위에 조용히 내려놓은 그녀가 말했다. 피어오르는 찻잔의 열기는 빨리 후후 불어달라고 판초를 다그쳤다.

고마워하며 다시 눈물이 고이는 그녀 앞에서 판초는 말이 떨어지지 않았다.

"제가 아주 어렸을 때. 이곳 베네수엘라로 어머니의 손을 잡고 왔어요."

그녀가 말을 이어갔다.

"제 할머니는 호주 과학자셨어요. RHD(Rabbit Hemorrhagic Disease Virus: 토끼 출혈성 질병 바이러스)를 개발하셨죠."

스테파니는 두꺼운 책으로 가득한 책장으로 눈길을 돌리며 찻잔을 들었다.

'바이러스가 섬 밖을 벗어난 게야.'

텅 빈 책장을 본 판초는 그녀의 말을 떠올리며 생각했다. 호주의 골칫거리였던 야생 토끼는 환경파괴범으로 전락했다. 야생 토끼의 수를 줄이고자 천문학적인 돈을 들여서 결국 바이러스 개발에 성공하였고 토끼를 죽이는 바이러스는 급속히 퍼졌다. 그런데 생각지 못한 문제가 발생했다. RHD 바이러스에 의해 죽은 토끼의 사체를 섭취한 포식동물 까지도 감염이 되는 것이다. 심각한 상황을 바로잡고자 노력했으나 때는 이미 늦어 버렸다. 벌써 많은 종의 동물이 사라져 버렸다.

"후후... 사랑이라."

판초는 자신이 차를 마셨던 테이블 의자를 빼 앉았다. 달라진 것이라곤 먼지가 쌓여 있는 것뿐이었다. 집기류가 사라진 것을 제외하면 거의 예전 모습 그대로다. 그는 몸을 숙여 손바닥에 얼굴을 묻었다.

"많이 피곤하신가요?"

얼굴을 문지르는 판초를 보며 그녀가 물었다. 너무 자기 이야기만 한 것 같아 미안했다.

"아, 아닙니다. 얘기를 진지하게 듣다보니..."

따듯한 차와 편안한 기분이 그의 몸을 노곤하게 만들었다.

"할머니의 RHD 바이러스 사건은 사람의 목숨마저 위협할 정도였죠."

"어떻게 남편분을 만나게 되셨나요?"

판초는 어려운 생물 시간으로 돌아간 것 같아 화제를 돌렸다.

"남편은 아르헨티나 사람이었죠. 교환 학생으로 베네수엘라에 왔다가 대학에서 만나게 됐었어요. 첫눈에 이 사람이란 생각이 들었죠. 제가 할머니를 따라 호주를 떠나오면서 그랬듯이 모든 것을 자연 상태로 되돌려 놓겠다는 저의 확고한 의지를 남편은 늘 지지해 줬어요. 저희는 국적을 바꿨죠. 그는 제 가치가 국가와 민족 그리고 자신을 낳아준 부모님보다 더 중요하다고 했으니까요."

그녀의 눈에 다시 눈물이 차올랐다. 손수건이라도 건네고픈 순간, 문득 시간이 궁금해진 그가 두리번거렸으나 그녀의 집에는 시계가 없었다. 판초는 창밖을 내다봤다. 태양은 벌써 산 너머로 몸을 숨기고 있었다. 타오르는 난로가 방금 보다 밝게 보였다. 지금 떠나지 않으면 새벽의 쌀쌀한 바람을 가르며 스카이 바이크를 타야만 한다.

화로엔 검은 재가 수북하다. 그가 며칠간 입에 댄 유일한 음식이라면 낮에 계곡에서 마신 물이 전부였다. 그는 부푼 기대를 품고 콘도르 산을 찾아왔으나 그를 반기는 것은 텅 빈 집과 뿌연 먼지뿐이었다. 그냥 이대로 잠이 들거나 빨리 밧줄에 목을 매고 싶은 심정이었다. 자신을 발견할 사람들을 떠올리자 적어도 자살한 이유만큼은 알려야겠다는 생각이 들었다.

벌떡 의자에서 일어났다. 어지럼증이 덤볐다.

편지, 우편함, 사랑

헤럴드는 당황했다. 단지 어둑해진 밤이 되어서야 산에 도착했기 때문은 아니었다. 안장 옆 벌금 카드를 보자마자 고개는 자동적으로 콘도르 산을 휘감은 거대한 돔 쪽을 향했다. 저 안을 다 뒤지기란 불가능해 보였다. 주위를 살피던 그의 눈이 입구에서 멈췄다. 산 관리인을 발견한 헤럴드는 빠른 발걸음으로 걸었다.

"오늘 몇 명이나 이곳을 방문하였습니까?"

콘도르 산 관리원에게 물었다. 관리원은 입구 위쪽에 장착된 스크린을 손으로 가리켰다. 스크린엔 총방문자 수는 28명 그리고 퇴실 수는 27명이라 적혀 있었다.

"아직 한 명이 남았군요?"

헤럴드가 말했다.

"네, 하지만 곧 나올 겁니다."

"그걸 어떻게 아시죠?"

"저 산엔 먹을 게 없습니다. 불도 지필 수 없고요."

고민에 빠진 헤럴드는 땅에 떨어진 벌금 카드를 떠올렸다. 이유 없이 그것을 버릴 리가 없다. 그를 찾아야겠다고 마음먹었다.

"어떻게, 찾을 수 있는 방법은 없습니까?"

그는 애틋한 눈으로 관리원을 봤다.

"동물 현황 파악!"

관리원이 스크린을 보고 외치자 그것이 지도를 펼쳤다. 수많은 붉은 점이 지도 위에 퍼져 깜박이고 있었다.

"동물의 개체 수를 확인하기 위해 개발된 장비입니다. 사람만이 유일하게 직립 보행을 하니 지금 찾으시는 분이 웅크리고 있거나 누워 잠들어 있지 않다면 쉽게 찾을 수 있습니다."

헤럴드는 판초가 걷고 있거나 아니면 최소한 앉아 있기만이라도 했으면 하고 바랐다.

판초는 책상 앞에 놓인 의자에 털썩 주저앉았다. 테이블과 책상 사이는 겨우 몇 걸음에 불과했다. 그러나 지칠 대로 지쳐버린 그에게 그조차 길게 느껴졌다. 책상 위의 팬과 종이를 보고 옅은 웃음을 짓다가 코를 종이에 대고 냄새를 맡았다. 바람개비가 달린 편지함처럼 종이의 냄새도 향수를 불렀다. 볼펜의 감촉도 좋았다. 그는 자동 음성인식 장치를 이용하고 있는 산 밑의 사람들이 가엾게 느껴졌다.

마음을 다잡고 앉아 그가 적어낸 단어의 처음은 아버지였다. 쉽게 써 내려갈 것 같던 글쓰기는 그 단어 이후, 도무지 글을 써 내려갈 수 없었다. 그는 주저했다. 그의 머릿속엔 텅 빈 거리가 그려졌다. 집집마다 붙어 있던 편지함은 사라지고 자신이 출퇴근하던 우체국도 찾아볼 수 없다. 그는 더는 쓸 수 없어서 종이를 구겼고 땅에 던졌다. 그리고 손은 어느새 새 종이로 향했다. 이번엔 '아버지에게...'까지 썼다. 하지만 아버진 돌아가셨고 우체국은 사라졌으며 누구도 이 편지에 관심을 가지지 않을 거란 생각이 들었다. 이런 생각 때문에 그의 손에게 종이가 구겨지고 있었다. 돌돌 구겨진 종이를 땅에 '툭' 하고 떨어뜨렸다. 다음 종이도 그다음 종이도 마찬가지였다. 볼펜을 든 시간보다 종이를 구기는 시간이 더 많았다. 문틈 아래로 먼지를 밀며 들어온 바람이 구겨진 종이 공들을 굴리고 있었다. 마지막 종이를 보자, 그의 손이 떨렸다. 마지막이라는 것이 맞닥뜨리니 죽음보다 더 무섭다는 생각이 들었다. 연필로 꾹꾹 눌러쓴 자신의 편지를 들고 있던 아버지의 모습이 떠올랐다. '사랑하는 아들아, 너를 매일같이 만난단다.'

"아버지."

그의 머릿속 아버지의 얼굴은 흐릿하게 남아있었다. 그러나 판초가 삐뚤빼뚤 쓴 편지를 강화 유리창에 대며 웃고 있는 아버지의 미소는 아직도 생생하다. 덥수룩한 수염 사이로 하얀 이를 드러내며 웃던 아버지.

사실 어린 판초는 아버지가 왜 감옥에 간 건지 알 수 없었다. 그 누구도 말해주지 않았기 때문이다. 그의 아버지 곤살레스는 미국 밀입국을 도와주는 브로커였다. 남미인들의 아메리칸드림은 차베스, 룰라, 구티에레스, 키르히너, 모랄레스, 바스케스의 반미 정책에도 불구하고 거세게 밀어닥쳤다. 배고픔에 조국을 등진 사람들은 배고픔 그 이상의 고통을 자유의 여신상이 내려다보는 나라에서 맛보았다.

'기회의 땅'은 그리 호락호락한 곳이 아니었다. 인종차별이라는 장벽과 부익부 빈익빈이라는 양극화 공해가 도시를 가득 메우고 있었다. 휴먼 헌터(Human Hunter:인간 사냥꾼.)는 멕시코 국경을 통해 넘어오는 이민자들을 향해 방아쇠를 당겼다. 미국인이 이민자를 사냥하는 큰 이유이자 모멸감을 느끼게 했던 것은, 남미 사람들은 불결하고 질병을 퍼뜨린다는 잘못된 믿음이었다. 일 년에 수천 명의 남미 사람이 휴먼 헌터의 방아쇠에 의해 목숨을 잃었다. 이것은 남미의 수치였다. 남미 연합은 불법 밀입국 시도자를 엄벌에 처한다는 법령을 개정했다. 그리고 밀입국을 알선하거나 도와주는 브로커에겐 최고 사형이라고 천명했다. 이 법안이 떨어지자마자 친구인 산체스의 소개로 브로커 일을 하던 판초의 아버지 '곤살레스'는 경찰에 붙잡혔다.

우체부의 밤

약속시간이 지났지만 판초의 모습은 보이지 않았다. 홀에 모인 우체부들이 웅성거렸다. 그중 나이가 가장 어린 하이메가 말했다.

"시간이 꽤 지난 것 같은데. 아무래도 못 오나 봐."

그를 뒤따라 로젤리오도 입을 열었다.

"그러게 말이야. 자신이 만든 모임인데 정작 자신이 아직 오지 않는군. 그럴 사람은 아닌데."

제비 문양을 수놓은 집배원 모자를 벗으며 하이메가 투덜거렸다.

"난 이 복장 때문에 창피해서 혼났다고. 그나마 해 질 녘이라 입고 나왔지 대낮 같았으면 아휴... 생각도 하기 싫네."

자신이 입은 직물 옷을 보던 그가 말했다.

"덜컹거리는 스카이 바이크는 또 어떻고. 꼭 추락할 것 같더라니까."

"그래도 난 그때가 그리워. 우체통에 편지를 넣던 그 느낌이 아직 손에 남아 있어."

우수에 젖은 눈빛으로 판초의 집 주위를 둘러본 게레로가 말했다.

판초의 집에는 빨간 우체통이 빼곡하다. 우체통 투입구에 손을 집어넣은 게레로가 기다리다 지친 목소리로 말했다.

"아무튼 판초는 오늘 안 올 것 같아."

그러자 로젤리오가 자신의 머리 위에 떠있는 DD를 바라보았다. DD는 영상을 띄워 9시임을 알렸다.

"러키세븐이라며 7시에 만나자고 했는데 벌써 두 시간이나 지났어! 난 이제 가봐야겠어."

로젤리오가 투덜거리며 현관을 나서자 사람들도 그의 뒤를 따라 각자의 길로 사라졌다.

죽음

집안을 드리운 달빛은 사라지고 해가 나타났다. 아침 햇살이 노랑나비의 날갯짓에 힘을 줬다. 책상에 엎드려 잠든 판초는 노란 비옷을 입은 어린 시절을 꿈꿨다.

모자가 달린 노란 우비에 노란 장화를 신은 꼬마가 웅덩이에 뛰어들었다. 구정물이 사방으로 튀었다.

"와! 신난다. 하하하!"

근처 짝짓기 하던 한 쌍의 잠자리가 놀라 호르르 날아갔다. 판초는 잠자리를 따랐다. 곳곳에 자리한 웅덩이를 참방거리며 달렸다. 주위를 빙글 돈 잠자리는 날개 춤을 추었다. 담장 옆 해바라기가 그 모습을 지켜보며 빙그레 웃는다. 비옷 속의 바지는 주인의 짓궂음에 젖었다. 잠자리를 쫓다 지친 꼬마는 우두커니 해바라기 그림자가 비친 물웅덩이를 봤다. 흙물이 채 가라앉지 않은 웅덩이엔 까만 소금쟁이가 뛰놀고 있었다.

-후후-

입김을 불자 그것들은 서로 올라타기도 하고 통통 튀어 달아났다. 생글생글 웃은 꼬마는 웅덩이에 손을 뻗었다. 소금쟁이 한 마리가 그의 손에 올라탔다가 튀어나갔다. 장난기 발동한 꼬마가 그것을 잡으려 할 때마다 소금쟁이는 요리조리 피해 달아났다. 꼬마는 씩씩대며 부지런히 움직였다. 흠뻑 젖은 머리에선 쉴 새 없는 땀이 흘렀다. 꼬마는 큰 웅덩이 앞에 드리운 그림자 앞에 우뚝 멈췄다. 주위에 퍼지는 따뜻한 냄새로 보아 그림자의 정체는 아빠다. 판초가 반가운 얼굴로 고개를 들었다. 곤살레스는 허리를 숙여 아들을 보며 다정하게 말했다.

"판초야. 너 웬 땀을 이렇게 흘리니? 감기 걸리면 어쩌려고."

"아빠! 아무래도 내 머리에 샘이 열렸나 봐. 땀이 계속 나네. 헤헤!"

"뭐라고? 하하하!"

판초의 얼굴에 환한 미소가 어렸다. 초등학생 시절 장래 희망을 우체부라고 적는 자신의 모습도 스쳤다. 편지는 멀리 떨어져 있던 아버지와 유일한 대화 수단이었다. 여기서 말하는 멀리라는 개념은 거리가 아니다. 자유가 구속되면 거리라는 개념은 사라진다.

"아빠!"

"오! 내 아들, 판초야!"

곤살레스는 특수 강화 유리를 슬쩍 밀어 보았다. 그것이 허황된 몸짓이라는 것쯤은 그도 잘 알고 있었다. 하지만 아들을 안고 싶은 마음은 너무도 간절했다. 그는 고사리 같은 아들 손에 뽀뽀도 해주고 번쩍 들어 올려 목마도 태워주고 싶었다. 먹고살자고 덤벼든 일이 이렇게 커질지 꿈에도 몰랐던 그였다.

"나 이다음에 크면 우체부가 될 거야. 아빠를 집에서도 볼 수 있어."

판초는 얼마 전 자신이 그린 토끼 그림과 편지를 함께 들고 있었다. 그것을 본 곤살레스는 목이 메었다. 감옥에서의 유일한 낙은 아이와 부인에게 받은 편지를 읽는 것이었다. 편지가 있는 한 마음을 구속할 순 없었다. 때론 마주 보는 것보다 훨씬 많은 더 많은 이야기를 나눌 수 있었고 마음도 고스란히 전달되었다. 이룰 수 없는 사랑의 감정까지도 말이다.

"엄마 말 잘 듣고."

눈물을 머금은 곤살레스는 유리벽에 손을 댔다. 그 위치에 판초의 앙증맞고 작은 손이 맞닿았다.

-기이이잉-

-쏴아-

소나기가 유리창과 지붕을 마구 때렸다. 놀란 귀뚜라미들도 노래를 멈췄다. 그들이 놀란 것은 단지 비 때문이 아니다.

판초는 자신이 책상에 엎드려 잠들었던 것을 깨달았다. 붉게 눌린 피부에 더 깊은 주름이 생겼다.

"아버지…."

판초는 꿈에서와는 달리 아버지의 얼굴이 떠오르지 않았다. 감옥에 편지를 보낸 것과 그를 찾아간 기억이 흐릿하게나마 남았다. 무엇 때문에 아버지가 그곳 감옥에 들어갔는지도 모르는 어린 판초였다. 그에 대해선 엄마도 입을 다물고 알려주지 않았다.

"나와는 달리 그 편지는 아직 살아 있겠지? 그리고 매일같이 확인시켜 줄 거야 죽음도 막지 못한 사랑을…."

티토의 편지는 그의 집배원 생활을 통틀어 가장 기억에 남는 건이었다. 그를 다시 이곳 콘도르 산으로 부르기에 충분했다. 이곳에 GGL이 들어서면서 에스테반과 그의 어머니인 스테파니는 어디론가 떠나야만 하게 되었다.

-기이이잉!-

천장의 돔은 인공 비를 뿌린 뒤 자동으로 닫혔다. 지난번처럼 땅에 녹아든 열기를 식힐 것이라 생각했다. 하지만 아니었다. 그의 몸은 땀에 젖었다. 집안은 사우나처럼 변했다. 뜨거운 공기로 가득 찼다. 창밖은 하얀 수증기가 피어올랐다. 얼굴을 쓸자 땀이 목덜미를 타고 흘러들었다.

"무슨 비가 이렇게 뜨겁지? 산성비인가?"

비를 피하기 위해 나무 밑에 숨은 헤럴드였다. 나뭇잎 사이를 뚫고 내려온 빗물이 머리 위로 떨어졌을 때 그는 놀라고 말았다. 빗물이 뜨거운 샤워를 연상시키고 있기 때문이다. 풀들은 마치 뜨거운 물에 푹 삶아진 모습 같았다. 이리저리 뛰어다니던 풀벌레들도 다리를 펴고 죽어 있었다. 비가 그치자 그의 걸음이 빨라졌다. 그는 돔의 시스템 결함이 발생했을 것으로 예상했다. 자동 온도조절 장치 고장이다. 불길한 마음은 흘러내리는 땀과 함께 그의 전신을 뒤덮었다.

"그들과 달리 내가 갈 곳은 없어."

판초는 휘청거리며 밧줄이 있는 곳까지 갔다. 며칠을 굶었지만 배고픔은 크게 느껴지지 않았다. 어지러움과 더위 그리고 갈증을 견디기 힘들었다. 그가 지나는 자리마다 그의 몸에서 흘러내린 땀이 흥건했다. 둥그렇게 말린 밧줄을 부여잡은 손과 눈이 그것을 매달 곳을 찾았다. 목제 의자를 딛고 오르자 대들보에 밧줄을 걸 수 있었다. 테이블 의자 위에 발을 디딘 그는 둥그렇게 말린 밧줄을 풀었다. 대들보에 걸친 밧줄을 두 손으로 당겨보니 줄이 팽팽해졌다. 올가미 모양의 밧줄에 목을 밀어 넣었다. 이제 의자만 밀치면 모든 것이 끝난다. 그는 자신의 마지막이 될 장소를 휙 둘러보았다. 문에 붙어있는 무언가가 보였다. 판초는 그것을 인식한 동시에 한쪽 발을 헛디뎌 허우적댔다. 중심이 쏠리며 의자는 넘어갔다. 강하게 죄어오는 밧줄에 목이 아팠다. 저건 뭐지? 하는 그의 정신은 문에 붙은 종이를 보고 싶어 했지만 육체는 그것을 만류하며 일단 생존하고자 몸부림쳤다. 고통스럽다. 하지만 이 고통도 얼마 지나 사라지겠지. 호기심도, 갈증도, 배고픔도, 찌는 더위도 모든 것이 목이 조일 때마다 매초 사라지리라. 벌써 스르륵 눈이 감긴다. 기다려온 평화가 찾아왔다. 그리고 아무것도 없었다.

비디오 리플레이

 이 시점에서 우린 처음을 장식했던 '프롤로그'로 가야 한다. 그러기 위해서는 우리의 뇌에 저장된 화면을 되감을 필요가 있다. 자동차의 수동기어처럼 처음 되감기를 시작한 비디오는 평상시보다 조금 느리게 움직인다.

 밧줄에 목을 건 판초의 목은 그곳을 빠져나오며 의자에서 내려온다. 대들보에 걸친 밧줄은 다시 둥그렇게 말리며 한쪽에 눕는다. 되감기의 속도에 탄력이 붙는다. 속도가 빨라져 눈 깜짝할 사이 헤럴드의 얼굴이 나오고 돔에 뿌려졌던 인공 비를 맞고 뜨거워하는 장면이 나타난다. 미처 그의 얼굴 근육 움직임을 포착도 하기도 전에 다음 장면으로 넘어간다. 구겨진 편지지가 펴지며 판초의 손에 들어간다. 의자에 앉았던 판초가 꿈을 꾸려 엎드린다. 판초와 같은 운명으로 집배원 생활을 마감한 친구들이 속속 판초의 집으로 모인다. 되감기의 속도는 더욱 빨라진다. 콘도르 산에 도착한 헤럴드는 거꾸로 걸으며 다시 자신의 스카이 카에 오른다. 차는 거꾸로 날아 그의 집에 도착한다. 콘도르 산에 떨어진 벌금 카드와 화면을 뿌렸던 DD가 그것을 거둔다. 더욱더 빨리 감기는 속도에 마그네틱 선이 마찰을 일으켜 두 줄의 하얀 선이 나타났다 사라진다. 그것에 신경 쓰는 사이 30킬로 상공 헬륨가스로 만든 위성 반사판을 거꾸로 튕기는 레이저가 나타났다가 사라진다. 땅에 꽂힌 벌금 카드가 날아올라 판초의 손을 거쳐 주머니에 들어간다. 감길 테이프의 양이 얼마 남지 않았다. 이에 비디오는 자동으로 속도를 늦춘다. 당신의 머리도 조금씩 속도를 늦춘다. 헤럴드의 손에 의해 전해진 편지를 읽는 판초의 동공이 보이면서 되감기는 끝나고 상황은 다시 시작된다.

우체부 아저씨께

아저씨의 성함을 알 수 없어 한참을 고민하다 결국 우체부 아저씨라고 썼습니다.
 저와 제 사랑스러운 아들 에스테반은 이제 정든 이곳을 떠나야 합니다. 다행히 이곳에 GGL이 들어선다는 말을 듣고 떠나는지라 마음이 한결 편안합니다. 호주에서 데려온 한 쌍의 토끼가 종자를 퍼트려 이젠 콘도르 산에서 쉽게 토끼를 볼 수 있게 되었답니다. 한가로이 풀을 뜯는 토끼를 보고 있노라면 야생 토끼를 말살하려 했던 할머니의 실수를 조금이라도 회복시킨 것 같아 큰 위안이 됩니다.

저희도 이미 잘 알고 있습니다. 우체국도 사라졌고 우체부도 사라졌다는 사실을… 하지만 이렇게 편지를 쓰는 것은 남편을 다시 만나게 해주신 고마움을 꼭 표현하고 싶었기 때문입니다.

당신이 전해주신 남편의 편지는 언제나 저와 함께 할 겁니다. 남편의 숨결이 느껴지는 글자 하나하나가'사랑해 스테파니'하고 외치고 있죠. 남편의 사랑을 아직도 매 순산 느끼고 있습니다.

만약 아저씨가 이 편지를 읽게 된다면 우리의 고마움도 그처럼 전해지리라 믿습니다.

추신: 아들 에스테반은 언제 어디서나 당신이 오는 꿈을 꿀 것입니다.

"휴-, 우체통은 사라졌죠. 하지만 전 그들을 이렇게 만나고 있군요."

과거를 회상하며 판초가 말했다. 헤럴드는 판초가 편지를 읽는 동안 창밖의 상황을 살폈다. 산을 둘러싼 자욱한 수증기는 음산한 분위기를 자아냈다. 헤럴드는 엄습해오는 불길한 예감을 떨쳐버릴 수 없었다.

"예전엔 편지를 새의 다리에 매 날려 보내기도 하고 병에 담아 바다에 띄워 보내기….'

"자네, 걸을 수 있겠나?"

헤럴드는 여유 부릴 시간이 없다는 듯 난처한 표정을 지으며 물었다. 그리고 판초를 일으켜 세우려 겨드랑이에 손을 밀어 넣었다.

"아무래도 무언가 잘못된 것 같아!"

약효가 떨어졌는지 판초를 일으키기에 역부족이었다.

"저는 여기에 남겠습니다. 판사님."

"내가 자네를 죽게 내버려 둘 것 같은가? 우체국의 부활을 약속하겠네."

헤럴드는 그가 기뻐할 모습을 떠올렸다. 그가 그토록 염원하던 우체국의 부활이지 않은가. 그러나 뜨거운 열기보다 더욱 그를 공포에 몰아넣은 것은 바로 판초의 표정이었다.

헤럴드는 문을 나서기 두려워졌다. 뜨거운 온도야 돔을 빠져나가면 괜찮아지겠지만 판초의 마음은 쉬 변하지 않을 것 같았다. 어쩌면 그는 이곳에서 나갈 생각조차 하지 않고 있는지도 모르겠다. 자신이 판결 내렸던 그날의 멍한 모습과 별반 다르지 않아 보였다.

"서두르자고."

마른침을 꿀꺽 삼킨 헤럴드가 말했다. 무엇이 잘못되어 돔 안을 이렇게 뜨겁게 달구고 있는지 알 길이 없었다. 지금으로선 빨리 이곳을 빠져나가는 길밖에 없다고 생각한 그는 서둘러 판초를 부축했다.

라스트 맨 스탠딩

날개 달린 곤충은 하나같이 모두 배를 뒤집고 나자빠져 반쯤 건조된 상태가 되었다. 둘은 바닥에 널브러진 곤충의 시체를 밟으며 한참 동안을 걸어야 했다. 그것들을 밟을 때마다 아작아작 부서지는 소리가 났다. 입안은 모래를 씹은 듯 까끌까끌했다. 침을 삼키려 목젖을 자극해 보지만 침은 이미 모두 말라버려 고통만 커질 뿐이다. 집을 나선 이후로 말 한마디 꺼내지 않고 있는 둘이었다. 입을 열었다간 폐에 남아있는 수분까지 증발해 버릴 것 같았다. 맨발인 판초의 발바닥이 벌겋게 익어버렸다.

헤럴드는 부축한 손으로 판초의 어깨를 살며시 두드렸다. 그리고 자신의 팔에 흐르는 땀을 혓바닥으로 핥아 목을 축였다. 판초도 따라 할 것을 권했지만 그는 말없이 걷기만 할 뿐 땀을 핥는 일 따위는 하지 않았다.

산을 오를 때와는 달랐다. 내려올 때는 축지법이라도 쓰는 듯 빨랐다. 비록 몸은 지쳤지만 내리막길을 걷는 발은 자동적으로 움직이고 있었다.

'이런….' 헤럴드는 입술에 침을 바르려다 아연실색했다. 산을 오를 때 보았던 시원한 강줄기는 허연 배를 드러낸 물고기로 넘쳐났다. 게다가 수증기까지 올라오는 물은 절대 마실 수 없었다. 방법은 하나다! 최대한 빨리 이 죽음의 돔을 빠져나가는 것뿐이다.

"판사님, 이러다... 둘... 다... 죽습니다."

뜨거운 열기로 판초의 성대가 상해 있었다. 목소리가 제대로 나오지 않았다. 헤럴드는 검지를 펴 자신의 입술에 댔다. 판초를 바라보는 그의 눈빛이'당신과 했던 약속을 지키겠소.'라고 말하는 것 같았다.

"제가... 지... 름 길을... 알고 있..습니다."

헤럴드는 엄지손가락을 들어 좋다고 했다. 둘은 가파른 절벽으로 향했다. 저 멀리 돔 입구가 보였다. 헤럴드는 기운을 내서 웃음을 지으며 판초를 바라봤다. 그러나 그의 표정은 여전히 어두웠고 일그러져 있었다. 혼신의 힘을 다해 절벽을 내려오느라 두 사람의 손은 이미 엉망이 되어 있었다. 달궈진 바위들 때문에 물집이 잡히고 상처투성이였다. 판초가 힘겹게 입을 열었다.

"판... 사님... 이 먼... 저 앞... 서세요. 전... 조... 금... 쉬었다... 따... 라.. 가겠습..."

한마디, 한마디 말을 잇기도 힘든 판초였다. 헤럴드는 고개를 끄덕였다. 아직까지 자신을 판사로 알고 있을 판초에게 해명해야 할 것이 많다. 특히 우체국 시스템에 관해서는 더욱 할 말이 많았다.

입구가 보이자 문밖에 세워 놓은 자신의 스카이 카가 생각났다. 더는 뜨거운 공기를 마시며 걷지 않아도 된다고 생각하니 뛸 듯이 기뻤다. 헤럴드가 뒤돌아보니 판초는 아직 그 자리에 있었다. 미동조차 없다. 알 수 없는 분노가 치밀어 오르는 순간 그는 또다시 경악했다.

-빡!-

둥그렇게 보이는 커다란 물체가 앉아있는 판초의 머리를 강타했다. 가만 되짚어보니 판초가 서 있는 절벽 아래 수북이 쌓여있던 거북의 등껍질이 생각났다. 무심결에 하늘을 올려다봤다. 커다란 독수리가 있다!

"아악!"

헤럴드는 두 주먹을 불끈 쥐고 분노의 비명을 질렀다. 물기라곤 찾을 수 없는 입술이 쩍 쩍 갈라지며 걸쭉한 피가 엉겨 붙었다. 현실적인 생각, 비현실적인 망상 모든 것이 뒤섞여 그의 머릿속을 어지럽히고 있다. 중요하지도 않은 전자 벌금 카드까지 눈앞에서 빙빙 돌아간다. 정신을 차리려고 머리를 흔들었다. 의지만으로는 머릿속이 정리되지 않는 것 같다. 안절부절못하는 헤럴드가 나무토막처럼 쓰러진 판초에게 다가갔다. 등껍질이 깨져 속살을 내놓은 거북이의 속살을 헤집던 독수리도 더위를 못 견디는지 눈에서 피를 흘리며 맥없이 쓰러졌다. 서너 발자국 앞으로 나아가자 두개골이 부서진 판초의 모습이 나타났다. 참혹하기 그지없었다. 그의 머리에서 쏟아진 골수가 바위 위에서 노릇하게 말라갔다. 죽음을 선택한 판초의 손엔 편지 한 통이 쥐어져 있었다.

헤럴드는 떨어지지 않는 발걸음을 억지로 돌릴 수밖에 없었다. 지름길이란 없었다. '예전엔 편지를 새의 다리에 매달아 보내기도 하고 병에 담아 바다에 띄워….' 판초가 마지막에 하려고 했던 말이 무엇이었는지 완전히 알 순 없었지만, 오랜 세월 집배원으로 살았던 그의 입에서 편지와 관련된 이야기가 나오는 것은 전혀 이상한 일이 아니라 생각했다.

하늘을 날던 콘도르가 땅으로 곤두박질쳤다. 처음엔 풀벌레가, 다음엔 물고기가 이제는 새가, 다음은 포유류의 차례가 분명해 보였다. 모든 생명이 땅으로 고꾸라졌다. 화가 난 그가 손바닥으로 때리듯 빨간 단추를 후려치자 드디어 문이 움직였다.

"악!"

비명을 내지른 그는 다시 단추를 세게 눌렀다. 바깥공기에 노출된 얼굴 반쪽은 벌써 빨갛게 익어 버렸다. 한쪽 눈은 삶은 계란 흰자처럼 하얗게 응집되었다. 동공이 사라졌다. 그가 걸친 패딩 옷에서도 연기가 피어올랐다. 고약한 냄새가 코를 찔렀다. 모든 것이 순식간에 일어났다. 한쪽 시력을 상실하기 전 그가 본 장면은 설명할 수 없을 정도로 충격적이었다. 양초가 녹아내린 듯 온몸이 녹아내린 콘도르 산의 관리원 모습을 본 것이다. 그 처참한 모습에 헤럴드는 돔 안에서 한 발짝도 움직일 수 없게 되었다. 얼굴은 열상에 화끈거렸다. 헤럴드는 감염을 우려해 얼굴에 손을 대진 않았다. 그저 쭈그리고 앉아서 고통을 경감시킬 뿐이었다. 그의 나머지 한쪽 성한 눈이 지금의 위치가 어디쯤인지를 파악하고 있었다. 그는 피할 곳을 찾았다. 벌겋게 달아오르는 문쪽을 피해 그가 달려간 곳은 동굴이었다. 하지만 동굴은 이미 송곳니와 뾰족한 발톱으로 무장한 퓨마들의 차지였다. 코에 잔뜩 주름을 진 퓨마는 동굴 밖으로 나갈 의사가 없음을 내비쳤다. 그는 반사적으로 움직이며, 민첩한 동작으로 숨을 곳을 찾아 이동했다. 문득 서바이벌 가이드 책에서 읽었던 글귀가 생각났다. 나무 그늘로 뛰어간 그가 맨손으로 땅을 파기 시작했다. 모래는 뜨거웠다. 손의 통증은 계속됐지만 멈추지 않았다. 깊이 팔수록 땅은 시원했다. 얼굴은 나무 그늘에 두고 몸을 모래에 묻었다. '나무는 물을 빨아들인다. 그래서 주변의 모래는 물기를 담고 있다.'라고 설명한 서바이벌 가이드북의 지침을 따른 것이 몸의 온도를 낮추는 데 큰 도움이 되었다.

"어떻게…."

그는 당황했다. 돔 안이 뜨거워 밖으로 나가려고 했던 것인데 밖의 온도는 순식간에 몸이 녹아내릴 만큼 뜨겁다. 녹아내린 관리원의 모습이 자꾸 떠올라 괴로웠다. 바깥 온도가 더 높다는 것을 깨달으면서 떠오르는 사람이 있었다. 23인의 EPO (지구 보존회) 각료 중 한 사람 중 에더슨이었다. 어디선가 향긋한 사과 향이 나는 듯했다.

"이럴 수가…."

전자레인지 안에 녹아내린 사과도 생각났다. 이제 모든 것이 분명해졌다. 그의 말대로 지구는 전자레인지 안에 들어간 것이다. 과거 아날로그 시대 콘센트와 같이 피복에 쌓여있는 케이블을 통해서 흘렀던 전류가 무선 기술이 발달함에 따라 공기를 데운 것이다. 전자레인지는 마이크로웨이브로 작동된다는 메독의 말이 떠올랐다. 김이 모락모락 피어오르던 사과와 라디온 파에 처참하게 무너져 내린 사과 냄새가 아직도 그의 코 끝에 강하게 느껴졌다.

한 줄기 바람이 헤럴드의 뺨을 스쳤다. 그의 눈엔 하늘을 자유롭게 떠다니는 편지가 보였다. 판초의 손을 떠난 편지가 날개도 없이 자유롭게 날고 있었다.

"사라진… 판초…."

자신의 머리 위에서 떠다니던 DD가 파멸의 열쇠였다. 콘도르 산에 발을 들여놓기 전에 이미 예견된 일이다. DD의 메시지란에 떴던 'missing Pancho 사라진 판초'는 바로 사라진 나를 말한 것이며 나아가 세상의 종말을 뜻하는 것이었다.

비를 뿌리기 위해 돔의 천장 부위가 천천히 열리기 시작했다.

에필로그

바다와 육지가 만나는 곳에서 물결이 춤추는 것을 볼 수 있다. 때론 잔잔하게 그리고 때론 거친 폭우를 동반한다. 높은 물결로 모래들을 철퍼덕 때리기도 한다.

작가 후기(사라진 우체부 판초 편)

　나는 '명분 없는 전쟁'이라는 말을 들은 후부터 고민해 보았다. 그럼 과연 정당성이 있는 전쟁도 있을까? '자기방어'라는 개인적 변명에 불과한 것이라고 결론 내렸다. 가장 적당한 비유가 아닐까 생각한다. 정확히 구체적으로 알고자 전쟁을 구성하고 있는 요소들을 살펴보았다. 국가는 형성된 민족을 단결시켜 평화를 도모하고 동시에 발전을 꾀한다. 그 과정에서 시간의 흐름을 타고 문명이 발생한다. 이러한 국가의 탄생은 지리적 특색과 인간의 분포에 따라 대륙 곳곳에서 영역을 형성한다. 물론 바다와 하늘도 마찬가지이며 우주도 그렇다. 결과적으로 문명의 발달은 자신이 속해 있는 집단과 외부 집단의 간의 차이를 발견하게 만든다. 그 차이라는 것이 수도 없이 많겠지만 몇 가지 예를 들자면 사용하는 언어, 종교, 이념, 피부색, 생활 방식 등이 있겠다. 서구사회는 자신이 살아오며 고수해오던 방식이 절대적 진리라고 믿었다. 그래서 타민족의 삶을 인위적으로 바꾸려 했다. 그렇게 하기 위해서 무력을 동원하기도 하였다. 물론 거기에는 그에 부합하는 이유가 있다. 민주주의는 사회주의나 공산주의 국가가 도미노의 그것처럼 자신들의 안녕에 막대한 영향을 미칠 것으로 예상했다. 그래서 이에 대한 교란과 파괴를 지속적으로 주도해 나갔던 것이다. 문명의 우위를 획득한 집단과 그렇지 못한 집단 간에는 약육강식의 법칙이 작용한다. 기술문명과 선진 과학을 습득한 인간의 모습은 다윈의 자연선택설과 많은 부분이 닮아있다. 이것은 과거 인간의 이동 경로를 보아도 잘 알 수 있다. 지구가 둥글다는 것을 확신한 콜럼버스의 발길은 신대륙 발견이라는 설을 남겼다.(사실 그는 평평하다는 것을 알았기에 아메리카를 발견했다 생각한다.) 앞서 말한 대로 문명의 우위를 획득한 종의 발자국 뒤엔 피 흘리며 사라져간 원주민들이 있다. 미 대륙의 원주민도 그러했다. 어쩌면 이러한 나의 설명(발달한 서구 문명과 원시 문명의 만남)은 적절치 못한 예일 수도 있다. 전쟁은 두 개의 민족이나 국가 간에 또는 여러 민족들이나 국가들 간에 일정 기간을 두고 일어나는 싸움, 투쟁을 말하는 것인데 위의 예는 뛰어난 문명의 집단이 아직 그렇지 못한 집단에 대해 단시간에 벌인 학살을 말하고 있다. 대등한 문명끼리의 충돌이 아님에도 불구하고 이를 예로 든 것은 문명 우위를 점한 민족이 자연선택설에서 말하는 것처럼 자신들이 뛰어난 문명을 다음 세대에까지 전수, 연결하게 된다는 점을 강조하기 위함이었다.

　철기와 화약은 인디언과 영국에서 독립한 백인을 떠올리게 했다. 그리고 철기 민족은 화약 민족에게 대륙을 넘겨주었으며 보호구역에서 사라지고 있다. 내 것과 네 것을 확실하게 구분 지어야 하는 이념에 기술적 우위는 지속되었고 민족주의적인 이기심까지 더해져 우위를 선점하지 못한 민족에게 비참한 결과를 안겨주었다. 서구사회는 그들의 방식이 당연한 것처럼 말한다. 당근과 채찍을 쥐고 있는 서구사회는 '근대화'라고 포장된 말로 세계를 서구문화로 바꾸려 한다. 이는 토인비의 지적처럼 영속성의 망상에 눈이 멀어 버린 결과이다. 즉 자기네 문명이 인류 사회의 최종 형태라는 명제를 신봉한다는 말이다. 사실 여기에 종교적인 신념도 양념처럼 더해진다. 왜 지구의 모양을 속여야만 했는지도 그들이 신격화 시킨 인간 군상을 보면 헤아릴 수 있다.

이쯤에서 오해의 소지가 있기에 한 가지 말해두고자 한다. 그것은 내가 지칭하는 서구사회가 오로지 미국이라는 나라만을 생각하게 만들 수 있기 때문이다. 사라진 우체부 판초는 어느 특정한 나라를 비판하고자 쓴 글이 아니다. 근래에 들어서 비 서구 국가들은 두 가지만 생각하는 듯하다. 친미와 반미, 언제나 이 두 가지를 구분한다. 자유민주주의를 표방하는 미국에 반하는 국가는 테러국이거나 몰락해가는 공산주의를 끝내 고수하려는 고집불통 집단처럼 보이게 만들었다. 이 소설에서 등장한 쿠바가 그렇다. 쿠바에 행해진 미국의 경제 봉쇄와 카스트로의 암살을 주도한 그들의 모습을 보면 자신들이 신봉하는 민주 자유주의와 서구 문명이 절대적이라는 것을 고집스럽게 증명하려는 것을 볼 수 있다. 아무튼, 다른 유럽 국가들을 제외하고 서구사회를 미국으로 단정 지은 듯한 설명에 우려를 표한다. 하지만 그와 동시에 그들이 세계에 끼친 막대한 영향을 무시할 수도 없다. 비록 히틀러가 내세운 민족 우월주의(그러나 우생학은 존재한다.)에 의한 헤게모니 정복은 아닐지라도 세계질서를 저울질하며 비 서구 국가의 내정간섭 또는 통치하려는 것만은 분명하다. 나의 이러한 생각은 비판의 대상을 찾기 위함이 아니다. 그것은 세상 어느 후미진 골목에도 이해관계가 존재하기 때문이다. 친미의 상징인 이스라엘은 영역 확장을 위해 전쟁을 일으켰다. 반면 비 서구 즉, 친미에 속하지 못한 팔레스타인은 피를 흘리고 파괴되어간다. 친미인 그들은 앞선 문명의 기술력을 활용하여 UN의 기지에 미사일을 퍼붓고 구호물품을 실은 구호단체의 차에 총격을 가하고도 미국으로부터 보호를 받는다. 사실 미국은 로스차일드의 것이다. 이를 신문기사에 실어 놓기도 했다. 다만 자신의 부가 대내외적으로 알려지면 불리한 상황이 생기기에 그를 대신한 정치인들과 사업가 또는 연예인들을 이용한다. 그들 대부분은 비밀 조직에 가입되어 있고 이를 자랑스럽게 홍보하기도 한다.

'명분 없는 전쟁'이라는 말로 시작된 생각이 '명분 있는 전쟁은 있을까?'를 묻고 있다. 이라크에 있는 대량 살상무기를 제거한다는 것에서 기인한 전쟁이 명분 없는 전쟁의 핵심이었다. 그러나 무기는 발견되지 않았다. 명분이 없다면 그곳에서 죽어간 사람들은 무엇 때문에 왜 죽어가야만 했단 말인가? 이는 미 중앙은행의 개입이 컸다. 기축통화를 유로화로 선택하려는 후세인을 제거함으로써 그들의 금권을 유지하려 했던 것이고 이는 카다피에게도 그대로 적용되어 그의 목숨을 뺐었다. 카다피는 금본위제를 부활시킴으로써 아프리카를 그들 금융 엘리트의 손에서 구하려 했기 때문이다. 결과적으로 자연선택설의 주장과 같이, 문명의 우위를 점한 쪽이 그렇지 못한 다른 한쪽을 점령하게 됐다. 여기서 꼭 짚고 넘어가야 할 한 가지가 생기는데 그것은 문명과 자연의 차이점이다. 자연법칙에 의해 이루어지는 선택과 인간의 선택에는 분명한 차이가 있다. 자연은 종(種)으로부터 환경에 적응할 것을 요구한다. 하지만 인간이 선택하는 파괴는 이와 다르다. 적응이라는 단계를 뛰어넘는다. 그것을 뛰어넘으면 폐허와 피해자들이 남는다. 자연은 진화와 퇴화를 구분 짓지 않는다. 환경에 적응하는 과정에서 다리가 사라진 뱀을 보며 우리는 퇴화했다고 말하지만 자연의 입장에서 본다면 그것은 진화인 것이다. 민족과 국가 그리고 서구와 비 서구의 구분을 뛰어넘어 과학자들과 환경론자들의 절규에도 미국은 끝내 교토의정서에 서명하지 않았다. 그리고 세계의 질타가 이어졌다. 그것이 자국의 경제에 부정적 영향을 준다는 이유를 들었지만 실제와는 다르다. 이산화탄소가 지구 파괴의 원인이라는 주장은 이를 통해 부를 독점하려는 세력들의 잔꾀에 불과하다. 온난화의 주범으로 지목된 탄소는 실제로는 온도와 큰 관계가 없다. 오히려 나무를 잘 자라게 해주는 고마운 존재다. <문자 최면>에서 새롭게 실린 <사라진 우체부 판초>는 이를 확실히 짚고 넘어가려 한다. 존재하지도 않는 지구 온난화와 그들의 거짓 가설에 속아 넘어가지 않기를 바란다. 나는 작품으로 경고하고 있는 동시에 진실을 알리고 있다. 물론 에너지 소비에 따른 환경 파괴는 부정할 수 없다. 선진국의 소비행태를 선진문명으로 받아들여 비 서구 국가들이 무조건적으로 따라 움직인다면 결국 참혹한 결과를 피할 수 없게 될 것이다. 서구의 인구 수보다 비서구의 인구수가 압도적으로 많기 때문이다. 우체부 판초가 사라졌듯 그 무(無) 위에서는 신도 살 수 없다. 이 소설에서 등장하는 문명 충돌의 시발점은 자유무역이다. 무역이 시작된 이래 늘 크고 작은 충돌을 겪는 것은 필연적이다. 국가 이해관계와 자국의 이익이라는 명목하에 피를 흘려야 하는 사람들도 많았다. 서구화를 표방한 비 서구 세력의 경제성장은 필시 또 다른 위기로 다가올 것이 분명해 보인다. 문명과 문화는 힘의 이동에 따라 사라지기도 하고, 부흥하기도 한다. 힘의 균형을 조절하고 우위를 선점하고자 전쟁을 일으킨다. 그리고 인간은 생각지도 못한 곳에서 엄청난 재앙을 만나게 되었다. 인간이 절대적으로 의존하는 천연자원을 보자. 들썩이는 오일 가격으로 세계의 경제가 휘청거리기도 하고 석유 고갈 때문에 고통을 겪기도 한다. 하지만, 오늘날엔 그것이 빨리 사라지거나 사용 중단되길 바라는 사람이 생겨나고 있다. 이유는 온난화 현상에 대한 심각한 우려 때문이다. 그러나 이 오일의 진실을 알게 된다면 지금 우리의 걱정이 얼마나 어리석은 기우에 지나지 않는지를 알 수 있다. 사람들은 석유를 화석연료로 알고 있지만 사실 석유는 미네랄이다. 만약 공룡이 존재했다면 화석연료는 유한할 자원일 것이고 당연히 석유도 언젠간 고갈될 것이다. 하지만 이것은 진실이 아니다. 석유는 얼마든지 만들어 사용할 수 있는 무한한 것이다. 생각해보라. 페트롤 달러라는 종이는 무한한 자원과 등가를 시켰기 때문에 결국 종이 쪼가리에 지나지 않는다. 이것은 앞서 위대한 대통령을 암살해야만 했던 이유이기도 하다.

 지구에서 벌어지는 참상은 과거의 피해자가 미래의 가해자가 될 수 있다는 사실을 보여주기도 한다. 나치에게 희생당했다던 이들이 문명의 우위를 획득하자 학살을 자행하고 있는 것이다.(사실 홀로코스트는 거짓이다. 이에 관한 자료는 너무나도 방대하다. 적십자에서 폭로한 홀로코스트의 진실을 참고하길 바란다.) 이스라엘 탱크를 향해 돌멩이를 던지며 대항하는 팔레스타인 아이의 모습은 석기와 핵의 충돌을 보여주는 듯하다.

나는 '옳다는 것'은 정직을 수반하는 것이라 생각한다. 그리고 나는 아날로그의 모습에서 정직을 본다. 전봇대와 전봇대 사이를 가로지르는 전선은 공기를 통해 기지국으로 보내지는 무선 전류보다 정직하다. 내가 말하는 정직이란 외부에 노출되어 공기를 변형시키는 무선과 그렇지 않은 아날로그를 구분하는 개념이다. 그러나 편리함을 최우선 하는 문명은 '정직함'을 신경 쓰지 않는 듯하다. 그래서 변이를 적극적으로 수용한다. 이 <사라진 우체부 판초>에서 등장한 DD가 바로 그것이다. 아날로그는 자신이 이동한 전선의 길이까지만 그 영향력을 행사한다. 반면, 무선의 경우는 다르다. 공기에 변이를 일으키며 영향력을 확장시킨다. 그리고 이러한 파장은 생태계에 악영향을 준다. '사라지는 벌'이 그 대표적인 해악이다. 무선 기술의 핵심은 마이크로파이고 이 마이크로파는 전자레인지에 사용되어 왔다. 이것은 공기를 데우는 충분한 요건을 갖추고 있다. 아날로그가 사라져 모든 것이 무선으로 작동되는 날이 온다면 그래서 전자레인지 안을 뜨겁게 만든 마이크로파로 세상이 채워진다면 무서운 결과를 초래할 것이다. 적을 만들어 싸우면서 자신의 정체성을 확인하는 인류가 서로 공격하는 사이, 공기에 숨어든 돌연변이가 지구의 공간을 차지하게 된다.

이 소설의 시대 배경이 된 2076년은 내가 태어난 지 100년 되는 해이다. 난 100년 후의 미래를 그려내고 싶었다. 미래를 다루는 것이 많이 어렵지는 않았다. 인간의 과거 발자취와 파괴의 행적을 보면 미래를 예측할 수 있기 때문이다. 특히 '평화 전쟁'이라는 말이 단어가 위선적으로 다가왔다. 평화면 평화고 전쟁이면 전쟁이지 상반되는 두 개의 단어가 나란히 있는 모습에서 인간의 비겁함이 느껴진다. 미사여구를 사용하여 가려두었을 뿐, 평화 전쟁도 전쟁이다. 명분 없는 전쟁이나 기타 폭력을 수반한 종류의 파괴와 다를 바 없다. 적의 멸(滅)을 전제로 하는 것이 전쟁인데 사용하는 단어를 순화시킴으로써 대중들로 하여금 위기의식을 멈추게 하는 동시에 전쟁에 정당성을 실어주게 되는 것이다. 비록 평화 전쟁이 죽음 없는 전쟁이라 할지라도 사람의 발을 묶어둘 수 있다면 그것은 철창 없는 감옥과 마찬가지다. 문명의 우위를 획득한 민족이 그렇지 못한 민족에게 족쇄를 채우는 형국이다.

본문 중에 '자유가 구속당하면 거리라는 개념은 사라진다.'라는 문장이 있다. 이것은 감옥에 갇힌 판초의 아버지가 벽 하나를 두고 아들과 만나지 못하는 장면을 표현한 것이다. 그러나 국가의 이러한 사회적 규범, 즉 법을 어기는 국민에게 행하여지는 처벌을 우위에 있는 다른 문명이 사용한다면 어떻게 될까? 평화 전쟁에 발이 묶인 티토가 사랑하는 여인 스테파니를 가까이 두고도 보지 못하는 모습으로 평화 전쟁의 참혹함을 말하고 싶었다. 현대전이 과거와 다른 점은 인터넷을 통해 전쟁의 참상을 안방으로 끌어들였다는 점이다. 맑은 눈망울의 아이가 전쟁이라는 괴물이 쏟아낸 폭탄 때문에 팔다리를 잃고 고통스럽게 울고 있는 전쟁의 실상을 아무렇지 않게 볼 수 있는 사람은 없을 것이다. 따라서 전쟁의 명분을 만들어내기 위해선 전쟁을 아름답게 포장해야 한다. 그래야 지지와 호응을 얻을 수 있다. 이렇게 전쟁을 미화시켜 TV를 내보내는 동안 지구는 멸(滅)을 향해간다.

인간의 파괴와 연관 짓지 않더라도 '지구의 멸망'은 소설에서 자주 등장하는 소재다. <사라진 우체부 판초>에서도 다룬다. 누구나 한 번쯤은 지구의 종말을 떠올려 보았을 것이다. 만약 지구를 지배하고 있는 인간이 멸종된다면 무엇에 기인한 것이 될지 추리해 보았다. 일단 공룡을 멸종케 한 운석 충돌이나 인류가 치료할 수 없는 바이러스의 출현, 외계인 침공 같은 시나리오는 접어두었다. 우리가 상상도 못한 일, 신의 손에 의지해야만 하는 일이 발생한다면 아무도 막을 수 없다. 그래서 눈 깜짝할 사이 발생하는 지구 멸망 시나리오는 배제했다. 그 대신 우리가 매일같이 보고 느끼고 만지며 교류하는 친숙한 것에서 원인이 될 만한 것을 찾아냈다. 다이너마이트를 몸에 두르고도 그것이 무서운 줄 모르는 인간을 그렸다. 자원은 무한하다고 믿는 인간, 자연은 언제나 자가 치유하고 있다는 착각에 빠진 인간에게 DD라는 괴물을 던져주었다. 오히려 이런 것들보다 있을 법한 일들이다. 전 인류가 무선기기만을 사용하면 어떻게 될지 생각해 보았다. 전봇대에 걸쳐진 수많은 전선과 땅에 매설된 전선들이 다 사라지고 오로지 공기를 통해서만 전파를 보내는 무선의 세상이 온다면? 공기가 변이를 일으키면 인간도 마이크로파로부터 안전할 수 없을 것이다. 우린 현재 5G의 실험대 위에 서 있다. 이미 많은 곳에서 부작용을 겪은 바 있다. 학교에 설치된 기지국으로 인해 뇌종양이 생긴 아이들 그리고 핸드폰을 주머니에 넣고 다니다 고환과 정자가 타들어간 사례 등 우리는 천천히 부지불식간에 파괴되고 있다. 집배원 판초의 직업을 빼앗은 DD는 일종의 경고 메시지다. 하늘을 나는 접시(Delivery flying Dish)인 DD에 위험하다는 뜻을 숨겨 놓았다. Danger에서 D를 따왔다. D가 두 개다. 두 개는 영어로 Two다. 그런데 둘(Two)은 Too라는 영어의 발음과 흡사하다. Too는 너무 지나치다고 말할 때 쓴다. Danger가 두 개나 있으니 얼마나 위험하겠는가. DD는 편리함 때문에 위험을 자각하지 못하는 인간의 머리 위를 날아다니며 인간의 문명과 이기심을 비아냥거렸을 것이다. 독자들이 부디 Too Dangerous를 찾아내길 간절히 바랐다.

본문 중에 과학자가 슈퍼컴퓨터를 이용하여 지구의 수명을 연구하는 장면이 있는데 그는 깜빡하고 DD를 공식에 넣지 않았음을 깨닫는다. 그리고 그것을 대입하자 즉시 인류가 멸한다는 컴퓨터의 경고를 듣게 된다. 어떤 이는 급작스럽게 찾아온 지구의 멸망이 믿기지 않아 고개를 가로젓겠지만, 앞에서 경고했듯이 자연법칙은 인간만 특별히 기다려주지 않을 것이다.

DD처럼 특정 국가 그리고 아날로그와 무선 기계를 대신 표현한 동물들도 있다. 느릿한 거북은 아날로그를 대신했다. 뛰어난 번식률로 넘쳐나는 토끼를 적절하게 사냥하는 콘도르는 21세기 디지털로 보면 될 것이다. 거북이를 낚아채 하늘에서 떨어뜨려 산산조각 내는 독수리는 죽은 거북의 살점을 발라먹는다. 미국을 상징하는 독수리가 아날로그를 파괴하는 모습을 상징적으로 보여주고 싶었다.

귀   신 의   집

* 이 글을 나의 형에게 바친다.

저녁노을이 붉다는 것은 익히 알고 있었다. 하지만 저처럼 시뻘건 것은 처음이다. 마치 거대한 핏방울 같다. 주위도 그것이 뿜는 핏빛에 놀란 듯 온통 시뻘겋다. 맞다. 내 눈에 비친 모든 것이 피에 젖었다.

여름임에도 불구하고 한기에 덜덜 떠는 나무들 그리고 한 줌의 바람에 미친 듯 파르르 떠는 잡풀이 보인다. 이런 으스스한 기운엔 흡혈 거미도 아무 미련 없이 자신의 집을 버리고 떠날 것 같다.

시각적 효과와 더불어 내 마음을 흔드는 소리가 들린다. 바람을 타고 들려오는 그것은 매우 위협적이다. 마부의 목소리는 내 마음을 흔들기에 충분하다.

"에이! 젠장 할! 가도 가도 끝이 없군."

덩치만치나 머리도 큰 마부는 신경 거슬리는 말을 계속 쏟아냈다. 그리고 바람이 그 의미들을 정확히 내 귀에 꽂았다. 물론 그 원인을 난 잘 알고 있다. 그의 욕지거리엔 합당한 이유가 있다. 역지사지다. 만약 내가 마부였다면 누군가 무리한 요구를 해온다면 나 또한 볼멘소리를 할 것이다.

난 그 누구도 가지 않으려는 곳을 향한다. 내 목적지는 살아 숨 쉬는 사람에겐 매우 불쾌한 곳이다. 눈과 귀를 가진 생명들에게는 오감을 통해 공포를 심는다. 언제부터인지는 모르겠다. 그곳의 어둠은 칠흑 같은 밤을 생활 터전으로 삶는 부엉이들의 입마저 틀어막았다. 그리곤 초자연적 현상을 발생시킨다. 기괴하고 알 수 없는 현상에서 오는 소문은 풍선처럼 부풀어 올랐고 그곳을 찾는 사람 모두는 죽었다는 말이 진실처럼 퍼졌다. 아무튼, 내가 찾는 그곳은 사람들의 살갗에 소름을 돋게 하는 곳으로 유명한 장소가 되었다. 하지만 난 그곳을 꼭 가야만 한다.

"길이 너무 험해서 마차에 무리가 가겠소! 에이 쌍!"

덩치 큰 마부는 상체를 숙여 이곳저곳을 살폈다. 그의 목소리는 점점 높아졌고 말은 짧아졌다. 그것이 날 자극했고 불안케 했다. 하지만 이제 와서 되돌릴 수 없다. 후회한들 소용없다. 난 돈을 지불했다. 어쨌든 그가 짜증 내는 지금 이 순간에도 목적지를 향해 가고 있다.

무언가에 홀린 것일까? 사물이 투명하다. 몽롱한 정신을 차리려 머리를 흔들었다. 소용없다. 마차를 타는 기분 또한 묘하다. 이상하다. 이 모든 상황과 현실이 언젠가 본 적 있는 영화의 장면을 떠올렸다. 만약 이 숲 너머에 어둠에 쌓인 거대한 성이 보인다면 사람의 피를 빠는 드라큘라 백작의 집일 것이다.

때론 기계의 힘보다 자연을 닮은 원초적 그것이 더 효과적일 때가 있다. 내가 자동차를 두고 굳이 마차를 탄 이유가 있다. 비포장도로에 깔린 뾰족한 돌들은 타이어를 아기 피부처럼 다룰 것 같다. 깊은 구덩이에 빠지면 옴짝달싹 못하게 된다. 결국 아무도 찾지 않는 이곳에서 구조를 기다려야만 한다.

"주소도 없이 찾아가는 것이니 늦었다고 투덜대진 마쇼."

마부가 말했다. 고개를 반만 돌려 말하는 그의 모습에서 반감이 느껴졌다.

마차가 언덕을 넘었다. 눈 아래 펼쳐진 광경은 비참했다. 막연한 기대는 실망을 안겨줬다. 고개만 넘으면 마을이 보일 거란 내 예상은 빗나갔다. 담쟁이덩굴이 뒤덮고 있는 숲이 보인다. 마차의 속도가 준다.

"까악- 까악-"

까마귀가 울었다. 나무에 앉은 까마귀들이 시뻘건 눈을 하곤 내려다봤다. 어둠을 닮은 검은 그들의 고개가 계속해서 우리의 마차를 따라 움직인다. 불길하다. 그중 한 녀석과 눈이 마주쳤다. 소름 돋는다. 피를 닮은 붉은 노을이 그놈 눈동자에도 박혀 있다. 식은땀이 등줄기에서 흐른다. 하지만 피할 수 없다. 먼저 눈싸움을 걸어온 것은 놈이다. 만약 고개를 돌려 그의 도전을 피했다간 내 허점이 노출될 것만 같았다. 약육강식에서 살아가는 생명체는 그 약점을 놓치지 않는다. 덤빌 것이다. 한 놈이 공격하면 그 뒤를 따르는 무리가 있을 것이다. 긴장을 놓지 말자. 이 숲은 우리에게 적대적이다. 그래서인가? 좀 전까지 불편하고 싫기만 했던 덩치 큰 마부가 든든해 보였다.

"이따 집에 돌아갈 때 힘들겠는데?"

마부는 사서 고생한다는 듯이 말했다. 굳은 시체처럼 팔 벌린 나무 그리고 거기에 앉아 우릴 째려보는 무리들이 무섭지 않은 것 같다. 마부는 태연하다. 하지만 그의 뒷머리가 쭈뼛 선 것이 보였다. 그도 나처럼 두려움에 떨고 있다. 그렇다면 그의 행동은 의도된 것이 분명하다. 내게 웃돈을 요구하기 위해 짐짓 느긋한 척 연기를 하고 있는 것일지도 모른다.

숲이 험하면 험할수록 마차의 속도는 점점 느려졌다. 반대로 마부의 불만 섞인 목소리는 빨라졌다. 더욱더 커져만 갔다.

"이거 정말 화나는군. 어이! 손님! 나뭇가지에 긁혀 흠집이 생기지 않소. 이거 어떻게 할 거요?"

몸을 틀어 나를 본 마부가 말했다. 그의 얼굴은 네모에 가까웠다. 그런 그가 어금니를 물자 턱 근육이 붉어졌다. 삼각형이 떠올랐다.

"네…."

간신히 대답했다. 아무 대답을 하지 않다간 화를 당할 것만 같았다. 최소한 그를 무시한단 느낌을 주어선 안 된다. 특히 이런 고립된 곳에선 아군이 절대적으로 필요하다. 내 편이 없다는 것은 비무장 인체로 홀로 야생에 던져진 것이나 다름없다.

"이런 젠장 할! 젠장 할! 아우~ 열받아!"

그가 손바닥으로 자신의 이마를 치며 소리쳤다. 긴장의 연속이다. 숲이 주는 두려움과 마부가 주는 협박이 내 심장을 차갑게 만든다. 그때 숲의 끝이 보였다. 난 희망을 걸었다. 확 트인 길이 나오면 그의 화도 누그러질 것이다.

예상은 빗나갔다. 바퀴 하나는 풀을 밟아야만 하는 오솔길이 나왔다. 말발굽 소리 사이사이로 마른 풀을 짓누르는 마차 바퀴 소리가 들렸다.

숲은 이리저리 뚫렸다. 사람의 머리숱같이 빼곡한 나무들은 그 광활함을 자랑했지만 동시에 어둠에 휩싸인 그들의 모습은 폐쇄적이었고 공포를 자아냈다. 날이 어두워졌다. 불과 몇 분 만에 핏방울 같았던 붉은 노을은 사라졌다. 검은 먹구름이 모여들기 시작했다. 그리고 그것이 달을 가리며 흘렀다. 마부는 마차 위의 전구를 켰다. 어둠을 몰아내기엔 너무나도 나약한 빛이었다. 하지만 없는 것보단 나았다. 그것만으로도 조금은 안심이 됐다.

"저, 손님. 그만 돌아가는 게 좋겠습니다."

뒤도 돌아보지 않은 그가 말했다. 그의 목소리는 많이 누그러져 있었다. 그도 이 숲이 두려운 건가? 그건 아닐 건데…, 내가 그를 경계하듯 어쩜 그도 자신의 뒤에 앉은 내 존재를 경계하고 있을지 모른다. 사실 불리한 위치에 있는 자는 그다. 그의 두 손은 말을 조종해야 한다. 앞을 봐야 한다. 저자가 지금 목을 움츠리고 양 어깨를 귓불까지 들어 올린 것은 추워서가 아니다. 난 그의 목덜미에 칼을 들이대는 상상을 했다. 칼이 목을 살짝 긋기만 해도 동맥은 힘없이 끊어져 피를 뿜을 것이다. 몇 분 지나지 않아 피는 몸을 적시고 축 늘어진 몸은 땅으로 풀썩 고꾸라질 것이다. 그럼 내가 이 마차의 주인이 된다. 그를 버리고 내가 말을 몰면 된다. 더는 그의 협박과 짜증을 들을 필요가 없다. 나의 불손한 상상을 눈치챘는지 그는 움직였다. 오른쪽 다리를 들어 올림과 동시에 바지를 끌어올렸다. 종아리에 무언가가 보였다. 칼이다. 칼집을 삐져나온 그곳에서 시퍼런 섬광이 보였다. 그 파란 기운이 나를 주눅 들게 만들었다.

우린 서로를 무한정 의심하며 어둠이 뿌린 두려움의 조미료에 버무려져 그렇게 이동했다.

"조… 조금만 더 가면 돼요."

끝이 보이지 않아 희망의 메시지를 던졌다.

"말이 비틀거리며 뛰는 게 안 보여? 마차는 고치면 그만이지만 말이 잘못되면 난 끝장이라고. 손님이 말을 사주시겠습니까?"

그의 목소리엔 분노와 울분이 서려있었다. 그의 말은 사실이다. 말은 무언가에 겁먹고 있었다. 분명하다. 죽어버릴 수도 있다. 또다시 역지사지란 말이 떠올랐다. 마부에게서 말이 없다는 것은 차에 엔진이 없다는 것과 다를 바 없다.

"이왕 여기까지 왔으니 조금만 더 갑시다. 부탁합니다. 40년 만에 만나는 사람입니다. 이번 기회마저 놓치면 영영 못 만날 수 있어서 그럽니다."

간곡히 말했다. 그의 목소리에 분노와 울분이 서렸다면 내 목소리엔 떨림과 슬픔이 스몄다. 40년 만에 만난다는 내 말이 통한 것일까? 그는 이랴! 하고 외치며 말에게 채찍질을 가했다. 두려움에 비틀거리던 말은 채찍질에 반사 신경을 발동시켰다. 힘차게 뛰기 시작했다. 그러나 그 속도는 지속되지 못했다.

"보… 보셨나요?"

내 눈앞을 무언가가 지나쳤다. 난 그것이 무엇인지 궁금했다. 살아 있는 생명체의 속도로 보이지 않았다.

"뭐 말이요?"

그도 궁금했는지 두리번거리며 물었다. 그의 눈은 분노로 이글거렸다. 마치 모든 것이 내 잘못이라고 말하는 것 같았다.

"좀 전에 무언가가 빠른 속도로 지나쳤어요."

난 깊은숨을 쉬며 말했다.

"박쥐 말하는 거요?"

고개를 돌린 그가 별것 아니란 듯 말했다. 숲에서 뿜는 으스스함보다 그는 뒤에 앉은 날 더 의심하고 있다. 그는 여전히 양어깨를 올려 목을 방어했고 한 손은 오른쪽 다리에 꽂힌 단도를 잡을 태세를 하고 있었다.

"박쥐는 위아래로 날지 않나요?"

내가 물었다.

"역시…, 도시 사람이라 잘 모르는가 보구만. 동굴 속이나 좁은 공간을 날 땐 위아래로 움직이지만 급한 일이 생기거나 하면 빠르게…."

마부는 말을 멈췄다. 뭔가 불길한 징조를 발견했는지 고개를 들어 하늘을 봤다. 기분 나쁘게 생긴 초승달을 지나치는 검은 구름이 을씨년스러웠다. 우리가 향하는 곳이 귀신의 집이라는 것을 떠올렸는지 그는 몸을 한차례 부르르 떨었다.

"아무래도 안 되겠소. 여기서 내리시오."

그는 내리라는 말과 함께 말의 입과 연결된 가죽끈을 잡아당겼다. 그러자 비틀대던 말이 앞발을 들며 울었다. 급작스러운 멈춤에 내 몸이 앞으로 쏠렸다. 하마터면 밖으로 떨어질 뻔했다.

"좋은 말 할 때 내리시지."

그가 차갑게 말했다. 그의 오른손은 종아리에 차고 있던 칼을 잡고 있었다. 난 무기력하게 내렸다.

"이 숲에서 절 버리시면 어떻게 합니까?"

난 울먹이며 말했다. 두려웠다. 홀로된다는 생각을 하자 겁이 났다. 주위는 온통 나무와 풀이다. 밤이 되자 그것들이 산소가 아닌 죽음의 기운 내뿜었다.

"그럼 같이 돌아갑시다. 마차 수리비와 말 병원비는 따로 책정해서 말해주겠소."

그가 말했다. 난감했다. 어떻게 해야 할지 몰랐다. 그의 표정은 두 가지를 말했다. 혼자 가거나 그를 따라 돌아가거나. 하는 수 없었다. 그의 말을 따르겠다고 입을 열려 할 때 내 귀에 무슨 소리가 들렸다. 희미하기는 했지만, 매우 낯익은 소리다. 그것이 내 고막을 간질였다.

"잠시만요!"

다시 귀를 기울였다. 집중했다. 한 손을 귀에 대고 소리를 모았다. 파도의 부서짐이 가물가물 들렸다. 소금기가 밴 물 냄새도 났다.

"저기요! 저기! 다 왔다고 했잖소."

착각이 아니었다. 현실이었다. 파도 소리라는 것을 알게 되자 바위에 몸을 던져 부서지는 그것의 소리가 더욱 잘 들렸다. 내 목소리에 그는 주위를 두리번거렸고 손을 귀에 가져갔다.

"들리는구먼. 그럼 어서 타쇼."

내게 손을 내민 그가 말했다. 그의 도움을 받으며 올랐다. 마차에 오른 후 처음으로 미소를 지을 수 있었다. 지쳤는지 아니면 겁을 먹었는지 그의 채찍질에도 불구하고 말은 비틀거리며 걸었다. 마부는 인상을 썼고 난 뛰는 가슴을 움켜잡았다. 시간이 길게 느껴졌지만, 곧 탁 트인 대지를 볼 수 있었다.

"뭐요? 집이라곤 하나 보이지 않구먼."

커진 눈을 줄인 그가 말했다.

"그럴 리가요. 분명 이곳이 맞아요."

내 기억은 이곳이라고 말했다. 하지만 확신은 없다. 벌써 40년이 지난 세월이다. 더욱이 내 눈앞엔 성은 고사하고 작은 초가집 하나 보이지 않는다.

"뭔가 잘못 안 거 아니요? 당신이 가리킨 곳은 낭떠러지요. 주위엔 보다시피 아무것도 없소!"

"일단 내려야겠어요."

내가 그곳에서 내리자마자 그는 움츠렸던 양어깨를 내렸다.

"그건 알아서 하슈. 어차피 더는 앞으로 나갈 수도 없고 또 이곳이 손님이 찾는 곳이 맞는다고 하니 난 이만 돌아가겠소. 아까 적어준 전화번호는 본인 것이 맞겠지요?"

굵은 목을 굴리며 어깨를 푼 그가 말했다. 나를 정면으로 볼 수 있다는 것에 안심하는 표정이 얼굴에 확연했다.

"믿으세요. 틀림없으니."

내가 말했다. 그는 못 미더운지 핸드폰을 꺼내 폴더를 열었으나 곧 다시 닫았다. 핸드폰에 안테나가 뜨지 않은 모양이었다.

"지금 현금 갖은 건 있수?"

그가 말했다.

"없습니다."

난 양쪽 바지 주머니를 까뒤집으며 말했다.

"알겠수다. 나중에 마차 수리비 견적서 나오면 전화드리리다."

"알겠습니다."

"참, 나도 마음이 약해서 탈이야. 그럼 잘 계슈."

그가 거수경례하며 말했다.

"네."

짧은 나의 대답을 뒤로한 마부는 비틀거리는 말에 채찍질을 했다. 어떻게 된 일인지 절벽을 등지자 말은 힘차게 뛰었다. 마치 마취에서 깨어난 것처럼 비틀 되던 말은 나와의 거리가 멀어지면 멀어질수록 힘을 되찾아 빠르게 뛰었고 사라졌다. 희미하게 들리던 말발굽 소리는 부서지는 파도 소리가 집어삼켰다. 난 파도가 철썩 거리는 곳으로 향했다. 그것이 부서지는 소리가 커질수록 그리고 바다 냄새가 강해질수록 아까 마부의 말이 더욱 크게 들리는 듯했다. 맞다. 절벽 끝엔 아무것도 없다. 분무기처럼 뿌려지는 바닷물을 맞으며 절벽으로 향했다. 아래를 봤다. 아찔했다. 울퉁불퉁 치솟은 바위가 날카로워 보였고 그곳에 몸을 던진 파도가 아파하며 하얀 거품을 내뿜는 것 같았다. 고개를 들어 수평선 너머를 봤다. 외로이 서 있는 등대가 눈에 들어왔다. 등대 꼭대기엔 하얀 갈매기들이 떼를 지어 앉았다. 한숨이 나왔다. 여길 찾아온 것이 후회됐다. 다시 집까지 돌아갈 생각을 하니 까마득했다. 말의 힘을 빌리고도 반나절이 걸린 거리다. 지금 돌아가려면 어둠과 싸워야 한다. 기운이 빠졌다. 난 말이 남긴 발자국을 쫓기 위해 뒤를 돌았다. 땅을 봤다. 한숨이 또다시 터져 나왔다. 천 리 길도 한 걸음부터라는 말을 속으로 뇌며 한 발을 뗐다. 바로 그때였다. 눈부신 빛이 나의 그림자를 땅에 드리우게 만들었다. 뒤를 돌아본 난 눈이 부셨다. 손을 얼굴에 올려 빛을 가렸다. 너무나도 강한 빛이어서 결국 눈을 감았다.

"형님을 찾아온 것 맞소?"

등대 조명 뒷사람이 손을 흔들며 말했다. 강한 빛 때문에 그의 모습이 검은 그림자로만 보였다. 먼 거리였지만 그리고 바위에 몸을 날리는 파도 때문에 그의 목소리가 선명치는 않았지만 형님이란 말과 만난다는 말은 알아들을 수 있었다.

"맞습니다! 그런데 집이 없어졌어요. 분명 제 기억으론 여기가 맞는 것 같은데 말이죠!"

반가운 나머지 나도 팔을 흔들며 말했다.

"잘 안 들려요! 아무튼 형님이 이곳 등대에서 기다리고 있으니 이리 건너오시오!"

그가 소리쳤다. 여전히 팔을 흔들고 있다. 그의 목소리엔 연륜이 묻어있었다.

"어떻게!"

내 말이 끝나기도 전에 강력한 등대의 조명이 절벽 아래를 비췄다. 밝은 빛에 의해 묶여있는 나룻배 보였다. 파도가 배를 출렁거리며 흔들고 있었다. 난 아찔한 높이에 주춤할 수밖에 없었다. 건너편 조명을 비추는 그도 내 심정을 아는 것 같았다. 높이가 주는 공포와 싸우며 시간을 끄는 내 모습을 인내하며 지켜보고 있다. 두려움 때문에 얼마의 시간이 지났는지도 몰랐다. 그래서 첫발을 얼마 만에 띄었는지도 기억나지 않는다. 형을 곧 볼 수 있다는 기대감이 내 몸을 이끄는 것만은 분명했다. 난 희망을 안고 한발씩 내디뎠다. 하지만 마음과는 다르게 빨리 내려갈 수 없었다. 가파른 절벽에서 굴렀다간 비명횡사하는 것은 당연한 공식이다. 얼굴에서 땀이 뚝뚝 떨어졌다. 절벽에 위태롭게 자란 잡풀들도 어김없이 공포를 뿜어냈다. 실뿌리를 박은 그것들은 덫이다. 아무 의심 없이 그것을 잡는 순간 허공을 느끼고 곤두박질치리라….

나를 도와주려는 것인지 조명을 내 몸에 쏘는 그였다. 그 빛이 오히려 내 눈을 아프게 만들었다. 비추지 말라고 소리치고 싶었지만, 몸의 균형에 신경 쓰느라 함부로 입을 뗄 수 없었다. 눈에 땀이 들어갔다. 쓰라렸다. 팔뚝으로 눈을 문대다가 그만 집중력을 잃어버렸다. 발을 헛디뎠고 굴러떨어졌다. 머릿속이 하얗게 변했다. 땅에 부딪치면 얼마나 아플까 하는 걱정을 하기도 전에 몸은 땅이었다. 다행이다. 거의 다 내려와 떨어졌다. 옷을 몇 번 터는 것으로 대가를 지불했다.

"괜찮아요?"

그가 소리쳤다. 아까보다 더 잘 들렸다. 조명의 그늘에 숨은 그의 얼굴도 얼핏 보였다.

"네! 걱정하지 마세요."

내가 소리쳤다. 고개를 들어 방금 내려온 곳을 봤다. 까마득했다. 과연 나에게 어떤 용기가 생겨 저 높은 곳에서 내려올 수 있었나 의아했다.

하늘의 검은 먹구름처럼 바다엔 시야를 가리는 안개가 끼기 시작했다. 강력한 등대 빛은 계속해서 배를 비추고 있었다. 난 배에 몸을 얹었고 노를 저었다. 끼이익- 노 젓는 소리가 밤바다를 떠돌았다. 이 소리는 마치 어둠에 길 잃은 갈매기가 끼룩끼룩 우는 것처럼 을씨년스러웠다. 둥그런 빛이 내 뱃머리 앞에서 나를 착실히 인도해 줬다. 그리고 멈췄다.

"어서 오세요."

배에서 내리는 나를 향해 누군가가 말을 걸었다. 순간 등대 꼭대기에서 조명을 비춘 그가 떠올랐다. 난 고개를 숙여 인사했다. 아까 나에게 손을 흔들었던 동일 인물로는 보이지 않았다. 몸집이 매우 작았다. 어둠에 눈이 익숙해지자 그의 얼굴이 더욱 또렷했다. 등이 곱은 그는 매우 긴 코를 가졌다. 긴 코는 인중을 가리는 것은 물론이고 입을 지나 턱까지 흘렀다. 입은 매우 컸고 양 귀는 목 아래까지 늘어졌다. 해서 코끼리가 낳은 인간은 아닌가 하는 생각마저 들었다.

"안녕하세요."

난 목례로만 인사하는 것은 아니라 판단했다. 다시 정식으로 인사를 건넸다.

"당신의 형님께선 40년이 넘게 이 순간만을 기다리고 있었답니다."

그가 웃으며 말했다. 누런 이를 볼 수 있었다.

"저도 많이 기다렸습니다."

난 그의 뒤를 따랐다. 안개가 자욱해 한발이라도 뒤처졌다간 그를 놓칠 것만 같았다. 그래서 그의 발뒤꿈치에 내 발가락이 닿을 듯 걸었다.

"머리를 조심하십시오. 문이 매우 낮거든요."

그가 말했다.

"네."

허리를 숙여 들어간 등대는 텅 비었다. 바다 냄새와 원형으로 오르는 계단만이 공간을 차지하고 있었다. 그는 문을 닫았다. 그러자 세상과 단절된 것 같은 느낌이 들었다. 아마도 철썩이는 파도 소리를 막아 그런 느낌이 드는 것 같았다.

등이 굽은 노파와 내가 내는 발자국 소리만이 등대 안을 울렸다. 순간 이상하단 생각이 들었다. 40년씩이나 나를 기다린 형이 나를 마중 나오지 않는 것은 왜일까? 이해가 되지 않았다.

"계단이 많지요?"

노파가 말했다. 마치 내 생각을 방해하려는 것 같았다.

"아니요."

난 그가 묻는 질문에 건성으로 대답했다.

"사실 이놈의 계단 때문에 형님께선 많이 애를 먹고 계신답니다."

그의 말에 형의 몸이 좋지 않다는 것을 알아차릴 수 있었다. 갑자기 슬픔이 밀려왔다. 코끝이 찡해졌다. 휠체어를 탄 형의 모습도 떠올랐다. 상상은 형의 나약한 모습을 그렸다.

"다 왔습니다. 이 문안으로 들어가시면 됩니다."

그가 문을 열며 말했다.

"고맙습니다."

"머리 조심하시고요."

그는 내가 들어갈 때까지 기다렸다. 난 그에게 팁을 주고 싶었다. 절벽에 서 있는 나를 발견한 것도 그였고 배를 타고 오는 동안 조명을 비춰 준 것도 그였다. 그리고 그는 형이 있는 곳까지 친절히 안내해 주었다. 그 사각 턱의 마부보다 훨씬 고마운 사람이다. 난 주머니를 뒤졌다. 앞쪽 주머니는 텅 비었다. 엉덩이 쪽 주머니로 손을 옮겼다. 종이 쪼가리가 만져졌다. 손엔 구겨진 놀이동산 티켓과 껌 종이 그리고 물기가 다 날아간 물티슈 한 장이 전부였다.

"저기…"

팁을 주지 못해 미안했다.

"그런 것은 필요 없습니다. 돈이라는 것도 쓸데가 있는 사람에게 필요한 것이겠지요. 여기선 돈이 아무짝에도 소용이 없으니까요."

노파가 말했다. 주머니를 뒤지는 내 모습을 보고 팁을 주려는 것을 유추했을 것이라 생각했다. 돈이 필요 없다는 그의 말을 선뜻 이해할 수 없었다.

"여기 동생분이 오셨습니다."

내 뒤에 서 있던 노파가 내 앞으로 걸어 나가며 말했다.

"오느라 수고 많았다. 내 사랑하는 동생, 국일아."

형이 말했다. 내 이름을 부르는 그의 목소리에서 떨림을 느꼈다. 긴 의자에 앉은 형은 뒤돌아 있다. 얼굴을 볼 수 없다. 하지만 형의 목소리는 너무나도 멋있다. 액션배우의 목소리처럼 강인하면서도 멜로 배우처럼 사랑을 속삭이는 부드러운 톤이다. 목소리가 그러하다면 얼굴은 얼마나 멋있을까? 난 형의 멋있는 모습을 기대하며 그가 앉은 의자로 향했다. 내 발걸음은 설렘으로 가득했다. 나의 형은 엄마를 닮았을까 아니면 나처럼 아버지를 더 닮았을까 하는 상상을 했다. 그런데 갑자기 그것이 생각나지 않았다. 숨이 막혔다. 큰 잘못을 저지른 것처럼 얼굴이 화끈거렸다. 아니다. 큰 잘못을 저지른 것이 맞다. 발을 더는 땔 수 없었다. 이를 어쩌지…, 난 망설였다. 어처구니없게도 형의 이름이 떠오르지 않았다. 아니다. 정확히 말하자면 40년 넘게 형의 이름을 알지 못한 것이다. 그러면서도 형을 보고 싶다 울고불고 부모님에게 떼를 썼다.

"형…, 정말 미안해. 형의 이름을 몰라."

발걸음을 멈춘 난 고개를 숙이며 말했다. 얼굴의 화끈거림이 가시지 않았다. 하지만 형에게 솔직하지 않으면 안 될 것 같았다. 그것이 그에게 더는 다가설 수 없게 만들었다.

"이름?"

그가 묻듯이 말했다. 침묵이 잠시 이어졌다. 그가 다시 입을 열었다.

"글쎄. 그게 과연 중요한 것일까? 우리가 만났다는 것이 더 중요한 것이겠지."

형의 목소리는 차분했고 따뜻했다. 모든 것을 이해하는 듯했다. 마치 동생의 잘못을 감싸는 형처럼 말이다. 난 사물이 투명해지는 것을 봤다. 그것은 내 두 눈에 눈물이 가득 찼기 때문이다. 눈을 감자 뜨듯한 그것이 주르륵 흘렀다.

"형."

난 손을 뻗어 형이 앉은 긴 의자를 잡으려 했다. 순간 형의 목소리가 다시 들렸다.

"그러지 않아도 돼."

형이 말했고 의자는 돌았다. 천천히 돌던 그것이 멈췄다. 회전의자는 형을 내 정면에 서게 만들어 줬다. 충격이다. 난 너무 놀라 뒷걸음질 쳤고 끝내 넘어졌다. 난 내눈을 믿을 수 없었다. 손바닥으로 얼굴을 훔쳤다. 눈을 비볐다.

"놀라지 마."

형이 말했다. 형의 눈에도 이슬 같은 눈물이 맺혔다. 밤하늘의 별빛처럼 그것이 눈에서 반짝였다.

믿을 수 없다. 형의 모습은 젖먹이 아기다. 목소리와 말투는 어른의 것이었다. 하지만 체구와 피부는 아기의 그것과 똑같았다.

"부모님은 잘 계시니?"

형이 조그만 입을 움직이며 물었다.

"으…응."

놀란 난 가슴을 진정시키며 대답했다. 어느새 눈물은 말랐다. 얼굴에 닿는 바람이 흘러내렸던 눈물길의 위치를 알려줬다. 형을 보면 얼싸안으리라 생각했지만, 만약 그랬다간 형의 작은 몸을 내가 덮어 숨 쉬지 못하게 만들 것만 같았다.

"너…, 내 모습에 많이 당황했구나."

한숨을 쉰 형이 말했다. 난 형이 입은 곰돌이 아동복에 눈을 고정시켰다. 아무 말도 할 수 없었다. 내가 슬픈 눈으로 침묵하자 그의 입이 다시 열렸다.

"그래, 난 용기가 없어. 이런 모습으로 부모님을 찾아뵐 용기가…."

"아냐. 형! 나랑 같이 가. 형의 모습이 어떻든 우린 한 형제잖아."

난 말라버린 눈물을 훔치며 말했다.

"아니야. 널 봤으니 난 소원을 이룬 셈이야."

형이 말했다.

"형…."

난 슬펐다. 형의 모습에 실망한 것도 있지만 부모님을 같이 만나러 갈 수 없다는 것이 너무나도 슬펐다.

"나도 너처럼 학교라는 곳에서 공부라는 것도 해보고 선생님과 부모님께 칭찬을 받고 또 사랑이라는 것도 해봤으면 했단다. 그것이 아름다운 첫사랑이건 아니면 애절한 짝사랑이건 상관없이 말이야. 그리고 나라를 지키는 군인도 돼보고…."

조약돌만 한 손을 꼼지락거린 형이 말했다.

"그런데 그 꿈들을 너를 통해서 경험했으니 반은 이룬 것 아니겠니."

형이 고개를 떨어뜨리며 말했다.

"콜록- 콜록-"

무거운 분위기를 전환하려는지 코끼리를 닮은 노인이 기침을 시작했다. 그때였다. 내 코로 이상한 냄새가 쑤시고 들어왔다. 헛구역질이 났다. 생선 썩은 냄새와 달걀 썩은 냄새 그리고 햄버거를 많이 먹는 민족의 겨드랑이 냄새 같은 것이 마구 섞여 풍겼다. 난 실례를 무릅쓰고 코를 막았다. 정말 참기 힘든 냄새였다.

"너무 늦기 전에 가야겠다."

먹구름에 흐릿하게 가려진 달을 본 형이 말했다.

"방금 만났는데 벌써…."

형에게 한발 다가서며 말했다.

"이곳은 네가 생각하는 그런 곳이 아니야. 위험에 처할 수도 있어. 난 사랑하는 동생을 잃기 싫어. 어서 가!"

의자에서 내려온 형은 내 종아리를 밀었다. 아기의 몸뚱이를 하고 있는 형의 팔이 닿을 만한 곳은 그곳뿐이다.

"좀만 더 얘기하면 안 될까?"

내가 물었다.

"나도 그러고 싶지만 여긴…."

형은 말을 하다 말고 밖을 봤다. 형의 고개를 따라 창밖을 봤다. 난 놀랐다. 바닷속에 있어야 할 물고기들이 공중에서 헤엄친다. 공기에 노출된 그것들이 아가미를 펄럭이고 입을 벌리지 않는다. '내가 물속에 들어온 것인가?'

"피해!"

어느새 테이블에 올라간 형이 내 등을 밀면서 말했다. 난 휘청거리며 옆으로 넘어졌다.

"으윽!"

형이 고통스럽게 소리쳤다. 액체 같은 것이 형의 얼굴에 닿았다. 형의 얼굴에서 심한 연기가 피어올랐다. 나도 모르게 문 쪽에 선 코끼리 노인을 봤다. 노파의 피부는 흐물흐물 녹아내렸다. 갈라진 얼굴에선 나뭇가지가 뻗어 나와 열매를 맺었다. 그중 하나가 터져 염산 같은 것을 뿌렸다. 강한 산이었는지 여기저기 튄 그것이 가죽의자 끝부분을 녹아내리게 만들었다.

"발리가! 빨리!"

한 손으로 얼굴을 감싼 형이 문을 가리키며 소리쳤다. 손이 얼굴을 가리고 있어 많이 다쳤는지 어떤지 알 수 없었다. 핏빛의 노을과 까마귀의 빨간 눈 그리고 마부의 협박과 노인의 갈라진 얼굴에서 나무가 자란 것이 주마등처럼 스쳤다. 본능적으로 문이 있는 곳으로 뛰었다.

-파악!-

그의 얼굴에서 자란 또 하나의 열매가 터졌고 그것이 땅에 떨어졌다. 치이익- 거리는 소리와 함께 연기가 피었다. 난 문을 막으려는 그 노인, 아니 괴물을 밀쳤다. 얼굴

없는 그것이 균형을 잃고 쓰러졌다. 난 계단 아래로 뛰기 시작했다. 계단을 밟는 촉감이 마치 사람의 헛바닥을 밟는 것 같이 물컹거렸다. 딱딱하지 않았기에 몸을 컨트롤할 수 없었다. 휘청거린 난 계단에서 굴렀다. 다행히 쿠션 같은 부드러움 때문에 다치지 않고 내려올 수 있었다.

"이런…."

불행히도 입구는 닫혀있었다. 거기에 더해 거대한 자물쇠마저 채워졌다. 난 고개를 들어 계단을 봤다. 물컹거리는 계단 아래로 내려오는 괴물이 보였다. 갈라지며 옆으로 벌어졌던 노파의 얼굴은 사라졌고 제법 굵은 나무가 그곳에 자리 잡았다. 그리고 아까보다 훨씬 많은 열매를 매달았다. 저것이 전부 터졌다가는 나의 온몸이 녹아내릴 것만 같았다.

물고기들이 내 눈앞에서 둥둥 떠다니는 모습에서 어쩜 이것은 현실이 아닌 꿈일 수 있단 생각이 들었다. 난 꿈에서 깨기 위해 있는 힘껏 나의 뺨을 후려쳤다. 아팠다. 이건 꿈이 아니다. 이런 초자연적인 현상이 현실에서도 일어나다니 정말 이해할 수 없었다.

-쿵! 쿵! 쿵!-

발로 문을 찼다. 살기 위해선 무엇이든 해야만 했다. 단단한 자물쇠에 비해 모진 바닷바람과 세월의 풍파를 견뎌온 문은 낡고 지쳐있었다.

-쾅!-

문이 박살 났다. 난 밖으로 뛰려 했다. 그런데 목에 통증이 느껴졌고 다리가 움직이지 않았다. 긴 나뭇가지 하나가 내 목덜미를 잡고 놔주지 않았다. 빠져나가기 위해 죽을힘을 다해 다리를 움직였다. 하지만 꼼짝도 할 수 없었다. 이대로 죽는다는 생각을 하니 너무나도 슬펐다.

-파식!-

내 목과 뒤통수에 불이 난 것 같았다. 염산이 가득 든 열매가 터진 게 분명했다. 내 몸이 산에 노출된 것이다.

"으아악- 윽!"

난 고통에 몸부림쳤다. 살이 벗겨지는 아픔이 지속됐다. 목덜미가 화끈거리며 타들어갔다.

"도망가!"

힘겹게 고개를 돌리자 형의 모습이 보였다. 손도끼를 든 형은 내 목을 감고 있는 나뭇가지를 내려찍었다. 뚝- 소리와 함께 내 몸이 움직여졌다. 목이 자유로워지자 숨이 트였다. 그제야 난 떨어져 나간 문밖으로 달릴 수 있었다. 불안한 마음에 고개를 돌려 형과 괴물의 위치를 봤다. 안개 때문에 사물을 분간하기 쉽지 않았다. 어쩔 수 없다. 형이 걱정되지만 선택의 여지가 없다. 난 배를 묶어놨던 곳으로 뛰었다.

"아…."

당황했다. 배가 없다. 배를 잘 묶어놓았어야 했는데…, 후회를 했지만 소용이 없었다. 난 다시 고개를 돌렸다. 정신을 집중했다. 안개 너머를 보기 위해 가는 눈을 떴다. 내가 나왔던 문 쪽을 살폈다. 하지만 안개가 문제였다. 흐릿한 형체만으로 적을 구분해야만 했다. 형의 모습은 여전히 보이지 않았다. 대신 끈질긴 노인, 아니 나무 괴물이 날 따라왔다. 노인의 머리를 대신한 나무가 무거워서인지 아니면 울퉁불퉁 치솟은 바위 때문인지 그 괴물은 휘청거리며 내게 걸어왔다.

-파치칙-

자신의 손으로 열매를 딴 괴물이 날 향해 그것을 던졌다. 움직이는 날 맞추지 못한 염산 열매는 땅에 곤두박질쳤고 곧 하얀 연기가 바닷바람의 부름에 따라 이리저리 흔들렸다. 난 철썩이는 바다를 봤다. 하늘을 나는 물고기들도 봤다. 결정을 해야만 한다. 출렁이는 저곳으로 뛰어들지 않는 한 방법이 없어 보였다. 난 산소를 가득 들이키고는 있는 힘껏 점프를 했다. 바다에 풍덩 소리를 내지르며 빠졌다. 그런데 이게 어떻게 된 일인가! 이곳은 밀도가 없다! 다시 말해 난 빠른 속도로 추락했다.

하늘엔 물고기가 바다엔 날개를 퍼덕이는 갈매기가 보였다. 세상이 뒤집힌 것일까? 이 어마어마한 속도로 바닥에 충돌한다면 내 몸은 산산이 부서질 것이다.

형이 보고 싶다…. 걱정된다….

"저건?"

어둠 저 아래 강한 빛이 보였다. 밝은 곳에 있는 누군가가 어두운 방에 들어오기 위해 그 문을 열 때 세어 들어오는 빛의 모양을 하고 있다. 빛은 점점 넓어지고 커졌다. 그리고 날 집어삼켰다.

"야! 어때?"

누군가의 말소리가 들렸다. 눈이 부셨다. 손을 올려 차양을 만들어야만 했다. 난 고개를 흔들었다. 빛에 적응되지 않은 눈을 감곤 관자놀이에 두 손가락을 댔다. 그리고 집중했다. 무언가가 떠올랐다. 주머니에 손을 넣었다. 종이가 만져졌다. 꺼냈다.

"놀이공원 표는 왜 꺼내고 그래?"

그가 말했다. 난 내 손에 있는 놀이공원 표를 봤다. 그러자 기억이 돌아왔다. 친구와 같이 놀이공원 표를 구매한 것이 생각났다. 그리고 지금 나에게 말을 건 그는 내 친구다. 덩치가 큰 그의 얼굴은 사각형에 가까웠다. 그 모습에 아까 보았던 마부가 떠올랐다.

친구의 등 뒤 천천히 회전하는 거대한 대관람차가 흥미로웠다. 난 고개를 돌려가며 주변을 인식했다. 거대한 바이킹 놀이기구와 회전목마가 보였다. 어린이 공원답게 아이들의 떠드는 소리와 웃음소리가 이곳저곳에서 들렸다. 뒤돌아보니 방금 내가 나왔던 귀신의 집이 보였다.

"내가 지금 어디 있는 거지?"

이곳이 놀이공원인걸 알면서도 그리고 귀신의 집에 들어갔던 것을 알면서도 그에게 물었다. 아까 겪었던 일들이 믿을 수 없을 만큼 생생했기 때문이었다.

"최면이 아직 덜 깼나? 이상하다…. 분명 귀신의 집 밖으로 나오면 최면이 풀린다고 했는데…. 그나저나 뺨은 괜찮냐?"

친구가 내 붉은 뺨을 보며 말했다. 손을 들어 뺨을 만졌다. 쓰라렸다.

"근데 최면이 단단히 걸리긴 걸렸나 보다."

그가 말했다.

"무슨 일 있었니?"

내가 물었다.

"정말 아무 생각 안 나? 나무귀신이 다가가려 하니까 발로 차고 물고 정말 창피해서 혼났다. 걔들 시급 알바생들이야. 불쌍하더라. 어? 그런데 뺨도 그렇고, 여기 목이 왜 그래?"

내 머리를 숙인 친구가 나의 목을 살폈다.

"목?"

친구의 말에 목덜미를 손바닥으로 쓸었다. 따끔거렸다.

"으…응."

난 얼버무렸다. 갑자기 코끼리를 닮았던 노파가 떠올랐다. 나무 괴물에게 도망칠 때 그리고 염산 같은 열매가 터진 일도 연달아 떠올랐다.

"내가 제일 좋아하는 범퍼카 타러 가자!"

그가 말했다. 최면에서 깨어난 난 그의 뒤를 따랐다.

"아드님에게 최면을 걸다 알게 됐는데 말입니다. 혹시…, 아드님 위에 친 형님이 한 분 계셨나요?"

전화기를 귀에 밀착한 최면술사가 말했다.

"아… 아니요. 없었습니다."

중년 여성의 목소리는 매우 떨렸고 불안했다. 미간 사이의 주름이 더욱 깊어졌다.

"이상하군요. 형을 계속해서 찾던데 말입니다."

최면술사가 말했다. 수화기에선 한동안 아무 소리도 흐르지 않았다. 그러다 흐느껴 우는 여자의 목소리가 들렸다.

"흐흐흑…, 사… 사실…, 낙태를… 낙태를 했었어요. 그것도… 만삭일 때요."

한번 터진 눈물은 그칠 줄 몰랐다. 그녀는 그때의 기억을 떠올렸다. 탯줄도 끊지 않은 핏덩이 아기는 배고프다며 울었다. 그녀는 우는 것밖에 모르는 아이를 땅에 파묻었다. 밥도 굶어야 하는 가난 때문에 어쩔 수 없는 선택이었다는 것이 그녀의 변명이었다. 삼순구식을 견딜 수 있는 사람만이 그녀를 비난할 수 있으리라…. 하지만 결과는 살인이었다. 저항할 수조차 없는 어린 생명을 자궁에서 꺼내자마자 흙으로 돌려보낸 것이었다. 그녀는 자신 스스로에게 최면과 암시를 걸었었다. 국일이가 첫 아들이라 외치고 또 외쳐 끝내 그 기억을 지우는데 성공했던 것이었다. 하지만 놀이공원에서 재미있게 놀기 위해 최면을 걸었던 아들로 인해 그녀의 몸과 마음엔 자리가 하나 생겨나게 됐다. 그것은 핏덩이의 영혼이 들어설 자리였다.

붉은 저녁놀을 뒤로한 채 놀이공원을 빠져나오는 젊은 남자 둘이 보였다. 아니다.

일반 사람들 눈에는 보이지 않는 핏덩이 아기가 최면에 걸렸었던 남자의 등에 매달려 있다. 그것까지 치자면 셋이다. 그들은 곧 각자의 집으로 향했다. 그곳은 너무나도 보고 싶은 이가 있는 곳이다.

그의 리비도

"신경 쓸 일이 하나 더 늘었어. 그 왜 있잖아, 연쇄 강간범 조호순 말이야. 오늘이 출소하는 날이래."

전자 발찌를 손에 쥔 형사가 동료 형사에게 말했다.

'드디어 그녀가 왔다. 이렇게 외눈 망원경으로 훔쳐보고 있자니 가슴마저 떨린다. 멀리서 훔쳐보는 나의 이런 모습을 하나님인 당신께서 보셨다면 정신과 의사인 당신은 절 한낱 관음증 환자라 하겠지요. 하지만 그건 어디까지나 선생님의 객관적인 견해에 불과합니다. 내 눈을 멀게 한 것은 하나님 당신이니까요. 그렇다면 선생님에게도 최소한의 책임은 있지 않겠어요? 정말이지 이건 다릅니다. 병원에서 의사와 환자의 신분으로 만나는 것이랑은 차원이 다르단 말입니다. 두근거림을 넘어 오르가슴마저 느낍니다. 잔뜩 화난 제 성기가 정액을 쏟아 낼 것만 같으니 이는 당신이 절 흥분시키고 있다는 증거입니다. 나의 하나, 나의 천사님, 당신은 알고 있나요? 당신에게 풍덩 빠져버린 것을요. 망원경을 움켜쥔 이 손이 당신의 몸을 어루만진다면 얼마나 좋을까 생각합니다.'

창문을 등진 그녀는 윗옷을 벗은 후 스커트를 내렸다. 팬티스타킹이 조이는 풍만한 엉덩이가 보였다. 망원경으로 그녀를 보고 있는 그의 동공이 크게 확장됐다.

'난 한 마리의 새가 되어 훨훨 날아 쾌락이 꿈틀 되는 저곳으로 들어가고 싶다. 그녀가 창문을 열어준다면 내 부리로 그녀의 자극 샘 클리토리스를 쪼아 주리라…. 그런데 저건 뭐지? 이… 이런! 너… 넌, 누구야! 누군데 감히, 나의 사랑 그녀 곁에 남자가 서 있다. 그것도 한밤중에 말이다.'

"뭐야! 윤하나! 네 수준이 이것 밖에 안 됐어? 가슴에 흉한 털과 옆구리에 뱃살이 한 움큼 달고 있는 저런 비계 덩어리가 네 이상형이었어? 저놈은 너에게 있어 뭐야? 뭐냔 말이다! 그런데 저 자식은 왜 갑자기 커튼을 치는 것인가. 저놈은 내가 하나를 훔쳐본다는 것을 알고 있나? 너 내 위치를 알고 있는 거 아니야?"

'커튼을 닫은 사람은 그녀의 남편일 거야. 분명해. 그렇지 않고서야 어떻게 그녀가 그놈 앞에서 옷을 벗었겠어. '으으으윽…' 화난다. 전능하신 나의 하나님을 가진 저놈이 부럽다. 당장에라도 뛰어가 그녀의 문을 두들길까? 그래서 저놈으로부터 그녀를 뺏을까? 아무래도 무기가 있어야겠다. 놈을 한 방에 보낼 수 있는 무기 말이야. 안 돼! 하나! 네 몸속을 더럽히는 그의 손길을, 그의 부푼 성기를 거부해야 해! 오늘 밤 그와 하나가 되면 안 돼. 하나 약속해 줘. 제발…, 내 마음의 소리를 듣는다면 당장 이곳으로 뛰어와! 내 가슴에 손을 얹어보면 알 거야. 쿵쾅쿵쾅 뛰는 내 심장이 요동치는 것을. 너만을 생각하고 있어 나의 마음을 받아줘.'

몸을 돌린 그는 망원경을 소파에 던졌다. 문으로 다가간 그가 주머니에서 키를 꺼냈다.

"아니야…, 아무리 생각해도 아직은 아니다. 조금 더 지켜보자. 내 천사는 나에게 곧 올 거야."

걸음을 멈춘 그가 말했다. 몸을 돌려 창문으로 다가갔다. 그의 눈이 커튼이 드리워진 건너편 아파트에 고정됐다.

"그러니까 제 아이가 성 도착증 환자나…, 그… 그게….."
수화기를 든 중년 여성은 말하기를 주저했다. 아랫입술을 살짝 깨물며 한숨을 쉬었다.
"괜찮으니 말씀하세요."
정신과 의사가 말했다.
"그게 말이에요. 혹시… 제 아이가 그러니까…, 변태… 아니겠지요?"
여자는 힘겹게 말했다. 변태라는 단어에선 두 눈을 꾹 감았다.
"그동안 분석한 심리상태를 보면 관음증 증상과 해리장애의 소견이 보입니다. 오이디푸스 콤플렉스에 대해 말씀드려야 할 것 같아요. 전화로 정신학 용어를 사용해 설명드리기가 힘들 것 같아서. 편한 시간에 병원 한 번 들려주세요. 그때 자세히 설명드릴게요. 예약 잡아드릴까요?"
"정말 죄송합니다. 전화를 드릴 게 아니라 직접 찾아뵈야 하는데 제가 워낙 몸이 좋지 않아서…. 콜록- 콜록-."
"아니에요. 전화를 주셔서 감사한걸요. 그리고 자제분을 너무 걱정하시지 마시고요."
의사가 말했다. 수화기를 내려놓은 그녀는 의자에서 일어났다. 블라인드를 돌렸다. 따듯한 햇볕이 들어왔다.
"네, 들어오세요."
노크 소리를 들은 의사가 말했다.
"하나야! 나 미선이야."
"오늘 치료받았잖아요. 또 온 거예요?"
의사는 당황했다.
"피- 우리 말 놓기로 했잖아. 의사와 환자가 아닌 사람과 사람으로 말이야."
아랫입술을 쭉 내민 미선이 말했다.
"아…, 그게 아직 익숙지 않아서 말에요. 사실 어린 환자에게도 존댓말을 사용하거든요."
"우리는 나이도 같잖아. 둘 다 똑같이 예쁘고 똑똑하고. 이렇게 공통점이 많다면 서로 말 놔야 하는 거 아니겠니? 싫다면 뭐 할 수 없지, 의사와 환자 하면 되지."
"아… 알았어. 그런데 시간이…."
문 위 둥근 모양의 시계를 본 하나가 말했다.
"어머! 벌써 점심시간이네? 우리 같이 점심 먹을까? 선약 없으면 말이야."
의사에게 다가간 미선이 말했다.

레스토랑은 점심시간임에도 불구하고 한가했다. 스피커에선 클래식 음악이 흘렀고 햇살은 따듯한 입김을 창문 안으로 뿜었다.
"아아아함~."

하나는 손으로 가리며 하품했다.

"피곤한가 보구나. 그렇지?"

미선이 물었다.

"의사라는 직업이 그렇지 뭐. 매일같이 야근에."

양손으로 깍지를 낀 팔을 앞으로 쭉 뻗은 그녀가 말했다.

"그런 널 위해 준비했지. 짜잔!"

하나의 눈치를 살피던 미선이 그녀 앞에 선물을 내놨다.

"이게…?"

하나가 물었다.

"응, 선물. 풀어봐."

미선이 말했다. 그녀의 주문에도 불구하고 하나의 손은 테이블 아래에 있다.

"뭐 하니, 뜯어보라니까."

선물을 뜯는 손동작을 보여준 미선이 말했다. 그럼에도 아무런 반응도 보이지 않자 분위기는 어색해졌다.

"어떻게 하지…, 난 미처 선물을 준비하지 못했는데."

미선이 건넨 선물에 눈을 고정한 그녀가 말했다. 얼굴이 붉어졌다.

"그럼 내가 풀어줄게."

하나를 대신한 그녀가 포장지를 뜯었다. 작은 지갑이 모습을 드러냈다.

"어때 예쁘지?"

미선은 지갑으로 사용할 수 있는 키홀더를 건네며 물었다.

"그래, 예쁘네."

하나는 줄어드는 목소리로 대답했다. 그녀는 키홀더를 테이블에 살며시 내려놓았다.

"짜잔!"

미선은 자신의 주머니에서 무언가를 꺼냈다. 하나에게 선물한 그것과 똑같이 생긴 키홀더였다.

"자, 내가 선물한 키홀더를 여기 내 키홀더에 갔다 대봐."

그녀는 미선의 말을 따랐다. 테이블에 그것을 살며시 갖다 댔다. 그러자 반쪽짜리 하트가 하나의 하트 모양으로 됐다.

"어때 예쁘지? 이거 커플 키홀더야. 의미가 다르지. 넌 그렇게 생각하지 않니?"

하나에게 윙크 한 미선이 물었다. 눈을 떨어뜨린 하나는 대답 대신 고개를 끄덕였다.

"너, 왜 그렇게 한숨을…."

미선이 말을 건넬 때 웨이터가 나타났다.

"주문하신 스파게티 나왔습니다."

미선과 하나는 테이블의 키홀더를 치웠다. 음식 놓을 자리를 확보했다.

"와~ 맛있겠다. 넌 스파게티 좋아하니?"

테이블 위 음식을 보며 미선이 말했다.

"어… 하지만 난 국수를 더 좋아해. 촌놈인가 봐."

"나도. 국수가 더 좋아. 다음번엔 국수 먹으러 가자. 응?"

미선의 말에 이번에도 고개만 살짝 끄덕인 하나였다. 얼굴이 어두워졌다.

"그런데 미선이 넌 집이 잘 사나 보다. 키도 그렇게 많고."

하나는 미선의 키홀더에 걸린 여러 키들을 보며 말했다. 그녀의 말에 기분이 좋아진 미선의 입이 열렸다.

"음…, 그럼 지금부터 내 키들을 소개하겠습니다. 와~ 박수."

혼자 손뼉을 친 미선이 키에 대해 설명했다.

"첫 번째로 소개할 애는 내 자동차 키야. 날 멀리 편안하게 데려다도 주고 또 의자를 뒤로 젖히고 음악을 들을 수 있게도 해주지. 뭐, 유지비가 좀 들기는 해. 그리고 다음 녀석은 우리 집 열쇠야 이 녀석 없으면 절대 안 돼 열쇠수리공이 올 때까지 밖에서 멍하니 서 있어야 하거든. 이 키 보이지? 이건 내 가게 열쇠야. 요즘 너한테 치료받느라 문을 닫아 놓았지만 정신과 치료가 끝나면 오래 머물러야 할 곳이야. 그리고 이 녀석은 내 오토바이 키, 그런데 넌 오토바이 탈 줄 아니?"

미선이 물었다.

"아니, 난 차 밖엔…."

가방에서 노트와 팬을 꺼낸 의사가 대답했다. 미선의 손동작과 눈의 움직임을 날카롭게 주시했다.

"그리고 이 얘는….."

마지막 키를 만지작거리던 미선은 아까와는 다르게 쉽게 설명하지 못했다.

"무슨 중요한 열쇠 같다."

하나는 필기를 하며 말했다. 미선은 곁눈질로 하나의 노트를 보았다. 그러나 글을 읽을 수는 없었다. 그녀가 쓴 글은 의학 용어인데다 휘갈겨 쓰는 바람에 무슨 암호같이 보였다.

"아니, 어디에 쓰는 열쇤지도 모르겠는걸. 생긴 걸 봐선 무슨 집 열쇠 같은데 말이야. 내 기억으론 길에서 주운 것 같아."

포크로 스파게티 면을 돌돌 만 미선이 말했다.

"예전에 어린이 성추행 사건으로 선생님께 정신감정을 받았었던 환자 조호순을 알고 계십니까?"

형사가 말했다. 점심시간이어선지 병원은 한산했다.

"네."

하나는 짧게 대답했다.

"그 친구가 형기를 마쳤습니다. 지금은 자유의 몸으로 거리를 활보하고 있죠. 그런데 발목에 찬 전자 발찌를 컴퓨터로 확인하던 중 그가 이 주변, 그러니까 선생님 병원 주위를 반복해서 돌아다니는 것을 알게 됐습니다. 정신과 선생님이시니 잘 아시겠지만, 그게…, 성범죄자의 죄범 율은 상당히 높아서…. 아, 걱정을 끼쳐드리려고 이렇게 찾아온 것은 아니고 예방 차원에서 말씀드리는 것이니 이해해 주십시오."

형사가 말했다. 하나와 눈이 마주치자 자신의 손목시계를 봤다.

"단지 그가 출소해 이곳을 배회한다는 이유만으로 저를 찾아오신 것 같진 않은데요.?"

그녀가 말했다.

"역시 정신과 선생님답군요. 맞습니다. 그럼 어떤 일이 있었는지 말씀드리겠습니다. 그러니까 유치장에서 치료감호라는 것을 시행했습니다. 성범죄 재범을 근절하기 위해 최근에 생겨난 프로그램이죠. 그런데 그가 교육에 참석할 때마다 선생님을 찾았다고 합니다. 선생님이 치료를 해야 빨리 낫는다고 하면서요."

"그건 제 이름 때문일 거예요."

하나가 말했다.

"네? 그게 무슨 말씀인지요?"

"제 이름에 님을 붙여보세요."

그녀가 말했다. 형사의 시선이 하나가 입고 있는 하얀 가운으로 갔다. 노란 바탕에 검은 글자의 이름표가 보였다.

"윤 하나님."

"성을 빼보세요."

"하나님…, 하나님?"

형사가 고개를 갸우뚱거리며 말했다.

"그래요. 그는 제가 하나님과 동격이라 착각하고 있어요. 동일시시키고 있는 거죠."

"네, 여보세요."

수화기를 든 여자가 말했다.

"안녕하세요. 어머니."

하나가 말했다.

"아. 선생님이 웬일로 저희 집에 전화를 다… 콜록- 콜록-."

당황한 여자는 말을 잇지 못했다.

"저번에 사장님께서 언제 돌아가셨다고 하셨죠?"

"그게 오래됐죠. 암으로 돌아가셨는데, 그러고 보니 벌써 20년이 다 돼가는 것 같아요. 저도 몸이 안 좋아졌고요."

"혹시 아버님이 돌아가신 후 자제분의 어떤 행동 변화가 있었나요? 예를 들면 폭력적여졌다던가 말이 없어졌다던가, 아님 친구들과 잘 어울리지 못했다던가 말이에요."

필기할 준비를 한 하나가 말했다.

"네, 지 아비 죽은 게 다 제 잘못이라며 절 때리기까지 했었죠. 사실 우리 애 양반 앞으로 암보험을 몇 개 들어 놓은 것이 있었어요. 제가 암 보험을 들었기 때문에 아버지가 암에 걸렸다고 오해를 하는 것 같아요. 자기가 좋아하는 아버지는 죽고 반대로 전 잘 살고 있으니 그게 싫었던 거겠죠. 쿨룩-쿨룩-."

그녀가 격양된 목소리로 말했다. 손으로 입을 가렸는지 기침 소리가 굴절 되어 들렸다. 그녀의 말에서 남편의 거부감 냄새를 맡은 의사는 무언가를 빠르게 휘갈겨 썼다.

"어머니, 이번 주 내로 뵐 수 있을까요? 드릴 말씀이 있어서요. 자아에 내재되어 있는 성 충동 억압과 도착 증세 그리고 공격적 성향과 엘렉트라 콤…."

자신이 내뱉은 용어가 그녀에게 도움이 될 리 없다 생각했다. 오히려 더 많은 의문을 증폭시킬 것 같아 말을 끊었다. 더욱이 몸과 마음 모두 지쳐있는 그녀에게 충격을 주고 싶지 않았다. 전화기를 통해 이드, 에고, 슈퍼에고, 자아, 초자아를 어떻게 설명해야 할지 망막했다.

"죄송합니다. 그때도 말씀드렸다시피 저희 병원에 오셔서 듣기로 하셨으면 합니다."

볼펜을 내려놓은 하나가 말했다.

"네, 백 번이라도 가야죠. 우리 아이의 장래가 걸린 문젠데요. 아주 착한 아이였는데."

착한 아이라는 말을 내뱉은 그녀는 울먹였다.

'역시 오늘도 기다린 보람이 있다. 미친 인간들을 진료하고 상담하는 그녀를 보라. 어쩜 그녀도 내가 자신을 훔쳐보고 있는 것을 즐기고 있는지 모른다. 내가 문틈으로 자신을 보고 있다는 것을 알고 있을 텐데도 역시 그녀는 마음씨가 착하다. 아…, 하얀 가운을 입은 저 모습은 천사처럼 곱고 아름답다. 고결하다. 티끌 하나 묻어있지 않은 저 하얀 가운에선 권력과 힘이 느껴진다. 전능한 권력. 그래, 그러니까 이름이 하나님이겠지. 여자의 몸에서 어떻게 저런 기운이 뻗치는 걸까? 그런데, 그런데 그녀는 왜 날 환자로만 보는 것일까? 왜 이성으로 보지 않는 것일까? 정말 날 한낱 미친놈으로만 보는 것일까?'

"오늘 또 왔네?"

그녀가 내게 말을 건다. 역시 내가 훔쳐보고 있단 것을 알고 있다.

"네…. 선생님. 방해해서 죄송해요."

이왕 들킨 것 문을 열어버리자. 떳떳하게 말이다. 그런데 그녀 앞에 앉아 진료받는 놈은 뭔가? 뭐야 저 자식! 이 멍청이 자식아 고개를 돌려 날 보면 어쩔 건데. 저 눈빛, 날 째려보는 건가? 주먹으로 놈의 골통을 갈기고 싶다.

"그런데 너무 자주 오면 좀 곤란해. 다른 환자들도 진찰을 받아야지 않겠니?"

뭐? 지금 내게 뭐라고 말한 거지? 내 귀가 잘못된 건가? 그녀가 지금 나에게 자주, 자주 온다고 했나?

"오늘 처음 왔는데요…. 집에서 이곳으로 곧장."

마음이 진정되지 않는다. 나도 모르게 손톱을 깨물었다. 필시 이런 나의 행동을 그녀는 분석할 것이고 좋지 않은 쪽으로 기록할 것이다. 그런데 저 똥 돼지 같은 자식은 왜 계속해서 나를 쳐다보는 것인가. 놈의 목을 분질러 버리고 싶다. 하나님에게 내 힘을 과시하고 싶다.

"알았어. 일단 저기 밖 의자에 앉아있어. 지금 상담 중이잖아. 알았지? 문은 닫고 나가고. 그리고 그때도 얘기했지만 훔쳐보는 거 좋은 거 아니야."

그녀는 지금 나를 밀어내려 한다. 그리곤 저런 멍청이 같은 놈의 이야기를 들어주려 한다. 윤하나! 저 돼지의 입에서 아름다운 말들이 나올 것 같아? 하나님! 정신 차려요! 네가 밉다. 날 거부하는 네가 정말… 밉다.

"어서!"

그녀가 또다시 소리쳤다. 나가라고 강요한다.

"네."

난 짧게 대답했다. 어쩔 수 없다. 이곳은 그녀의 성전이다. 나에게 실망한 그녀의 눈빛을 읽을 수 있다. 난 그녀가 가리킨 소파를 지나쳤고 복도를 지나 계단을 밟아 내려갔다. 건물을 빠져나왔다. 밖에 나오자 화가 울컥 치밀었다. 고개를 쳐들어 하나 정신 클리닉 병원의 간판을 봤다. 그녀와 상담을 하는 그 돼지 자식이 부럽다. 동시에 저주스럽다. 얼굴이 화끈 달아오른다. 애간장이 끓는다. 인도를 걷고 있는 저 인간들 모두 적으로 보인다. 뱃속에 똥을 담고 걷는 너희들은 그 상담받는 돼지 새끼와 별반 다르지 않아! 이 버러지들아! 어? 저 새끼가 계속 꼬나보네.

"에이 씨발! 뭘 봐 이 개새끼야!"

차에 시동을 건 하나는 생각에 잠겼다. 자신의 주문을 거부한 그가 떠올랐기 때문이다. 소파에 앉아 기다리지 않았다. 밖으로 나가 버린 환자의 행동을 정신분석학자답게 머릿속으로 그렸다. 해석을 내놓았다. 자신과 상담을 받던 남자 환자에게 보낸 날카로운 눈빛을 그녀는 잊을 수 없었다. 하루에도 여러 번 자신을 찾아오고도 그러한 일들을 전혀 기억하지 못하는 것을 보면 해리장애가 있는 것이 분명했다. 무의식적으로 주머니에 손을 넣은 그녀는 그것을 더듬어 보았다. 낮에 미선이 준 선물이었다. 컵홀더에 그것을 던진 그녀는 멍한 시선으로 그것을 봤다. 반으로 갈라진 하트 모양이다. 그녀는 엑셀을 밟는 동시에 컵홀더에 있는 그것을 집었다. 뒤로 던졌다. 그러자 반쪽짜리 하트 모양의 키홀더가 뒤에서 있다는 것이 더욱 부담되었다. 마치 그것이 사람의 눈을 달고 자신의 뒤통수를 보고 있는 것만 같았다. 자신에 대한 사랑이 성적 욕망으로 번지고 있다. 억제할 수없이 커져버린 그것이 성도착 행동과 폭력으로 분출될까 겁났다. 걱정과 불안은 그녀에게 시공간의 인식을 흐려 놓았고 곧 자신의 몸이 차와 함께 아파트 주차장에 있단 것을 발견했다.

"어이, 이것쯤 보라고."

컴퓨터 모니터 앞에 앉은 그가 손짓을 하며 동료 형사를 불렀다.

"여기서 꼼짝도 않고 있는데."

전자발찌 위치를 표시해 주는 형사가 컴퓨터 화면에 손을 대고 말했다.

"그러게. 저기서 뭐 하는 거지?"

동료 형사가 말했다.

아파트에 라이트가 들어온 차가 후륜 파킹을 시도했다. 그 모습을 내려다보고 있는 사람이 있었다. 그의 손엔 외눈 망원경이 들려 있다.

'왔다. 날 바보로 만든 그녀가 온 것이다. 정신과 의사임에도 불구하고 내 마음 하나 몰라주는 그녀 때문에 내 심장은 타들어 간다. 그건가? 너의 남자처럼 나에겐 굵은 콧수염과 거친 턱수염이 없어 매력을 느끼지 못하는 것인가? 하지만 눈에 보이는 그런 하찮은 것들이 뭐가 그리 중요하단 거지? 사랑보다 더 숭고한 것은 세상에 없지 않은가.'

'이…, 이건… 전환가? 진동을 벨 소리로 바꿔야겠다.'

"여보세요."

어라 말이 없네? 핸드폰 화면엔 발신번호 표시제한이라 쓰여 있다.

"여보세요. 여보세요. 여보세요. 여보세요."

이런 쌍. 이 새끼 뭐야?

"야! 전화를 했으면 말을 해야 할 거 아냐!"

"나야. 네, 어미라고."

"이 미친 할망구가 왜 전화는 하고 난리야! 내가 하지 말라고 했지."

핸드폰을 부숴버릴까? 아니지…, 내가 이대로 핸드폰을 바닥에 던져버리면 그녀에게 전화를 할 수 없게 된다. 참자, 참아.

"그게…."

"에이 쌍."

늙은이 목소리 듣기도 싫다. 배터리를 분리해버렸으니 이젠 전화를 못 하겠지. 후후

"늙었으면 잠이나 잘 것이지. 씨발것."

어라? 차에 라이트가 꺼졌네. 이런…, 나의 그녀가 이미 주차를 했잖아. 젠장.

"에이, 이놈의 늙은이 때문에 내 천사가 차에서 나오는 걸 못 봤네."

참자, 배터리가 분리된 핸드폰으론 다시 전화를 걸 수 없으니까 말이야.

"하기야 노인네가 아니었담 그녀를 만날 수도 없었겠지만 말이야."

노인네 손에 이끌려 병원을 찾은 그날, 난 그곳에서 천사를 봤었지. 아버지가 돌아가시지만 않으셨어도 그녀를 아버지께 보여드릴 드릴 수 있었는데.

"우울- 우으… 울웩! 우웩!"

토가 나온다. 역겹다. 늙은이가 혐오스럽다. 속에서부터 무언가 치고 올라와 입 밖으로 쏟아질 것 같다. 입을 막은 내 손에 물기가 느껴진다. 더 있다간 내 손이 토사물의 압력을 견디지 못하고 바닥에 쏟을 것만 같다. 빨리 화장실로 향해야 한다. 더 빨리 뛰어야 해!

"우웨에에엑!"

변기에 구토를 했다. 위산이 올라와서 그런지 목은 쓰라렸고 톡 쏘는 냄새가 강하다. 가슴이 울컥거리며 한 번 더 펌프질했다. 위에서 역류한 내용물이 목구멍을 통과해 입 밖으로 쏟아진다. 이 느낌 나쁘진 않아. 그런데 오늘 난 뭘 먹은 거지? 변기에 가라앉은 퉁퉁 불은 라면 면발이 보인다. 오늘도 컵라면으로 끼니를 때웠나 보구나.

-쿠루루릉-

물과 함께 사라진 나의 토악질, 그래 너희는 내 것이 아니었어! 흘러간 너희들을 더는 볼 필요는 없겠지. 세면대로 가서 깨끗해지면 되는 거야.

"어푸- 어푸-".

이제 세수를 했으니 난 깨끗해진 거야. 거울을 보자. 물이 얼굴에서 주르륵 흐른다. 이런…, 솜털 같은 콧수염… 아무리 만져도 까칠 거리지 않는다. 고개가 숙여진다. 아…, 다리에 힘이 빠진다. 하지만 너무 기죽지 말자. 소파로 가면 내 친구가 있으니까. 오늘따라 왜 이렇게 발걸음이 무거운지 모르겠다.

그래, 넌 날 기다렸구나 하염없이.

소파에서 쉬고 있던 외눈 망원경은 곧 그녀의 아파트를 향했다. 하지만 커튼 때문에 안을 볼 수 없다.

'하루 종일 그녀의 모습을 보기 위해 기다렸건만 저 천 쪼가리 하나 때문에 볼 수 없다. 화가 난다. 커튼 안쪽에서 서로의 몸을 탐색할 그들을 생각하니 폭발할 것만 같다. 나도 그곳에 껴들고 싶다. 하지만 내 신분은 정신병 환자에 불과하다.'

몸을 돌린 그는 토악질 냄새가 가시지 않은 화장실을 다시 찾았다. 세면대 거울을 통해 본 자신의 팔뚝은 가늘었다. 셔츠를 벗어 가슴근육을 보았다. 축 처진 가슴엔 털이라곤 하나 없다. 신경질과 불안이 엄습했다. 거울에 비친 자신의 모습이 너무나도 나약해 보였다. 한달음에 냉장고로 뛴 그는 하얀 입김을 내뿜는 냉동실에서 아이스크림 통을 꺼냈다. 그것을 손으로 움켜잡고 입에 마구 쑤셔 넣었다. 입이 얼얼했다. 목이 아팠지만 체중을 불려야 한다는 욕망에 멈출 수 없었다. 찬 그것이 입 한가득 들어갔음에도 계속 퍼부어 넣자 그의 코로 아이스크림이 줄줄 흘렀다. 입과 코에서 흐른 그것이 바닥에 떨어졌다.

티슈로 자신의 입을 닦은 그는 생각했다.

'나 자신이 나를 이토록 사랑할 수 없는데 어떻게 다른 이성으로부터 사랑을 바랄 수 있단 말인가. 난 그녀가 기르는 저 돼지보다 못한 놈이야.'

손을 씻은 후 셔츠를 다시 걸친 그는 두 손으로 머리를 움켜잡았다. 자신을 이렇게 낳아준 엄마가 미웠다. 저주스러웠다. 하지만 신세만 탓할 수 없다. 그랬다간 천사 같은 그녀를 쟁취할 수 없다. 그는 자신의 강인함을 보여주자고 마음먹었다.

"그래 내 멋진 남근을 보여줄게. 화가 나 빳빳하게 일어선 그것을 너에게 보여주고 빨게 할게. 정액으로 가득 찬 내 요도를 보면 너도 흥분하겠지? 만지게 해줄게 그리고 또 그것을 네 몸속에 넣어줄게. 그럼 넌 환희에 휩싸일 거고 희멀건 질액을 줄줄 쏟아지겠지. 그 반투명 액체는 오일 작용으로 피스톤 운동을 부드럽게 도울 거고 말이야."

입맛을 다신 그가 말했다. 박수를 한차례 친 그는 두 손바닥을 비볐다. 신발장으로 성큼성큼 걸어갔다. 운동화를 꺼냈다. 발을 넣고 신발 끈을 묶었다. 몸을 일으킨 그는 양팔을 벌리며 깊은숨을 쉬었다. 손잡이를 돌려 문을 열었다. 주머니에서 키를 꺼내 문을 잠갔다.

-탕탕탕-

"여보 밖에 누가 온 거 같아!"

대문 두들기는 소리를 들은 남자가 말했다. 손에 든 리모컨으로 TV의 볼륨을 줄였다.

"나 샤워하고 있어. 자기가 확인해봐. 택배 온 건지도 몰라."

샴푸가 들어갈까 눈을 꼭 감은 여자가 말했다.

"누구세요?"

문으로 다가간 그가 말했다. 그의 물음에도 불구하고 밖은 조용했다.

"누구세요?"

한 번 더 물어본 남자가 카메라 달린 인터폰을 들었다. 밖을 확인했다. 옆집 여성으로 보이는 여자가 지나친 것 말고는 아무것도 보이지 않았다.

"치료를 지속적으로 받으니 어때?"

침대에 누운 미선을 보며 하나가 물었다.

"별로."

뿌루퉁한 표정으로 미선이 대답했다.

"오늘 안 좋은 일 있었니?"

하나가 물었다.

"아니, 그냥…."

미선의 목소리가 줄어들었다.

"그런데 넌 네 남편이 잘 해주니?"

침대에서 몸을 일으킨 미선이 물었다.

"부족한 거 없이 잘해줘. 그런데 너도 빨리 결혼해야지. 아무리 늦게 결혼하는 시대라고 하지만 말이야."

"싫어! 난 결혼 따윈 하지 않을 거야. 난 엄마처럼 살지 않을 테니까!"

미선이 큰소리로 말했다. 화가 났는지 가쁜 숨을 쉬었다. 그녀의 증상을 눈여겨본 그녀는 겨드랑이에 끼고 있던 노트를 빼 필기를 시작했다.

"바쁘신데 경찰서까지 오시게 해 정말 죄송합니다."

컴퓨터를 사이에 둔 형사가 말했다.

"아니요. 괜찮습니다. 제 스케줄에 맞춰 주셔서 감사드립니다."

하나가 대답했다.

"정말이지 걱정했던 일이 벌어지고 말았습니다. 그놈 조호순이 말입니다. 전자 발찌를 끊고 도망쳤습니다. 이게 벌써 일주일 전 일인데 말입니다. 그사이 성폭행 피해자가 발생했어요. 현재 피해자의 몸에서 채취한 정액을 국립과학수사연구소에 보낸 놓은 상태고요. 아직 결과가 나오지 않아 그놈이 진범인지 단정 짓기는 어렵습니다만 녀석이 전자 발찌를 풀고 도망간 후 사건이 발생한지라 경찰 모두 긴장하고 있습니다. 지금 우리 프로파일러들이 놈의 위치를 파악하는데 매진하고 있습니다. 그래서 조호순이 정신감정했던 서류를 선생님께 요청한 것이고요."

형사는 하나의 숄더백에 눈을 던지며 말했다.

"개인 정보보호 차원에서 공개는 안 되지만 지금같이 범죄와 연관돼 피해자가 발생했다면 도와드려야겠죠. 사실 며칠 전 그가 제 병원에 들렀었어요. 증세가 많이 나아졌다고 생각했는데…."

하나는 숄더백에서 서류를 꺼냈다. 그것을 형사에게 내밀었다.

"감사합니다. 많은 도움이 될 것 같습니다. 그리고 우리 경찰의 도움이 필요하시면 언제든지 연락 주십시오."

자신의 지갑에서 명함을 꺼낸 그가 말했다.

"그래 빨리 와라! 난 오늘 너에게 나의 남자를 보여 줄 것이다. 사실 네게 남자가 있다는 건 그리 중요치 않아. 하지만 나를 너와 같이 있는 그 자식과 동일시하지는 말았으면 좋겠어. 왜냐면 내 사랑은 냄새나는 그놈보다 더 숭고하고 고결하니까 말이야. 네 몸으로 그놈의 육근이 들락거렸다면 내 것도 받아줘야 하는 거 아닌가?"

바지 지퍼 아랫부분을 손으로 자극한 그가 말했다. 며칠 전 꿈인지 생시인지 분간할 수 없는 짜릿한 경험을 한 그로서는 지금 이 상황이 가슴 두근거리게 했다. 저항하는 여성을 강제로 겁탈하고 몸 안에 정액을 사정한 것이 떠올랐다. 그는 느꼈다. 쾌락이라는 말을 길게 늘여 놓으면 '여성의 자궁과 입에 정액을 뿜는 것'이 된다는 것을 말이다.

-띵동 띵동-

의사가 벨을 눌렀다. 문이 열렸다. 그녀는 자신의 집임에도 불구하고 쉽게 발을 들여놓을 수 없었다. 불이 꺼져 있었기 때문이었다.

"자기."

안으로 발을 내디딘 의사가 남편을 불렀다. 그러나 대답이 없다. 그녀는 주머니에서 핸드폰을 꺼냈다. 핸드폰이 뿜는 빛으로 안을 확인하려 했다. 핸드폰을 쥔 손을 들으려는 순간 무언가가 다가왔다.

"꺅!"

포악한 손이 그녀의 멱살을 잡곤 넘어뜨렸다. 핸드폰이 땅에 떨어져 빛을 발산했다. 시간이 조금 흐르자 핸드폰의 푸른 그것이 사라졌다. 하나가 비명을 지를 것을 알아챘는지 손바닥이 그녀의 입을 틀어막았다. 코와 함께 막았기에 숨을 쉴 수 없었다. 몸부림쳤지만 자물쇠처럼 단단한 아귀힘에 꼼짝할 수 없었다. 풀릴 기미가 없었다. 몸부림을 치면 칠수록 더욱더 옥죄어 왔다. 산소가 폐와 뇌에 전달되지 않았다. 자신을 둘러싼 이 어둠처럼 그것이 그녀의 의식에도 찾아왔다.

"아~."

띵한 머리에 손을 얹은 하나가 몸을 일으켰다. 싸늘함이 느껴진 그녀는 손으로 가슴을 만졌다. 브래지어가 없다. 손이 하체로 갔다. 팬티도 없다. 옷을 대신한 어둠이 그녀의 몸을 감쌌다.

"으으으음! 음! 음!"

남편의 음성이 들렸다. 그가 포박 당했다는 것을 알 수 있었다. 테이프로 인해 입 밖으로 나오지 못한 소리가 모든 상황을 설명하고 있다.

"기분이 어떠신가? 의사 양반. 날 어린 꼬마로만 보더니 말이야."

"왜… 왜 이러시는 거예요?"

당황한 의사가 말했다.

"왜 존댓말이지? 날 진료 할 때처럼 반말로 하시지그래. 크크크-. 나 참, 왜? 왜 그러냐고? 당신은 의사치고는 너무 바보 같군그래. 정신과 의사가 그거 하나 모른단 말인가? 그럼 내가 문제를 하나 내지. 빨개 벗은 여자 하나와 욕구 불만인 남자가 같은 방에 있다면 무슨 일이 벌어질까? 일 번! 아무 일도 일어나지 않는다. 이번! 손만 잡고 잠을 잔다. 삼 번! 섹스를 한다."

그의 질문에 하나는 아무 말도 할 수 없었다. 어둠의 침묵만이 둘 사이를 메웠다.

"대답 못하는 걸 보니 답을 모르는 것 같군. 그런데 말이야 난 자꾸 삼 번이 끌리는데…."

"의사와 환자의 관계가 아닌 친구와 친구의 관계로 서로 반말하자고 하셨잖아요."

의사가 마음을 가다듬으며 말했다. 마음과 따로 노는 몸은 계속 오들오들 떨렸다.

"흥-, 너의 그 위선이 아름답군. 넌 충분히 내 남근을 받아들일 자격이 있어. 네 남편은 우리가 섹스하는 소리를 들으면서 자위하겠지. 내 친절히 손이 좆을 만질 수 있게끔 선심 써 묶어놨지."

바지를 벗는 소리가 들렸다. 양 엄지손가락으로 탄력 있는 팬티의 벤드를 한번 튕겼다. 탁- 소리를 낸 그는 상체를 숙여 그녀를 덮쳤다.

"으으으으으음! 음! 음! 음! 음!"

묶인 하나의 남편이 미친 듯 발버둥 쳤다.

"잠깐! 내가 설명할게! 지금 전부…."

하나가 말했다.

"닥쳐! 넌 나에게 최면을 걸어 내 정신을 쏙 빼놓은 후 이곳을 빠져나가려 하고 있어. 그게 통할 것 같아! 내가 얼마나 널 많이 연구하고 기다렸는데."

말을 마친 그가 팬티를 벗고 덮쳤다. 벽이라도 뚫을 것 같은 단단함이 아래에서 느껴졌다. 손으로 그녀의 중앙을 찾은 그는 허리를 밀착시켰다. 그의 팔에 의해 벌려진 그녀의 두 다리가 저항했다. 하지만 소용없었다.

"자! 내 몸에서 자고 있는 씨앗이 쏟아지면 네 꽃잎으로도 받아주고 네 입으로도 그리고 네 주름진 항문으로도 모두 받아줘. 알았지?"

하나의 얼굴에 자신의 얼굴을 밀착한 그가 말했다. 벌어진 그녀의 다리 사이로 하체를 밀어 넣은 그는 눈을 감았다. 그의 골반이 따뜻하면서도 부드러운 그녀의 허벅지

살을 느꼈다.

"으아아아~ 이 쾌감! 난 널 갖은 거야! 우아아아와!"

미친 듯 허리를 앞뒤로 흔든 그가 소리쳤다. 하나의 저항은 없었다. 그를 받아들인 것 마냥 가만히 있었다.

"음- 으으음!"

하나의 남편이 발광하는 소리가 또다시 들렸다.

"네 남편은 좋아서 난린데 넌 어째 신음 소리 한 번 내지 않니?"

혀로 하나의 귓불을 빤 그가 말했다.

"어때? 좋지?"

아무 대답이 없는 그녀에게 그가 다시 물었다. 그때 하나의 입이 열렸다.

"넌 여자야!"

하나가 나직이 말했다. 그녀의 말에 모든 것이 멈췄다.

"미선아."

자신의 허벅지를 간질이고 있는 미선의 도톰한 음부 털을 느끼며 그녀가 말했다.

"나에게 하트 모양 키홀더 선물 해준 거 벌써 잊은 거니? 네가 길에서 주웠다는 키는 네 아파트 열쇠야, 가게를 닫은 넌 날 훔쳐보기 위해 건너편 아파트로 이사 온 거고. 넌 남자가 아니라 여자야."

하나의 말이 끝나는 순간 주위는 어둠처럼 조용했다. 그것을 깬 사람은 미선이었다.

"그… 그럴 리가 없어. 난 좆이 있다고. 남자라고. 자, 봐! 이 좆 대가리를. 네 몸에 들어갔잖아. 그래서 너도 좋아했잖아."

그는 격양된 목소리로 말했다. 어두웠기에 아무것도 분간할 수 없었다. 감각으로 그것을 느껴야 했다. 그는 배꼽 아래로 손을 움직였다. 수북한 털이 만져졌다. 더 아래를 더듬었다. 없었다. 길쭉한 것이. 아니, 건들면 목을 집어넣는 자라의 목을 한 물체의 모양도 없었다. 무릎을 양옆으로 벌려 공간을 확보했다. 의심의 손이 여행을 계속했다. 성기가 만져지지 않자 그녀의 손이 항문 쪽을 향하여 유턴하듯 내려갔다. 갈라진 틈으로 미끄러져 들어가는 중지와 약지를 느꼈다. 질퍽하니 젖은 외음순이 만져졌다. 그럼에도 그녀는 이 상황을 믿을 수 없었다. 미끈한 질액을 쏟아낸 그곳으로 두 손가락을 밀어 넣었다. 그리고 손목을 돌려가며 질 벽을 훑어 만져보았다. 음핵은 물론 요도도 만져졌다.

"네 키홀더를 봐봐. 내 키홀더와 네 키홀더를 붙이면 하나의 하트 모양이 돼… 방이 어두워서 안 보이지만 확인해봐. 너한테 받은 선물이니까."

더듬더듬 땅을 짚으며 자신의 옷을 찾는 하나가 말했다.

"아냐. 아냐. 이건 꿈이야. 악몽이야!"

미선은 머리를 움켜쥐며 고개를 흔들었다. 유방의 흔들림을 느꼈다. 그곳에 손을 대자 단단해진 유두가 만져졌다.

"넌 해리 증후군을 겪고 있어. 아마 이중인격이라는 말을 들어 봤을 거야. 네 몸엔 자아에서 분리된 남성의 혼이 숨 쉬고 있어."

"괜히 걱정을 끼쳐 드려 죄송합니다. 조호순 그놈이 발찌만 풀지 않았어도 이런 소동은 없었을 겁니다. 다행히 진범이 잡혔으니 불행 중 다행입니다. 선생님 앞에서 문자 쓰기가 뭐 하지만 이런 것을 보고 일거양득이라고 하는 거 아니겠습니까. 하하하."

"수고 많으셨습니다. 저도 요즘 혼란스러운 일을 많이 겪어서요."

"제 명함 갖고 계시죠? 위험한 일이 발생하거나 하면 언제든 연락 주십시오."

"네, 연락드리겠습니다. 수고하세요."

자리에서 일어선 하나가 고개를 숙여 인사했다.

"들어오세요."

형사가 상담실을 나가자 다음 환자를 호출한 하나였다.

"많이 기다리셨죠. 죄송합니다."

하나가 말했다.

"아닙니다. 직원분들이 커피도 타다 주셔서 맛있게 마셨습니다. 그나저나 제 딸 때문에 마음고생 시킨 거 진심으로 사과드립니다."

미선의 엄마가 말했다. 그녀는 바퀴가 달린 둥근 의자에 자신의 엉덩이를 얹었다.

"아닙니다. 해야 할 일을 한 것뿐입니다. 그동안 전화로 말씀드리지 못한 것 지금 설명드리겠습니다. 전에 말씀드린 대로 따님께선 엘렉트라 콤플렉스를 겪고 있었어요. 아버지를 세상에서 가장 사랑하기 때문에 어머니를 경쟁상대로 여기는 일종의 정신 질환이죠. 자신의 목숨만치 아끼고 사랑하는 아버지가 젊은 나이임에도 불구하고 돌아가셨다면 심한 갈등을 겪게 되죠. 그리고 그 죽음의 원인을 주변 사람으로부터 찾으려 합니다. 어머님을 경쟁 상대자로 보았기 때문에 책임의 전가를 하게 된 것이고요. 또한 자신의 나약함으로 인해 아버님이 돌아가셨다고 생각했고 이로 인하여 해리성 장애가 동반된 것이죠. 강해야만 한다는 강박이 그녀 안에 남성을 창조해 냈던 겁니다. 다시 말해 미선 씨 안에 또 다른 자아가 자리 잡게 된 것이죠. 적절한 치료를 받지 않았다면 억압된 충동이 더욱 강해져 결국 공격성 성향을 표출하게 되어 주변 사람을 힘들게 했겠죠. 반대로 남자의 경우를 오이디푸스 콤플렉스라고 합니다. 어머니를 사랑해 아버지를 적대시 경우죠. 아버지가 자신의 성기를 거세한다는 걱정도 하지만 아버지처럼 되겠다는 생각도 하게 된답니다."

검지와 중지 사이에 낀 볼펜을 내려놓은 의사가 말했다.

"네, 듣고 보니 그런 것 같군요. 선생님처럼 전문 지식이 해박한 분들을 뵈면 정말 부럽고 또 존경스럽지요. 이런 것도 모르고 선생님께 전화만 했으니…, 선생님 정말 감사드립니다. 선생님 덕분에 제 딸아이가 많이 좋아졌어요. 가게도 다시 나가고 또 일하던 중에 제게 전화를 걸어 잘 있는지 확인까지 한답니다. 만약 선생님이 아니었다면 정말 큰일 날 뻔했습니다."

새끼손가락에 낀 반지를 뺐다 넣었다 한 그녀가 말했다. 의사는 그녀가 신경과민이라 생각했다.

"뭘요. 제 일인데요."

미소를 지으며 의사가 말했다.

"감사의 표시로 작은 성의를 준비했습니다."

분홍 포장지에 쌓인 조그만 상자를 내민 그녀가 말했다.

"아니에요. 마음만 받을게요. 이러시면 제가 더 부담 돼요."

테이블 위의 그것을 그녀에게 민 하나가 말했다.

"그래도 우리 아이를 살려 주신 분인데요."

그녀는 황급히 일어나며 말했다.

"저기, 어머니! 어머니!"

하나가 그녀를 불렀지만 뒤도 돌아보지 않고 상담실을 나간 그녀였다. 그녀가 선물이라 내민 물건을 보던 하나는 몸을 일으켰다. 창가로 갔다. 블라인드가 걷혀있어 밖이 시원하게 보였다. 맞은편 건물이 보였다. 선팅이 된 저 수많은 창문 중 누군가가 자신의 일거수일투족을 지켜보는 것 같았다. 이것도 하나의 피해의식인가 하고 생각한 그녀는 몸을 돌려 상담실 안을 걸었다.

"마무리 져야겠다."

그녀가 말했다. 가나다순으로 꽂혀있는 파일 꽂이에서 그녀는 굵은 매직으로 쓰인 '미선 CASE' 파일을 꺼냈다. 치료가 완료되면 환자의 파일은 자신의 도장과 함께 캐비닛에 들어가게 된다. 마지막으로 그것을 열어 쭉 훑어보던 그녀는 미선의 어머니가 남편에 대한 심한 반감과 방어기제를 편 내용을 확인했다. 새엄마란 글과 함께 물음표가 미선 어머니 이름 아래 있었다. '제 몸이 워낙 좋지 않아서. 콜록- 콜록-' 그녀와 전화 통화했던 기억이 떠올랐다. 곧이어 방금 본 그녀가 떠올랐다. 아프기는커녕 매우 건강해 보였다. 고개를 든 의사는 그녀가 나갔던 문을 봤다. 고개가 다시 책상 위로 떨어졌고 그것을 봤다. 떨리는 손으로 그녀가 놓고 간 포장지를 집었다. 그녀는 분홍색 포장지를 뜯었다. 작은 상자가 나왔다. 그것을 열자 둥그런 물체가 보였다. 발작적으로 의자에서 벌떡 일어선 그녀는 블라인드를 쳤다. 상담실에 그늘이 드리워졌다.

가운데 하트 모양이 달린 반지가 방에 홀로 남겨졌다.

욕동의 방어기제

"야! 자… 장난감 아냐!"

상황은 긴박했다. 너무 놀란 나머지 안전핀이란 말이 떠오르지 않았다. 녀석의 느닷없는 돌출 행동에 모두는 긴장했다. 난 정신을 가다듬고 다시 소리쳤다.

"안전핀 다시 꽂아!"

수류탄과 녀석의 눈을 번갈아 봤다. 선임들을 앞에 두고 소리칠 입장은 아니다. 하지만 지금 이 순간 계급은 필요 없다. 따지자면 수류탄을 들고 있는 그가 더 높은 존재다.

자대 배치 한 달 만에 사고라…, 녀석의 운명도 참으로 고달프다. 녀석과의 거리가 어중간하다. 이 거리감은 녀석이 손에 쥔 수류탄만큼이나 무서운 것이다. 만약 놈이 가까이 있다면 손을 제압할 것이다. 멀리 떨어졌다면 그로부터 최대한 멀리 도망칠 것이다.

안전핀을 뽑은 수류탄을 쥐고 문 앞에 떡하니 버틴 녀석이 거대하게 보인다.

"진정해. 진정!"

내 옆에 서 있던 장 상병이 소리쳤다.

"싫어! 싫다고! 난 죽을 거야! 너희들 모두 나와 함께! 이 세상에서 사라지는 거야. 나… 난… 그녀를…."

녀석의 눈에 가득했던 눈물이 주르륵 흘렀다. 그도 자신이 손에 쥐고 있는 것이 얼마나 무서운 것인지를 알 것이다.

"우린 전우잖아."

내가 말했다. 아무 말도 없는 선임들 때문에 숨 막혔다. 수류탄을 앞에 두고 자존심 싸움을 하다니 한심하다. 그들은 짬밥을 따지고 있다. 작대기 하나와는 말도 섞지 않겠다는 생각을 굳혔다. 어쩌면 무시하는 침묵일 수도 있다.

"이 개새끼들아! 다 같이 죽자. 다 같이 죽어!"

작대기 하나가 말했다. 수류탄을 든 녀석의 손이 부들부들 떨렸다. 푸른 목의 핏발이 가시지 않았다. 지금 이 순간 만큼은 녀석의 군복에 붙은 작대기 하나가 가볍지 않다. 이등병, 힘없고 나약한 이름이지만 그의 손에 들린 무기가 지위를 역전 시켰다. 무섭다. 녀석의 손 떨림이 멈추질 않는다. 겁난다. 실수로 저것을 떨어트리거나 손이라도 폈다간 내무반 안 모두는 무사할 수 없으리라…, 아… 무섭고 두려운 생각이 멈추질…, 멈추질 않는다. 수류탄이 쇠구슬을 내뱉는 순간 이곳은 붉은 피 그리고 갈기갈기 찢긴 살점들로 채워질 것이다. 모든 건 그의 손에 달려 있다. 그가 손을 놓는다면 섬광과 파편이 음속으로 날것이다. 무엇이든 닿는 족족 아주 잔인하게, 피카소의 그림처럼, 해부할 것이다. 난 기억한다. 수 길 낭떠러지로 수류탄을 투척했던 때를 말이다. 엄청난 폭음과 함께 쇠 파편이 하늘을 향해 치솟았었다. 지축을 뒤흔드는 폭발음이 귀에 들리는 듯하다.

이제 한 달이다. 자대 배치 한 달…, 모두 기억난다. 화장실에서 울며 초코파이를 먹었던 녀석의 얼굴…. 여자 친구와 헤어져 죽고 싶다 말했을 때 난 그의 어깨를 다독 였어야 했다. 세상의 반은 여자란 말과 함께 말이다. 이렇게 내가 그에게 호의를 베 풀고 따뜻하게 대했다면 녀석은 나를 어여쁘게 보고 풀어 줬을지도 모른다.

모두 몸을 움츠렸다. 녀석이 수류탄을 든 손을 움직였기 때문이다. 난 죽기 싫다. 내 무반 문을 막고 있는 저 녀석이 우리를 향해 그것을 던질지 모른다는 생각에 두려워 미칠 것만 같았다.

쉽게 드나들 수 있었던 문이 저렇게나 작게 보이긴 처음이다.

"우우욱-"

수류탄을 쥔 녀석의 손, 그것이 그의 입으로 향했다. 파편을 품고 있는 쇳덩이를 자 신의 입에 쑤셔 넣었다. 녀석의 눈은 광기와 분노로 떨렸다. 저놈은 제정신이 아니다. 죽음을 결심한 눈빛, 비장한 살기를 뿜는다.

"아항해!"

녀석이 외쳤다. 나를 포함한 내무반 모두는 배를 깔고 엎드렸다. 동시에 곧 들려올 거대한 폭발음을 대비했다. 양손이 머리와 귀를 찾아 감쌌다. 깊은 주름이 잡히게 눈 을 감았다. 이것은 거대하고 막강한 힘 앞에 더는 대항할 수 없을 때 나오는 인간의 나약한 방어수단이다.

"저거…."

제법 머리를 기른 김 병장이 말했다. 난 귀를 막은 손을 거뒀다. 고개를 돌려 그를 봤다. 우리 중 서열이 가장 높은 그의 얼굴에서 미소를 봤다. 그가 말한 '저거'가 무 엇인지는 조용한 내무반이 대신 설명하고 있었다. 시간이 지나도 터지지 않는 수류탄, 그것은 연습용 수류탄일 가능성이 높다. 나를 제외한 모두가 몸을 일으켰다. 난 팔굽 혀 펴기를 하듯 두 손바닥을 땅에 대고 한 발을 배 쪽으로 끌어올려 일어서려 한순 간, 그때였다. 무거운 공기라고 해야 할까? 어떤 따끔거리는 것이 느껴졌다. 일어서려 는 날 흉포하게 밀었다. 몸이 벽에 부닥침과 동시에 내 귀에선 찍- 하는 소리가 났 다. 그 소리는 곧 삐- 소리로 바뀌었다. 예상했던 거대한 폭발음은 없었다. 아니다, 무언가 거대한 소리를 들은 것 같았다. 난 내가 눈을 뜨고 있는 것인지 감고 있는 것 인지조차 알 수 없었다. 그저 눈앞에 물감을 뿌린 듯 여러 빛깔이 보였다. 섬광 사이 사이 하얀색과 분홍색 그리고 빨간색이 뒤죽박죽 섞여 보였다. 이것들은 치아와 뼈. 살점과 핏덩이, 혓바닥을 연상시키기에 충분했다. 삐이이익- 거리는 소린 멈추지 않 았다. 온몸이 벌, 아니 말벌에 쏘인 것처럼 고통스러웠다. 이런 와중에 내 코는 달콤 함 향에 잠겼다. 흰정향나무 냄새와 난초 향이 코끝에서 감도는 것을 느꼈다. 그리고 깊은 꿈속으로 빨려 들었다.

욕동의 원천

권투선수들이 주먹으로 두들겨 패는 샌드백을 닮은 모양의 더블 백. 난 남방 색의 그것을 어깨에 걸쳤다. 기분이 좋다. 너무나도 후련하다. 이 생지옥의 군 병원을 빠져나오니 말이다. 자유의 몸이 되어 연병장을 걷는다. 이곳을 나오게 되다니 신기하기만 하다. 연병장의 공기는 의무를 대신한 자유로 가득 채워졌다. 발걸음마저 가볍다. 나의 이러한 작은 발걸음들이 모여 내 몸을 간이역에 데려다 줄 것이다. 그곳에서 잠시만 기다리면 된다. 그러면 시간표대로 움직이는 기차는 나를 싣고 나의 집에 내려줄 것이다.

병원에서 멀어지자 코끝에서 감돌던 알코올 냄새가 흐려졌다. 소독약 냄새가 여기까지 따라오다니 꽤 끈질긴 놈들이다. 수류탄 사건 이후로 오랜 시간을 병원에서 보내야만 했다. 처음엔 침대에서 내려오는 것조차 힘이 들었다. 깁스를 해야 했고 목발을 짚어야 했다. 의사 말이 맞았다. 젊은 혈기는 무엇이든 이겨낼 수 있다고 한 그의 말처럼 결국 몸이 나아 제대를 하게 됐다. 그러니까 나의 군 생활은 논산훈련소에서 훈련병으로 보낸 6주 그리고 자대 배치받고 지낸 4주가 전부다. 이미 제대한 친구들에게 무슨 이야기를 들려줘야 할지 모르겠다. 힘든 군 생활을 얘기할 때 난 그저 병원 침대에 누워있던 이야기를 해야 하는 것은 아닌지 걱정된다. 아…, 참혹했던 병원의 그들이 떠오른다. 창자가 끊어져 배변 주머니를 차고 있는 녀석, 밥을 떠먹여야만 간신히 씹을 수 있는 전신불구 환자, 다리에 철심을 심고 휠체어로 움직이는 녀석, 같은 자리를 빙글빙글 돌며 헛소리를 하는 정신 나간 녀석까지 그들 모두는 군에 들어와 환자가 되기 전까지 멀쩡한 육신을 소유한 젊은이들이었다.

손바닥으로 오른쪽 눈을 가렸다. 뿌연 세상과 직면했다. 그 폭발 사고 후 난 왼쪽 시력을 잃었다. 불행 중 다행으로 한쪽 눈은 건졌다. 두 눈으로 세상을 볼 때면 왼쪽이 거슬린다. 하지만 오른쪽 눈마저 잃었다면 어땠을까? 두 눈을 모두 잃었다면? 생각만으로도 끔찍하다. 아무튼 현재 난 자유의 몸이 되었다. 축복이다. 꿈만 같다. 기쁘다.

"흐-윽~."

팔을 뻗어 기지개를 켰다. 숨을 깊이 들이마셨다.

"콜록- 콜록-"

기침이 나왔다. 입에서 쇠 맛이 났다. 이미 삼킨 차가운 공기가 목을 자극하며 폐로 내려갔다. 기분이 나빴다. 난 겨울이 싫다. 이 차가운 공기가 머릴 짧게 자른 그날을 떠올리게 한다. 군대를 연기한 후 1년간 쾌락의 늪에 몸을 던진 적이 있었다. 미아리 그리고 청량리 588이란 곳에서 여체를 연구하고 탐닉했다. 경험과 지식이 쌓일수록 여자의 신비가 양파껍질처럼 한 꺼풀씩 벗겨졌다.

그런데…, 후유증인가? 옷가지와 세면도구 그리고 노트 몇 권이 전부인 이 훌쭉한 가방이 무겁게 느껴진다. 어깨에 걸친 백을 땅에 내려놨다. 땅에 더러운 물체가 있을까 두리번거렸다. 그러자 나의 얼굴을 비추는 검은 광택의 그것이 보였다. 워커 끈이 풀린 것이 보였다. 반들반들 군인정신이 빛나는 워커에 풀린 신발 끈이 어딘지 모르게 어색했다. 허리를 숙인 난 그것을 묶으려 했다. 하지만 잘되지 않았다. 왜 묶을 수 없는지 모르겠다. 마치 난해한 수학 문제를 만난 것만 같았다. 천재 아인슈타인도 자신의 신발 끈을 묶지 못했다고 한다. 설마 그때 수류탄 사고로 인해 내 아이큐가 높아진 것일까?

"여기서 아무 기차나 타도 서울 가죠?"
단발머리 여자 역무원에게 물었다. 물론 서울행 표지판은 이미 봤다. 그러므로 굳이 물어볼 필요가 없었다. 하지만 확실하게 하고 싶었다. 단 1초라도 시간을 허비하고 싶지 않았다. 집에 최대한 빨리 가고 싶다.
마이크가 달린 테이블에 앉은 여자는 저것도 보지 못했냐는 듯 잠시 서울행 표지판에 시선을 뒀다.
"네. 청량리행과 서울역행이 있습니다."
마이크에 입을 댄 여자가 말했다. 붉은 립스틱이 그녀의 입술을 매혹적이게 만들었다.
"시간은요?"
난 오른손에 찬 손목시계를 봤다. 아침 9시 45분이었다.
"청량리 행이 10시 10분에 있어요."
시계를 보는 내게 여자가 말했다.
"네, 한 장 주세요."
주머니에서 만 원짜리 지폐 한 장을 꺼냈다. 구멍 뚫린 플라스틱 유리 아래 손을 넣어 돈을 건넸다.
"여기, 거스름돈이오."
여자가 지폐와 동전을 내밀며 말했다. 거친 남자 손만 봐서인가? 그녀의 손이 무척이나 희면서 가늘게 보였다. 손톱엔 빨간색의 매니큐어가 칠해졌다. 그녀가 말한 청량리란 단어 그리고 입에 바르고 있는 붉은 립스틱과 매니큐어가 나의 가슴을 조금씩 뛰게 만들었다. 하체에 피가 쏠렸다. 팬티를 덮고 잠든 녀석이 천천히 기지개를 켜고 있다.
그녀는 돈과 티켓을 챙기고도 가만히 서 있는 날 이상하다는 듯 쳐다봤다. 난 주변을 둘러봤다. 긴 의자가 보였다. 발걸음을 옮기자 팬티와 귀두 사이에 마찰이 생겼다. 그것이 자극됐다. 바지가 불룩 솟았다.
다리를 꼬고 벤치에 앉았다. 건빵 주머니를 뒤졌다. 담배 생각이 간절했다. 군 병원에서 어떻게 해서든 끊으려고 했는데 쉽지가 않았다. 가래를 끓게 한 이 보급형 담배도 이제 마지막이리라…. 담뱃갑을 기울여 안에 든 라이터를 뺐다. 부싯돌이 달린 그것이 엄지손가락이 훑을 때마다 불꽃을 튀겼다. 허벅지에 올려놓았던 담뱃갑을 집었다. 그것을 위아래 한번 흔들자 하얀 담배 한 개비가 맥없이 나왔다. 입에 물었다. 라이터에서 뿜어져 나오는 불을 담배에 댔다. 볼이 패이도록 그것을 빨았다. 목구멍을 타고 폐로 전해지는 담배 연기가 느껴졌다. 순간 머리가 띵했다. 어지러웠지만 곧 안정감이 밀려왔다.

"후-."

고개를 쳐들어 연기를 뿜었다. 하늘이 보였다. 흩어지는 담배연기 위는 맑은 하늘이었다. 푸른 저곳을 생명체가 무리 지어 날고 있다. 날개를 퍼덕이는 저놈들의 모습에서 자유를 느꼈다. 엄지로 침이 묻은 필터를 튕기며 담뱃재를 털었다. 하얀 재가 반짝거리며 빛을 발산하는 군화에 떨어질까 두 발을 벌렸다. 좀 전까지 화가 잔뜩 났었던 성기는 별다른 자극이 없자 잠잠해졌다.

갑갑했던 마음이 담배연기와 함께 빠져나가는 것 같다. 갑자기 시장기가 느껴진다. 입에 군침이 돈다. 먹는 생각에 침이 한가득 고였다. 초코파이가 먹고 싶다. 군복이 아닌 운동복을 입고 방에 누워 10대 여자 가수들이 노래하는 모습을 보며 과자를 먹고 싶다.

가는 눈을 뜨고 멀리 던졌다. 하지만 레일 끝에 점만 한 물체도 없다. 오른손을 들었다. 팔목을 한차례 털자 시계가 흘러내렸다. 아직 10분이나 남았다. 시계를 보자 더욱 강한 시장기를 느꼈다. 병원 밥은 더는 안 먹겠다고 말하며 나온 것이 후회됐다. 아침 반찬에 미역국도 있었는데 국에 밥이나 한 술 말고 나왔으면 좋았으련만…. 기차를 타면 주전부리를 사 먹어야겠다. 그것들은 엄연한 사제 음식이다. 삶은 계란과 사이다…, 생각만 해도 군침이 돈다.

바나나처럼 휘어진 레일 멀리서 하나의 점이 보인다. 굴곡을 따르던 그것이 점점 길어졌다. 땅에 놓았던 더블 백을 어깨에 다시 걸쳤다. 솔직히 버려도 상관없다. 하지만 가족들의 편지와 사진은 그렇게 할 수 없다.

아침이어선지 기차를 타기 위한 사람의 행렬은 없었다. 고작해야 십여 명 정도다. 발을 디딜 때마다 금속음이 울리는 계단을 밟으며 기차에 올랐다. 대부분의 자리는 비었다. 모자를 벗어 더블 백안에 넣었다. 그리고 그것을 머리 위 짐칸 올리는 곳에 뒀다. 혹시 덜컹거림으로 인해 떨어질까 하여 안쪽 구석으로 밀어 넣었다. 창가에 앉자 나의 피부가 따뜻함을 감지했다. 햇살이 창안을 뚫고 들어와 내 피부에 환하게 머물렀다. 의자에 등을 기댄 난 다리를 꼬았다. 그러자 풀린 그것이 또다시 보였다. 이상하게도 끈을 묶는 것이 쉽지 않았다. 사고 후 시력 장애뿐만 아니라 내 행동에도 작은 변화들이 생겼다. 세수를 할 때도 옷을 입을 때도 예전과는 다르게 매우 불편하게 느껴졌다. 시간도 훨씬 많이 걸렸다.

유리창에 투명이 비친 내 얼굴을 봤다. 수류탄 사고로 인해 긴 상처가 남았다. 특히 왼쪽 목부터 이어진 깊은 상처가 턱은 물론 입술까지 이어져 있다. 마치 칼에 맞은 것처럼 길게 베어졌다. 왼손을 들어 그곳을 만져봤다. 입술까지 이어진 긴 상처…, 하지만 턱수염만 기른다면 어느 정도 그것을 가릴 수 있을 것 같았다.

사람들이 아직 다 타지 않아서인가? 아니면 열차에 무슨 문제가 생겼나? 나의 조급한 마음과는 다르게 기차는 꿈쩍도 하지 않았다. 고개를 돌려 밖을 봤다. 내게 표를 내밀었던 역무원실이 보였다. 붉은 입술과 붉은 매니큐어가 떠올랐다. 만지고 싶다.

손을 뻗었다. 유리가 만져졌다. 나의 손대신 눈이 그녀에게 도달했다. 그녀의 도톰한 입술에 내 성기를 밀어 넣는 상상을 했다. 아…, 그녀의 입술이 내 자지를 감싸며 위아래로 움직인다. 귀두를 스치는 입천장의 돌기가 느껴진다. 그것이 더욱 자극을 준다. 그녀의 빨간 루주, 저것은 성모로 뒤덮인 여성의 둔덕 아래 소음순을 빼닮았다. 하체가 다시 기지개를 켰다. 그녀의 입술이 다른 무언가를 떠올리게 한다. 빨간 네온의 매춘 굴…, 난 그곳에서 여자를 행복하게 해주는 교습을 받았었다. 마치 대입을 눈앞에 둔 수험생처럼 잠도 줄이며 성에 대해 미친 듯이 공부했었다. 예습과 복습은 물론 실기도 철저히 시행했다. 도서실을 찾은 난 성과 심리학에 관한 자료를 뒤졌고 거기에서 배운 정보를 머리에 채운 뒤 매춘 굴로 향했다. 성에 눈을 뜨면 뜰수록 벗은 여자 앞에서의 두근거림도 잦아들었다. 쾌락에 젖은 내게 규율이 엄격한 군대란 곳은 견디기 힘든 장소였다. 더욱이 수류탄 사고 이후 난 정신적, 육체적 큰 변화를 겪어야만 했다. 2년 가까운 시간을 병원 침대에 누워있어야만 했다. 그것은 젊은 혈기의 남자에게 가혹한 것이다. 성 욕구가 치솟을 때면 이불을 덮은 채 자위로 그것을 삭혀야만 했다. 사정 후 남는 것은 후회와 공허함뿐이었다.

주머니에 손을 넣었다. 지폐가 만져진다. 아직도 화대가 5만 원인지 아니면 가격이 더 올랐는지 모르겠다. 이 부풀어 오른 하체를 잠재우고 싶다. 내 손으로 해결하는 것이 아닌 질 입구에 넣고 허리를 움직여 사정하고 싶다. 아…, 한도 끝도 없이 끓어오르는 이 감정은 도대체 무엇이란 말인가? 심리학 책에서 본 정동이라는 것을 내가 겪고 있는 것일까? 미치겠다. 갑갑하다. 자위를 해서 당장이라도 정액을 몸 밖으로 쏟아내고 싶다. 쾌락을 얻고 싶다! 그것을 비우면 마음이 편안해질 것 같다. 잠도 올 것 같다. 모든 일이 잘 풀릴 것만 같다. 하지만…, 귀찮다. 화장실로 가서 바지를 내리고 꼴린 자지를 흔들기까지의 그 과정이 싫다. 그렇다면 남은 방법은 하나다. 이것을 아꼈다가 청량리에 가서 해결하면 된다. 그런데 걱정이다. 당장 쏟아내고 싶은 이 조급한 마음을 억누르고 기차가 청량리까지 향하는 동안 참을 수 있냐 하는 것이 문제다. 자위로 뽑아내 화장실 변기에 쏟아붓고 싶다. 게으름이 항복했다. 일어서려 엉덩이를 들었다. 그때 기차가 움직였다. 그 운동 법칙 때문에 내 몸은 저절로 앉았다. 유리창 밖 사물들이 천천히 지나쳤다. 팔꿈치를 창틀에 댄 후 턱을 괴었다. 그리고 유리창에 이마를 기댔다. 역무원실이 흘러갔다. 사라졌다. 그 붉은 립스틱의 역무원이 내 성기를 한번 핥아 준다면 얼마나 좋을까 하는 생각이 그림자처럼 따라붙었다. 더는 참기 힘들다. 두 다리에 힘을 줬다.

"여기 앉아도 되나요?"

누군가 내게 말을 걸었다. 고개를 들었다. 믿을 수 없게도 나에게 말을 건 것은 예쁜 여자였다. 그리고 그녀의 손이 내 앞좌석을 가리키고 있었다.

"네? 네….."

모깃소리만 하게 대답했다. 난 고개를 다시 창으로 돌렸다. 빈자리가 많은데 왜 하필이면 내 앞이란 말인가…. 내 턱 상처가 보일까 싶어 고개를 약간 숙였다. 턱을 괸 오른손이 상처가 있는 곳으로 움직였다. 눈을 치켜뜬 난 무관심하게 창밖을 봤다. 관심 없는 듯 연기하는 내 태도와는 다르게 화풀이를 하지 못한 자지가 고개를 쳐들었다. 그것을 감추기 위해 다리를 꼬았다. 이런…, 갑자기 끈 풀린 워커가 생각났다. 그것을 묶으려 몸을 숙였다. 하지만 묶을 수 없었다. 어쩔 수 없이 풀린 끈을 외면했다. 어차피 묶지 못할 것이기 때문이다. 창밖을 봤다. 하지만 밖 풍경이 눈에 들어오지 않았다. 머릿속은 온통 내 앞에 앉은 그녀로 가득했다. 여자의 얼굴이 궁금하다. 자세히 보고 싶다. 하지만 용기가 나지 않는다. 그래! 맞다! 묶든 못 묶든 무슨 상관이랴. 군화 끈을 묶는 척하며 여자의 얼굴을 보는 거다. 난 꼰 다릴 풀며 상체를 숙였다. 두 손으로 그것을 묶으려 했다.

"제가 도와드려도 실례가 되지 않을까요?"

그녀가 상냥한 목소리로 말했다. 그런데 무엇을 도와준다는 건지 감이 오지 않았다. 그녀의 눈이 내 워커를 보고 있었다.

"아… 아니요."

나도 모르게 고개를 돌렸다. 얼굴이 화끈거렸다. 심장이 뛰었고 식은땀이 흘렀다. 다 한증에 걸린 사람처럼 손바닥의 땀을 허벅지에 연신 문댔다. 내 눈은 창밖을 보지만 마음은 앞이다. 몸도 마음도 무겁다. 복잡했다. 그녀의 관심에 두근거림이 줄지 않았다. 여체를 연구한 내가 이런 사춘기 사랑을 다시 겪다니 이상했다. 그녀는 허다한 자리를 놔두고 왜 내 앞에 앉아 나의 마음에 파장을 몰고 오는가….

"군화 끈은 처음 묶어보는데요."

여자가 말하며 허리를 숙였다. 아직 내 허락이 떨어지기도 전이었다.

"괜찮아요."

몸을 의자 등받이에 붙이며 말했다. 난 정강이를 X자 모양으로 만들어 그녀가 내 워커에 손대지 못하게 만들었다. 고개를 든 그녀의 모습을 봤다. 아름답다.

"저기."

한 손으로 흘러내린 머리를 귀 옆으로 넘긴 여자가 말했다.

귀도 예쁘다…, 난 그녀의 머리에서 나는 향긋한 샴푸 냄새를 맡을 수 있었다. 아…, 냄새로도 사람을 이렇게 흥분시킬 수 있다니…. 알 수 없었던 감정이 새록새록 피었다.

"금방 할 수 있어요."

고개를 숙인 그녀가 다시 내 발을 찾았다. 난 항복했다. 꼰 다리를 풀어 그녀가 끈을 묶을 수 있게 도왔다. 그녀는 날 처음 봤음에도 불구하고 내 군화 끈을 정성스럽게 묶었다. 하얀 손과 검은 워커가 대조적이다. 가는 손가락…. 그녀의 손톱엔 역무원이 칠했던 시뻘건 색이 없다. 매표소에서 봤던 그녀와는 비교가 되지 않을 만큼 내 가슴을 뛰게 만든다. 그녀의 머릿결은 부드러워 보는 것만으로도 실크를 만지는 느낌을 줬다. 그리고 예쁜 귀에 매달려 반짝거리는 나비 모양의 귀걸이도 보기 좋다. 그것이 그녀의 턱 선을 더욱 선명하게 만들었다. 가지런한 눈썹 그리고 긴 속눈썹이 맑은 눈동자와 함께 날 빨아들였다.

'고개를 돌려야 한다.'

계속해서 그녀를 본다면 내 몸이 그녀 안으로 빨려 들것만 같다. 내 눈이 향한 곳은 다시 창밖이다. 군화 끈 묶어준 것에 대해 고맙단 말 한마디 못하고 그저 그녀를 외면한다. 이런 행동을 왜 하는지 나 자신도 모른다.

내 앞의 그녀를 보고 싶다. 하지만 몸이 의지대로 따르지 않았다. 얼굴이 화끈거려 그녀를 볼 수 없다. 숨 막힌다. 제발 애써 외면하는 날 오해하지 않았으면 좋겠다.

상처 있는 턱이 신경 쓰여 불편하다. 왼쪽 눈 때문에 화가 난다. 지금 내가 집중할 수 있는 것은 후각밖에 없다. 아까 맡았던 은은한 샴푸 냄새…, 흥분된다. 머리가 그러하다면 그녀의 가슴에선 어떤 향기가 날까? 성기는 어떨까? 본 지 몇 분 만에 사랑에 빠져버린 나라는 것을 그녀는 알까? 군화 끈 묶어준 것에 대해 고맙다 말 한마디 못한 나를 그녀는 어떻게 생각할까? 어지럽다. 왜 여자란 존재는 남자의 마음을 이렇게나 어지럽게 만드는 것일까? 불편하다. 그녀의 시선이 느껴진다. 내 턱을 보고 있는 게 틀림없다. 내 얼굴에 난 큰 상처를 보며 군대에서 말썽을 많이 피웠겠구나 생각할 것이다. 하지만 난 피해자다. 그런데 그녀는 그것을 알 리 없다. 말할까? 수류탄 사고에 대해서 말이다. 후임병이 헤어진 여자 친구 때문에 자살을 했고 그 피해로 이렇게 됐다고 말이다. 아니다. 믿지 않을 것이다. 아무리 여자라도 수류탄이 터졌는데 턱만 다쳤다고 한다면 믿지 않을 것이다.

<쿠웅! 치-이익->

기차가 멈췄다. 몸이 앞으로 쏠렸다. 실수로 그녀의 무릎에 손을 얹었다. 놀란 난 고개를 숙여 사과했다.

-승객 여러분 잠시 안내 말씀드리겠습니다. 기차에 문제가 생겨 잠시 정차 중이오니 이점 양해해 주시기 바랍니다. 확인 후 곧 출발하도록 하겠습니다. 감사합니다-

스피커에서 승무원의 말이 흘러나왔다. 나도 모르게 주위를 두리번거렸다. 그러다 그녀의 눈을 봤다. 깜짝 놀랐다. 그녀의 시선이 내 하체에 가있었다. 나도 아래를 봤다. 이런! 가운데가 불쑥 솟아 올라온 게 확연했다. 바지를 뚫을 듯한 성기는 잔뜩 화가 나있었다. 단단한 그것이 욕구불만을 온몸으로 표현하고 있다. 난 바본가! 멍청인가! 이것을 이제야 알아차리다니…. 왼쪽 다리를 들어 오른쪽으로 포갰다. 늦은 감은 있지만 태연히 아무 일도 없었다는 듯 다시 창밖을 봤다. 온몸이 화끈거렸다. 잊히지 않는다. 내 하체를 주시하던 그녀의 눈길…. 후회된다. 아까 화장실에서 자위를 했었어야만 했다. 그렇게 했다면 지금과 같은 참담한 상황은 발생하지 않았을 것이다. 수치심으로 가득한 내 마음과 나의 심장 뛰는 소리를 그녀가 듣고 있을까? 그런데 이상하다. 내 커져버린 성기를 보고도 왜 다른 자리로 옮기지 않는 걸까? 왜 계속 나를 주시하는 걸까?

기차는 여전히 움직이지 않았다. 어디가 어떻게 고장 났는지에 대해선 언급이 없었다. 사실 알고 싶지도 않다. 그냥 빨리 출발해 내 몸뚱이를 서울 청량리역에 내려주기만을 바랐다. 그곳이라면 성난 불기둥을 잠재울 수 있다. 그래, 내 앞에 앉은 그녀의 존재를 잊자. 기차의 유리 밖 사물들만 보는 거다.

하늘 아래의 산과 목장이 보였다. 소들은 여물을 먹고 있다. 음무~ 하고 우는 소가 있는가 하면 꼬리를 흔들며 어슬렁어슬렁 돌아다니는 소도 있다. 그때 소의 엉덩이에서 쏟아지는 검은 똥이 보였다. 소들의 몸통과 다리엔 하나같이 마른 똥 딱지가 갈라진 논바닥 모습을 하곤 붙어 있다. 외양간 아래는 그들이 쏟아 놓은 똥들로 가득했다. 후두둑- 떨어지는 검은 덩어리를 보고 있자니 속이 울렁거렸다. 좀 전까지 나지 않았던 소 똥 냄새와 퇴비 냄새가 콧속을 휘젓고 들어왔다. 구토가 나올 것 같았다. 내 앞에 앉은 여자도 저 모습을 보고 있을까? 똥을 보고 수치심을 느끼는 것은 아닐까? 소들도 남녀가 있을 텐데 부끄러움이란 것이 없는 것일까? 냄새가 나는 변을 보고도 옆 소에게 아무런 창피함을 느끼지 못한단 말인가? 그래서 동물인가? 더는 저것을 볼 수 없었다. 고개를 거두려는 순간 내 눈이 무언가를 봤다. 난 얼었다. 소의 항문 아래엔 분홍빛 살결이 있었다. 저것이 황홀하게 만드는 무언가를 떠올리게 했다. 축축이 젖은 소음순 그리고 그 안을 매운 분홍 속살! 내 눈이 잘못된 것인가! 인간 여자 성기와 똑같이 생긴 그것이 소에게도 있다니 말이다. 인간도 결국 동물이라는 것을 부정할 수 없다.

꿈과 기억의 차이

"오빠. 처음이야?"

담배 연기를 콧구멍으로 내뿜은 여자가 말했다. 다리를 꼬고 의자에 앉은 그녀가 내 몸을 훑었다. 유독 나의 짧은 머리에 시선을 오래 두었다.

방 안은 형광등이 쏘는 빛 때문에 짙은 핑크색이었다. 예전엔 몰랐다. 핑크색이 사람을 이렇게 흥분시키는지 말이다. 정육점의 고기들처럼 이곳에 있는 여자들도 자신의 몸을 신선하게 보이려는 의도에서 빛을 이용하는 것일까? 그게 아니라면 매춘을 한다는 수치심을 줄이려는 의도에서 일 수도 있다. 조금이라도 더 자신의 모습이 왜곡된 모습으로 비추길 원할 것이다. 짙은 화장은 그러한 목적에서다.

천장에 매달린 핑크빛 긴 형광등이 가련한 눈으로 침대 위에 누운 날 내려다봤다.

"오빠, 처음이냐고요."

대답 없는 나에게 그녀가 물었다. 얇은 담배 필터엔 그녀의 붉은 립스틱 자국이 묻어있었다.

"으, 응."

나도 모르게 진실을 답했다. 이것은 어떤 식으로든 약점이 될 수 있다. 사실 난 그녀를 어떻게 대해야 할지 몰랐다. 삼십 대 초반으로 보이는 그녀에게 반말을 하기가 쉽지가 않았다. 하지만 그녀에겐 나이 같은 건 중요치 않아 보였다. 손님의 돈을 받고 그 대가로 정액을 쏟아내게 해주는 것이 그녀의 주요 임무다.

"어머, 그럼 나 숫총각하고 하네?"

입안에 남은 담배 연기들이 단어들과 섞이며 흘러나왔다. 그녀는 재떨이에 담배를 비벼 껐다. 의자에서 엉덩이를 든 여자가 내게 다가왔다. 요염한 걸음걸이다. 흥분됐다. 과연 포르노에서 봤던 여자의 신음이 그녀의 입에서도 터져 나올까 생각했다.

"뭐해 오빠. 빨리 총각 딱지 떼야지."

그녀는 한 벌로 된 하얀 드레스를 벗었다. 브래지어와 팬티를 기대한 나의 눈엔 유방과 두툼한 음부 털이 보였다.

"그런데 말이야. 여자는 오르가슴이라는 게 천천히 오거든. 그러니까 너무 빨리 사정하지 마. 알았지? 돈 아깝잖아."

난 깍지 낀 손을 뒤통수에서 뺐다. 여유를 부릴 수 없는 시간이 왔다. 심장이 거칠게 뛰었다. 포르노에서 봤던 장면이 머리에 스쳤다. 첫 경험을 하게 된다고 생각하니 기분이 이상했다. 옆방에선 친구의 목소리가 들렸다. 뭐가 그렇게도 좋은지 친구의 말에 여자는 깔깔거리며 웃었다.

"내 말 못 들었어?"

그녀가 침대 위로 오르자 스프링이 눌렸고 나의 몸이 그녀 쪽으로 기울었다. 내 몸 위로 올라탄 여자는 상체를 숙이곤 내 귀를 빨았다. 간지러웠고 흥분됐다. 피가 성기 쪽으로 쏠렸다.

여자의 나체 사진을 보며 손으로 자위를 하는 것이 아닌 진짜 여자의 성기에 내 것을 밀어 넣는 것이다. 난 내가 잘 해낼 수 있을지 자신이 없었다.

옆방의 웃고 떠드는 목소리는 어느새 신음 소리와 살이 부딪치는 소리로 대치되었다.

"쟤들도 시작했다. 너 설마 걱정하고 있는 거니?"

그녀가 얼어버린 날 보며 반말로 물었다. 날 우습게 보는 그녀였다. 하지만 기분이 상하거나 나쁘진 않았다.

"걱정 마 내가 도와줄게."

몸을 일으킨 여자가 내 웃옷을 머리 위로 뽑았다. 그리고 내 벨트를 풀었다. 청바지를 벗겼다. 그녀가 내 삼각팬티의 밴드를 잡아당겼다 놓자 탁 소리가 났다.

"제가 벗을게요."

내가 말했다. 다른 건 몰라도 그것만은 내가 벗고 싶었다. 그것마저 그녀의 손에 맡겼다간 아이 취급을 당할 것만 같아서였다. 팬티를 벗은 난 떨리는 손으로 나의 성기를 만졌다. 긴장을 해서 그런지 약간의 투명한 액체가 흘러나왔다.

"누워."

내 상체를 민 그녀가 말했다. 눕자 침대의 스프링 소리가 울었다. 은은한 분홍 불빛을 통해 보는 여자의 나체가 숨을 막히게 했다. 부드러운 곡선의 몸 볼륨과 살결이 내 심장을 더욱 뛰게 만들었다. 예쁜 입술을 한 그녀의 입이 다가왔다. 내 입에 키스하던 그녀의 머리가 움직이기 시작했다. 얼굴을 스치는 그녀의 머릿결이 내 뺨과 목 그리고 어깨에 느껴졌다. 내 목덜미에 키스하던 그녀는 손으로 내 젖꼭지를 만졌다. 성기처럼 딱딱해진 내 젖꼭지를 느낄 수 있었다. 그녀의 혀가 그것을 놓치지 않았다. 내 젖꼭지에 그녀의 혀와 입이 감싸고 핥자 나도 모르게 얕은 신음이 터졌다. 그녀는 내 성기를 부드럽게 만지며 위아래 흔들었다. 흘러내린 그녀의 머리카락의 움직임이 그녀의 머리가 하체로 향한다는 것을 알려주었다. 머리카락도 애무를 할 수 있는 무기로 사용된다는 것을 지금에야 알았다. 그것은 혀만큼이나 자극적인 것이다. 자장가를 불러주며 토닥이는 내 몸을 간질이는 그것이 잠을 쏟아내게 만들었다. 그리고 이어지는 촉촉함…. 난 고개를 돌려 침대 옆에 세워 놓은 화장대의 거울을 봤다. 탄성이 생겨 배꼽으로 향한 내 물건을 잡곤 혀로 간질이는 그녀의 모습이 보였다. 핑크빛에 휩싸인 몸 접힌 뱃살마저도 아름답게 보였다.

'아~.'

신음을 토한 난 두 다리를 뻗었다. 내 절정은 아랑곳 않는 그녀의 입이 내 자지를 집어삼켰고 빨았다.

으…, 이 자극…, 견딜 수 없다. 난 전신을 움찔거렸다. 쾌감이 후려치자 전신을 부르르 떨었다.

그녀가 고개를 들자 정액이 내 성기를 적시며 흘렀다. 그와 동시에 내 자지도 바람 빠진 풍선처럼 누그러져 고개를 숙였다. 허무했다. 이 느낌은 자위를 하고 나서와 별반 다르지 않았다. 침을 모으기 위해 입을 오므린 그녀는 침대 옆 화장대에서 각 휴지를 뽑았다. 혀를 내밀어 자신의 침과 섞인 누런 그것을 휴지에 뱉었다. 다량의 액체를 쏟아낸 내 자지는 힘을 잃고 아쉬워했다. 짧은 순간의 쾌락 뒤 패배감과 처량함이 몰려왔다. 두 감정은 분홍빛과 버무려졌다. 난 쓰러진 좆을 힘없이 만졌다.

"좀 버티지 그랬어?"

침대에 널브러져 고추를 만지고 있는 날 보며 여성이 말했다. 미소를 짓고 있지만 그 뒤 숨은 실망감을 읽을 수 있었다. 왜 버티지 못했냐는 그녀의 말에 난 나도 모르게 나 자신을 방어하려 웅얼댔다. 하지만 그 모습이 더욱더 날 초라하게 만들었다. 한숨이 나왔다. 날 관찰한 뒤 어린애 취급하더니만 결국 그녀의 예상이 맞아 버렸다. 여러 부류의 남자를 겪어본 그녈 것이다. 풋내기 정도는 쉽게 간파하리라.

각에서 티슈를 몇 개 더 뽑은 그녀는 내 배꼽과 허벅지를 적신 액체를 닦아 줬다. 그 모습이 아름답게 보였다. 사랑스러워 보였다.

"돈 아깝겠다."

축축해진 휴지를 휴지통에 던진 그녀가 말했다.

"내 돈 아니야. 친구들 돈이지."

그녀의 돈 이야기에 나도 모르게 화가 났다. 사랑 없는 섹스, 오로지 돈만을 목적으로 하는 이곳이 혐오스럽게 느껴졌다. 내 첫 경험을 사랑하는 여자가 아닌 창녀에게 준 것이 후회됐다. 군대 송별회를 해준다는 친구들을 따라 사창가에 온 것이 후회됐다.

"머리 짧은 거 보니까 군대 가는구나? 아니면 휴가 나왔니?"

내 옆에 누운 그녀가 물었다. 그녀가 몸을 움직일 때마다 내 몸도 따라 흔들렸다.

"응. 다음 달에 가."

내가 말했다. 그녀는 나의 짧은 머리를 만져 줬다. 기분이 좋았다. 그녀의 입이 내 성기를 감싸는 느낌보다 머리를 쓰다듬는 손길이 더욱 좋은 것 같았다. 잠이 쏟아졌다.

"내가 면회는 못 가고 서비스로 한 번 더 줄까? 다시 세울 수 있겠니?"

그녀는 이미 쪼그라든 내 자지를 만지며 말했다. 가지런한 치아가 보기 좋았다. 정말 예쁜 얼굴이었다. 성형미인 같지도 않았다. 모델처럼 키도 컸고 피부도 고왔다. 하마터면 실수로 왜 이런 곳에서 일해요 하고 물을 뻔했다.

"자위하고 나서 또 해본 적 있니?"

그녀가 물었다.

"네."

내가 대답했다. 나만 그런 건가? 정액을 몸 밖으로 배출하면 후회되고 두 번 다시는 자위 같은 건 안 하겠다고 다짐하게 된다. 하지만 이성과의 섹스는 뭔가 달랐다. 후회는 금세 사라져버렸다. 비록 이것이 나의 첫 경험이고 허무하게 끝나버렸지만 말이다.

"이렇게 엎드려봐."

그녀는 양 무릎과 양 팔꿈치를 땅에 대며 말했다. 난 그녀를 따라 했다. 그녀가 침대에서 내려가자 내 몸이 조금 흔들렸다. 내 뒤로 움직인 그녀를 거울 통해서 봤다.

그녀의 가냘픈 손이 내 엉덩이에 닿았다. 양쪽으로 벌렸다. 내 항문을 그녀가 보고 있다는 생각에 창피했다.

"아~"

나도 모르게 신음이 터졌다. 내 성기를 적셨던 그것이 내 항문으로 옮겨갔다. 수치 스러움과 화끈거림이 섞여버렸다. 난 냉탕에 뛰어든 것인지 아니면 온탕에 들어간 것인지 분간할 수 없었다. 더러운 것을 내보내는 항문에 아름다운 여성의 혀가 적시고 있다. 어느새 내 자지는 단단해져 있었다. 그녀의 축축한 혀가 내 괄약근 주름들을 훔치고 지나갈 때마다 몸이 움찔거렸다. 엉덩이를 벌리고 있던 그녀의 손 하나가 내 가랑이를 가로질렀고 내 육근을 만졌다. 깨지기 쉬운 계란을 다루듯 나의 그것을 사 랑스럽게 어루만져 주었고 천천히 흔들어 주었다. 정신을 차릴 수 없었다. 치욕이 주 는 쾌감이 더욱 숨 막혔다.

불현듯 시골에서 봤던 재래식 화장실이 생각났다. 노란 구더기들이 바글대던 혐오스 러운 그곳 말이다. 배우지 않아도 어려서부터 항문은 불결한 것이라는 것을 알고 있었다. 냄새나는 똥을 쏟아내는 그곳에 아름다운 여자의 혀가 핥고 있으니 이 상황 을 어떻게 이해해야 한단 말인가. 예쁜 입술 그리고 아름다운 얘기만 할 것 같은 입 에서 나온 혓바닥이 세균을 쏟아내는 항문에서 꿈틀거리며 간질이고 있다. 난 두 손 으로 머리를 감싸 쥐었다. 두 눈을 꽉 감았다. 분홍빛의 방은 암흑으로 바뀌었다. 구 더기와 똥 생각이 지워지지 않았다. 헛구역질이 났다. 이 침대에서 정액을 쏟아낸 남 자들은 얼마나 많았을까? 또다시 헛구역질이 이어졌다. 그녀의 혀가 내 항문만을 핥 은 것은 아닐 것이다. 여러 남자의 똥구멍을….

"우웩!"

토악질이 나왔다. 뛰었다. 손바닥으로 입을 틀어막았다. 축축한 물기가 만져졌다. 창 문을 열었다. 고개를 숙이고 입안 가득한 그것을 쏟아냈다. 개구리처럼 부풀었던 내 양 볼이 다시 홀쭉해졌다. 다행이다. 좁은 골목길엔 지나가는 사람이 없었다. 토가 땅 과 부닥치며 묽은 액체 퍼지는 소리를 퍼트렸다. 손등으로 입을 훔쳤다. 난 나도 모 르게 침대에 누워있는 그녀를 봤다. 그녀의 몸이 눈에 들어오지 않았다. 대신 그것이 보였다. 입술이 보였다. 다른 남자의 똥구멍을 빨고 내 입에 그 불결한 것을 넣고 키 스까지 하다니…. 또다시 넘어오려는 구역질 때문에 몸이 울컥거렸다. 방은 소주 그리 고 내가 술안주로 먹었던 것들의 냄새로 채워졌다.

내 첫 키스가 이럴 것이리라곤 상상도 못했다. 아무리 생각해도 불결했다. 역겨웠다.

"왜 그래? 하기 싫어?"

창문으로 불어오는 신선한 공기를 마시는 나에게 그녀가 물었다. 자신의 서비스에 구토를 했으니 기분이 좋을 리가 없었을 것이다.

"그… 그게."

난 당황했다. 내 자지는 아직 빳빳했다. 구멍이 보인다면 쑤셔 넣고 싶었다. 난 싫다 좋다 어떤 말도 할 수 없었다. 그녀와 입을 맞추지만 않는다면 괜찮을 것 같았다. 난 성의 포로가 된 것 같았다.

내가 그녀를 더럽게 생각하는 것을 그녀는 눈치챘을까?

"참, 숫총각은 이래서 싫어. 난 경험 많은 남자가 좋아. 여자를 리드해 주는."

침대에서 내려온 여자는 소형 냉장고로 향했다.

"이걸로 입 헹궈."

생수를 내게 건넨 여자가 말했다. 쌀쌀맞은 말투였다.

"물 뱉고 창문 닫아. 토 냄새 안 들어오게."

그녀는 의자에 앉아 담배를 집었다. 곧 부싯돌이 튀겼다. 가느다란 담배에 불과 손가락 그리고 입이 붙었다. 하얀 담배연기를 뿜는 그녀를 뒤로하곤 난 옷을 주워 입었다. 오만 감정이 한 번에 몰아쳤다. 한 가지 확실한 건 난 더는 이곳에 있을 수 없단 것이다.

힘없이 빠졌다. 난 모자를 눌러썼다. 쌀쌀한 밖은 붉은 형광등에 갇혀 있는 여자들의 세상이었다.

-딱 딱 딱!-

라이터로 유리창을 두들기는 여자들이 보였다. 그들 모두는 성을 판매하기 위해 자극적인 옷과 짙은 화장을 하고 있었다. 길을 지나는 남자의 소매를 끄는 여자도 보였고 정액을 빼낸 남자에게 감사하다며 배웅을 하는 여자도 보였다.

"한 번 하고 가!"

유리 문을 연 여자가 내 팔을 잡으며 말했다.

"방금했어요."

난 팔을 빼며 말했다.

"나는 젊었거늘 두 번 하면 어떠리오~."

그녀가 말했다. 빨간 립스틱 그녀는 내 성기를 만지려 했다. 난 엉덩이를 뒤로 뺐다. 발걸음을 빨리했다. 그녀들에게 붙들리지 않으려 빨간 쇼윈도와 거리를 뒀다. 인도가 아닌 차도로 걸었다. 걸을 때마다 축축한 항문을 느꼈다. 내 그것을 핥았던 그녀가 생각났다. 갑자기 빨간 쇼윈도 안 의자에 앉아있는 그녀들의 입이 항문으로 보였다. 담배를 물고 있는 것이 입이 아닌 항문으로 보였고 똥구멍으로 담배연기를 뿜는 것처럼 보였다. 구토가 몰려왔다. 머리를 흔들고 눈을 감았지만 내 항문을 빨았던 그녀의 혀가 머리에서 지워지지 않았다. 항문 밖으로 뱀의 혓바닥이 비집고 나와 남자의 배변 구를 핥는 모습이 계속해서 떠올랐다. 괴롭다.

"우우욱~"

토가 올라왔다. 전봇대에 기댔다. 목에 힘을 주어 토가 넘어오려는 것을 간신히 참았다.

"야! 한탕 더 뛰어! 내가 조개 쇼 보여줄게."

건너편 여성이 손을 흔들며 내게 말했다. 내가 무단횡단을 해서라도 자신에게 올 것이라 기대하는 것 같았다. 난 고개를 숙였다. 이런 곳에서 친구들을 기다린다는 것이 힘들 것 같았다. 친구들이 언제쯤 나올지 종잡을 수 없었다.

버스를 탔다. 588거리 집창촌의 빨간 불빛이 눈에 들어왔다. 하루에 수많은 버스가 사람들을 실어 나르며 이곳을 지난다. 저 여자들은 창피함도 없는 것일까? 아니면 짙은 화장 뒤 가려진 자신을 사람들이 알아볼 수 없을 거라 생각하는 것일까? 롱드레스를 입은 여자 그리고 탑 브라와 하얀 바지를 입은 여자들이 지나가는 남자의 팔을 붙잡았다. 그들은 손님인 동시에 자신들에게 쾌락을 맛보게 해주는 은인들인 것이다.

버스에서 내린 난 집을 향했다. 아쉬웠다. 그래서 집에 들어가지 못하고 서성였다. 이런 기분은 처음이었다. 사정을 했는데도 가슴이 답답했다. 아직도 미끈거리며 내 항문을 훑은 그녀의 혀가 느껴졌다. 주위를 보니 아무도 없었다. 손을 바지에 넣었다. 어느새 커진 그것에 자극을 줬다. 귀두를 엄지손가락으로 문질렀다. 그녀의 손길을 다시 한번 느끼고 싶었다. 그녀의 입에 들어갈 내 자지를 생각하는 것만으로도 흥분됐다. 이번엔 입이 아닌 그녀의 자궁 속에 정액을 쏟아붓고 싶었다. 일본 포르노 배우들이 한 것처럼 여자의 음부를 세밀하게 관찰하고 싶었다. 피스톤 운동을 할 때마다 흘러나오는 윤활유의 미끈거리는 감촉을 얻고 싶었다. 주머니에 돈을 확인한 난 붉은 불빛의 그곳으로 커져버린 나의 그것을 끌고 갔다.

"이것 볼래. 선물 받은 거다."

그녀는 화장대 위 인형을 가리켰다. 내가 집 근처를 배회 한순간에도 손님을 맞이했던 것이다.

"어."

난 짧게 대답했다. 그리고 건성으로 인형에 눈길을 줬다. 내 머릿속은 온통 여성의 성기에 내 것을 넣는데 쏠렸다. 부풀어 오른 성기 때문에 아팠다. 사정을 했음에도 불구하고 그것을 다시 쏟아 내고 싶었다. 하지만 이번만큼은 오래 버티겠다 마음먹었다.

"저도 하나 사드릴까요?"

내가 말했다. 그녀가 인형을 좋아하는 것 같아서다.

"아니야. 학생이 무슨 돈이 있겠어. 이렇게 와준 것만으로도 고마운데."

그녀가 웃으며 말했다. 오빠라는 신분에서 이젠 학생의 신분이 된 것이다. 날 얕보고 있는 게 분명했다. 기분이 상했다. 화도 난다.

"너, 클리토리스 한번 볼래?"

담배를 입에 문 여자가 말했다. 무슨 의도에선지 그녀는 내 눈을 뚫어지게 봤다. 그 눈빛은 네가 알 수 없는 여성의 세계가 있다고 말하는 것 같았다. 라이터가 켜졌다. 그녀의 볼이 홀쭉 패였다. 불꽃이 훑은 곳엔 허연 재가 매달렸다.

"나도 한 대 줘."

"너 담배 피워?"

여자가 물었다.

"가끔."

"야~ 너 꼬마 아니구나. 여기"

재떨이에 재를 한 번 턴 그녀는 자신이 핀 담배를 내 입에 물려줬다. 그곳엔 붉은 립스틱이 묻어 있었다.

"어때? 내가 피던 거라 더 맛있지?"

"응. 그런데 나도 쇼를 볼 수 있는 거야?"

담배를 빨며 말했다. 축축이 젖은 담배 필터에 왠지 세균이 있을 것 같아 찜찜했다. 담배 맛이 떨어졌다.

"뭔데?"

그녀가 보조개를 보이며 물었다.

"친구가 그러던데 보지로 담배 피우는 여자 봤다고."

날 이곳으로 데려온 친구의 말이 떠올라 물어봤다. 난 그녀에게 내가 이곳 세상에 대해 뭔가 알고 있다는 걸 보여주고 싶었다. 그렇게 해야만 꼬맹이 취급당하지 않을 것 같았다. 난 성인으로 대우받고 싶었다.

"뭐야. 난 그런 변태 같은 짓 안 해."

내 말이 싫진 않은지 이번에도 미소를 띠며 여자가 말했다.

"너 돈 더 있어?"

"왜?"

난 벌써 두 번의 화대를 낸 상태였다.

"그거 말고 다른 쇼 보여줄 수 있어서. 여기로 맥주병 딸 수 있어."

그녀는 자신의 음부를 가리키며 말했다.

"아니, 돈 없어."

그녀의 돈 이야기에 나도 모르게 기분이 상했다. 목적은 결국 사랑이 아닌 돈이었다. 하기야 이런 곳에서 사랑을 찾는다는 것은 있을 수 없는 일이다. 만약 사랑이 이루어진다고 해도 몸을 판 과거는 기억하는 자들에겐 고통일 것이다.

그녀가 몸을 일으켰다. 거울이 달린 화장대로 갔다. 서랍장을 열었다. 안을 뒤적이던 여자가 고개를 들었다.

"잠깐 콘돔 좀 갖고 올게. 그동안 자기는 옷 벗고 있어."

총총걸음으로 문을 열며 나가는 여자의 엉덩이가 탐스러웠다. 엉덩이…, 엉덩이 가운데 난 구멍…, 과연…, 그녀가 나한테 한 것처럼 그녀의 항문에 내 혀를 꽂을 수 있을지 의문이었다. 구더기를 들끓게 하고 수많은 세균으로 득실거리는 그곳에 내 혀를 넣는 생각을 하다 화장대 위의 토끼 인형을 봤다. 누가 인형을 사다 준 것일까? 정말 그는 저 여자를 사랑해서 인형을 사다 준 것일까? 결혼까지도 생각하고 있는 것일까? 내 항문을 아무 거리낌 없이 혀로 적셨듯이 그의 항문에도 저 여자의 혀가 닿았을까? 냄새나고 더럽고 불결한 똥이 나오는 구멍에다가 말이다.

난 도대체 왜, 무엇 때문에, 그녀를 다시 찾아온 것일까? 그녀가 더럽다는 생각이 들면서도 그녀를 찾을 수밖에 없는 이유를 모르겠다. 의식이 또렷하니 술 핑계도 될 수 없다. 이 끓어오르는 욕망과 욕구…, 정말이지 나 자신도 나를 주체할 수 없다. 빨리 그녀의 핑크빛 음부 속으로 내 성기를 밀어 넣고 싶다.

"짜잔!"

문을 열고 들어온 그녀의 손에 콘돔이 보였다. 자신이 무슨 마술사라도 되는 양 큰 포즈를 취한 그녀는 콘돔 포장을 찢었다.

"이런 내가 없는 사이에 벌써 죽어버렸네?"

불쌍하다는 듯 내 물건을 손으로 만져주던 그녀는 둥근 테이블 아래 의자를 뺐다. 내가 누워있는 침대 앞으로 가져왔다.

"여기 자극해 줘야 해."

의자에 앉아 다리를 벌린 그녀가 은밀한 그곳을 보여줬다. 내가 자세히 보기 위해 가는 눈을 뜨자 그녀의 두 손이 털을 갈랐다.

"여기 뭐가 툭 튀어나온 것 보이지?"

보지 털 둔덕 아래 콩같이 튀어나온 것이 보였다.

"손으로 만져봐."

그녀는 내 손을 잡고선 그곳을 만지게 해 줬다. 내 손이 그곳을 쓸자 그녀는 몸을 부르르 떨었다. 고개를 뒤로 젖혔고 눈을 거슴츠레 떴다.

벗은 듯 입고 있는 롱 드레스가 내 심장을 더욱 뛰게 만들었다.

"아~ 좋다."

허리를 앞뒤로 움직인 여자가 말했다.

"근데 난 혀로 하면 더 좋던데."

미소를 지은 그녀가 내 머리를 두 손으로 감쌌다. 그리고 클리토리스란 이름의 그곳으로 내 얼굴을 끌어당겼다. 난 목에 힘을 주어 저항했다. 저 구멍에 인형을 선물한 남자의 성기가 들락거렸다는 것이 거슬렸다.

"왜? 싫어?"

굳은 내 모습을 본 그녀는 실망한 듯 물었다. 그녀의 질문이 귀에 들어오지 않았다. 수많은 남자들의 성기와 혀가 그녀가 말하는 클리토리스라는 것을 적셨을 것이다. 더럽다.

"빨리하고 가."

그녀는 기분이 상했는지 의자에서 벌떡 일어섰다. 침대로 걸어가더니 드레스를 입은 채로 벌러덩 누웠다. 다리를 벌렸다. 얇은 껍질같이 생긴 두 갈래의 소음순이 서로 붙은 것이 보였다.

내가 더럽다고 생각한 것을 눈치 챈 것일까? 하지만 이번엔 그냥 물러설 수 없다. 어린애 취급당하는 것도 싫고 내 몸 안에서 꿈틀대며 끝없이 치고 올라오는 욕구의 그 끝을 맛보고 싶다. 쏟아 내고 싶다. 또다시 패배자로 남아 집 앞을 서성이다 다시 이곳을 찾고 싶지는 않다.

"이리 와!"

누워있는 그녀에게 소리쳤다. 그녀가 입은 롱드레스를 우악스럽게 벗겼다. 갑작스러운 내 행동에 놀란 그녀가 얕은 신음을 흘렸다. 그것이 더욱 나를 자극했다. 난 그녀의 입을 틀어막았다. 그러자 날 불쌍하게 보던 그 눈빛은 오간데 없이 사라졌다. 대신 그곳엔 두려움이 밀물처럼 들어차기 시작했다.

내 성기는 더욱 단단해졌다. 난 어린애가 아니다. 이 보드라운 성모로 뒤덮인 내 좆을 봐봐! 내 고환은 충분히 영글었단 말이야. 그것을 곧 너에게 증명할 것이다!

"네가 원한 게 이거지!"

막았던 그녀의 입에서 손을 떼며 물었다.

"네."

가냘프게 대답한 그녀는 오므렸던 양 다리를 스르르 벌렸다. 수북한 털이 보였다. 손으로 그녀의 배를 쓸어내리며 성모로 휩싸인 둔덕을 주물렀다. 내 애무에 그녀는 엄지 손을 자신의 입에 넣고 빨았다.

그녀가 가르쳐준 그곳을 봤다. 그녀의 가랑이 사이로 몸을 옮긴 난 두 손으로 털을 해쳤다. 있다! 보인다! 톡 튀어나온 것이 있다. 고개를 숙였다. 혀를 내밀었다. 그곳으로 돌진했다. 콩알같이 생긴 그곳에 혀를 대곤 위아래 움직였다. 뜨겁게 달궈진 몸을 비튼 그녀의 움직임이 침대 흔들림으로 전해졌다. 같은 박자, 같은 톤의 신음 소리를 내기 시작했다. 그녀는 자신의 검지를 지속해서 핥았다. 흥분한 건 나도 마찬가지였다. 거친 숨을 내쉰 난 소음순 잎사귀 전부를 미친 듯이 혀로 휘저어 적셨다. 질 속에 숨어 있던 미끈한 액체가 흘러 나와 내 입속으로 쏟아졌다. 미끈거리는 그것을 삼켰다. 그녀는 상체를 팔꿈치로 고정하고 고개를 숙여 내가 아래에서 벌이는 일을 보고 있으리라⋯.

감명을 한 것일까? 아니면 쾌락의 신 앞에 자비를 구하는 것일까? 그녀는 거친 숨소리로 울부짖었다. 보지에서 흐른 흥건한 질액을 뒤로하고 고개를 쳐들었다. 난 머리를 흔들고 있는 그녀를 볼 수 있었다. 여자의 흥분과 당황한 몸짓이 이렇게나 나를 기쁘게 만들 수 있는지 처음 알게 됐다. 날 숫총각이라 깔보던 그녀의 거만함은 사라졌고 하나의 노예가 내 앞에 무릎을 꿇고 있었다. 온몸이 달아 어떻게 할 줄 모르는 안달난 여자를 보는 것이 이렇게 뿌듯하고 기쁜 것인지도 오늘에야 알게 됐다. 난 더 큰 자극을 그녀에게 선사하고 싶었다. 내 고개가 다시 아래로 향했다. 나의 혀가 잎사귀를 벌린 살과 그 안을 메우고 있는 살구색 살을 미친 듯 핥고 쑤시고 있을 때 그곳이 눈에 들어왔다. 보지 구멍 바로 아래 있는 구멍이다.

"나도 할 수 있어."

난 자신 있게 말했다. 그녀의 몸을 틀었다. 뒤돌아 눕게 했다. 그녀는 마치 실에 연결된 마리오네트 인형처럼 내 손길에 즉각적으로 움직였다. 풍만한 그녀의 엉덩이를 두 손바닥으로 벌렸다. 가슴이 두근거렸다. 하지만 역겨움은 없었다.

그녀의 항문은 이미 질에서 내보낸 하얀 액체와 침이 섞여 미끈하게 고여 있었다.

계속되는 나의 돌발 행동에 놀란 것인지 아니면 숫총각이라 여겼던 내가 남자답게 리드해서 그런지 그녀는 내 동작 하나하나에 움찔거렸고 그때마다 괄약근의 주름이 수축되었다. 참기 위해 힘을 주는 게 분명했다. 오그라드는 그곳에 더욱 짙은 주름이 생겼다. 신기하다. 더는 역겹지 않았다. 항문⋯, 수줍은 한 송이 꽃처럼 아름답기만 하다. 주변의 살 색깔보다 더 짙은 색으로 주름 잡힌 그곳, 변을 내보내기 위해 수축 이완 작용을 하는 그곳이 아름답게 보인다. 어린애 취급했던 그녀도 내 혀가 그곳을 훑는다면 날 우습게 볼 수 없을 것이라…. 섹스에 갓 눈을 뜬 총각임에도 불구하고 대범한 행동에, 그리고 내 화려한 기술에 그녀가 울며 사정하길 바랐다. 내가 자신의 항문을 보는 것이 수치스러워서인지 유발해서인지 아니면 내가 보는 자체만으로도 성적 흥분을 자아내는지 그녀의 항문은 숨을 쉬듯 수축이완 작용을 이어나갔다. 풍만한 그녀의 엉덩이를 양손으로 우악스럽게 잡았다. 양쪽으로 벌렸다. 혀를 길쭉이 내밀었다. 그리고 내가 혐오했었던 그곳에 혓바닥을 접근 시켰다. 아직도 움찔 거리며 수축하는 그것이 보인다. 눈을 감았다. 그리고 그곳으로 혀를 밀어 넣었다. 항문의 주름이 내 혀끝에 느껴질 줄 알았다. 하지만 느낄 수 없었다. 반대로 그녀는 무언가를 느끼는 것 같았다. 그녀가 침대 이불을 움켜쥐는 소리를 들을 수 있었다. 그녀는 엉덩이를 빙글빙글 돌렸다. 그녀의 몸짓에 내 눈이 그녀의 얼굴을 찾았다. 그녀는 고개를 흔들었고 입을 크게 벌려 뜨거운 숨을 내쉬었다. 그런 그녀의 모습이 물 밖을 벗어난 물고기를 떠올리게 했다. 간지러움을 참지 못하는 것처럼 절정의 물이 차오른 여성의 간절함을 내뱉었다.

"빨리 넣어줘."

그녀는 다급히 말했다. 손으로 자신의 유방을 쥐어짜는 모습에서 난 성인 남자로서의 뿌듯함과 쾌감을 맛봤다. 그녀는 몸을 돌려 누웠다. 두 다리를 활짝 벌렸다. 검은 털 아래 화사하게 피어난 그곳은 분홍 형광빛을 받아 생기 넘쳐 보였다. 그녀의 두 다리를 내 어깨 위로 걸쳤다. 페니스를 앞세워 하체를 밀었다. 허리를 앞뒤로 흔들자 출렁이는 그녀의 유방이 보였다. 상체를 숙였다. 그녀의 뜨거운 숨결이 느껴졌다. 내 똥구멍 그리고 좀 전 인형을 선물한 남자의 똥구멍을 핥았을지도 모르는 그녀의 입에 내 입술을 얹었다. 혀를 넣고 굴렸다. 그런 후 그녀의 딱딱해진 유두를 빨았다. 다른 한 손은 반대쪽 유방을 쥐어짰다. 울음 섞인 그녀의 신음 소리가 들렸다. 내 등을 할퀴는 그녀의 손을 느꼈다. 유방 빨기를 멈추고 물컹거리는 그것을 양손으로 쥐었다. 얼굴 땀이 그녀의 배로 쉴 새 없이 떨어졌다. 흘러내리는 그것을 팔뚝으로 닦았다. 그녀의 다리가 내 어깨에서 흘러내렸다. 팔뚝에 걸쳐졌다. 화가 제대로 난 내 좆이 더 찔러 넣어라 명령했다. 허리 피스톤 운동 때마다 흔들리는 그녀의 다리 흔들림이 느껴졌다. 팔뚝으로 한차례 더 땀을 닦았다. 그녀의 동공은 풀려 힘을 잃었다. 사팔뜨기처럼 그것이 가운데로 스르륵 모였다.

절대 하지 않겠다고 다짐했던 키스를 난 그녀의 입과 항문에 연이어 하고 말았다.

욕망과 허상의 충돌

"으…으윽."

눈을 떴다. 눈이 부셨다. 다시 눈을 감고 집중하자 그제야 레일 밟는 기차소리가 들렸다. 이 느낌…, 아무래도 몽정을 한 것 같다. 팬티가 축축하고 찝찝하다. 손이 바지로 향하다 멈췄다. 앞의 그녀가 떠올랐다. 창을 통해 앞을 봤다. 비었다! 그녀가 없는 것을 확인한 후 자리에서 일어났다. 그러나 다시 앉고 말았다. 믿을 수 없다. 내 앞의 그녀가 내 옆으로 자리를 옮긴 것이다.

두근거림이 또 시작됐다.

옆에 앉은 그녀로 인해 행동을 조심해야 했다. 손을 대신해 양 허벅지를 마찰시켰다. 하지만 알 수 없다. 정액이 어디까지 흘러내렸는지도 모르겠고 의자를 적셨는지도 모르겠다. 아니면 실제로 몽정을 했는지도 모르겠다. 꿈에선 창녀와 섹스를 했고 사정을 했는데 현실에서도 사장으로 이어졌는지 모르겠다. 그렇다면 정액이 아닌 오줌이 흐른 것일까? 정말 걱정이다. 내 옆에 그녀가 있다. 혹시 내 잠꼬대를 들은 건 아닌가? 아니면 허리 피스톤 운동을 하는 내 모습을 봤을지도 모른다. 아니다. 아닐 거야. 그런 이상한 행동을 했다면 굳이 내 옆자리로 와 앉을 이유가 없겠지. 아! 맞다. 어쩜 내 정액 냄새를 맡았을 수도 있다. 그 냄새를 맡고 멀리 가지 않았다는 것은 반대의 경우를 생각해 볼 수 있다. 내 정액 냄새가 이 여자를 흥분하게 만들었을 수도 있다. 남자의 겨드랑이 냄새가 여자를 흥분시킨다는 것을 알고 있다. 군 입대를 미룬 난 1년이라는 시간을 도서실과 창녀촌에서 살았다. 아침과 낮은 도서실로 향했다. 그곳에서 성에 관한 연구를 했다. 날 어린애 취급하는 그 창녀에게 이기고 싶었다. 그리고 내 의지와 상관없이 이성마저 무참히 무너뜨리는 성에 대해 알고 싶었다. 남자가 사정하듯 여자의 보지에서도 발트린액이 쏟아진다는 것과 G-스폿 위치를 알아내는 데까지의 시간은 그리 길지 않았다. 그리고 성교 중 여자의 입에서 오줌 마렵다며 화장실을 찾게 만드는 방법도 터득했다.

"저기…."

그녀가 내게 말을 걸었다. 난 자는 척했다. 레일 간격 때문에 발생하는 소리만이 울렸다. 우리 둘 사이엔 그 소리만이 존재했다.

얼마의 시간이 흘렀는지 모르겠다. 살며시 눈을 떴다. 실눈으로 유리창에 반사된 그녀를 봤다. 각도 때문에 그녀의 얼굴은 보기 힘들었다. 잘 보이지 않는 왼쪽 눈이 저주스럽다. 하지만 무릎은 볼 수 있었다.

창밖 사물이 스친다. 물론 그것들이 머리에 들어올 리 없다. 지금은 오직 그녀 하나다. 아~, 그녀의 머리에서 나는 은은한 샴푸 냄새가 또다시 나를 자극한다. 몸의 볼륨을 살려주는 카디건과 함께 흰 셔츠를 입은 그녀의 모습에서 성숙함이 묻어있다. 무릎까지 내려온 치마 그리고 날씬한 종아리가 보인다. 발레 옷을 입는다면 잘 어울릴 것 같다. 그녀의 구두는 굽이 조금 높다.

그런데…, 아무리 생각해봐도 이상하다. 왜 하필 내 옆자리란 말인가. 알 수 없다.

그래도 접근하지 않는 것보다야 좋은 것 아니겠는가. 또다시 푸릇한 감정이 솟아오른다. 중학교 시절 짝사랑했던 감정과도 비슷하다. 그땐 선생님의 얼굴만 봐도 좋았다. 지적인 그녀의 모습에서 나이는 무의미했다. 다른 과목은 다 재껴두고서라도 그 선생님이 가르치는 생물만큼은 열심히 공부했었다. 저렇게 아름답고 마음씨도 고우면 화장실도 가지 않고 아침 이슬만 드실 거라는 상상을 했다. 이슬⋯ 그리고 기차 고장 후 보았던 소의 똥⋯ 후두둑 떨어지는 검은 덩어리의 그것 그리고 항문 아래 보였던 성기⋯. 인간은 망각의 동물이다. 배설하는 소를 더럽다 여기며 봤다. 그런데 이미 난 오래전 그곳을 혀로 핥고 빨았던 것이다.

불편하다. 이대로 청량리역에 갈 수 없을 것 같다. 내뱉고 싶다. 내 아래에서 꿈틀대는 욕정, 욕망, 욕동 그리고 그것이 무슨 이름으로 불리든 간에 쏟아 내고 싶다. 요도에서 뿜어지는 정액의 황홀함을 맛보고 싶다. 말을 걸어 볼까? 같이 화장실 가서 섹스하자고 말할까? 처음 보는 여자에게 그런 말을? 지금 난 제정신이 아니다. 이런⋯ 이렇게 복잡한데 또다시 그녀의 시선을 느낀다. 못 견디겠다. 화끈거리는 몸의 변화와 왜곡된 이 감정은 무엇인가. 뭐라도 해야 할 것 같다. 하지만 꼼짝할 수 없다. 이 억압이 내 몸에 변화를 준다. 아~ 안 돼! 내 손⋯ 내 손이 저절로 움직인다. 왼손 끝에서 느껴지는 치마의 감촉. 여기서 멈춰야 한다. 하지만 손의 뇌는 따로 있다. 내 자지의 꼴림처럼 따로 논다. 의지와 상관없이 커지는 성기처럼 내 손이 뻗친다. 만진다. 분명 여자도 보았으리라 내가 치마를 만지는 것을 그런데도 아무런 반응이 없다. 좋다는 뜻이다. 이번엔 손의 방향을 바꿨다. 올라갔다. 그녀가 걸친 카디건의 감촉을 느꼈다. 곧 그녀의 긴 머리가 손에 닿았다. 아- 좋다. 이 느낌. 부드러운 그녀의 머릿결을 만지고 있자니 행복하다. 팔베개를 해주고 만지고 싶다. 바지 아래 꿈틀대는 그것이 더욱 예민해졌다. 쏟아 내고 싶다. 쏟고 싶다! 못 견디겠다!

"죄송합니다. 화장실에⋯"

일어서며 말했다. 팽팽해진 그것이 느껴져 허리를 숙였다. 꼿꼿이 걸었다간 불거져 나온 내 육근의 형상이 보일 수 있다.

"네."

여자는 의자에 등을 기대며 무릎을 옆으로 옮겼다. 그녀 앞을 빠져나가려니 몸이 화끈거렸다. 엑스레이처럼 내 뇌가 투시되는 것 같았다. 화장실을 가는 목적이 오줌동이 아닌 자위란 것이 보일 것 같았다. 내 뒤통수를 보고 있을 그녀를 느끼며 화장실을 찾았다.

문을 걸어 잠갔다. 제일 먼저 팬티를 확인했다. 몽정으로 인해 정액이 뒤범벅된 줄 알았다. 하지만 사정한 흔적이 없다. 깨끗하다.

배꼽을 향해 뻗은 성난 귀두를 오른손으로 감쌌다. 따뜻했다. 귀두의 색은 활짝 핀 벚꽃을 떠올리게 한다. 난 엄지와 검지를 붙였다. 동그란 모양을 한 그것을 앞뒤로 움직이며 자극했다. 부드럽게 자위를 하기 위해선 윤활유가 필요했다. 벽에 붙은 손 세정제를 짜 묻혔다. 손에 속도를 내자 거품이 일었다. 오랜 시간 쌓인 욕정은 절정을 요구했고 성기에서 정액이 뿜어졌다. 요도에 남은 한 방의 정액마저 짜내자 허탈

한 기분이 들이닥쳤다. 휴지로 뒷마무리를 했다.

불현듯 나의 존재가 믿기지 않았다. 어쩜 귀신은 아닐까 하는 두려움이 들었다. 영화에서 보면 자신이 귀신인지도 모르고 사람처럼 행동하다가 뒤늦게 그것을 알아채지 않던가. 수류탄 사고로 살아남은 사람이 나밖에 없다는 것도 이상하다. 무섭다. 난 고개를 들었다. 내 앞 거울을 봤다. 내가 맞다. 변기를 봤다. 물을 내리지 않아 정액을 닦은 휴지가 천천히 가라앉는 게 보였다. 저것은 짧은 쾌락 뒤 쏟아낸 나의 액체가 맞다. 귀신에게 정액이 있을 리 만무하다. 그러므로 난 살아 있는 것이다. 그런데…, 확인이 됨에도 커지는 이 불안함은 무엇인가? 이 공허함과 허무함 그리고 무 존재감은 마치 내가 죽은 영혼 같다. 내가 귀신인지 아닌지 확인할 방법이 있다. 그것은 오감을 이용하는 것이다. 소리를 지른다면 어떨까? 사람이 달려온다면 난 살아있는 것이 아니겠는가?

"우아아아! 아악!"

난 소리를 질렀다. 기다렸다. 조용했다. 아무도 오지 않는다. 불안하다. 입술이 바짝바짝 말랐다. 입술에 침을 묻히려 혀를 내밀었다. 그것을 왼쪽으로 움직이자 움푹 파인 입술이 느껴졌다. 목과 턱 그리고 입술까지 이어진 상처를 느꼈다.

"살려줘! 살려줘!"

또다시 소리쳤다. 이번엔 사람들의 관심을 끌만한 말이었다. 기다렸다. 그런데도 밖은 조용했다. 청각으로 살아 있음을 확인하지 못한다면 다른 감각을 이용해야 한다. 그것을 느끼기 위해선 자해를 해야 한다. 육체가 없는 귀신이라면 고통을 느낄 수 없을 것이다. 나를 비추는 저 거울이 타깃이다. 간단하다. 주먹을 뻗기만 하면 된다. 내 손에 피가 흐른다면 난 살아 있는 것이다.

-콰직!-

거울은 거미줄 모양을 만들며 금이 갔다. 시간이 조금 흐르자 오른손에서 흘러내리는 붉은 액체가 보였다.

"무슨 일 있습니까? 역무원입니다. 문 좀 열어보세요."

밖에서 말소리가 들렸다. 손의 고통도 느껴진다. 내 얼굴 근육이 움직여 내 얼굴에 미소를 불어 넣었다. 안심의 웃음이 나온다.

"네. 죄송합니다. 아무 일 없습니다."

화장실 문을 열고 나오며 대답했다.

"비명소리 그리고 무슨 깨지는 소리가 났다고 하던데요?"

승무원이 나의 얼굴과 화장실 안을 살피며 물었다.

"넘어져서 그래요. 괜찮아요."

오른손을 주머니에 넣으며 대답했다.

"무슨 일 생기면 벽에 있는 빨간 벨을 눌러주십시오."

내 얼굴을 다시 살핀 그가 말했다. 난 미소를 지으며 조금 전 소란을 사과했다. 깊은숨을 들이쉬었다. 자위는 성의 해방구가 아니었다. 임시방편의 눈가림에 불과했다. 이 기차를 벗어나야 한다. 내리기 전 내 옆에 앉은 여성을 위해 대범해질 것이다. 왜

냐면 난 유령이 아니니까. 난 수컷 생식기를 갖고 있다. 고환엔 정액이 담겼다. 섹스를 할 수 있다는 것은 생명의 잉태를 말한다. 그 씨는 요도를 타고 여성의 질에 정액을 쏟아야만 가능하다.

"저기….."

그녀는 무슨 말을 하려는 것 같았다.

"네?"

"혹시 화장실에서 무슨 일 있었나요?"

그녀가 물었다. 난 무시했다. 고개를 돌려 창밖을 봤다. 창에 손을 얹고 거기에 머리를 기댔다. 그러자 붉은색이 흘러내렸다. 피였다.

"다치셨나요? 이거로….."

여자가 내게 손수건을 건넸다. 난 외면했다. 하지만 이번 것은 다른 종류의 외면이었다. 내 몸 안에서 무언가가 꿈틀거리며 움직인다. 그 움직임은 나를 쾌락의 세계로 이끌 끈이다. 석유를 잔뜩 머금은 그곳에 티끌 같은 불꽃이 튄다면 아무도 장담할 수 없다. 인간의 욕정이 폭발하면 얼마나 흉포해지는지 여자를 성적 범행 대상으로 삼는 엽기적인 사건의 신문기사를 봤다면 잘 알 것이다.

왼손이 움직인다. 속도에 신중히 배었다. 그녀의 등줄기를 닿을 듯 타고 올라간다. 부드러운 옷감의 감촉이 좋다. 손등을 간질이는 무엇이 느껴졌다. 린스가 잘 배인 부드러운 머릿결…, 가벼운 그것들을 들어 올리자 손가락 사이에서 사르르 빠져나간다. 머리에 자극을 준 뒤 그녀의 등에 손을 얹었다. 브래지어 끈이 느껴진다. 약간 더 힘을 주어 등을 쓰다듬었다. 그녀도 느끼는 걸까? 손이 조금 더 올라갔다. 긴 목이 나타났다. 조심스럽다. 얼굴과 가깝기 때문이다. 민감하다. 함부로 건들 수 없다. 이 타오르는 욕정의 여행을 마칠 수는 없다. 보라! 내 터치를 묵묵히 받아들이는 저 여자를. 이렇듯 여러 곳을 만지는데 모를 리 없다. 어쩜 그녀도 원하고 있을지 모른다. 자궁과 질이 커져 윤활유가 될 하얀 액체를 흘리고 있을지 모른다. 그녀의 부드러운 머릿결이 음부 털의 촉감은 어떨지 생각하게 만든다. 사실 햇볕에 노출되지 않은 성모는 더욱 부드럽다. 브래지어 끈에서 탄력 있는 팬티를 느꼈다. 내 왼손이 그녀의 치마 사이로 미끄러져 들어간다. 그녀의 부드럽고 탄력 있는 허벅지살의 감촉이 좋다. 욕심으로 가득한 내 왼손이 다른 감촉도 느끼고자 한다. 턱이나 괴고 있는 나의 오른손이 왼손의 그 모습을 보고 부러움과 시기를 하고 있다. 왼손은 곧 얇은 천 쪼가리와 마주쳤다. 그녀의 엉덩이가 문제다. 팬티를 쉽게 벗길 수 없다. 엄지를 걸고 조금씩 끌어당기는 수밖에 없다. 이런 내가 불쌍한 건지 아니면 자신의 질에 내 손가락이 들어가는 맛을 보고 싶은 것인지 그녀는 엉덩이를 살짝 들었다. 물론 고개는 주변을 살피고 있다. 팬티를 허벅지까지 내렸다. 가냘픈 직물이 사라지자 보드라운 털이 만져졌다. 머릿결보다 더 부드럽다. 이미 자신의 소중한 곳을 점령당했다고 생각한 그녀는 나를 돕기 시작했다. 엉덩이를 살짝 들며 다리를 벌렸다. 내 손가락이 갈라진 그곳으로 들어갈 수 있게 만들었다. 놀란 난 창밖을 보던 고개를 돌려 그녀의 얼굴을 봤다. 그녀는 웃고 있다. 나를 보면서…,

난 털에 휩싸인 둔덕 아래의 클리토리스를 공략했다. 그리고 촉촉이 젖은 소음순 잎사귀를 벌리고 있는 질 안으로 제일 긴 손가락을 넣었다. G 스폿을 찾기 위해 조금 더 깊이 넣었다. 물기가 느껴진다. 이 황홀한 여행이 중단되어서는 안 된다. 이를 방해할 수 있는 부류는 승객과 역무원이다. 기차표를 검사하러 돌아다니는 승무원이 짜증 난다. 고개를 들어 앞뒤를 확인했다.

"저기…"

그녀가 내 어깨에 살며시 손을 얹으며 말했다. 난 빛의 속도로 내 왼손을 거둬들였다. 아직도 미끈거리는 질액이 손 끝에 남아있다.

"네?"

난 아무 일도 없었다는 듯이 대답했다. 왜 나를 부른지 의아하다는 눈빛으로 봤다. 그러나 심장은 거짓말을 하지 못했다. 쿵쿵 뛰었다. 수치심이 일었다. 이런 추행을 공공장소에서 저지르다니 창피했다.

"이거 아까 화장실 가셨을 때 제가 쓴 건데요. 한 번 읽어보세요. 전 이번 서울역에서 내려요."

그녀가 말했다. 이어 기차 안내양 목소리가 들렸다. 곧 서울역에 도착한다고 말한다. 난 아무 말도 못 했다. 가만히 있었다. 나와 함께 여관에 가자는 말이 입 밖으로 나오지 않았다. 그녀는 내게 편지 한 장만 주고 떠났다. 문 쪽으로 걸어가면서도 뒤를 돌아봤다. 눈부시게 아름다운 여자다. 기차에서 내린 그녀는 한동안 피 묻은 유리창과 내 손을 봤다.

"뭐… 뭐야!"

난 놀랐다. 저건 눈물이다. 그리고 나에게 손을 흔든다. 얼굴이 화끈거렸다. 난 유명 가수도 탤런트도 운동선수도 아니다. 그렇다고 저 여성과 인연이 있는 것도 아니다. 그런데 그녀는 날 위해 눈물을 흘리고 있다. 정말 이해할 수 없다. 기차가 움직였다. 뛰어내리고 싶었다. 하지만 몸이 말을 듣지 않았다. 난 떨리는 손으로 그녀가 내게 내민 그것을 보았다. 내용을 읽었다.

오빠.

오빠 오늘 제대하는 날이어서 병원에 갔었어. 그런데 아침도 먹지 않고 짐을 꾸려 나갔다는 거야. 얼마나 당황했는지 몰라.
아직도 날 못 알아보니 정말 속상해 하지만 계속 이야기하고 한집에 있다 보면 기억이 돌아올 거야. 의사 선생님이 안정이 제일 중요하다고 하셨어. 오빠가 가족을 못 알아본다고 너무 걱정하거나 다그치지 말라고 하셨어. 시간을 두고 기다리라고 하셨지.

내가 옆에 있는 걸 힘들어하는 것 같으니 먼저 내릴게. 오빠 먼저 집에 들어가면 나도 따라서 곧 들어갈 거야. 저번 병문안 땐 부모님에게 아줌마 아저씨라고 불러서 많이 놀랐었어. 기억이 잘 나지 않겠지만 오빠 친부모님 맞으니까 날 믿어.

집에 도착하면 힘들더라도 아버지라고 한 번 불러드려. 많이 기뻐하실 거야. 그리고 이런 말 하기 좀 그렇지만 한 손으로 군화 끈 묶으려는 오빠의 모습에 눈물이 다 나오려고 했어. 한 손으로 생활해낸 오빠가 자랑스러워. 난 오빠가 부끄럽지 않아. 내 남자친구도 소개해 줄 생각이야. 오빠가 병원에 있는 동안 난 간호학과를 졸업했어. 내가 배운 것들이 오빠에게 도움이 되면 좋겠어. 수류탄 사고로 왼팔을 잃고 많이 힘들어하는 거 잘 알아하   지   만

#f$e%uxc&k*(s@eXx!!+~)s)e⟨x*⟩)s}e⟨x\\':'069^!^&s|e|x⟨⟩·····························
·····························
·····························

왼손… 내 왼손이 없다니! 난 순간 글자를 잃어버렸다. 그래서 편지를 끝까지 읽을 수 없었다. 편지를 든 오른손이 떨렸다. 읽을 수 없게 된 그것을 구겨서 버렸다. 왼팔이, 왼손이 없었다면 그녀를 만지고 쾌감을 느꼈던 촉감은 무엇이란 말인가? 그렇다면 또다시 내 존재를 시험해야 하는 것인가? 귀신인지 아닌지를 확인하는 작업을 해야만 한다는 것인가? 오른손을 봤다. 손등에는 아직 유리 파편이 박혀있다. 굳은 피가 보인다.

난 비틀대며 의자에서 일어났다. 머리가 핑 돈다. 어지럽다. 힘겹게 짐칸에 누워있는 더블 백을 오른손으로 꺼냈다. 오른손으로 풀었다. 안엔 가족에게 받은 편지와 사진이 있다. 그것들을 오른손으로 꺼냈다.

"이… 이런."

있다. 내 앞에 앉았다가 내 옆자리로 옮긴 그녀가 있다. 이 사진에 따르면 미소를 짓고 있는 그녀는 내 여동생이다. 이건 분명 나의 가족사진이다. 그곳엔 부모님 사이 앉아있는 여동생과 얼굴에 상처 없는 내가 있다. 여기엔 내 왼손이 있다. 왼손이 보인다.

의자에 풀썩 주저앉았다. 턱을 쳐들고 뒤통수를 의자에 묻었다. 오른손으로 얼굴을 쓸어내렸다. 깊은숨을 들이마셨다. 한쪽 손이 없다는 생각이 들자 온몸에 닭살이 일었

다.

고개를 숙이자 그것이 보였다. 신발 끈을 풀어 보려 했지만 풀리지 않았다. 식은땀이 흘렀다. 신경질 나고 잘 보이지 않는 왼쪽 눈이 거슬린다. 오른손으로 왼쪽 눈을 문댔다. 오른손이 부들부들 떨린다. 그것이 왼쪽 어깨로 향하다 멈칫했다. 다시 숨을 깊이 들이쉬며 이를 악물고 오른손을 움직였다. 반대편 쪽 어깨로 향했다. 그곳에 손바닥을 얹었다. 손에 힘을 주며 천천히 팔을 훑었다. 공허한 이 느낌. 텅 비었다! 팔이 있어야 하는 소매는 텅 비었다! 어깨를 타고 내린 나의 손이 왼팔의 모양새를 알려 왔다. 그곳엔 알통 대신 계란처럼 둥근 타원형만이 남았다.

"저기요!"
승무원을 다급히 부르는 청소부였다. 빨간 고무장갑을 벗은 그녀의 손은 자신의 입을 막고 있었다. 두려움과 역겨움으로 범벅이 된 표정이었다.
"왜요?"
배 나온 승무원이 뒤뚱뒤뚱 그녀에게 다가가며 말했다.
"변… 변… 변기에….”
여전히 입에서 손을 떼지 못한 여자가 떠듬거리며 말했다. 눈짓으로 변기를 가리켰다. 덩치 큰 그가 다가오자 청소부가 옆으로 비켰다.
"흐윽!"
변기 안을 본 승무원 역시 자신의 입을 틀어막았다. 놀라 주위를 두리번거렸다. 비록 모든 승객을 내리게 한 후 점검소에 들린 기차였기에 이용객이 없다는 것을 알고 있는 그다. 하지만 너무나도 끔찍한 광경에 본능적으로 나온 행동이었다. 그는 변기를 가득 메운 시뻘건 핏물을 없애려 레버를 눌렀다. 물 내려가는 소리와 함께 핏물이 빠졌다. 그리고 그곳엔 깨끗한 물이 고이기 시작했다. 잘린 남자의 성기도 사라지고 없었다.

조장 (鳥葬)

"이놈! 그럼 못써!"

노인이 소리쳤다.

"내 마음에요!"

노인을 꼬나본 소년이 대꾸했다. 그리곤 허리를 숙여 돌멩이를 집었다.

"저 새가 네게 무슨 잘못을 했지?"

"저 새는 까마귀에요."

나뭇가지에 앉은 검은 새를 손으로 가리키며 말했다.

"까마귀가 어때서!"

몸을 부르르 떤 노인이 악을 썼다.

"저게 울면 사람이 죽는다고요. 우리 어머닌 오래 사셔야 해요."

"그렇지 않아! 새가 울던 안 울던 사람은 죽게 되어있어."

"아뇨! 저 새가 울면 죽어요! 저희 아버지 돌아가실 때도 저 새가 왔었단 말이에요."

"그렇지 않대도!"

"죽어요!"

"아니야!"

"전 저 새가 싫어요."

아이는 나무에 앉은 까마귀를 향해 돌을 던졌다. 힘이 모자랐는지 나뭇가지 근처에도 못 가고 떨어졌다.

"부탁이다 꼬마야. 저 새를 괴롭히지 않는다면 네가 원하는 것을 무엇이든 들어주마. 맛있는 것도 사주고 말이야."

노인이 말했다. 돌멩이를 찾던 아이는 그의 말이 솔깃했다. 노인의 얼굴을 유심히 봤다. 미친 사람 같지는 않았다.

"좋아요. 잘 됐어요. 제가 원하는 것은 이 지루한 시간을 재밌게 보내는 거예요."

땅에서 주운 돌멩이를 손에 쥔 아이가 말했다.

"옛날 얘기는 어떠냐?"

노인의 눈은 아이가 쥔 돌멩이에 가 있었다.

"저희 엄마는 밤만 되면 제게 옛날 얘기를 해주세요. 웬만한 건 다 알고 있어요."

"이건 모를 거다. 심오한 얘기거든."

"좋아요. 들어보죠."

"옛날에 새를 너무나도 좋아하는 남자가 있었단다. 자신이 찾아 헤매던 새를 옛 여인의 집에서 발견하게 됐지. 우연하게 말이야. 그는 그 새를 갖기 위해 여자에게 접근했단다. 여자는 그가 진심으로 자신을 사랑한다고 생각한 거야."

"그래서 그 여자는 남자를 위해서 새를 잡아 요리해서 주었다는 얘기잖아요. 벌써 엄마한테 들었던 얘기에요."

노인의 얘기를 가로챈 아이의 손에 힘이 들어갔다. 아이는 머리 뒤로 손을 넘기더니 앞으로 힘껏 뻗었다. 돌멩이가 나무에 앉아 있는 까마귀를 향해 날아갔다.

"그만!"

노인이 역정을 냈다. 그의 눈이 나무에 맞아떨어진 돌에 가있었다.

아이의 거듭된 공격에도 불구하고 까마귀는 도망치지 않았다. 그 모습에 더욱 약이 오른 꼬마였다. 또다시 그것을 주우려는 두리번거렸다. 노인은 화가 머리까지 치밀어 올랐다. 허리를 숙여 돌을 줍는 소년에게 걸어간 그가 아이의 팔목을 거칠게 잡았다.

"저건 재수 없는 까마귀에요. 죽여도 된다고요!"

노인은 손에 힘을 주었다. 때문에 한쪽 눈을 찡그리며 통증을 호소한 아이가 아프다 며 소리쳤다.

"누가 그래! 까마귀는 죽여도 된다고!"

노인이 고함쳤다. 깊은숨을 내쉰 그가 아이의 손을 놔줬다.

"재밌는 얘기를 해주셨다면 제가 이럴 필요 없었겠죠."

자신의 팔목을 잡은 아이가 말했다. 한동안 피가 통하지 않았던 팔목엔 벌건 손자국 이 남았다.

"그럼 우리 걸으면서 얘기할까? 그래야 재밌는 얘기가 나올 것 같아."

"좋아요. 하지만 이번에도 제가 아는 얘기거나 재미가 없으면 저 나무에 앉은 까마 귀는 죽을 거예요."

까마귀를 째려본 아이가 말했다. 여전히 나무에 앉아 조롱하듯 내려다보는 녀석이 미웠다.

"저것 보세요. 건방지게 도망가지도 않잖아요."

"새는 고만 신경 쓰고. 좋아 재미가 없다면 그렇게 해라."

노인은 인자한 눈과 미소를 보이며 말했다. 그의 얼굴을 훑은 오래된 칼자국도 그의 미소를 따라 움직였다.

"안 돼!"

아이가 소리쳤다. 숲에 버려진 아이라 이름이 없다. 사람들이 그 아이를 부를 때면 야, 저기, 인마가 대신했다. 로마인은 보통 세 개의 이름이 있다. 개인(프라이노덴)의 이름과 일족(노멘)의 이름 그리고 가문(코그노멘)의 이름이 그것이다. 그러므로 부를 이름 하나 없다는 것은 외계인만치나 신기한 존재이면서도 비천한 목숨이었다.

"저건 악마의 조수야."

나뭇가지에 앉은 까마귀를 손으로 가리킨 병정이 말했다. 그의 옆 동료들의 눈도 그 곳을 향했다. 그의 활이 까마귀의 심장을 겨눴다. 아이는 활을 든 그에게 덤볐다. 그 의 손을 물었다.

"이 자식이!"

활을 떨어트린 병정이 아이의 멱살을 잡고 따귀를 때렸다. 보통 아이 같으면 겁먹고 울거나 도망쳤을 것이다. 하지만 이름 없는 아이는 달랐다. 전의에 불타 있었다. 병정 은 어처구니없다는 듯 실소를 머금은 눈으로 아이를 봤다.

"자네가 좀 처리해 줘."

아이의 멱살을 잡은 그가 동료에게 부탁했다. 화살은 발사됐다. 바람을 가른 그것이

까마귀의 몸을 뚫었다. 몸에 구멍이 생긴 까마귀는 꽥 소리 한번 지르지 못하고 떨어
졌다. 아이는 땅에 떨어진 그것을 보고는 미친 듯 울부짖었다. 부모에 의해 숲에 버
려진 그를 키운 것은 다름 아닌 까마귀였다. 소년은 그들이 물어다 준 자연의 음식
을 먹으며 무럭무럭 컸다. 그에게 있어 까마귀는 부모인 동시에 생명의 은인이었다.
만약 이러한 사실을 병정들이 알고 있었다면 아이의 분노가 당연했을 것이다.
 "국왕님의 명령이다. 우리 대 로마제국에서 악의 그림자인 까마귀를 몰아내라고 하
셨다. 네가 아무리 버려지고 못 배운 이름 없는 천한 아이라지만 까마귀가 악의 화신
이란 것은 들어서 잘 알고 있을 것 아니냐. 넌 흉조를 키운 거야. 저 검은 새가 울면
멀쩡한 사람도 죽는다고."
 아이의 멱살을 푼 병정이 말했다. 그는 숨이 끊어진 까마귀에게 다가갔다. 그리곤
그것의 머리를 밟았다. 체중을 실었기에 까마귀의 머리는 터지고 말았다. 붉은 피가
흘러 땅을 적셨다.
 "가만 놔두지 않을 거야! 이 불구대천의 원수들!"
 주먹을 움켜쥔 아이가 말했다. 분노로 몸을 떤 아이를 본 병정들은 작은 몸의 소년
을 보며 비웃었다.
 "자, 더 위로 올라가 보자고."
 머리에 이어 몸통마저 한 번 더 밟아 확인 사살 한 병정이 말했다. 날카로운 발톱은
고사하고 송곳니 하나 없는 조류 까마귀를 사냥하는 것치곤 꾀 많은 숫자의 사람들이
몰려다녔다.
 "흐으으윽-"
 아이는 터져 죽은 까마귀의 시신을 어루만졌다. 목 놓아 울었다. 그리곤 검은 그것
을 품었다. 아이의 눈물이 까마귀 몸에 떨어졌다. 흉하게 틀어진 부리가 안쓰러웠다.
그곳에 입을 맞췄다.

 "하하하! 까마귀 잘 죽였네요."
 아이가 말했다.
 "그런 말 하면 못쓴다."
 노인이 말했다. 그의 눈엔 이슬이 맺혔다. 콧수염과 턱수염이 많이 자랐음에도 불구
하고 입술이 파르르 떨리는 게 보였다.
 "그런데 이야기가 엉성해요."
 "왜 그렇지?"
 "까마귀 손에 자란 아이가 어떻게 말을 할 줄 알까요?"
 아이는 날카롭게 질문했다.
 "이제 얘기를 시작해볼까?"
 질문에 답을 하지 않은 그는 아이의 손을 더욱 꼭 잡았다. 시작했던 이야기를 마치
기 위해 입을 열었다.

멸망하기 전 로마 제국에서 벌어진 일이다. 까마귀가 울면 사람이 죽는다는 소문이 삽시간에 전국을 뒤덮었다. 그 소문의 발단은 쉬운 먹잇감을 찾아 헤매는 까마귀의 습성 때문에 시작되었다. 움직이는 먹잇감을 힘들게 사냥하는 것보단 옴짝달싹할 수 없는 시체를 노리는 명석한 까마귀였다. 양뿐만 아니라 영양도 풍부한 그것을 파먹기 위해 인간이 사는 마을에 출몰하였다. 특히 곡소리가 나는 곳 그리고 무덤을 파는 사람들 주위로 몰려다녔다. 하늘을 올려다보면 검은 그것이 둥근 원을 그리며 도는 것이 보였다. 사람이 죽을 때마다 검은 새들이 나타나 까악- 까악- 울어대자 사람들은 그 존재에 대해 무서워하게 됐다. 특히 몸이 아픈 사람들 그리고 나이가 많아 거동이 불편할 사람일수록 검은 그것들을 미워하고 싫어했고 혐오했다. 무례한 표정으로 나무에 앉아 우는 까마귀의 목청을 들은 사람들은 자신에게 곧 죽음이 찾아올 것이라 생각했다. 예나 지금이나 오래 살고 싶은 인간의 욕망은 매한가지일 터, 사람들은 만에 하나를 염두에 두고 눈에 보이는 까마귀를 모두 죽이자고 결론을 내렸다. 배를 타고 외국에 나가는 선원에게까지 까마귀는 악마의 자식이란 말을 퍼트리게 만들었다. 그러나 까마귀의 씨조차 보이지 않아도 사람들은 계속해서 죽었다.

20년 후

'우와와와아아아-"

원형 경기장엔 수많은 인파로 가득했다. 빈자리를 찾을 수 없다. 피의 축제를 구경 온 그들은 목이 터져라 소리쳤다. 남자들은 주먹 쥔 팔을 하늘로 뻗어 환호했고 여성들은 두 손을 모으거나 아니면 윗옷을 벗어던지며 자신의 큰 가슴을 흔들었다. 서로를 죽이기 위해 칼을 빼든 경기장에서 카타르시스를 느낀 관중은 피에 굶주려 있었다.

환호성에 휩싸인 두 사람이 아래나 경기장에 마주 보고 있다. 그들이 서 있는 땅은 죽음의 색이 드리웠다. 수많은 검투사가 쏟아낸 피를 빨아들인 땅은 검붉은 색이다. 두 검투사는 각각 40명의 무사를 쓰러트리고 지금 이 자리까지 올랐다. 싸움이 늘어나면 늘어날수록 그들의 몸과 얼굴에도 얇고 때론 깊은 칼자국이 늘었다. 갑옷을 연상케 하는 단단한 근육과 끝없는 지구력 그리고 폭발적인 힘이 아니었다면 벌써 싸늘한 시신이 되어 땅에 묻혔을 것이다.

이 명분 있는 싸움에서 승리하는 자는 국왕의 하사품과 함께 자신의 영혼을 하늘로 올려 보내는 족장을 받들 수 있었다.

"너희는 진정한 용사다! 나의 전사들이여!"

황금 월계관을 쓴 국왕이 말했다.

"우와와와앗!"

그의 말에 흥분한 관중이 함성을 질렀다. 곧 피의 경기를 볼 수 있다는 것에 모두 들떠있었다.

"이 경기에서 승리를 거둔 자에겐 돈과 여자 그리고 명예를 얻게 될 것이다!"

"우와와왁!"

구경꾼에 불과한 그들 모두는 신이 나 펄쩍펄쩍 뛰었다.

"스파르타쿠스! 스파르타쿠스! 스파르타쿠스!"

사람들은 하나같이 스파르타쿠스의 이름을 소리 높여 외쳤다. 그의 승리가 점쳐졌기 때문이다. 스파르타쿠스의 다른 이름 중 하나는 싸움의 신이었다. 이름에 걸맞게 그는 매 전투를 화려한 기술로 승부를 가렸다. 박진감 넘치는 그의 경기를 보자면 손바닥에 땀이 마르지 않을 정도다. 방패와 칼을 갖고 공수를 하는 보통의 검투사와는 다르게 그는 양손에 쌍날 장검을 들고 싸웠다. 칼로 방어를 함과 동시에 공격을 하는 것이 그의 특기였다. 방패가 없다는 것은 수비에 허점을 많이 드러낸다는 뜻이었다. 그럼에도 그는 갑옷을 입지 않았다. 스피드와 균형감을 무엇보다 중요시한 그였기에 무거운 그것을 걸칠 수 없었다. 반면 스파르타쿠스의 상대는 두터운 갑옷을 입고 있었다. 그리고 갑옷 이상의 두꺼운 방패도 쥐었다. 그도 상대를 쓰러트리고 이 자리에 올라오기는 하였으나 상대와 싸울 때마다 지루한 공방전을 펼쳤다. 사람들의 입에서 야유가 쏟아졌다. 인기가 없다 보니 그의 이름은 중요치 않았고 그래서 그가 이름 없는 무명의 검투사라는 것도 큰 화젯거리가 아니었다.

"너희 둘은 들어라!"

그들을 가리킨 국왕이 말했다. 왕의 목소리에 경기장은 조용해졌다.

"네, 국왕님."

고개를 숙인 둘은 안쪽 무릎을 꿇고 동시에 대답했다.

"너희 둘 다 제니피스를 사랑하고 있다는 것을 잘 알고 있다. 어쩜 그녀의 미모가 너희들을 끝까지 살아남게 한 것인지도 모른다. 이번 싸움의 승자가 그녀의 사랑을 차지할 수 있다. 그리고 하늘이 허락하신 족장을 선사하겠다!"

두 팔을 하늘로 치켜든 국왕이 소리쳤다. 고개를 들자 원형 경기장 위를 빙빙 도는 새가 보였다.

"우와와아아-"

사람들의 거대한 함성이 경기장 벽을 울리게 했다. 국왕이 들고 있던 손수건을 던지자 경기가 시작됐다.

쌍날 장검을 양쪽에 쥔 스파르타쿠스가 왼쪽으로 돌면서 선제공격의 자세를 취했다. 보통 사람 같으면 호랑이 같은 그의 눈빛과 몸에서 뿜어져 나오는 기세에 짓눌려 오금도 펴지 못하고 덜덜 떨었을 것이다. 그러나 지금 그와 상대하는 자는 준결승까지 올라온 전사다. 그 또한 수많은 적들을 칼로 베고 목을 잘라 지금의 자리에 서 있는 것이다.

"우와악!"

칼을 X자로 주며 공격을 가한 스파르타쿠스가 기합을 넣었다. 양쪽에서 날아온 그의 공격을 칼과 방패로 간신히 막았다. 스파르타쿠스의 막강한 힘에 그는 뒤로 밀리고 말았다. 그의 공격에 팔이 다 저렸다. 분명했다. 그동안 자신이 상대했던 노예 신분의 투사들과는 힘과 기술이 달랐다.

"와~ 정말 재밌는 얘기네요."

꼬마가 말했다. 노인의 얼굴을 쳐다보던 소년이 주위를 두리번거렸다.

"그런데 걷다 보니 너무 멀리까지 왔어요."

"설마 겁이 나서 그런 거니? 어린아이처럼."

"저 꼬마 아니에요! 겁나긴 뭐가 겁나요."

"그럼 저기서 목욕이나 하자꾸나. 오래 걸었더니 땀에 젖어버렸구나."

"알겠어요."

노인은 아이의 손을 대중목욕탕으로 끌었다.

"돈을 내야지."

목욕탕 입구에서 주머니를 뒤지던 그가 말했다.

"저도 들어가는 건가요?"

"그럼. 욕탕에서 옛날이야기 듣는 게 얼마나 재미있다고."

"두 분 맞나요?"

목욕탕 주인이 노인과 꼬마를 보며 물었다.

"네. 둘입니다. 여기 있습니다."

혈관이 울퉁불퉁 튀어나온 손을 내민 노인이 말했다.

"아이는 어른의 반값입니다. 거스름돈 받으세요."

목욕탕에서 카운터를 보는 사람이 말했다.

"아닙니다. 사과 음료 두 개 주시고 나머진 팁으로 넣으십시오."

노인이 말했다. 돈을 지불한 둘은 대중목욕탕에 들어갔다. 사과 음료를 마신 그들은 하얀 토가를 벗곤 사물함에 긴 그것을 넣었다.

"검투사 이야기 계속해 주세요."

꼬마가 말했다. 노인과 다르게 뜨거운 탕에 들어가기가 겁난 소년이었다. 그는 멀뚱히 서 있었다.

"그래, 어디까지 했더라…, 맞다! 그 피 튀기는 아레나 경기장에서 스파르타쿠스와 무명의 검투사가 싸운 얘기까지 했었지?"

이미 탕에 들어간 늙은이가 아이에게 손을 내밀며 말했다.

"네."

그의 손을 잡고 온탕에 한 발 넣은 아이가 대답했다. 욕탕의 수증기가 그의 이야기를 더욱 신비롭게 만들었다. 흰머리를 한 그가 입을 열었다.

"우왓!"

체중을 칼에 실어 내려찍은 스파르타쿠스는 다음 공략 장소를 찾았다. 그의 칼을 힘겹게 막은 무명의 검투는 놀라서 소리를 질렀다. 만약 방패가 없었다면 그래서 그의 내려치기를 막지 못했다면 그의 머리는 이미 두 동강이 나고 말았을 것이다. 스파르타쿠스의 칼이 몇 번이고 그의 몸을 치고 지나갔지만 불꽃을 튀긴 그의 두꺼운 갑옷이 잘 막아주었다.

"이얏!"

스파르타쿠스의 갈비 쪽 방어가 허술하다는 것을 간파한 그가 그곳에 칼을 찔렀다. 하지만 스파르타쿠스는 살짝 뒷걸음치는 것만으로도 쉽게 칼을 피했다. 그는 상체를 많이 움직이지 않고도 칼을 민첩하게 피했는데 비밀은 바로 그의 빠른 발에 있었다. 만약 그가 무거운 갑옷을 걸쳤다면 쉽게 피할 수 없었을 것이다.

공격 실패 후 찾아온 것은 스파르타쿠스의 칼이었다. 그의 왼쪽 칼이 방패를 쳤다. 그 반동을 이용해 오른손에 쥔 칼을 회전시켰고 그의 갑옷을 쳤다.

-탕!-

포물선을 그리며 꽂힌 그곳에 불꽃이 튀었고 갑옷이 반으로 쩍 갈라졌다. 그것이 쪼 개진 방향으로 붉은 피가 흘렀다. 두꺼운 갑옷이 아니었다면 그의 몸은 이미 반 토막 났을 것이다. 아래나 경기장에 모인 관객들은 붉은 피를 보자 더욱 큰 환호성을 내질 렀다. 피가 하체로 흐르자 정신을 바짝 차렸다. 늘어나는 상처가 많을수록 그리고 피 를 흘리면 흘릴수록 시력이 떨어진다는 것을 잘 알고 있는 그였다. 이렇게 깊은 상처 를 만든 것은 스파르타쿠스가 처음이었다.

점프를 뛴 스파르타쿠스가 내려찍기를 시도했다. 팔을 들어 올린 그는 간신히 방패 로 공격을 막았다. 그러나 스트레스가 누적된 그것도 갑옷 꼴을 면치 못했다. 백스텝 을 밟은 그는 두 동강이가 난 방패를 스파르타쿠스의 얼굴을 향해 던졌다. 그와 동시 에 칼을 휘둘렀다. 급하게 휘둘렀기 때문에 손에 힘이 들어가지 않았다. 칼이 쑥 빠 져 버렸다. 그것을 땅에 떨어트리고 말았다. 그는 스파르타쿠스와 자신이 놓친 칼을 번갈아 보았다. 그의 타격 거리를 계산하고선 몸을 날렸다. 예상과 다르게 스파르타쿠 스는 공격하지 않았다. 하지만 그가 칼을 줍게 놔둔 것은 스파르타쿠스의 함정이었다. 팔을 어깨 뒤로 젖힌 스파르타쿠스가 쥐고 있던 그것을 던졌다. 칼이 빙글 돌아 날아 갔고 그 끝이 무명의 검투사 등에 꽂혔다.

"윽-"

외마디 비명을 내뱉은 그는 앞으로 고꾸라졌다. 풀썩 쓰러지자 흙먼지가 일었다. 저 녁노을이 쓰러진 자와 서 있는 자의 그림자를 만들었다.

"우와와아!"

관객의 함성이 하늘을 찔렀다. 돈을 딴 노름꾼은 기쁨의 환호성을 질렀다. 돈을 잃 은 사람들도 멋진 싸움에 돈이 아깝지 않다며 손뼉을 쳤다. 여자들은 자신이 걸친 웃 옷을 벗어 피로 물든 경기장 안으로 던졌다. 출렁거리는 유방이 보였다. 앉아서 오줌 을 누는 그들 모두는 스파르타쿠스가 자신의 옷을 집어 냄새를 맡아 주었으면 하고 생각했다. 그는 우상인 동시에 영웅이었다.

"자랑스러운 나의 투사여! 오늘의 승리를 마음껏 즐겨라! 너와 같은 훌륭한 검투사를 하늘의 신에게 보내게 돼 무척이나 기쁘다!"

국왕이 말했다.

"쓰러진 그 무명의 검투사는 죽은 건가요?"

온탕의 온도로 인해 땀을 흘린 아이가 말했다. 손등으로 이마의 땀을 쓸었다.

"아니. 살아 있단다."

"스파르타쿠스는 어떻게 됐나요?"

흥미진진한 꼬마의 질문에 노인이 입이 움직였다.

"마시자!"

술잔을 쳐든 스파르타쿠스가 말했다. 그와 같이 운동을 했던 검투사들도 하나가 되어 축배의 잔을 높이 들었다. 한 잔씩 걸친 검투사들이 질문을 쏟아내기 시작했다. 신참 검투사는 어떻게 해야 최고의 전사가 될 수 있는지를 물었고 나이 든 검투사는 후배 양성을 어떤 식으로 해야 하는지를 물었다. 스파르타쿠스는 자신의 기술과 검투사 트레이닝 방법에 대해 숨김없이 말했다. 곧 하늘로 올라가 신을 만날 자신이라는 것을 알고 있기에 아까울 것이 없는 그였다. 축제의 밤은 그렇게 술과 질문이 섞이며 흘렀다. 얼큰한 취기로 머리를 흔드는 투사들이 하나들 늘어날 때쯤 동네 사람들의 방문이 이어졌다. 저마다 자신의 집 가보를 하나씩 들고 왔다. 그들은 스파르타쿠스가 조장을 치르고 하늘 올라가 신을 만난다는 것을 알고 있다. 신에게 자신들의 얘기를 좀 잘 해달라는 의미의 선물이었다. 그가 땅에 묻혀 썩어버릴 몸이었다면 이렇게 흥분하여 찾아오지는 않았을 것이다. 사람들은 사후세계가 궁금했다. 따라서 시체가 어떻게 처리되느냐에 관심을 많이 가졌다. 화장을 하면 노예로 태어난다고 믿었다. 수장을 하면 환생을 할 수 없다 믿었으며 땅에 묻히면 악마와 싸워 이기지 못하는 이상 지옥에 계속 머물러야 한다는 말이 진실처럼 떠돌았다. 하지만 조장이 아무리 좋은 것이라 할지라도 그것을 함부로 행할 수 없었다. 만약 나라 법을 어기고 조장을 몰래 하였을 시에는 일가족 모두를 참수하는 처벌이 있었기에 감히 엄두조차 낼 수 없었다. 조장은 오로지 국왕을 포함한 그의 가족 그리고 최고의 검투사에게만 수여되는 신성한 의식임과 동시에 하늘의 신과 만날 수 있는 행사인 것이었다. 하지만 그 두 집단. 그러니까 지체 높으신 귀족과 노예 출신의 검투사 사이엔 분명 차이가 있었다. 검투사는 승리 후 한 달 내에 죽임을 당해 토막 난 시체가 되어 새에게 뿌려지고 국왕의 경우엔 명대로 살다 죽어 조장을 한다는 것이 달랐다. 그래서 하늘을 높이 나는 새들을 볼 때면 사람들은 경외의 눈으로 그것들을 보며 국왕과 위대했던 검투사를 떠올렸다.

"검투사님의 아이를 낳게 해주세요."

"검투사님의 피를 제게 나눠주세요. 잘 키울게요."

"저도요."

"애가 필요해요."

그의 집을 찾은 여자들이 차고 넘쳤다. 함께 밤을 보내자고 아우성이었다. 곧 이승을 떠날 그였지만 하늘로 올라가게 되는 그의 신분 상승에 많은 여자들이 그를 찾은 것이다. 일부는 부모가 떠밀어 그를 찾아왔고 일부는 자진해서 찾아왔다. 아름답게 생긴 여성들이 그의 집 앞 속이 비치는 옷을 입고 대기했다. 하지만 그는 제니피스 이외의 그 어떤 여성에게도 눈길을 주지 않았다. 오로지 그녀만을 위해 싸운 것이었다. 시끌벅적한 저녁이 끝나고 밤이 되자 그녀와 둘이 남게 되었다. 그는 그녀의 몸 안에 자신의 씨를 심었다. 사람의 사지를 가르고 내장을 쏟게 하는 죽음의 전장에서 살아남은 검사의 정력이란 가히 놀라웠다. 그녀는 밤새 이어진 오르가슴으로 몸을 떨어야 했다. 그의 칼에 힘없이 쓰러진 검투사들이 불쌍하다는 생각도 했었지만 몸을 축 늘어지게 하는 그의 힘 앞에 그 존재는 개미 밟듯 사라졌다. 내일이면 그와 이별을 해야만 한다. 자신에게 잊을 수 없는 쾌감을 선사해 준 그를 떠나보내야만 한다. 섭섭함을 넘어 애절하다. 하지만 그는 신을 만나야 할 운명을 타고난 자다. 그리고 지금 자신의 배로 신과 조우할 그의 씨가 들어왔다.

수만 명의 사람이 모였다는 게 믿기지 않는다. 조용하다. 피라미드 재단에 오른 스파르타쿠스는 무릎을 꿇었다. 마지막이 될 땅에 입 맞췄다. 공기는 무거웠고 느리게 흘렀다. 그의 살을 에워싼 공기도 그러했다. 하늘을 보니 둥근 원을 그리며 나는 새가 보였다. 이제 곧 저들의 몸에 들어 신의 나라로 간다는 생각을 하니 죽음이 반갑기까지 했다. 망나니 칼이 자신의 목을 빨리 갈랐으면 했다.

황금의자에 앉은 국왕은 붉은 와인을 마시며 피라미드에서 벌어지는 인신 제사를 지켜봤다. 망나니 칼에 반사된 빛에 인상을 쓴 국왕이 고개를 옆으로 돌렸다. 그 사이 피가 뿌려졌다. 잘린 머리가 재단 아래로 톡톡 튕겨 떨어졌다. 머리가 없는 목에서 피 기둥이 솟아 주위를 적셨다. 앞으로 풀썩 쓰러진 그의 몸에 도끼가 날아들었다. 이어지는 도끼질에 그의 몸이 고깃덩이처럼 토막 났다. 심장을 제외한 몸이 자루에 담긴 담겨 산으로 옮겨졌고 그렇게 뿌려졌다.

'바람이 날 감싼다. 영혼이 되어 새와 함께 나니 기분 좋다. 내 옆을 나는 새들의 날갯짓을 봤다. 하늘의 태양이 따사롭다. 이젠 땅에서 올려다보지 않아도 된다. 반대로 내려다볼 수 있다. 저 푸른 들판을 흔드는 바람… 난 조장으로 말미암아 신에게 다가가고 있다. 행운아다.'

'내 몸의 일부는 까마귀의 몸을 타고 하늘로 올랐다. 하늘에서 그들과 함께 유영한다. 땅에 널브러진 나의 사체도 곧 까마귀 부리에 의해 목구멍으로 넘어갈 것이다. 기다려진다. 하늘로 오른 내 신체의 다른 부분은 이미 신을 만나고 있을 것이다.'

'제발 내 육체의 일부를 개미나 벌레들이 건들지 않았으면 좋겠다.'

"무슨 영혼이 그렇게 만나요? 영혼은 하나잖아요."
아이가 말했다.
"그렇지 않단다. 세포 단위의 영혼이 있단다. 우리의 행동을 인식하는 것은 머리지만 그것은 어디까지나 의식의 세계에서만 그러한 것이지."
의식이라는 단어가 생소한 아이는 고개를 갸우뚱했다. 그 모습을 본 노인은 설명을 접고 얘기를 시작했다.

 까마귀 부리가 살점을 찢고 적당한 조각을 물고는 이내 목으로 넘긴다. 네 발 짐승의 사체였다면 역겹단 생각이 들기보단 자연의 이치로 받아들이고 넘길 것이다. 하지만 지금 새떼들이 쪼는 것은 다름 아닌 인간이다. 그는 잘려나간 머리임에도 미소를 지었다. 새들은 저항치 않는 인간의 살코기를 목으로 넘기기 위해 고개를 쳐들었다. 식도가 1자 모양이 됐다. '기쁘다. 사실 그동안 몰랐었다. 새들이 이렇게나 힘들게 먹이를 쪼아 먹는지 말이다. 진작 이것을 알았더라면 망나니에게 내 몸을 좀 더 촘촘히 조각 내 달라고 부탁했을 것이다. 그래야 새들이 더욱 빨리 내 몸을 먹을 수 있다. 영혼이 되어보지 않고서는 이 느낌을 모를 것이다. 믿기지 않겠지만 영혼에게도 감각이라는 것이 있다. 지금 이 순간에도 느낀다. 내 몸을 쪼는 새들의 부리가 이곳저곳에서 느껴진다. 머리를 세차게 좌우로 비틀어 근육을 찢는 것도 느낀다. 폐에 공기를 불어넣는 산 사람들이 나의 목소리를 듣는다면 시체 주제에 무슨 살아있는 사람 같은 소릴 하냐고 말할 것이다. 하지만 새 부리가 내 겨드랑이를 공격했을 때 간지러웠다. 목도 마찬가지다. 목울대 뼈가 제거되었기에 새의 부리가 갑상연골을 건드렸을 땐 기침마저 나오려 했다. 단단한 두개골은 뚫기 힘든지 새들은 살집이 많은 내 몸뚱이에만 몰려 있다. 수많은 부리가 내 간과 콩팥 심지어는 방광에 들은 내 오줌까지 마셨다. 예쁜 여성에게만 허락했던 내 부드러운 성기도 여지없이 찢겨 까마귀의 목구멍으로 넘어갔다. 쾌락의 도구가 사라지는 것을 보자니 아쉬웠다. 저것으로 얼마나 많은 여성을 젖게 만들었던가. 하지만 후회는 없다. 난 곧 해탈을 한다. 하늘에서 신들과 마주한다. 이 세상의 인구 중 과연 몇이나 신을 만났을까. 그런 것을 보면 난 정말 행운아다. 왕과 귀족에게만 허락되는 조장을 검투사의 신분으로 하사받았으니 말이다. 내 영혼이 새의 몸을 빌려 하늘로 날면 된다. 내 살덩이로 배를 채운 놈들이 날갯짓을 한다. 그렇지, 넌 배를 많이 채웠으니 이제 운동을 해야 하겠지. 그래 네 날개로 바람을 일으켜서 날아올라라! 옳지 잘한다! 퍼덕이는 새의 날갯짓에 땅의 먼지가 솟구쳤다. 내 몸이 떠오른다. 날갯짓이 힘차다. 땅에서 보다 더 자유로운 몸짓으로 하늘의 바람을 가르며 올라간다. 산꼭대기에 서지 않고서는 볼 수 없는 광경이 내 눈앞에 펼쳐진다. 높이 더 높이 날아올라라! 그렇게 하늘을 만끽하고 날 구름 위로 데리고 가라. 거리의 인간들이 티끌만치 작아 보인다. 인간의 몸뚱이로 살아가는 너희들이 불쌍타. 난 저 구름을 뚫고 올라가 신들이 사는 성전에 들어갈 것이다.'
'아…, 안 돼. 내 사랑 제니피스의 몸이 보인다. 저 망토를 두른 이는 누군가! 누구기에 내 사랑을 토막 내 이곳에 뿌린단 말인가? 저건…, 태아…. 내 아기가 세상의 빛도 못 보고 새의 먹이가 되다니….'
'망토의 그가 내 얼굴로 걸어온다. 그녀의 머리가 내 옆에 놓인다. 보인다! 저 녀석은… 무명의 검투사! 이런…, 그때 녀석의 숨통을 끊어 놨어야만 했다. 하지만 때는 늦었다. 비참하다. 원통하다…. 아니다. 어쩜 잘 된 것일 수도 있다. 어쨌든 그녀도 조장의 영광을 누리게 됐다. 그렇다면 그녀 또한 나와 같이 하늘에서 신으로 살아가게

되는 것이다.'

"모르겠어요. 영혼이 왜 그렇게 많아요?"
"토막이 났다고 하지 않았니. 잘린 부분 하나하나가 모두 영혼으로 존재한단다. 그래서 까마귀에게 먹혀 하늘에 떠 있는 영혼도 있고 땅에서 자신의 차례를 기다리고 있는 영혼도 있는 것이야. 생각해 보렴 스파르타쿠스의 심장을 새가 먹고 하늘을 날고 있다면 땅에서 벌어지는 일들을 그가 어떻게 알 수 있었겠니? 새의 몸에 들어가 하늘을 날고 있는 그것이 말이야."
"그래도 영혼은 하나여야만 해요. 이해가 안 돼요."
"그럴 거다."
"그런데 그 무명의 검투사도 제니피스란 여성을 사랑했던 거 아닌가요?"
"사람인데 아름다움을 보고 어찌 그냥 지나칠 수 있겠지. 하지만 세상은 우리가 알지 못하는 일들로 가득하단다."
두 손으로 욕탕 물을 담고는 그것을 얼굴에 뿌린 노인이었다. 손바닥으로 눈을 훔친 그가 입을 열었다.

'이상하다. 그런데 왜, 더는 올라가지 못하고 구름 아래에서만 맴도는 거지? 저 구름을 뚫고 올라가야만 신들의 궁전에 닿을 수 있는데 말이야. 수많은 까마귀들 몸 안엔 내가 있다. 그런데 어찌 된 일인지 어느 놈 하나 구름 위로 올라가지 않는다. 올라가기는커녕 나뭇가지를 찾아 앉는다. 그리고 새 안에 있는 내 몸의 위치도 점점 끝으로 밀려난다. 이러다간 땅으로 추락할 것만 같다. 어디라도 붙잡아야겠다!'

"주무세요?"
아이가 말했다. 이야기를 멈춘 채 고개를 숙이고 있는 그가 잠든 것이라 생각했다.
"그런데 꼬마야. 집에 가게 되면 또 까마귀들에게 돌을 던질 거니?"
고개를 숙인 채 그가 물었다.
"당연하죠. 저는 엄마를 지켜야 해요. 그것들이 저희 집 근처에 오면 새총으로 쏴서 죽일 거예요."
아이의 말에 노인의 눈썹과 입술이 떨렸다. 그는 말을 잇지 못했다.
"끝인가요?"
사우나에서 몸을 일으킨 아이가 물었다. 그런 소년의 팔을 거칠게 잡아끌어 앉힌 노인이 말했다.
"아니, 그 무명의 투사는 한 번 더 싸운단다. 유명한 투사의 결투 신청을 받아들인 것이지."

두 검투사가 서로의 약점을 향해 칼을 날렸다. 벌써 여섯 시간째 공방이 이어졌다. 묵직한 그것이 맞부딪쳤고 튕겼다. 그러한 부딪침이 많아지자 칼의 이가 듬성듬성 패였다. 힘이 빠진 무명 투사가 칼을 놓쳤다. 방패만으론 공격을 막기 버거웠는지 칼이 떨어진 위치를 봤다. 상대의 공격을 막으며 칼이 있는 곳으로 뒷걸음질 쳤다. 바티쿠스는 공격의 끈을 놓지 않았다. 전진 스텝을 밟은 그가 양옆으로 칼을 찔러 넣었다. 무명의 검투사는 칼을 피해 텀블링하듯 몸을 옆으로 굴렸다. 갑옷의 무게 때문에 어정쩡한 자세가 연출됐다. 그는 손을 뻗어 칼을 잡으려 했다가 금세 거둬들였다. 그렇지 않았다면 바티쿠스의 공격에 팔이 동강 났을 것이다. 숨 쉴 틈도 없이 다시 칼이 날라들었다. 방패만 쥔 그가 할 수 있는 것이라곤 막는 것과 피하는 방법밖에 없었다. 그것만으로도 숨은 턱까지 찼다. 공격과 방어의 패턴이 비슷하게 이어지자 관중들의 야유가 쏟아졌다. 땅에 피가 뿌려지는 모습을 한시라도 빨리 보길 원했다. 국왕이 백성들의 눈치를 살폈다. 둘 중 누가 됐든 빨리 쓰러지기를 바랐다. 특히 방어에만 치중하는 무명의 검투사가 미웠다. 그때였다. 무명의 검투사가 땅에 있는 칼을 잡고 몸을 돌리려는 순간 그의 허리에 칼이 스쳤다. 허리를 긋고 지나간 칼은 땅에 박혔다. 상체와 하체를 연결하는 허리 근육이 끊어졌는지 그는 꼼짝도 못 했다.

"으와와와악!"

승리자는 포효했고 쓰러진 자는 눈을 감고 침묵했다.

"나의 자랑스러운 전사여! 온 백성과 내가 그대의 화려한 칼 솜씨에 칭찬을 하노라!"

관객의 환호를 보고 흥분한 국왕이 벌떡 일어서며 말했다. 결판나지 않아 지루한 싸움이 지속되었다면 관객은 야유를 넘어 폭동을 일으키고 경기장으로 뛰어들어 그들을 죽이려 했을 것이다. 깊은숨을 내쉰 국왕이 말을 이었다.

"너에게 몇몇 전사들과 우리 명예로운 가족만이 누렸던 조장을 하사하노라!"

"우아아아아아."

모든 사람이 일어나 춤을 췄고 소리쳤다. 피로 물든 경기장에 쓰러진 그는 눈을 가늘게 떠 주위를 봤다. 그는 국왕이 조장을 하사한다는 말에 미소를 지었다. 허리 통증은 아무것도 아니었다. 자신이 사랑하는 새들에게 사람 살코기를 먹일 수 있다는 것에 만족했다. 사실 그의 몸동작 하나하나는 매우 계산된 움직임이었다. 스파르타쿠스와의 일전에서도 그러했지만 좀 전 칼을 맞댄 바티쿠스와의 싸움에서도 그 기술을 사용했다. 칼이라는 것은 거리에 따라 승패가 갈린다. 칼은 도구에 불과하고 결과를 만들어 내는 것은 적과의 거리였다. 스파르타쿠스가 던진 칼에 맞고도 산 이유가 바로 여기에 있었다. 그가 던진 칼의 거리는 불과 두어 걸음밖에 되지 않았다. 다시 말해 가속이 붙지 않은 것이다. 이는 자유낙하를 떠올리면 더욱 확실해진다. 빌딩에서 떨어진 사과와 책상에서 떨어진 사과의 손상이 같을 수 없다. 힘과 파괴력의 운동에너지는 속도와 거리에 비례한다. 이번에 맞은 칼도 계획된 것이었다. 사실 그는 칼을 줍는 것에는 신경도 쓰지 않았었다. 단지 연기였을 뿐이다. 적과 떨어진 거리에 집중하며 최대한 적게 다치기 위해 상체 숙이는 것에만 집중했었다. 한시라도 빨리 결판이 나길 바라는 군중의 심리와 야유를 보내는 백성을 보고 불안해 하는 국왕의 눈을 속이기란 쉬운 것이었다.

'이… 이런, 내가 새의 몸을 벗어났다. 추락한다. 날개가 없는 난 저항할 수 없다. 구름을 뚫고 올라가기는커녕 반대로 땅에 처박힌다. 물컹거리는 내 몸…, 정말 비참하다. 난 이렇게 새 똥으로 변해 사라지는 것인가.'

"쳇! 이번에도 졌어. 이름 없는 천한 놈이라 그런지 끈기도 없고 운도 없어."
간수가 동료에게 돈을 건네며 말했다.
"그래도 목숨은 건졌구먼."
내기에서 이겨 돈을 받은 그가 말했다.
"조장의 명예를 얻지 못하니 불쌍하지 뭐. 어쨌든 다음에 저놈이 또 출전하게 된다면 상대편에게 돈을 걸려고 해. 저놈은 이름도 없는 놈이라 싸움에서 이긴다 하더라도 하늘에서는 받아주시지 않을 거야."
두 명의 간수가 쓰러진 그에게 다가갔다. 그들은 축하니 늘어진 그의 양 발을 한쪽씩 잡고선 질질 끌었다. 그의 등에 난 생긴 상처에 흙모래가 들어갔다. 그때 하늘에서 추락한 액체가 질질 끌려가는 그의 이마에 착지하며 퍼졌다.
"내 아이들의 똥으로 배출된 기분은 어떠신가? 스파트라쿠스."
그는 자신의 이마에 떨어진 새똥을 손등으로 닦고는 눈앞으로 가져왔다. 푸른 하늘을 나는 새들을 본 그의 눈에 해부도가 펼쳐졌다. 새가 토막 난 스파르타쿠스의 살점을 찢어 목구멍으로 넘기면 그의 살덩이는 새 모이주머니를 지난다. (이때부터 살점의 형태가 변하기 시작한다.) 효소를 내뿜는 전위를 지나고 모래주머니에 들어있는 매우 작은 돌멩이 그리고 모래와 섞인다. 매우 짧은 장을 지닌 새의 그곳을 통과하면 바로 항문이다. 영양분을 빨린 그것은 똥이 되어 떨어진다. 거기선 인간의 형체는 찾아볼 수 없다.
무명의 검투사를 쓰러트리고 이곳을 빠져나가는 자도 위와 같은 단계를 거치리라….

해는 떴고 망토를 걸친 그는 걸었다. 그의 손엔 낱알을 담은 복주머니가 있었다. 산을 오른 그가 소리쳤다.
"얘들아! 밥 먹자!"
그의 말에 까마귀가 까악-까악- 울며 몰려들었다. 낱알을 뿌렸다. 배가 부른지 아니면 맛이 없어선지 나무에 앉아 내려오지 않는 까마귀였다.
"귀여운 놈들, 편식하면 못써."
그가 말했다. 대장으로 보이는 까마귀 하나가 내려와 그의 어깨에 앉았다.
"어때 아빠가 약속 하나는 잘 지키지? 세상에서 가장 센 놈들을 너희에게 먹이로 주겠다고 했던 약속을 지켰잖아. 그리고 세상에서 가장 아름다운 여성을 너희에게 주겠다는 약속도 지켰고. 안 그래?"
그가 까마귀의 부리에 입 맞추며 말했다.
-까악! 까악!-

까마귀는 입이 찢어져라 벌리며 울었다.

"뭐? 산 재물을 바친다는 약속을 지키지 않았다고?"

자신의 어깨에 앉은 까마귀의 눈을 보며 그가 말했다. 까마귀가 눈을 깜빡일 때마다 하얀 눈두덩이 보였다.

"까악- 까아아악!"

등에 상처를 간직한 그는 일어나 걷기 시작했다.

"어떠냐. 목욕을 하니."

수건으로 물기를 닦은 그가 말했다.

"상쾌해요."

수건으로 머리의 물기를 턴 아이가 대답했다.

"자, 그럼 산에 가볼까? 약속을 지켜야 하거든."

옷을 갈아입은 그가 아이를 보며 말했다. 등에 베인 상처가 많은 노인의 입가엔 잔잔한 미소가 번졌다.

"그런데…, 할아버지 이름이 어떻게 되나요? 엄마가 모르는 사람을 따라가면 안 된다고 했는데요."

꼬마가 말했다. 두려운지 몸을 덜덜 떨었다.

"난 이름이 없단다. 내가 어렸을 땐 '야, 인마' '꼬맹이'가 주로 쓰였고 청년이 되었을 땐 '어이' '야' '이 자식'으로 불렸지 그리고 어른이 되었을 땐 '저기요.' '여기' '있잖아요'가 내 이름이 되었단다. 지금은 '어르신' '이 양반'이라고 불리고."

그가 말했다.

"이름도 없고… 등에 상처….'"

아이는 노인이 얘기해 준 조장 이야기와 현실이 조합되자 얼어붙고 말았다. 말을 잇지 못했다. 더욱이 까마귀를 괴롭히는 자신의 모습에 분노를 금치 못한 그가 아니던가.

지금 아이에게 산에 가자고 말한 노인은 단지 소년을 놀려 주려고 한 말일 수도 있고 아니면 그 누군가와의 약속(인간을 포함한 금수까지)을 꼭 지키려는 것일 수도 있다.

노인이 아이를 데리고 목욕탕에 간 그날 저녁 아이가 집에 돌아오지 않는다며 사방팔방 돌아다니는 여자가 보였다. 그런 그녀의 눈에 한 소년이 자신의 집 쪽으로 걸어오는 것이 보였다. 그 아인 노인과 목욕을 했던 그 소년일 수도 있고 부모님의 심부름에 집을 나선 다른 집의 아이일 수도 있다.

방금 목욕을 했음에도 불구하고 손에 피를 묻힌 노인이 홀로 산에서 내려왔다. 그는 산 재물을 바치기 위해 죽지 않을 정도만 아이를 때려 약속을 지킨 것일 수도 있고 아니면 아이를 집에 바래다주고 산에 올랐다가 넘어지고 다쳐 피를 흘리고는 혼자서 내려온 것일 수도 있다.

까마귀 부리에 핏물이 흐르는 살점이 보인다. 그 조각은 자신을 향해 돌을 던졌던 꼬마의 것일 수도 있고 먹이피라미드 중간 단계에 해당하는 금수의 것일 수도 있다.

소년은 밤하늘의 별을 바라봤다. 그의 동공에도 별이 떠있다. 눈동자의 빛은 머리가 잘린 상태에서의 본 것일 수도 있고 엄마에게 혼난 후 속상한 마음으로 집 밖으로 나간 슬픈 마음일 때 본 것일 수도 있다.

아침이 밝았다. 새는 날면서 배설을 했다. 그 변엔 어린 소년의 DNA가 남아있을지 모른다. 아니면 네 발 짐승의 썩은 고기가 소화된 것일 수도 있다.

어제 아이를 찾아 헤맸던 그녀의 집에 사람들이 몰려들었다. 사람들은 하나같이 놀란 눈으로 구경했다. 그것은 주검으로 발견된 아이의 참혹한 사체 때문일 수도 있고 아이를 찾은 것에 대한 기쁨에서 일 수도 있다.

유성이 선을 그으며 휙- 지나갔다. 그것은 아이의 죽음을 알리는 것 일 수도 있고 우주의 현상일 뿐일지도 모른다.

아이의 영혼이 새의 몸에 있다. 이것은 일장춘몽일 수도 있고 아니면 약속이 지켜져 그런 것일 수도 있다.

이 불행한 아이의 생명은 -오로지- **문자 최면**에 걸린 여러분의 심리 상태에 달려 있다.

쾌
　락
　　의
　　　거
　　　　리

"외식하는 것보단 집에서 같이 영화 보는 게 나을 거 같아 비디오 빌려왔어. 같이 볼까? 어때?"

방바닥에 누운 남편을 보며 여자가 말했다.

"좋아. 근데 무슨 영환데?"

"당신을 사랑합니다."

그녀가 CD 케이스를 보여주며 말했다. 그 케이스엔 젊은 남녀가 키스하는 사진이 있었다.

"설마! 울고 짜는….'

"맞아. 멜로."

"아이코~ 또 졸겠다."

이마에 손을 얹은 그가 두 눈을 감으며 말했다.

"액션 영화도 빌려올까?"

"아니, 두 편씩 볼 체력이 안 돼요."

외식하자는 요청이 거부되자 나의 아내는 비디오를 빌려왔다. 무거운 물통을 오른쪽 어깨에 지고 높은 건물을 오르락내리락하는 내 모습에 눈물을 흘린 아내다. 그녀는 잘 알고 있다. 육체노동으로 살아가는 내게 가장 필요한 것이 바로 휴식이라는 것을 말이다. 내 편의를 생각해 주는 부인이 정말 고맙다.

"자기, 자?"

부인의 말이 들렸다.

"으…응?"

부스스 눈을 떴다. 비디오는 계속 돌아가고 있었다.

"미안해. 나도 모르게….'

졸린 눈으로 부인을 보며 말했다. 잠이 쏟아졌다. 하지만 부인의 성의를 봐서 다시 잘 순 없었다. 화면에 눈을 던졌다. 역시 멜로는 따분했다. 하품이 멈추질 않았다. 그런 나와는 다르게 부인은 눈물을 흘리며 훌쩍였다. 정말이지 남녀 간의 사랑은 관심 밖이다. 특히 죽을 병에 걸린 연인을 내세운 스토리는 현실감이 떨어진다. 소재가 그렇게 없을까? 돈 많은 남자와 가난한 여자 그리고 삼각관계 또는 지금처럼 열렬히 사랑하는 두 연인 앞에 느닷없이 나타난 불치병. 이런 내용은 벌써 수 세기 전 셰익스피어 작품에서도 나왔던 것 아닌가? 하지만 앞으로도 계속해서 우려먹을 것이 분명하다.

난 영화가 빨리 끝나길 바랐다. 내일을 위해 힘을 비축해 둬야 한다.

"자네, 머리를 단정하게 자르는 게 어떻겠나?"

귀이개로 귀를 후빈 사장이 말했다. 책상엔 그가 파 놓은 눅눅한 귓밥이 새 모이처럼 퍼져있었다.

"네…."

난 자신 없이 대답했다. 사실 짧은 머리는 나와 어울리지 않는다. 무슨 군대도 아니고 성인에게 짧은 머리를 요구하나.

"우리 회사가 무슨 회산가?"

엄지와 검지를 이용해 귓밥을 떨어뜨린 그가 물었다. 사장 뒤에 앉은 경리가 인상 쓰며 그 모습을 보고 있었다.

"네?"

"뭐 하는 회사냐고."

"석수 회사입니다."

내가 대답했다. 사장은 귀 파기를 멈추곤 몸을 앞으로 기울였다. 깍지를 낀 손에 턱을 얹었다. 그리곤 뚫어져라 내 목을 봤다.

"석수는 무엇에 쓰는 건가?"

그가 물었다. 쉽게 알아들을 수 없는 질문이었다.

"네?"

"석수로 뭐 하냐고."

"그야 마시려고···."

사장의 날카로운 눈초리가 부담됐다. 특히 내 목을 노려보는 눈빛 때문에 나도 모르게 목을 움츠렸다.

"자네가 배달하는 물은 사람들이 마시려고 하는 것이야. 그런데 목에 곰팡이가 핀 사람이 배달하는 물을 과연 사람들이 마시고 싶어 할까?"

사장은 책상 위의 귓밥을 후하고 불었다. 눅눅한 노란 덩어리들이 책상 아래로 떨어졌다. 사장 뒤에 앉은 경리가 기겁했다. 손으로 코와 입을 막았다.

"나도 군대에 있을 때 반점 같은 것이 내 목 주위에 생겼었지. 습한 데다 잘 씻지 못해서···. 아무튼, 내일 하루 휴무를 줄 테니 오늘 배달 끝나는 대로 준비해서 병원 가라고. 가서 목의 곰팡이 제거하고 와."

깍지 낀 손을 뒤통수로 가져간 사장이 말했다. 몸을 뒤로 눕히자 의자가 삐기긱 거리며 소리를 내질렀다.

"네, 알겠습니다."

난 목장갑을 손에 끼며 대답했다.

덥다. 얼굴에서 흐른 땀이 목덜미를 타고 흐른다. 손등으로 훔쳤지만 얼굴 땀구멍에선 그만큼의 양을 또 내보낸다. 백미러 각도를 조정해 목을 봤다. 날씨가 더워서 그런지 더욱 진한 반점이 보였다. 몇 개나 될까? 목과 쇄골에 버짐처럼 뒤덮인 붉은 반점들···. 사장 말을 듣고 보니 창피했다. 사람들이 내 목을 보고 수근거릴 수도 있겠단 생각이 들었다. 씻기 귀찮아하는 내 습관이 곰팡이를 키웠을 것이다. 이제부터라도 자주 씻어야겠다.

"아! 미치게 덥네!"

불만이 터진다. 티셔츠 목 부분을 아래로 잡아당겨 통풍시켰다. 이 고물 포터의 에

어컨은 소용없다. 바람도 미지근하다. 그마저 조수석 자리에 가득 쌓아놓은 빈 석수통이 바람마저 막아버린다. 숨 막히는 더위와 오후의 노곤함이 잠을 쏟아지게 만든다.
신호등에 빨간불이 들어왔다. 브레이크를 밟았다. 차가 멈췄다. 하지만 차의 진동은 멎지 않는다. 오히려 더욱 떨린다. 수명이 얼마 남지 않은 고물차다. 진동에 멀미가 날 것 같다. 시원한 바람을 쐬고자 창문을 열었다. 아무리 엑셀을 힘껏 밟아도 차에 속도가 붙지 않는다. 답답하다. 이 차가 빨리 달려봐야 80킬로에서 90이다. 하기야 18.9 리터 석수 한 통의 무게가 20kg에 육박한다. 뒤에 실린 석수 통이 80개가 넘는다. 빨리 달릴 수 있다면 오히려 그것이 더 위험하다.
더위와 싸우며 매장 80 군데를 전부 돌고 나면 약 20개의 물통이 남는다. 하지만 지금같이 더운 날엔 반대다. 오히려 추가 주문이 들어와 사무실에 한 번 더 들려야 하는 수고를 해야 한다. 늦게까지 일했다고 월급을 더 주는 것도 아니다. 짜증 난다.
신호가 파란색으로 변했다. 기아를 드라이브로 옮겼다. 핸들을 오른쪽으로 틀어 차를 4차선으로 옮겼다. 속도를 줄여 우회전을 하자 통유리의 고급 건물이 보였다. 거래처 매장이다.
"안녕하세요."
주차 관리인에게 인사를 건넸다.
"땀 비 오듯 하네."
안경알이 제법 굵은 금테 안경을 쓴 노인이 말했다.
"네…, 상당히 덥네요."
이마 땀을 한차례 닦은 후 대답했다. 난 물을 꺼내기 위해 포터 위로 올라갔다. 석수 통을 담았던 파란 플라스틱 박스에 그것을 걸치곤 내려왔다. 이제 박스에 얹힌 그것을 내 어깨에 올리기만 하면 된다. 요령 없는 초짜들은 자신의 힘만 믿고 무리하게 석수 통을 들고 내리다 허리를 다치는 경우가 많다.
"손수건 가지고 다녀."
뒷짐 쥔 주차 관리인이 말했다.
"네, 알겠습니다."
목례로 다시 한번 인사한 뒤 건물 안으로 들어갔다. 문을 열자 시원한 냉기가 피부를 식혔다. 팔에 닭살을 돋게 했다. 이런 데서 근무하는 사람들은 얼마나 좋을까 하는 생각이 들었다.
"두 통 주세요. 더워서 그런지 손님들이 물을 많이 드시네요."
여직원이 말했다. 혹시나 그녀가 내 목을 볼까 하여 어깨를 움츠렸다. 우리 사장의 말을 들은 후 더욱 신경 쓰인다.
"목이 아프신가 봐요?"
내 목을 본 여자가 말했다. 부담스러웠다.
"네. 어제 잠을 잘 자지 못하여서요."
난 어깨와 목을 굴리며 말했다. 내 목을 본 그녀의 시선이 거북하다. 빨리 목의 곰팡이를 제거해야겠다.

"여기 사인해 주세요."

난 뒷주머니에 꽂은 확인 장을 꺼내 그녀에게 내밀었다. 그녀가 물통 2개 받았다는 확인 사인을 하는 동안 난 물통이 가득 실린 트럭으로 갔다. 석수 한 통을 더 들고 왔다. 정수기에서 빈 통을 **빼낸** 후 새것으로 교체했다.

"수고하세요."

매장의 점장에게 인사를 건넨 후 빈 석수 통과 확인 장을 뒷주머니에 꼽고 차로 향했다.

지친다. 시계를 보니 5시가 조금 넘었다. 라디오를 틀었다. 내가 제일 좋아하는 프로가 시작했다. 우울한 내 기분을 아는 것일까? 첫 노래부터 애절한 곡의 발라드였다. 잘 모르는 노래였지만 흥얼거리며 따라 했다.

방문 매장이 늘고 물통이 줄자 차의 속도가 조금 더 올랐다. 이제 몇 군데만 더 들리면 된다. 퇴근하면 여우 같은 마누라와 토끼 같은 딸이 날 기다리고 있다.

허벅지에서 진동이 느껴졌다. 라디오를 볼륨을 줄였다.

"여보세요? 어. 음. 그래? 잠깐."

차도에 교통경찰이 보였다. 휴대폰을 대시보드에 얹은 난 스피커폰을 눌렀다.

"말해. 경찰이 있어서."

"자기 내일 쉰다며?"

"어. 사장님이 머리 짧게 치고 목에 핀 곰팡이 제거하래."

"그럼 내일도 못 놀러 가겠네?"

"어…, 응."

"치, 우리도 다른 젊은 부부들처럼 나들이도 좀 가자."

"알았어. 다음에."

"또 다음이야!"

"미안. 일이 힘들어서 그래. 그리고 자기 내 목에 있는 반점 보기 싫다고 했잖아."

"난 괜찮은데 다른 사람들이 싫어할까 봐 그렇지."

"내일 병원에 가면 바로 치료가 될 거야."

"알았어."

실망한 부인의 목소리를 뒤로하고 종료 버튼을 눌렀다. 그녀에게 미안하다. 결혼식날 행복하게 해주겠단 약속을 결과적으론 지키지 못한 것 같다. 장인 장모님께도 뵐 면목이 없다. 하루 벌어 하루 먹고사는 나다. 저녁까지 물 배달해서 내 손에 들어오는 돈이 2백을 넘지 않는다. 그 돈으론 사치나 풍요를 바랄 수 없다. 더욱이 하루가 다르게 커가는 아이를 생각하면 헛돈을 쓸 수 없다. 언젠가 TV에서 본 내용이 떠올랐다. 연봉 2천도 못 넘는 남자는 결혼해선 안 된다고 말한 여자가 기억난다. 그땐 사랑을 돈으로만 계산한 그녀에게 분노를 느꼈었다. 하지만, 어쩜 그녀의 말이 맞을 수도 있겠단 생각이 들었다. 난 최악의 성적으로 고등학교를 졸업한 후 빈둥빈둥 놀다 군대에 갔다. 군에서 죽을 고생한 후 느끼는 게 있었다. 제대 후 정신을 차렸지만 손에 쥔 것이라곤 젊음밖에 없었다. 아무런 비전도 미래도 없는 날 선택해 준 부인이 고맙기만 하다. 그리고 사랑하는 나의 딸…, 이제 알 것 같다. 자식을 눈에 넣어도 아프지 않다는 말이 무슨 의미인지를 말이다.

-띵동~ 띵동~-
초인종을 누르자 그녀가 나왔다.
"고생 많았어."
얼굴에 퍼지는 환한 웃음과 가지런한 치아가 보기 좋다. 그녀는 언제나 날 반겨준다. 내가 맨 가방을 받은 아내에게 말을 건넸다.
"예림이는?"
땀에 찌든 티셔츠를 벗으며 물었다.
"피아노 학원에."
그녀의 눈이 내 목을 본다.
"공부는?"
목을 긁적이며 물었다.
"자기 닮아서 잘하지. 이번에도 일등이야."
"하하하. 좀 전까지 지쳤었는데 일등 했단 얘기 들으니 힘난다."
"자기 우선 씻고 밥 먹자."
내 엉덩일 두들긴 그녀가 말했다.
"이젠 자주 씻을 거야. 비듬약 사 왔어?"
"응."
바지와 팬티를 벗고 욕실로 향했다. 내 발가벗은 뒷모습을 보는 그녀의 시선이 느껴졌다.
샤워기를 틀어 몸을 적셨다. 시원한 물줄기가 몸의 온도를 낮춰줬다. 거울을 봤다. 목부터 가슴 위 쇄골까지 뒤덮은 붉은 반점이 보였다. 곰팡이란 생각이 들자 비위가 상했다. 내 목을 주시했던 사람들의 시선이 떠올랐다.
비듬약을 손바닥에 듬뿍 짰다. 그것을 목과 쇄골에 문댔다. 계속 문지르자 노란 약체의 그것이 하얗게 변했다. 지금 내 목에선 두 생명이 서로 싸우고 있다. 최대한 전쟁이 오래 지속되게 해야 한다.
세숫대야에 받은 물로 머리를 감았다. 목에 물이 튀지 않게 조심했다. 대아에 새로 받은 물로 헹궜다. 타월로 젖은 머리를 닦았다. 그리고 칫솔질을 했다. 거울을 보니 내 목과 쇄골은 아직도 하얀색이다. 비듬약에 괴로워할 곰팡이 균을 생각하자 미소가 감돌았다.
샤워기를 다시 틀었다. 물줄기에 몸을 넣었다. 목과 쇄골을 손바닥으로 비비며 하얗게 변한 비듬약을 제거했다.
이런…, 보인다. 붉은 반점은 색 하나 옅어지지 않고 그대로다. 어쩔 수 없다. 피부과 병원을 찾아야겠다. 이번이 비듬약 두 통째다. 예전엔 조금만 사용해도 효과가 즉시 나타났었는데 지금은 다르다. 곰팡이도 내성이 생기는 것일까?

"어때? 개운하지?"

머리를 털며 나온 내게 부인이 물었다.

"음. 좋다."

타월을 세탁기에 던지며 말했다.

"근데 효과가 없나 봐."

내 목을 본 그녀가 말했다.

"그러게. 조금도 연해 지지 않았어."

힘없이 대답했다. 그녀는 내게 하얀 티셔츠를 건넸다.

"그러니까 평소에 잘 씻지."

그녀가 핀잔을 줬다.

"오랜만에 한 번 어때?"

윙크하며 그녀에게 물었다.

"음…. 좋아."

우린 침대로 향했다.

사람들이 너무 많다. 간단한 치료 받으러 오는 것도 이렇게 오래 기다려야 하니 원. 아침에 일찍 서둘렀어야 했는데. 게으름이 황금 휴일을 망치는구나. 고개를 숙여 종이를 봤다. 손의 대기표는 아직도 내 앞에 삼십 명 넘게 남았다고 알려줬다.

병원을 들어설 때부터 기분이 좋지 않았다. 아마 냄새 때문인 것 같다. 병원답게 알코올 냄새가 가득하다. 계속해서 이 냄새를 맡고 있으려니 속이 울렁거렸다. 구토가 날 것 같았다. 정말이지 참기 힘들었다. 가슴이 울컥거렸다. 헛구역질이 나왔다. 내 옆에 앉은 사람이 놀란 눈으로 나를 본다. 또다시 가슴이 울컥거린다. 난 두 손으로 입을 막고 화장실로 뛰었다. 많은 사람 앞에서 토를 할 수는 없다.

"야, 언제 깁스 푸는 거냐?"

호영이 물었다.

"모르겠다. 오토바이 때문에 속상해 죽겠다. 쇼바 올리자마자 사고 날게 뭐냐. 돈 아깝게."

현철이 말했다.

"야 인마, 목숨 건진 걸 다행으로 생각해야지."

"너도 탔는데 왜 나만 이렇게 많이 다쳤지?"

현철이 깁스 한 다리를 보며 불만스럽게 말했다.

"난 유도를 배운 몸이라고. 낙법 정도는 할 줄 알아야지."

호영이 웃으며 말했다.

"장난해!"

현철이 발끈하며 말했다.

"야, 근데 네 목에 그 반점은 뭐냐? 동그란 게 뒤덮고 있는데."
호영이 가까이 다가서며 물었다.
"의사가 곰팡이래. 깁스 때문에 씻지 못해서 그래."
"야, 핑계 대지 마라 다리 다쳤는데 목을 왜 못 씻냐? 귀찮으니까 그런 거지."
"너 다친 사람 스트레스 주러 왔냐? 사온 음료수나 내려놓고 가라."

"우… 우웩!"
변기에 헛구역질을 했다. 목이 막힌 것 같았다. 토가 나오지 않았다. 가운뎃손가락을 넣어 목젖을 건드렸다. 가슴이 울컥거렸지만 역시 토는 나오지 않았다. 그때 옆 칸 문이 닫히는 소리가 들렸다. 손가락을 입에서 뺐다. 옆 사람에게 방해될까 여서다. 그가 나가면 다시 손가락을 입에 넣어 토할 것이다.
화장실답다. 병원임에도 불구하고 알코올 냄새보다 암모니아 냄새가 더욱 강했다. 옆 칸 변기에 앉은 사람이 끄응 거리며 힘을 줬다. 압축된 똥이 가스와 함께 터지는 소리가 들렸다. 똥 냄새가 퍼졌다. 마치 내 코에다 뿜어내는 것처럼 강하고 지독했다. 내 코를 휘젓고 들어오는 그것이 손가락 도움 없이 구토를 발생시켰다.

"우웩엑-우엑-"
쭈그려 앉은 현철이 구토를 했다.
"야 인마, 술 좀 작작하지. 술도 약한 놈이."
현철의 등을 두들긴 호영이 말했다.
"으으-"
손바닥으로 입술을 훔친 현철이 풀린 눈으로 호영을 봤다.
"그렇게 걱정되냐? 그 여자엔 즐기러 이곳에 나오는 거야. 남자로부터 성의 기쁨을 만끽하러 나오는 거라고. 나도 걔 수차례 따먹었다. 오늘은 네 차례야. 총각으로 군에 갈 생각은 아니겠지?"
"뉘과 할슈있껏냐?"
비틀거리며 몸의 균형을 잡은 현철이 말했다.
"글쎄다. 술이 그렇게 취해갔고 좆이 설지도 의문이다."
시선을 현철의 하체에서 자신의 손목시계로 옮긴 호영이 말했다. 그리곤 고개를 돌려 골목을 봤다. 가로등 아래 긴 그림자가 생겼다.
"야, 저기 나타났다."
호영이 단발머리의 여자를 가리키며 말했다. 그는 빠른 걸음으로 그녀에게 다가갔다.
"여기야! 오늘 내 친구랑 섹스 한 번 할래?"
호영이 여자에게 물었다.
"좋아."
여자가 대답했다.

"꾸웨엑!"

목구멍에서 넘어온 누런 액체가 변기로 떨어졌다. 옆 칸에서 물 내리는 소리가 들렸다. 순간 미안한 마음이 들었다. 이 상황이 꼭 그의 변 냄새 때문에 토한 것처럼 보였기 때문이다.

인내하기 힘들다. 똥 냄새가 지독하다. 목까지 차오른 구토를 간신히 참았다. 숨죽였다. 드디어 옆 칸 문이 열렸고 발걸음 소리가 들렸다. 물 쏟아지는 소리와 손 씻는 소리 후 인기척이 없다. 손가락을 입에 넣으려다 말았다. 똥 냄새를 계속 맡고 있을 수 없어서였다. 손등으로 입을 한 번 훔친 난 화장실 문을 열었다. 세면대로 갔다. 물을 틀었다. 알코올 냄새와 변 냄새를 수돗물이 잠시나마 몰아냈다. 거품비누를 이용해 손을 씻은 후 세수했다. 턱을 들어 내 목을 감싸고 있는 둥그런 곰팡이를 봤다. 둥근 반점같이 생긴 것이 보기 흉했다. 사장의 말도 일리가 있었다. 물 배달부의 청결상태가 고객에게 영향을 주리라는 그 말. 예전엔 비듬약으로 목욕을 하면 금방 없어졌다. 하지만 내성이 생겼는지 전용 연고를 발라도 소용이 없다.

허벅지에서 벨 소리가 들렸다. 지정해놓은 벨 소리가 아니다. 집과 와이프 그리고 회사 전화가 아니었다.

"여보세요?"

물기를 털며 전화 폴더를 열었다.

"나… 야…."

"누구시죠?"

수화기에선 얇은 숨소리가 흘러나왔다. 쉰 목소리다. 꼭 죽음을 목전에 앞둔 사람 같았다.

"나…, 호영이."

그가 말했다.

"야! 반갑다. 그동안 어떻게 지냈냐? 통 연락도 없고 너한테 전화를 해도 없는 번호라고 하고."

"그게…. 실은…, 병원이야."

"왜?"

"병에… 걸렸어. 너한테 할… 말이… 있는데…."

"그래. 오늘 쉬는 날인데 지금이라도 갈까?"

"편한 시간에 와…. 이 달 안에만 오면 만날 수 있- 쿨럭- 쿨럭-."

그의 기침을 끝으로 대화는 끝났다. 닫았던 폴더를 열어 시간을 다시 확인했다.

"호녕위 어디갔뒤?"

비틀거리며 몸을 옆으로 튼 그가 말했다. 그러나 좀 전까지 자신의 등을 토닥여 줬던 그가 보이지 않았다. 대신 아무 남자에게나 몸을 준다는 여자 하나가 그의 앞에 서 있었다.

"냐, 군돼 이게 안숴."

혀가 꼬인 현철이 여자를 보며 말했다. 자신의 바지 지퍼에 손을 얹고 말하는 것으로 봐선 성기를 말하는 듯했다.

"내가 도와줄게."

단발머리의 여자가 그의 지퍼를 내렸다. 그러자 하얀 팬티가 보였다. 그것을 내리자 풀 죽어 있는 그것이 나타났다. 그녀는 수줍어하는 그의 성기를 성의껏 자극했다. 손으로 입으로 가슴으로 쉼 없이 자극을 가했다. 아무리 술에 취했다고는 하나 길에서 섹스를 한다는 생각이 말초신경을 자극했고 쾌감을 증폭시켰다. 곧 긴 모양의 그것이 풍선처럼 부풀어 올랐다. 피가 쏠리자 단단함을 더했다. 섹스할 준비가 되자 그녀는 현철의 혁대를 풀었다. 청바지를 내려 행동반경의 이점을 누렸다. 그녀는 남자가 된 그것을 손으로 잡고 흔들었다. 둔감한 성기 몸통과는 다르게 귀두 부분에선 소프트한 터치를 놓치지 않았다. 그는 고개를 뒤로 젖히고 신음을 토했다. 교미를 하는 개처럼 길에서 섹스를 한다는 생각에 정신이 다 아찔했다. 술기운이 아니었다면 엄두도 못 낼 일이었다. 언제 누가 불쑥 나타날지 모르는 상황에서 섹스를 하고 있다. 상상 속에서만 존재한 일이 현실에서 벌어지자 그의 몸은 더욱 뜨거워졌다. 이성을 지배한 성욕이 그를 움직이게 만들었다. 여자를 뒤로 돌려 허리 숙이게 했다. 그녀의 치마와 팬티를 우악스럽게 내렸다. 하얗고 탐한 엉덩이가 나왔다. 그는 침을 손에 묻혔다. 그것이 곧 그녀의 성기에 닿았다. 침을 묻힌 그곳에 자신의 단단함을 넣었다. 자궁부터 젖어버린 그곳은 부드러운 오일을 쏟으며 잎사귀를 적셨다. 몸에서 분비되는 모든 것이 그의 피스톤 운동을 활기차게 도왔다.

"검사 결과는 다음 주에 알려드리겠습니다."

의사가 말했다.

"저…, 죄송하지만 검사 결과를 우편물로 받아볼 수 없나요? 기다리는 게 곤욕이네요."

알코올 냄새를 또다시 맡아야 한다는 것이 겁이 난 그가 말했다.

"많이 기다리셨다니 정말 죄송합니다. 그렇게 하셔도 무방하시지만…, 자세한 설명과 함께 처방전도 받으시면 더 좋을 듯싶습니다만."

"그럼 예약제 없나요? 기다리지 않고 바로 진찰받을 수 있는."

"네, 그렇게 하도록 하겠습니다."

"감사합니다."

골목길을 주시한 현철은 그녀를 기다렸다. 자신에게 쾌락과 기쁨을 안겨준 그녀를 위해 선물도 준비했다. 추운 겨울 따뜻하게 보내라고 목도리와 벙어리장갑을 산 것이다.

수명이 다해선지 가로등의 전등이 깜빡이기를 반복했다. 잠바에 있던 담배를 빼 입에 문 현철이 라이터를 켰다. 그의 고개가 고정된 듯 골목을 향하고 있다. 쾌락의 거리에 있는 골목은 좁았지만 깊었다. 곧 담배 연기가 그의 눈을 덮쳤다.

짧아진 담배를 바닥에 던졌다. 발로 밟았다. 남자와 섹스를 하기 위해 매일같이 나오던 그 단발머리 여자는 아직 보이지 않는다. 그의 손이 다시 담배로 향했다. 갈증이 났는지 그는 담배를 피우면서도 쩝쩝 입맛을 다셨다. 필터 쪽으로 타들어간 담배가 바닥에 떨어졌다. 그것을 밟았다. 시계를 봤다. 다시 골목을 봤다. 또다시 담배에 손이 갔고 생각에 잠겼다.

담뱃갑에 있던 하얀 그것들이 모두 하나같이 꽁초가 되어 바닥에 드러누웠다. 결국 빈 담뱃갑이 땅에 누웠다. 그런데도 그녀는 보이지 않았다. 그는 끝내 자신이 산 선물을 그녀에게 주지 못했다.

병원에서 나왔다. 알코올 냄새는 바람과 함께 사라졌다. 살 것 같다. 더욱이 친구를 보러 간다는 생각에 기뻤다. 설렌다. 8년 만에 만나는 친구다.

얼마 걷지 않았는데 숨이 찼다. 나도 나이를 먹긴 먹었나 보다. 시력도 떨어졌고 조금만 일해도 숨이 차오른다. 예전엔 18.9 리터의 생수통을 한 손으로도 가볍게 들었었다. 하지만 지금은 두 손으로도 버겁다. 사랑하는 부인과 딸아이를 위해서라도 담배를 끊고 꾸준히 운동해야겠다. 나를 보며 사는 소중한 사람이 둘이나 있다. 내가 쓰러진다면 그들의 미래는 참혹할 것이다. 사랑하는 그들을 위해서라도 내 몸을 소중히 다뤄야 한다. 그리고 그들을 위해 보험도 들어놔야겠다.

"호영이…."

친구의 이름을 읊었다. 그 친구도 결혼했을 것이다. 여자한테 인기가 많았으니 말이다. 그는 지금 어떻게 변했을지 그리고 어떻게 살아갈지 궁금하다.

"아저씨. 국민 병원 가나요?"

버스에 오르며 물었다.

"네."

선글라스를 쓴 기사가 대답했다. 버스에 올라 요금 계산기에 T머니를 댔다. 딱- 소리를 뒤로하고 걸어 들어갔다. 난 손잡이 높이 정도에 붙은 정류소 안내표를 봤다. 약 열 정거장 정도면 그곳에 도착이다.

갑자기 사람들의 시선이 느껴졌다. 목을 쳐들고 안내표를 보는 내 목을 보는 것 같았다. 나도 모르게 고개를 숙였다. 창피했다. 그렇다고 의자에 앉을 수도 없었다. 의자에 앉으면 바로 뒷자리에 앉은 사람이 내 목을 볼 것만 같아서였다. 여름이라 목폴라 옷도 입을 수 없다. 땀이 많이 나니 파운데이션도 소용없을 것이다. 방법은 하나다. 수단과 방법을 가리지 말고 이 흉물스러운 곰팡이를 없애야 한다. 정말이지 저주스럽다. 귀찮은 존재다. 그런데 한편으론 생명의 신비감마저 든다. 이 곰팡이 놈들도 어떻게 해서든 살고 싶은 것이다. 그런데 하필이면 왜 내 목이란 말인가? 이놈들의 끈질긴 목숨이 정말 얄밉다.

청바지 주머니에서 벨 소리가 들린다. 이 벨은 집으로 지정해 놓은 것이다.

"여보세요. 나야, 응. 검사는 잘 받았어. 결과가 2주 정도 걸리나 봐. 나 집에 가기 전에 보험회사에 한번 들려보려고 해. 응. 그런 건 아니고. 체력에 자신이 없어져서 그래. 그리고 호영이란 친구 알지? 어, 그래. 사진에서 보여준 그 녀석 말이야. 고등학교 친구. 응. 그 친구가 병원에 있대. 문병 갔다가 금방 들어갈게."

전화를 끊었다. 버스 스피커에서 국민 병원이 다음 정거장이라 알려줬다. 난 뒷문으로 갔다. T머니를 찍었다. 버스에서 내리자 슈퍼가 보였다. 병원 앞의 슈퍼는 화려한 포장을 자랑하는 과일 바구니와 음료들로 즐비했다.

"이거 얼마예요?"

지갑을 꺼내며 물었다.

"삼만 원입니다."

슈퍼 주인이 말했다. 난 그의 손에 파란 돈 세장을 건네고 과일 바구니를 받았다.

"환자 상태가 좋지 못하니 큰 목소리로 떠들거나 스트레스를 주시면 안 돼요."

간호사가 말했다.

"언제쯤 퇴원하나요?"

내가 물었다. 그녀는 아무 말 하지 않았다.

"여기예요. 면회시간은 30분이에요."

그녀가 문을 열며 말했다.

"고맙습니다."

인사를 건넸다.

"왔구나."

침대의 늙은이가 내게 말을 걸었다. 머리는 듬성듬성 빠져 있었고 미라처럼 바짝 말랐다. 링거 주사 여러 개가 그의 팔뚝에 꽂힌 것이 보였다.

"죄송합니다. 잘못 들어온 것 같네요."

1인실엔 이름 모를 노인 하나밖에 없었다. 내가 몸을 돌릴 때 목소리가 들렸다.

"현철아…. 나야…."

그가 내 이름을 불렀다. 그리고 이어서 들린 소리 '나'…, 설마 하는 생각이 그가 맞을 수도 있단 생각으로 변하자 내 몸에 전율과 참혹함이 흘렀다.

"어떻게…."

난 손에 든 과일 바구니를 놓쳤다.

"놀랄 것 없어. 죗값을 치르고 있는 중이니까."

그가 몸을 일으키려 했다. 하지만 의지만으론 부족했는지 몸을 부들부들 떨고만 있었다. 그런 그의 모습이 안쓰러웠다. 저건 30대의 모습이 아니다. 산송장이란 말이 어울릴 것 같다.

떨리는 걸음으로 그에게 다가갔다. 가까이에서 본 그의 몰골은 처참했다. 사람이 저렇게 반투명 상태가 될 수 있다는 것은 처음 알게 됐다. 그의 몸엔 피가 다 빠진 것처럼 보였다. 마른 장작처럼 핏기가 없는 그의 팔엔 수 갈래로 뻗은 푸른 혈관이 보였다. 그의 얼굴엔 활기차던 예전의 젊음이 흐릿한 그림자처럼 숨어있다. 코끝이 찡했다. 눈물이 나올 것만 같았다. 이를 악물고 참았다.

"왜…."

입이 떨어지지 않았다. 하지만 왜라는 말 한마디로도 충분한 의미가 전달됐다.

"말했잖아. 난 죗값을 치르는 거라고…. 내 병명을 듣고 방황했었어. 10년 가까이 술로 살았지. 내 몸 안의 더러움 피를 다 쏟아 버리고 싶어 손목을 여러 번 긋기도 하고."

그가 말했다. 친구의 팔목을 봤다. 면도날로 동맥을 그어 부풀어 오른 켈로이드 자국이 보였다.

"연락하지 그랬어."

그의 침대 곁으로 다가가며 말했다. 옆에 놓인 의자에 앉았다.

"미안해."

그가 떨리는 입술로 말했다. 어떤 말을 해도 기운이 하나 없어 보였다.

"다…, 다 내 잘못이야."

두 눈을 감은 그가 말했다. 눈에서 흐른 눈물이 광대뼈를 타고 흘렀다.

"그게 무슨 소리야."

난 그의 말을 알아들을 수 없었다.

"네가 목도리와 벙어리장갑을 그녀에게 선물해 주려고 기다렸을 땐 그녀는 이미 이 세상 사람이 아니었어. 자살한 후였지."

"자살? 왜?"

"그 아인 복수를 한 거야. 불특정 다수의 남자에게 말이지."

난 그의 말을 알아들을 수 없었다. 귀지가 많은 석수 회사 사장보다 더 이해하기 어려웠다. 마치 수수께끼 같았다.

"쉽게 얘기해 줘."

"그 아인 남자에게 집단 강간을 당한 후 미쳐버렸어. 그 애를 강간한 사람 중엔 에이즈에 걸린 사람이 있었나 봐. 홀어머니를 모시고 산 아이였으니 복수를 꿈꿀 만도 하지…."

"뭐…, 뭐라고?"

난 당황했다. 내 심장이 휴식을 취하는 것 같았다. 그것이 차가워졌다.

"난 에이즈 환자야."

그가 링거 바늘이 꽂힌 손을 움직였다. 힘없이 얼굴 쪽으로 올라간 그의 두 손이 멈췄다. 환자복 목 칼라 단추를 풀었다. 그의 목과 쇄골엔 붉은 반점이 퍼져있었다. 커진 내 눈이 그것들을 봤다. 난 나도 모르게 손을 들어 내 목을 만졌다.

"현철아."

그가 내 이름을 불렀다. 어지러웠다. 갑자기 구토가 쏠렸다. 토를 바닥에 쏟을 것만 같았다. 손으로 입을 막았다. 뛰었다. 병원의 알코올 냄새가 내 뇌에 차는 것 같았다. 눈이 매웠다. 눈물이 앞을 가렸다. 정신없이 뛰었고 토를 쏟아낼 곳을 찾았다.

마치 순간 이동을 한 것 같았다. 내 몸이 화장실 안이었다.

-우웨에에엑, 우게게겍, 우울웩!-

토악질을 했다. 목구멍으로 넘어온 그것을 쏟았다. 비웠다. 레버를 눌러 물을 흘려보냈다. 맑은 물이 찬 그곳에 다시 토를 쏟았다. 비웠다. 레버를 눌러 오염된 물을 흘려보냈다. 맑은 물이 차올랐다. 또 토했다. 더는 입 밖으로 쏟을 내용물이 없자 입안의 침을 끌어모아 뱉었다. 레버를 누르고 물을 흘려보내고 또 울컥 구역질을 했다. 더는 내보낼 것이 없자 대장에 있어야 할 누런 똥물이 입으로 넘어왔다. 레버를 눌러 오염된 물을 흘려보냈다. 눈물이 났다. 내 부인과 내 귀여운 딸 얼굴이 어른거렸다.

'아빠! 난 아빠랑 같이 영원히 살 거야.'

아이의 목소리가 들린다….

'자기야. 힘들어도 우리 딸을 위해 열심히 살자. 알았지. 사랑해.'

내 머리를 쓰다듬으며 말한 부인의 그 목소리….

"으아아아악! 아니야! 난 죽지 않을 거야!"

화장실 문을 박차고 뛰었다. 입에 묻은 토사물과 내 옷을 적신 토사물, 내 목의 붉은 반점, 그 어떤 것도 내 뛰는 발을 멈추지 못하리라. 울며 계단을 뛰는 내 모습에 사람들이 놀랐다.

냄새나는 이 차림으론 버스를 탈 수 없었다. 이성적인 계산 대신 본능의 지시에 따랐다. 도로로 뛰었다. 눈물이 앞을 가릴 때마다 와이퍼처럼 팔을 작동시켰다. 눈물을 훔치며 뛰었다. 숨이 찼다. 심장이 찢어질 듯 아팠다.

"하아- 하아-"

거친 숨을 쉬며 걸었다. 그가 떠올랐다. 침대에 누워 투명 미라처럼 변해가던 친구가 생각났다. 미안하다는 그의 말이 귀에서 계속해서 울렸다.

짧은 순간을 위해 존재한 쾌락의 거리는 나를 나락으로 끌었다.

"헉- 헉-"

걷는 것조차 힘들다. 허리를 숙였다. 양손을 무릎에 얹었다. 심장이 터질 듯 뛰었다. 입을 크게 벌려 숨을 쉬지만 공기가 유입되지 않는다. 갑갑하다. 약해지는 체력, 줄어드는 체중….

벨 소리… 저장된 곡이 집이라는 것을 알렸다. 하지만 전화받기가 두렵다. 이대로 내가 사라지는 게 우리 가족에게 도움이 되지 않을까? 그러면 그들은 모를 것이다. 내가 얼마나 더러웠던 존재라는 것을 말이다. 안 돼…. 그렇게 했다간 그들은 잠 못 들고 결국 울어 버릴 것이다. 이 못난 나를 위해서….

"여보세요. 쿨럭-"

"자기 기침해?"

"아… 아니."

"자기 지금 어디야?"

"바…, 방금 병원에서 나왔어. 금방 갈게."

식은땀을 훔치며 말했다.

"그럼 올 때 치킨 사 올 수 있어? 예림이가 먹고 싶대."

"으응. 사갈게."

"그럼 빨리 와. 사랑해."
"사랑해   …."
수화기 폴더를 덮으려 할 때 부인의 목소리가 다시 들렸다.
"잠깐! 여보!"
"어."
"그런데. 곰팡이도 전염되나? 예림이 하고 내 목에도 붉은 반점이 생겼네. 올 때 약국에서 비듬약 하나만 사줘. 부탁할게."

시작

끝.

초판: 2020년 7월 4일

지은이: 김국일

교정: 윤송빈

발행처: 성순출판사

주소: 서울 강북구 오현로 16 (1층)

전화: 02) 987-0373

홈페이지: www.turnoffyourtv.net

ISBN 979-11-960289-2-3

출판권- 성순출판사 김국일